莲花寂

刘晓林 / 著

时代文艺出版社
SHIDAI WENYI CHUBANSHE

图书在版编目（CIP）数据

莲花寂 / 刘晓林著. -- 长春 : 时代文艺出版社,
2024.2
ISBN 978-7-5387-7482-5

Ⅰ.①莲… Ⅱ.①刘… Ⅲ.①散文集－中国－当代
Ⅳ.①I267

中国国家版本馆CIP数据核字(2024)第050030号

莲花寂
LIANHUA JI

刘晓林　著

出 品 人：吴　刚
责任编辑：杜佳钰
装帧设计：陈铜强

出版发行：时代文艺出版社
地　　址：长春市福祉大路5788号　龙腾国际大厦A座15层 （130118）
电　　话：0431-81629751（总编办）　0431-81629758（发行部）
官方微博：weibo.com/tlapress
开　　本：710mm×1000mm　1/16
印　　张：20.75
字　　数：280千字
印　　刷：廊坊市印艺阁数字科技有限公司
版　　次：2024年2月第1版
印　　次：2024年2月第1次印刷
书　　号：ISBN 978-7-5387-7482-5
定　　价：98.00元

图书如有印装错误　　请寄回印厂调换（电话：0316-5556112）

序一

我们的土地上刮来丰收和痛苦的消息

—— 读刘晓林散文集《莲花寂》

　　这个春夏天气，我们的土地上不断刮来丰收和痛苦的消息。人们把自己的命交给土地，把一辈子交给土地，换来的，是周而复始的年复一年、日复一日地劳作，连我们都无法摆脱的痛苦和悲伤，是多么短暂的丰收的喜悦感，是血汗和泪水，是被时间压弯了腰的一个个先祖，最后，变成一个个句号埋葬入土，变成一捧一捧的泥土。

　　我们的下一步，也会和他们一样躺在土地里，成为别人的先祖，成为后代人嘴里叫不上名字的人，乃至于被他们遗忘。就像我们遗忘掉我们的先祖一样。假如有人问你，你爷爷的爷爷的爷爷叫什么名字，你妈妈的妈妈的妈妈叫什么名字，他们分别有几个兄弟姐妹，他们住在哪个村子哪个位置，你，能一口气回答出来吗？显然，这是一个残酷的话题，我们和土地的关系就像农民和土地的关系一样，赖以生存，世上再没有第二个选项，把你的生命复制成无数个你，让人类活下去。

　　翻开家谱，我的若干个先祖都是农民。我出生以前的祖祖辈辈，他们好像蚂蚁、蜈蚣、蚯蚓、蝉、蚂蚱这些爬虫一样苟活在这个世界上，土里刨食，土里活命，没有谁拿正眼瞧一下，死了，随随便便一张薄席子一裹，或者装进一口寒酸的桐木棺材，埋在自家的庄稼地里，一辈子就这么过去了。更甚的，是经过几代人、十几代人的朝代更迭，庄稼地几经易主，墓中人已经不知道谁是谁了，无名氏，无人认领和祭奠，被抛弃，他们就像压根没有来过这个世界似的。可是，他们真的没有来过我们的这个世界吗？他们，真的和我们没有一丁点儿血脉关系，一点儿都没有疼爱过自己的孩子，自己的子孙吗？当一个人变得陌生的时候是非常可怕的，当一群人变得集体陌生的时候则更为可怕，可怕到抛弃一切，忘掉所有，六亲不认了，先祖还会是我们的先祖？那么，他们不是先祖了，还会是谁呢？旁观者、闯入者、窥探者、好事者、路人甲、路人乙、路人丙、路人丁，麻木不仁的人，无所事事见死不救的人，等等，他们到底要充当谁？没有人能说得清楚。故事发展到后来，我们居然把先祖通通抛弃掉了，一点儿不也亲了。可以想见，只有土地最后收留了先祖，只有土地跟人最亲，它一边拼尽全力地向人们奉献出万物和粮食，一边收留着人们的先祖长辈，劝慰人类向善而行，让先祖的尸骨变成泥土，变成我们赖以生存的土地的一部分。

沸腾的中国大地上，播种的消息，雪水雨水露水的消息，悄悄拔节的消息，麦穗扬花的消息，稻花飘香的消息，丰收的消息，节气的消息，人欢马叫着奔向田野的消息。你是否舔到了那顺脸乱淌的热烘烘的汗珠子的咸味儿？你是否连自己都忘了什么叫累，干什么都在拼尽那憋在胸口最后一口气？你是否满眼泪花地捧起碗里的一口口粮，一道道美食，贪婪地闻呀闻呀，可总是闻不够？你是否感觉故乡的山山水水竟然如此秀丽，如此空蒙，不论走多远也不累？乡愁愈浓，返乡的脚步愈匆匆，远远近近的，慢慢浓缩成一张张有故事、有喜感、有激情的年画。一帧帧亲亲热热、家长里短的慢镜头，村庄那么的亲，田野那么的亲，河流呀沟沟壑壑呀那么的亲，城市小镇工厂书院啊那么的亲，一刹那，实在想不到，接地气这个词来得如此迅猛。一日三餐里，我非常感恩这片土地给予我们丰厚的馈赠：大米饭、蛋炒饭、白馒头、炒年糕、热油条、打糍粑、羊肉粉、大锅盔、水煎包、荆芥蒜汁捞面条、芝麻叶汤面条、蒸面条、炒面条、胡辣汤、红薯茶。还有带有地方标签的江西莲花血鸭、三杯鸡、啤酒烧麻鸭、鄱阳湖胖头鱼、河南烩面、山西刀削面、山东炝锅面、炝面馒头、枣庄辣子鸡、陕西臊子面、肉夹馍、北京烤鸭、河北河间驴肉火烧、南京盐水鸭、丰县水盆羊肉、云南过桥米线、广东白斩鸡、潮汕牛肉丸、湖南臭豆腐、攸县香干、湖北热干面、沙县小吃、福鼎小吃、四川担担面、贵州遵义豆花面、新疆拉条子拌面、青海水煮牦牛肉、兰州拉面、宁夏滩羊汤、广西荔浦芋扣肉、柳州螺蛳粉、内蒙古烤全羊、东北铁锅炖大鹅、杀猪饭，等等。从南到北，从东到西，穿过林林总总的中国各地美食，其背后，无不在讲述一块一块土地上的故事，一个一个勤劳善良勇敢的中国人。先祖们历经漫长的时间长河，能创造出这么多的美食，他们当年的生存环境无比恶劣、困苦，但他们一定是以苦为乐、乐哉悠哉的。比如"锄禾日当午，汗滴禾下土"式的老农，比如"醉翁之意不在酒，在乎山水之间也"般的欧阳修，比如"大江东去，浪淘尽，千古风流人物"般豪放化了的苏东坡。在泛起喜悦的情感背后，一定是有人们那一抹痛苦的忧伤。所以我想说，土地上的消息里，一定裹挟着我们看不见的痛苦，痛苦的消息，一次一次伤心的消息，也正是有了痛苦，有了伤心，他们才变得一次比一次坚强不屈、屡败屡战、向死而生，才有了盘旋于这片土地上空的某一种神秘的力量。

拥有了雨水，我们才会变成这雨水，一步一步走遍这个温暖的世界。而拥有了阳光，我们才会变成一个个大太阳，给予整个世界以光、以万事万物、以生生不息的力量。有时候想，我们每一个从农村跑出来的孩子，都好像是雨水、太阳，打开了这个世界，打开了这个收获的季节，多么有趣呀。

刘晓林和我们也是一样的，来自于农村广袤的原野，他不舍日夜地书写他脚下的土地，那个叫"莲花"的赣西小城。写了他童年少年青年时期的痛苦和欢喜，写了土地上的风情习俗、人文风物、也偶尔写到了北京、东北、广东少量的异地所见，全书五辑五十余篇，比如《莲花贞孝坊祠简说》《我在师大的那三场考试》《莲花血鸭》《莲花惜字塔》《一位男知青的情感故事》等篇什，文字朴实，干净简洁，句子和句子之间饱含深情，读了又读，让我恍如身临其境。不想过多地解读某篇某章，想说的话，他已经全都写进这么多的散文篇什里了，就像雨水已经漫灌了土地，你还会担心庄稼们不野蛮生长吗？写到这里，忽然想作者为什么起了个"莲花寂"的书名呢？我猜测，寂，是孤单的，一个人的。也就是说，这是属于作者刘晓林一个人的莲花土地，一个人的版图。

我们的土地上不断刮来丰收和痛苦的消息，我们就是风啊。可以在我们的土地上种上很多个汉字，好像农民春播似的，让这些汉字一个个都长成一棵棵参天大树，或者长成一棵棵沉甸甸的庄稼，留给这片土地上的后来人。如此说来，今天，刘晓林兄提前一步做到了，结集为书，可谓大功一件。他是一个实实在在的本本分分的农民啊。

敬畏我们亲爱的土地！

2024 年 4 月 10 日于北京

作家简介： 蒋建伟，1974 年出生，河南项城人，中国作家协会会员，中国音乐著作权版权协会会员。主要作品：散文集《年关》《水墨色的麦浪》，歌曲作品《中国粮》《大地麦浪》《水灵灵的洞庭湖》等。曾获"精神文明建设五个一工程奖""群星奖"等奖项。

序二

地又是莲花，境静人亦寂

《莲花寂》是刘晓林先生继《新月旧影》之后正式出版的又一本散文集。

2023 年 10 月，接到他的电话，希望我为他的这本散文集取个书名。了解了这本书的主要内容是刘晓林先生遍走家乡的所见、所闻，我脱口而出"莲花寂"三个字。

《莲花寂》中的"莲花"自然是指"莲花县"。莲花县，地处赣西边陲、罗霄山脉末梢，与湖南接壤，是全国唯一一个以花卉命名的县级行政区。当年，上井冈山就是毛主席在莲花县作出的决策。说起莲花县，就不免想起那首由苏东坡的后辈同乡、清代莲花第五任同知李其昌的"村居原自爽，地又是莲花。疏落人烟里，天然映彩霞。"

时至今日，莲花县依然有着诗中的恬适自然、宁静朴素的意境，闲情逸致的村居就是很多人心目中的诗和远方。可以说，莲花是一个有着田园意境的地方，也是一个寂静中生发无限遐想的地方，更是我的家乡。

而"寂"字，实际是我的偏爱之一。这个"寂"绝不是寂寞、孤寂，而是一种宁静空寂的感觉，是一种闲适悠然的心境，也是一种境界。作为一名莲花人，念起家乡我的心境自然安宁静好，这时候整个人都进入了一种空寂、思绪纷飞的境界，或许这就是一种"境静人亦寂"吧。

我想，同为莲花人的刘晓林亦如是，故以"莲花寂"名之。而在我看来，也只有内心空寂宁静的人才有这种闲适悠然的心境，花费大量的时间和精力，一字一句地记录着脚下这片生长的土地。

刘晓林先生是一名基层干部，其主要生活轨迹都在家乡莲花这片热土。曾经当过教师的他，从基层岗位退下来之后将热情投身于写作，先后出版了多本书籍。刘晓林先生以创作者的敏感、基层干部的思维、旅行者的目光、读书人的好奇，观察生活、品味生活、抒写生活，将点点滴滴的情感、意识、思绪叠加在一起。

他的第一本散文集《新月旧影》，记录的是他的往事，牵动的是梦萦魂牵的乡愁。而在《莲花寂》里，他则化身为一名旅者，遍行家乡，寻觅并拾起那些散落在乡土之中的思绪……他把对家乡的情恋融于文字中，以回忆为底色，融爱于笔端，将家乡的山和水、人和事、声和味、情和境、爱和恋绘成了一幅幅让人心驰神往的风情图。或心头往事、或琐碎日常、或追思探索，如此种种，既让自己的人生愈加饱满，亦将心中的美好传递给读者。

如果说《新月旧影》是以此时观旧时，那么《莲花寂》则是以我观我，以开放包容的心态去体验、去触碰万物，书中所呈现出的舒展、松弛、从容是当下快节奏生活中的一抹亮色。作者主动拥抱退休之后的闲适，享受安宁中的空寂，行走在这方"村居"，独享一份"自爽"，遍行"莲花"，穿过"疏落人烟"，发现天边的"彩霞"。

辗转漂泊人，我亦念莲花。岁月无声，光阴如流，许多旧事已变得模糊。而翻看刘晓林先生的这本《莲花寂》，倍感亲切。作者在时间长河中抓住光影的瞬间，凝聚着一名莲花人的莲花心，点亮了一盏异乡归客的灯，驱散路途的迷茫与困惑和寂寥。这本文集似是一位陪伴者，悄然记录着、见证着"地又是莲花"的变迁，为在外忙碌的莲花人传递来自家乡的温暖……

"地又是莲花，境静人亦寂"目送人们的背影，拥抱人们的归来，而人们也在家乡土地的润泽中进入更加静谧、空寂的境界。希望每一名翻开这本文集的读者，都能摆脱钢筋水泥森林的桎梏，在《莲花寂》的字里行间品味这种"寂"的韵味，发现独属于自己的那份空寂宁静，遇见繁芜生活中的诗和远方。

是为序！

2024 年癸卯除夕夜
于海口飞往天津的飞机上

作者简介：陈维东，二级编剧，中国音协会员、中国音乐文学学会常务理事、常务副秘书长，《词刊》特约编辑，央视"艺术人生""文化视点""音乐公开课"等节目嘉宾。作品曾多次登上央视春晚、全国政协新春茶话会、全国脱贫攻坚总结表彰大会等国家级重大活动，歌剧剧本《西施与范蠡》、歌曲《中华龙舞起来》、音乐专辑《追梦新时代》等 16 个项目入选国家艺术基金和中国文联文艺创作扶持，两首作品入选中宣部"中国梦"展播。

主要作品有：歌剧《扶贫路上》（合作作词）、民族音乐纪实剧《家园》（编剧、作词）、情景音乐剧《寸心许山河》（编剧、作词）以及歌曲《美丽中国走起来》（2016 央视春晚）、《梦在春天如愿》（2023 央视春晚）、《追着未来出发》（2021 年全运会会歌）等。

序三

此处风景静悄悄

—— 《莲花寂》的美学意蕴

　　《莲花寂》是刘晓林的个人传记体式的文集，共五辑，既有对本土风景名胜的正名正说，也有对旅行途中所见祖国大好河山的如实记录，既有与生俱来的生命本色和坚守，也有传承下来的传统美德及对传统的敬畏与尊重，最后还有 8 篇阅读札记。文集深度展现了个体生命价值在不断抗争的涅槃之美，使得平凡庸常的生活充满令人震撼的美学精神和美学追求。

一、读万卷书、行万里路和写万篇文

　　据统计，2023 年全国退休的干部职工达 3 千万之多。这些人的学识、能力和素养大多都处于生命的成熟期和沉淀期，曾经的"辉煌"让他们不可能在一日三餐的"庸常"中度日，他们前半生用血与泪铸就的人生观、价值观和世界观也不允许他们"碌碌无为"。其中很多退下来的干部职工身强力壮，有的在各个行业继续发挥余热，有的则选择在老年大学继续"深造"，有的追随子女帮忙看护教育孙子孙女……

　　显然，"'活法问题'：追求什么样的生活方式"已经成为这个人数日渐膨胀的群体面临的至关重要的问题。这个群体的人，做到了以衣食无虞为基础，要想处在物质与精神的某种平衡点，比以前更追求精神的丰盈和自由。当然，这种平衡不是简单的折中，而是平衡中又有偏重，即在物质中有基本要求，对物欲又有自觉的遏制，更注重精神

的满足。

这种对精神的偏重，是由人的本性决定的："人之为人，就在于它既是生理的，因此，它和动物一样都以生存和温饱为首要追求，是为人之'兽性'；但它更是心理的，它有动物所没有的'神性'，精神的追求，而且在某种意义上，这样的精神追求是构成了人的本质的。"

刘晓林对自由、自足的精神追求，落实到日常生活，就是读万卷书、行万里路和笔耕不辍。以前忙得休不了年假的情况下，他都会忙里偷闲写些闲文在各种报刊发表，那时不是为了出名，只是为了一种聊以精神自慰的兴趣爱好，所以取笔名为"田南"遮人耳目（《我的笔名》）。卸任后，读书作文旅游成为刘晓林对生活理想的追求：每次相会文友必有记载，遇有高人必定深交，读到好书必写读后感，每次出游，无论家乡近景，还是他乡远景，游到每处必有会心，行到每处必有歌吟。所以，《莲花寂》的第一辑家乡风景名胜和第二辑他乡风景名胜是他的"行游图"，同时是"行吟图"。第五辑是他依据神交 8 个文友的著作写的阅读札记。

大多数旅游的人，关注的是纯自然，忽略了其背后的历史与人物；而刘晓林的《莲花寂》，自然景观与历史景观是交融的，他欣赏自然的同时，也在品味历史。可以看出，他在欣赏每处风景前、后都做足各种准备，收集各种资料，通过独享书城来验证历史人文景观。可能与他多年的基层公务员工作经历有关，刘晓林重视口耳相传的口述历史，他每到一处都会实地采访当地有威望的老者，获取一些一线信息，补充和丰富历史资料。因此，读他的游记散文，既可以读到他在书海中的"漫游"，又可跟着他的足迹在山水、楼塔、洞涧"行游"。某种程度上，也可追随他的文字体会他在行游中与大自然的神会，他在读书过程中与古今名人的神交，这是一种超越现实的"神游"。

刘晓林退下来后，成功地转换到写作的"一线"，踏上用脚丈量历史、用笔书写风景的征程。这种生活方式和古人的"读万卷书，行万里路"自是一脉相承，这恰是已达成共识的"人在自然中"的意义，是当下提倡的人的最理想的生存状态，也是促进人健康成长的最理想的教育环境。

二、和合为一的传统大丈夫

刘晓林当过 8 年人民教师，1995 年转行从事公务员工作 28 年，是一个有担当有作为，为民做了很多实事的好干部好领导。通读《莲花寂》，"我"的形象跃然纸上。"我"是一个典型的兼具英雄气和儿女情的"中国式的传统好男人"形象。

《莲花寂》中，"我"是个好儿子、好弟弟、好哥哥。小时候，是帮着妈妈做家务的得力助手，一边放牛一边扯猪草，在农村，男孩子扯猪草是非常少见的，这说明刘晓林从小乖巧听话（《有一个村庄，叫庙背》）。20 岁不到，跟着哥哥、弟弟兄弟四人一起打砖、烧窑、建房子，能体恤哥哥的辛苦和四弟整个暑假荒废学业的无奈，兄友弟恭真真切切。一场突如其来的大雨冲塌了半个月打好的 5000 多块砖，哭得稀里哗啦，可见刘晓林具备莲花男人的勤劳本色（《老屋》）。

刘晓林亲切地称呼前生、后生、六弟、八弟等，字里行间透着浓浓的传统家族观（《诺言》）。他对逝去的长辈、亲朋好友、同学无不深切怀念。尊老爱幼、责任心重、重情重义的中国传统好男人呼之欲出。

"男主外，女主内"的分工合作是中国传统夫妻的相处之道。刘晓林在多篇文章中写到自己有个好妻子：能炒一手地地道道的莲花无骨血鸭（《莲花血鸭》）；拒绝丈夫给自己买奢侈品，即使是一个玉手镯也不行；细致温柔地为丈夫每一次出行打点行装（《旅鄂日记》）；爱丈夫胜过爱金钱（《春运记》《贩煤记》）。虽然《莲花寂》基本都在写"我"，但是妻子这个贤内助丰满了"我"的形象。家有贤妻，"我"才是大丈夫：从政期间可以行稳致远；从文时期可以从容惬意；工作期间为国为民奉献自己；闲暇之余尽情做自己（《落日余晖皆为诗》）。

各个角色没有明显的时间分界点，处于什么角色，自然切换到什么职责。譬如父亲召集大家去祭祀扫墓时，"我"是听话照做的晚辈(《诺言》)；结伴出游时，"我"是策划者、联络员和具体实施的负责人等角色(《旅鄂日记》)。各个角色在刘晓林身上融为一体，让中国传统式的大丈夫立于读者面前。

三、刘晓林与田南无缝衔接

《莲花寂》中描绘了几个出色的历史人物：两代帝师朱益藩、为官清廉的"诚斋体"诗人杨万里、为官为文堪称楷模的苏轼、一代先师刘元卿。这四个人物的共同点是：品德上非常有气节；为官刚正、清廉；都有很高的文学或艺术造诣；都在不同的领域创造了辉煌。

正如刘晓林在文中所说："乌台诗案"前苏轼是苏轼，贬谪各地时苏轼是苏东坡。苏轼和苏东坡，作者显然更推崇苏东坡。《莲花寂》在某种意义上，可以看作是朱益藩式、杨万里式、苏东坡式、刘元卿式生活方式的映衬。所以，从政的刘晓林和从文的田南合二为一，第一辑《映日莲花别样红》，从政治立场和文学立场双角度竭力推崇家乡的风景名片和历史名片；第二辑《行行摄摄走天涯》，"我"既是出行的人员和协调人员，又是人、景、事的记录者和描绘者；第三辑《落日余辉映晚霞》中，刘晓林与田南合体很鲜明，不仅看到了刘晓林的刚正、勇毅，也看到了田南的情真意切、积极进取；第四辑《一片冰心在玉壶》，一个人成长成什么样的人与他的家庭、所受的教育、所处的环境、受到哪些人的影响密切相关，譬如部队转业的刘志峰让"我"爱上了跑步(《我爱上了跑步》)；"杀猪饭""端午味道"既传承了乡愁，又延伸了"家"的内涵(《有一种乡愁，叫吃'杀猪饭'》)；春运时"押车"，煤矿行时"贩煤"，如果不是有个贤妻，个人命运完全会改写(《春运记》《贩煤记》)……刘晓林与田南合二为一不是一蹴而就，也不是巧合，是一片冰心在玉壶，所以，"我"始终"在其位谋其政"，始终关爱弱势群体，始终关爱他人生命健康，始终热爱生命热爱生活。

四、见贤思齐，抱团取暖

中国文人相惜相重由来已久，能够看到他人的长处和优点，真诚地欣赏和赞美，见贤思齐，取长补短，何乐不为？文学评论建立在阅读和欣赏的基础之上。

《莲花寂》的第五辑《书海种莲觅知音》，是刘晓林以文会友写下的8篇阅读札记，可见他见贤思齐，抱团取暖的处世心态。另外，他在《北京五日》中写到的陈维东，字里行间流露出对贤者的尊敬和推崇。他笔下的陈维东谦虚、低调、真诚、锐意进取、才华横溢。这样的陈维东就像磁铁，会吸引很多人去结交（《北京五日》）。

结语

《莲花寂》是作者的所见、所闻、所忆、所做与所遇，无意之中塑造了一个"中国式的传统好男人"形象。这个形象透显出个体生命不断抗争的涅槃之美，体现了追求生活理想的美学精神，它会是持久且具有活力的！

此处风景静悄悄，是为序。

作者简介： 李水兰，笔名柔兰，中国文艺评论家协会会员，江西省作家协会会员，江西省吉安市影视家协会理事。出版学术著作《审美现代性视野中的杜维明新儒学思想研究》和评论文集《柔兰评论》。在《人民政协报》《名作欣赏》《海燕》《安徽文学》《创作评谭》《文学讲堂》《作家新视野》《电影评介》等刊物发表多篇文章。

序四

莲花风俗画

—— 记田南君的实录散文《莲花寂》

　　莲花县隶属于江西省萍乡市，位于江西省西部，罗霄山脉中段，井冈山北麓，全县总面积 1071.68 平方公里，南北长约 58 公里，东西宽约 38 公里，"七分半山一分半田，一分水面和庄园"是全县地貌轮廓的概括。莲花县城是典型的江南小城，琴水河侧城畔而过，赋予了小城江南水镇的灵气，田南君生于斯长于斯，在各乡镇及县城任职 30 年，对莲花县乡村民情、小城政情商情可谓了如指掌，偶尔听到对其评价曰：此人正气有余，变通不足。然而，他所任职之地的乡民对他却交口称赞，说他真是个好人，有乃父之风，吃苦身先士卒。

　　我一直以为田南君不失为为政一方的正直小吏，有几分古板，比如我每次返家，他如果有空送我，一定是开着他那部有点破旧的两厢私家小车送我去搭高铁，而坚决不用配有司机大气一些的公车。吃饭一定是田南君贤惠的妻子亲手从买菜到炒菜及收拾一条龙运作，舍不得上馆子奢侈一回，田南君也会进厨房做几道拿手好菜，可见其久下厨房已到熟练程度。所以，我一直也觉得田男君就是莲花小城俗人一位，还有点儿小抠门。然而，最近两年来，田南君的散文一篇篇出炉，专著接二连三出版，短短两年的文坛新人就写到了北京领奖，我才惊讶地发现田南很多以前未知的宝藏，原来他是那么才华横溢，现在莲花少了一位政务繁忙的人，却多了一个佳作迭出的莲花风俗画文人，他用文字塑造、追寻和传播莲花小城的历史风物、勤劳智慧的莲城人及这座美丽的花卉小城。

勤劳、智慧的莲花人民创造了灿烂的小城文化。在现代文明冲击下,小城许多地方的传统风俗正在慢慢消失,传统生活的痕迹经历各种变迁,有些已经无迹可寻。乡愁乡韵是每个人心中的幽远寄托,散落的风土人情、传统习俗,在时间的长河中被渐次湮没。莲花古为"莲花厅",是汉文化的发源地,千百年来先民在这块充满传奇色彩的土地上耕耘、劳作并繁衍后代。在口口相传中,传诵着许多脍炙人口的诗联故事。从地方民俗文化角度来说,这些诗联故事具有较高的文化价值。歌咏玉壶山的诗篇从唐代至清末民初不下数百篇,而且均为历代名人手迹,流传至今,真是:玉壶诗篇不胜数,篇篇手迹出名流。一草一木皆情深,翰墨飘香话春秋。田南君的笔触深入历史,回归当前小城实景,及时叙述,勉力记录,给读者们展现的既有历史深度的《花塘官厅》《莲花惜字塔》,又有当前新貌的玉壶山、黄旸山,当然更多的是田南君行走的风土人情故事与感慨,林林总总,驳驳杂杂,不一而足,这些散文都是田南君行世三十年的人生大总结,文字中穿梭着许多形形色色、可亲可敬的人物的只言片语及某个瞬间特写,让人印象深刻,留待读者们去细细品读。如《花塘官厅》中天子老师朱益藩一门俊彦,"三进士六举人",朱益藩晚年在北京琉璃厂荣宝斋南纸店挂笔单鬻字,却坚拒溥仪之约,怒斥郑孝胥与日本人勾结,显示其民族大义。《莲花惜字塔》承载着"江西十大文化古县"的先祖文风,所谓"笔能参造化,步即是云梯""休言片纸只字,直是白玉黄金",让人了解莲花惜字塔各处遗址的过往今生,如荷塘珊溪文风塔经 2003 年重新修缮后,已成当地一景。玉壶山位于江西省莲花县城东面,背靠禾山,脚濒莲江,距县城仅一箭之遥,其主峰海拔仅 880 米,整个山群峰连数十,远看似壶,也叫壶山,相传为齐天大圣孙悟空大闹蟠桃宴醉酒后抛下的一只仙家玉壶幻化而成,它是"小南岳"禾山七十二峰之一，是莲花县的母亲山，也是江西首批 24 处省级风景名胜区之一。玉壶山是一座风景秀丽的山，更是人文景观名地，唐朝开元丞相姚崇、道家名士杨筠松、进士吴节，宋朝大学士刘弇，元朝状元李祁，名僧释惟则，明朝地理学家徐霞客、侍胪江玉琳、理学家刘元卿、学者李嗣晟，清朝文学名士贺怡孙，民国时期的陈诚、白崇禧等名士皆与玉壶山结下不解之缘。黄旸名山寺始建于唐太和元年（公元 827 年），距今有 1190 余年，相传医翁葛洪在此炼丹成仙，又有"先有黄旸后有武功"之说。"晨钟暮鼓警醒世间名利客，佛号经声唤回苦海过路人"，"黄旸名山寺"已是道佛合一了。花塘官厅、莲花惜字塔代表的是莲花县的文化历史，玉壶山、黄旸山则是莲花县历史与自然风光的结合。

　　田南君的散文还把读者们带到了更广阔的天地，通过田南君的亲身丈量，读者们看到了"心灵的故乡——中国桃花源·湖南常德"；跟随作者的脚步踏上了涩塘——因杨万里而美丽，因杨万里而闻名，也因杨万里成了许多人的诗与远方；后汉书《郡国志》中写道："宜春南乡三十五里，有温泉，冬夏常热，涌出，投生卵即熟，以冷水和之，可祛风疾。"一个被誉为"中国的长寿之乡"温汤小镇。这些各具特色之地，移步换景，各地历史风物故事结合当前特色风景，作者皆能用自己的眼睛引领着读者——游历，不留刻意痕迹，朴实而又巧妙地有机融合在名物风俗中，既让读者们增长见识，又不知不觉感受到作者充沛的正气滋养，这就是文如其人吧。田南君人是朴实的，作品的情感是朴实的，他的为人和作品特征成就了他的朴实之风，读其散文，如同沐浴在浩然正气之中，身心都有一种熨帖的温暖，又有一种被激励的向上力量。追思与追溯，随感与行走，涉笔成文，皆关理趣。田南君的散文总是让人感受到生活的原生状态，朴实无华，天然去雕饰，他的语言既有乡土气息的"野"，又有学养沉淀的"文"。

作者简介：杨玲，福建师范大学文学院硕士生导师，博士，现为香港中文大学访问学者，研究方向：近代文学。承担多项福建省级重大课题，福州市重大课题。

目录

第一辑　映日『莲花』别样红

映日"莲花"别样红

"村居原自爽，地又是莲花，疏落人烟里，天然映彩霞。"这是清代莲花县第五任同知李其昌对这里的真实写照。

"莲花"，一个莲花盛开的地方。走进钱锺书《围城》中那个赣湘边城，步入《徐霞客游记》中那个石城，仰望着那千年的仰山文塔，探寻着湖塘那个"螃蟹"古村和湖上古村土司故里的传奇，品尝着这道已踏上"高铁专列"的"莲花血鸭"，欣赏着"出淤泥而不染，濯清涟而不妖"的那一池池莲花，倾听着琴亭河畔那滔滔江水，环顾着四周那青山绿水花海拥抱的家园，仿佛进入了陶渊明笔下那个令人如痴如醉神话般的"世外桃源"！

"莲花"，江西十大"文化古县"之一。这里是东周古邑，安成侯国所在地。这里有着"泸潇理学，碧云文章"之美誉。明代刘元卿创办的"复礼书院"历经四百多年的风雨沧桑，塑造了莲花人"孝悌忠信礼义廉耻"之秉性；清代朱益藩"读书志在圣贤，非徒科第；为官心存君国，岂计身家""见穷苦亲邻，须加温恤"的教导影响着一代代莲花人。

"莲花"，共和国的摇篮之一。3481 名烈士在井冈山烈士陵园长眠，毛泽东"引兵井冈"在这里决策，这里是胡耀邦革命生涯第一站，这里是陈毅、曾山、谭余保新四军"垄上改编"所在地；刘仁堪用脚趾蘸血写下"革命成功万岁"六个大字，彰显了信仰的力量；贺国庆的"莲花一枝枪"发展壮大，见证毛泽东思想"星星之火，可以燎原"之正确。沿背、高滩、浯二、棋盘山等四个村庄被中组部评为"红色名村"。

在这里，走出了朱辉照、甘祖昌、况开田等 13 位共和国的开国将军；在这里，甘祖昌、龚全珍夫妇，这对"并蒂莲花"成为全国学习的楷模。这里是电影《老阿姨》、电视连续剧《初心》的拍摄地。"没有围墙"的江西甘祖昌干部学院正在培养和锻造着一批批党员干部。

在这里，莲花县历届县委、县政府重视"中国好人"的评选与推荐工作。他们每年开展评选十佳"莲花君子·身边好人"活动，涌现出王振美、付玉生、曾柱娇、周绪民等一批批"莲花好人"，这些好人为莲花经济高质量发展起了引领示范作用！

进入新时代，莲花发展潜力不断增强，G319、G322 两条国道穿境而过，泉南、莲萍高速直达，长赣高铁建设正式启动，"1 十 2 十 N"产业体系初步形成，新材料、电子信息、空压机等主导产业发展迅速，中国式现代化"莲花"样板初现雏形。

接天莲叶无穷碧，映日"莲花"别样红，祝愿莲花发展得更快！更高！更好！更强！

原载于《央广网》大宏图"县"在启航

"百家读城"栏目

2023 年 7 月 30 日

湖塘古村游记

在延绵不断的罗霄山脉中段石门山脚下，有一个远近闻名的小山村——湖塘古村，它先后被评定为"江西省历史文化名村""中国传统村落"。

古村坐落在莲花县路口镇的东南面，东邻阳春紧依神岭山，西靠下岸山与庙背村接壤，南接石门山南麓土背岭，北倚高木岭同下陇相接，三面环山，村居盆地，距路口田垅中"仰山文塔"约2.5公里。

从县城向北朝安福县方向出发，驱车24公里经"锡壶广场"，穿庙背"美丽乡村"，便到了湖塘村口。村里的刘书记是一个热心肠之人，加之笔者也是本地人，彼此有一份天然的乡情在里头，只见他早早地在那等候。刘书记充当"导游"，向我们讲述着古村的前世今生。

"刘导"饶有兴致地从村口的东江讲起，东江边原有一古老的榨油坊，湖塘人称"油榨下"，庙背人称"油榨前"，一台大水车借东江之水来回滚动推动着碾磨来榨油。随着时代的变迁，现在我们只能看到其遗址。沿东江逆流而上还有万安桥、福善桥、福龙桥、定福桥等6座古石拱桥，其中万安桥据传是村南山南云寺中的和尚化缘积德捐建的，这些石拱桥由一块块青石打磨镶嵌而成，历经数百年沧桑，依然坚固安稳，可见先祖造桥技术之精湛。远处一座九层高15.9米大理石的"文峰塔"赫然在目。"文峰塔"比"仰山文塔"矮6.5米，古村人为路口刘氏之后裔，此塔乃其先祖募捐而建，旨在激励后人崇尚理学，读书光宗耀祖。文峰塔在"文革"期间曾被摧毁，2017年古村人又募捐重建恢复其古塔原貌。

当地流传着"文峰塔下问春秋，最忌无诚到上头，祈福题名金榜时，人生搏浪作中流"这样的警世格言，可见古村虽身居山野，但庐陵文风盛行。石塔左前方有座千年"东江古庙"，古庙有副对联：上联是"东江帝德昭日月"，下联是"古庙神威冠华夷"，横批是"一方保障"。由此可见东江古庙在古村的地位，当然那只是封建迷信的产物罢了。古庙被一棵600多年古樟环绕遮盖，香火鼎盛。

小时候夜晚跟着大人去阳春、湖塘看电影，路过古庙我就会拼命地往前跑，生怕遇见鬼神。石塔对面的公路旁矗立着一块巨型石头，上面雕刻着"湖塘古村——中国传统村落"几个醒目的红色大字。

2011年，当地文物部门对湖塘古村部分建筑进行了修复。为方便游人参观，新建一个景区广场，生态停车场及公厕等设施。广场中央矗立着一块刻有"秀美湖塘"字样的巨型牌坊，牌坊两旁有一副对联，上联：石门脉连神岭地缘湖塘深厚民俗风貌；下联：文塔守望东江天赋古村悠久人文景观。广场前台两端蹲守着两只刻有"大王"的"怪兽"，听村里人说是从山上的破旧古庙中请到这里的，像老虎，像狮子……反正众说纷纭，外地游客来古村，总是争先恐后和"怪兽"合影。

走过牌坊，映入眼帘的是由江西省人民政府2009年7月授予的"江西历史文化名村"和2013年10月由文化部、住建部、财政部、国家文物局联合授予的"中国传统村落"两块荣誉牌匾。湖塘是萍乡市唯一入选的村落。全村现存清朝时期刘克典、刘瑞书、刘瑞如等古民居13栋，残存的古民居5栋，古祠12栋，共计27栋，占地共35000平方米，古拱桥有福善桥、福龙桥、定福桥、万安桥等6座，东江古庙1栋，文峰石塔1座，"砂糖"古井1口，若干条古巷，古榨油坊，古拴马房等古迹，共同构成了独具一格的湖塘古村元素。

在湖塘古村众多的古元素中，最有代表性的还是"渭川公祠"，那栋"连体四栋屋"的古民居和"怡善堂"的刘氏家风家训馆。

　　离牌坊不到 60 米，便是"渭川公祠"，伫立仰望叫人惊叹不已。渭川公祠是江西省地域内规模较大的公祠之一。该祠建于清道光十四年（1834 年）距今 190 年，是渭川公长子刘俊才为纪念其父而建。笔者来到渭川公祠前，抬头看到其墙面和屋顶都有翘角的挑檐，石雕拱匾上刻着"渭川公祠"四个大字，公祠顶部中间匾额写有"龙章宠锡"，此乃皇帝所赐，可见公祠主人地位之显赫。大门两侧挂有一副十分醒目的石联："桂植阶前香馥郁，兰飘座上气芬芳"寓意是鞭策后人要读书成才，家庭方可兴旺发达。祠堂正面的墙上镶嵌着数十块石雕艺术品，有"丹凤朝阳""双龙戏珠""平沙落雁""洞庭秋月"，还有麒麟、松、竹、梅和"日月同辉"等图案；祠檐的四角呈弧形翘起，犹如孔雀伸长的脖子望向八方。四角上面安装的铜花历经百年风雨侵蚀，至今光亮依旧，实属奇迹。

　　公祠的门楼为歇山顶，其门楼装饰之精美，在古祠堂中极为少见。若不是刘书记提醒，还真没发现："丹凤朝阳"和"双龙戏珠"图案的排列居然是"凤在上、龙在下"，这与传统龙凤的认知观念确有不同。据考证这样的排序在全国仅有五处：清东陵慈禧陵寝，永州的宁远文庙，吉首乾州节孝牌坊，祁东的洪塘贞节牌坊，莲花渭川公祠。

　　相传刘俊才在湖南长沙等地经商挣了许多钱，为国家作了贡献，在俊才建祠时，是参照其朋友的公祠图纸自己设计来建的，所以渭川公祠与其他祠堂有所不同，它是典型牌楼式重檐建筑，其独特的建筑风格、建筑规模使其有"江西第一祠"之美誉。村上后来的章祖祠、仲泉公祠、陶轩公祠也参照渭川公祠，建造成牌楼式重檐风格，但始终比不上渭川公祠之精细、之气派。据研究祠堂文化的曾国生先生介绍，在莲花 700 余栋祠堂建筑中，牌楼式重檐建筑风格仅有湖塘古村 4 栋，最极致唯有"渭川公祠"。相传刘俊才挣了钱，娶老婆讲究的是门当户对，他的老婆是皇亲国戚，所以在镶嵌石雕时凤在龙上，既是对其夫人的恭维，也是对皇恩浩荡的尊崇。

进入祠堂，被祠内偌大的空间所震撼，五开三进，占地约 700 平方米，尤其是三个天井即前堂一个，寝堂二个形成"品"字形的独特设计令人称奇，这是刘俊才自行设计，意在鞭策后人做生意要讲诚信，做人要有品德，"品"字形天井在我见过古村古祠中这是绝无仅有的。整个公祠砖木结构，全靠 81 根（有"九九归一"之义）屋柱相互支撑着，木柱放置在圆柱形的石墩上以免木头腐烂，过去建祠都是先打木架，后补墙体、门体、窗子都是整块巨型石头砌成，那时没电，还真不知道那时石匠是如何凿成的？天井排水设施历经数百年依然未被堵塞。

如今，祠堂内布置了多块展板，把整个古村及刘氏的发展变化史一一呈现，还有一些在祠堂拍摄的影视剧照片，如 2006 年拍摄的《共产儿童团战斗》，2016 年拍摄的电影《龚全珍》，2017 年拍摄的电视连续剧《初心》等。也再现了当年彭德怀指挥"路口大捷"的战斗历史。渭川公祠，成了甘祖昌干部学院的现场教学地之一。

从渭川公祠侧门出来，便是青石板和鹅卵石铺成的巷道，密密麻麻的，听"刘导"说，整个古村的老巷子都是这样的，既防水又防滑，小孩和老人走在上面不会轻易摔跤，比水泥沥青路面好多了，可见我们祖先的智慧。

刘瑞书家的古民居，是青砖黑瓦马头墙，奇怪的是找不到民居的大门，绕屋走一圈，发现一个奇特的现象，一般我们房屋的方向为坐北朝南，而这栋古民居建筑设计独具特色，是坐东朝西，朝南的横开大门，形似"螃蟹"。

据"刘导"介绍：不单单是这栋古民居，整个村子保留下来 13 栋古民居都是这样，我们村的地形，犹如一只巨大的螃蟹，因此，村中很多老人也把湖塘称为"螃蟹村"。不过，这种叫法在最初并不是因为其整体形状而产生的，而是因为建村时，刘氏先祖在村中挖有一口大芦苇塘，塘中螃蟹成群，螃蟹曾与蛇恶斗，最后蟹胜蛇死，故蟹世居湖塘，繁衍生息，代代相传。直到现在，只要天气温和，村中的水沟、巷道和田间旷野常见螃蟹出没，互相嬉戏；全村从开基以来，住房的建筑别具一格：坐东朝西进身，而大门都是横（南）向；整个村子的房屋布局、走向及其形态酷似一只活生生的大螃蟹，所以便有了"螃蟹村"这个名字。我村古民居在房屋的朝向上的确与众不同，可是旁门左道，都是坐东朝西，但厅堂向西的一面并没有门，门都开在南面，进门要经过一个天井，向右拐个弯才能看到厅堂。对于这种横开门的独特设计，老人都说是祖先根据风水设计的。

他还说："坐东朝西便于房屋主要采光面向西，也是传统风水学的一种说法，这与我村的地理位置有关。这里下午阳光易被遮挡，日照时间较短，先民们为了有更充足的采光，便将大门设置为朝南开。另外，大门开向南边，还可以避免冬季时西部寒流和山风顺山势而下侵入宅中。"可以说这里"螃蟹"式独特的建筑风格还是少见的。

刘克典家"四栋连体屋"古民居也叫"四栋屋"，号称"中国第一奇屋"。"四栋屋"全长 58 米，宽 20 米，占地 1160 平方米，大小房间40 余间，4 个大厅，5 口天井，前后向无门，左右开了四扇大门和四扇侧门，典型的大"螃蟹"形状，气势磅礴，令人震撼不已，我去过婺源李坑古村、吉安渼陂古村、宝安凤凰古村、苏州陆巷古村，但从未见过规模这么大，形状这么怪，天井这么多的古民居，可以说它是"中国第一奇屋"名不虚传。走进屋内，有人说有京城故宫的感觉，虽没有故宫那么豪华、辉煌、流光溢彩，然而古民居主房、厢房、库房应有尽有，回廊、屏风、吊楼处处雕龙画凤。老宅中间有一非常坚固的屋子，据说这是专门存放银圆的"金库"，当时这间房子差不多堆满了银圆。

当笔者问起刘克典为什么这么富有时，刘书记给我们讲起刘克典家的传奇故事。据说刘克典被朝廷诰授奉政大夫，道光二十七年，曾在浙江宁波任职，他的父亲刘仲泉也是朝廷诰授的奉政大夫，曾在湖南保庆府任职。其妻彭氏禾娘被封为宜人，刘克典结婚后家业兴旺，在庐陵开办铸造厂，在安福开办"瑞如新"商铺和数油榨坊，挣了钱回村建了"四栋连体屋"，怡善堂，拴马房等，在村后山的云山建了"云山山庄"。刘克典夫妇乐善好施，每天装一桶米放在"四栋屋"大门的石凳上，分给乞丐和贫困之人。还曾一度捐重金支持修复"复礼书院"。他十分注重教育，培养和鼓励子孙及远房重孙先后东渡日本留学，远房重孙最终成为医学博士。

　　"怡善堂"是刘克典训诫子孙的场所，始建于清咸丰四年（1854年），占地约220平方米，三开二进，二天井，砖木结构，门楼为硬山顶，回廊两根石屋柱均有4米之高，这是怡善堂最鲜明的特征，意寓做人做生意要实诚。里屋的屏风刻有"忠孝廉节"四个大字。村上古祠里大多刻有这样的字样，寓意教育后人要"忠义诚信，孝敬长辈，讲究廉洁，勤俭节约"，后来逐步形成了刘氏"明忠孝，崇礼教，重诚信，尚廉俭，乐助人"五大族规家训，后代谨遵祖训，传承家风，形成了绵延久远的家规家风文化。如今此处已是村里的"家风家训馆"和县里的廉政教育基地。如今拴马房还在怡善堂旁，后山的"云上山庄"早已倒塌长满了荒草。

　　在古村中央还有一口"砂糖"古井，由两块长2.5米，厚20厘米，宽25厘长的青石作井沿拼凑而成，井深1.3米。自古村开基以来，湖塘人一直饮用此井水，距今有一千多年历史，因为井水喝起来有点儿砂红糖的味道，所以取名叫"砂糖"井。如今，虽家家户户均安装了自来水，可古井旁住的百姓还习惯到"砂糖"古井挑水喝，听村里的老人说，喝"砂糖"井水能解渴外，还能强身健体、延年益寿呢。每当初一、十五，当地老百姓便来到古井边，踏上千年的青石，看着清可见底的井水和飘动的丝草，都不约而同地蹲下身子双手合拢着，捧起那"砂糖"古井的泉水，哇，好喝，是有点儿甜！有的索性用矿泉水瓶满满装上一瓶……

　　行走在古村古祠古巷，聆听着古村数百年的传奇故事，触摸着古村的青砖、石门、石窗……不知不觉已是半天的时光，但我的兴致依然很高，在刘瑞如民居，被屋内大厅屏风上木刻的"朱子治家格言"所吸引，大家用手机、相机争着拍照，走近屏风一字一句琢磨，念叨……天色已晚，大家却意犹未尽，若不是司机尽催，均舍不得移步回家。

　　在回程的车上，有人说下次来要在古村住上几天，真正静下心来感受古村的前世今生，细细品味"凤在上，龙在下"的神奇故事，探寻着"螃蟹"村来历的秘密；有人说要带上小孩儿，来看看古村先人"品"字形天井，"怡善堂"和朱子治家格言，来激励后人讲诚信，守规矩；来看看古村的红色标语，教育孩子不忘初心……

原载于 2020.2.21《今日老区》红色圣地栏目
2020.8.16《赣西都市报》文化栏目
2023.7.7《中国作家网》

莲花血鸭

莲花县地处赣湘边陲，素以"一朵花、一支枪、一道菜，一对伉俪"而闻名遐迩。这"一道菜"就是赣菜之首——莲花血鸭。

莲花血鸭是江西省莲花县的一道特色名菜。2008年被列入北京奥运会菜谱。2009年成功申报为省级非物质文化遗产。以其"色美味香，鲜嫩可口"之特点，2018年9月被评为"中国菜"之江西十大经典名菜。2021年2月1日，江西省商务厅正式发布赣菜"十大名菜""十大名小吃"名单，莲花血鸭榜上有名。2023年6月15日，"莲花血鸭"插上了腾飞的翅膀，坐上"莲花血鸭·赣菜非遗"号专列，踏上浦江游轮，走出了莲花，走向全国。

说起莲花血鸭，还有几段传奇故事呢。话说在南宋年间，文天祥勤王抗元，到莲花巡视军务，为鼓舞士气，须歃血为盟，祭告天地。因一下子找不到鸡，则取鸭代之。取血后用鸭子做菜，伙夫刘德林手忙脚乱之中把剩下的血酒当作佐料倒入菜里，一道菜变得一塌糊涂，煞是难看，可文天祥一尝即刻被这道香气扑鼻、风味别致的菜所吸引，赞不绝口，问及菜名，机灵的伙夫脱口而出"莲花血鸭"。闻名江南的莲花血鸭就这样诞生了。更令人称奇的是在这么一个偏僻的赣湘边城，小小的山沟里竟在清末出了个两代帝师——京师大学堂（北京大学前身）总监督朱益藩。朱益藩把这家乡的味道带到了紫禁城，谁想这道名不见经传的莲花血鸭，竟让老佛爷慈禧喜欢上了，自然而然上了清廷菜谱，成为一道"宫廷名菜"。在新中国，这道名菜又被开国领袖毛主席回忆起来。话说在20世纪50年代的一个夏天，一个神秘的电话打到莲花，点名一位叫李桂发的厨师速往南昌、庐山，并带上几只仔鸭去为井冈山的老同志炒莲花菜（血鸭），这是当时江西省任职的刘俊秀亲自安排的。老同志是谁呢？那就是毛主席、贺子珍、曾志他们。这莲花血鸭非得莲花人来做，看起来不怎样，吃起来却令人终生难忘。那时毛泽东带领秋收起义部队在莲花仅仅三天，却曾品尝过这道菜。时隔多年，一到江西，毛主席就想起了当年的那道叫"莲花血鸭"江西名菜。可见，莲花血鸭其特别的味道的确有其令人难忘之处，倘若哪天与莲花血鸭结缘，它一定让你垂涎欲滴，它一定如你的爱人般让你念兹在兹，甚至会让你不由自主地奔向莲花，尝之，品之，鉴之。

莲花血鸭之所以位列十大赣菜之首，我想，这与莲花之得天独厚的地理位置有关。莲花地处罗霄山脉中段，境内最高山峰1314米，四季分明，气候宜人，属永新禾水、安福泸水之上游，自然环境美，空气好，水质净，所以这里养出的莲花麻鸭，皮薄肉润，香甜可口；这里种出的莲花茶油，色泽鲜艳，香气扑鼻，可以生吃；这里种出的莲花路口辣椒，长条皮薄，

辣味十足；这里酿造的莲花米酒或酒酿，新酒醇美，老酒香甜。用莲花这些上等的食材炒出的莲花血鸭自然"色美味香，鲜嫩可口"，香飘万家，誉满全国，而成功入选江西十大名菜之首。

莲花血鸭之所以能成为江西十大名菜之首，我想，这还与莲花之独特的吴楚文化相关。莲花地属吴楚相交之地，受楚文化影响较深，在古代，初一十五，逢年过节，敬鬼神必杀鸡鸭，谓"血食"，取血祭

意。但总杀鸡不行，鸭比鸡生长快，莲花山塘河流多，养鸭方便。故初一十五，尤其是阴历七八月多杀鸭招待神仙祖宗。谣云"七月七，毛鸡毛鸭杀一些"。一斤五六两重的鸭仔哩刚长成，茶油、水酒、红辣椒备好，人多时加点丝瓜、毛豆进去凑数。祭拜了祖先后再吃，老人没有牙齿吃鸭肾肠内杂，叫无心无肺。小孩儿吃鸭翅鸭腿，叫脚踏实地，展翅高飞。

莲花县域面积不大，却有砻西和上西之分，莲花血鸭根据地域不同也有两种不同的叫法，两种不同烹饪方法：上西人习惯在鸭血放盐，用青椒炒出的血鸭呈黏糊状，细嫩鲜美，口味偏重些叫"盐血鸭"。砻西人则习惯在鸭血中放米酒，也有放"老冬酒"或放酒酿的，根据各人的喜好与口味而定，一般要在杀鸭子之前就要问清楚，用红辣椒炒出的血鸭色美味香、鲜嫩可口，吸引了不同人的味觉，叫"酒血鸭"。但不论盐血鸭还是酒血鸭，对外都叫"莲花血鸭"。

我是莲花县路口镇人，属上西，是吃盐血鸭长大的，对盐血鸭自然是情有独钟，尤其是爱吃我娘炒的青椒毛豆盐血鸭，因为家里人多，杀一只鸭子很显然是不够吃，我娘就放上些毛豆或八角丝瓜，使原本一碗盐血鸭变成了两碗，但在那个困难的年代，放再多的毛豆或八角丝瓜也无济于事，我们兄弟四人狼吞虎咽，争先恐后地把盐血鸭吃个精光，不过瘾时还要把饭倒在炒血鸭的锅里搅拌，恨不得把锅底吃穿。自从师范毕业分配在砻西教书，我娶了个会炒菜的砻西老婆，尤其是喜欢吃老婆炒的除骨酒血鸭（因为市面上只养三四个月的仅一斤半的小麻鸭很少。现在市面上大多数是养了半年以上两斤以上的鸭子，鸭子老了如果不去骨头，吃起来感觉全是骨头。为了一家老小都能吃上香辣可口的血鸭，老婆从六弟小炎那学会给鸭子去骨的技术），那色香味美，脆嫩可口，可馋死我啦！每年的年夜饭，都是我老婆亲自下厨，我和弟妹打打下手，一家人都夸我老婆的血鸭炒得好！这舌尖上魂牵梦萦的味道让我越发迷恋越发依赖我的老婆。老婆炒的莲花血鸭自然成了我的最爱，就连我北京、上海的同学回莲花也点名要吃我老婆炒的去骨的莲花血鸭，每年的春节可把老婆累得够呛。

我的女儿也特爱吃酒血鸭。小时，她最怕辣，唯独莲花血鸭的辣，她不怕。记得有一回，谭老师做东在赣西大厦地下餐厅请客。我把年仅 5 岁的女儿也带上了。女儿用手抓起血鸭腿，吃得津津有味，辣得她嘴都红了，气喘吁吁的，摇头晃脑，双脚交替跳起来，味道肯定是爽歪歪！我们禁不住哈哈大笑了起来。

女儿离开莲花去青岛读书时，每次返校一定要她娘炒两只莲花血鸭带上。寒暑假放学回家，刚上火车，女儿就打电话来要她娘炒莲花血鸭，她回家的第一口菜得吃上莲花血鸭。

参加工作了，女儿也不好意思总叫娘炒血鸭给她吃，就耐着她娘要告诉她如何炒血鸭。我也是在小时候就偷偷地跟娘学会了炒上西盐血鸭，酒血鸭则是跟老婆学会的。

其实，在莲花，人人爱吃莲花血鸭，也爱炒莲花血鸭，家家户户都养麻鸭。莲花县委、县政府对莲花血鸭产业的发展与品牌创建也非常给力。县里出台了"莲花血鸭"品牌创建与产业发展实施方案，对品牌创建与规模养殖大户进行奖励。县莲发集团组织 53 家莲花血鸭系列企业成立了"莲花血鸭行业协会"，县文旅集团组建了"莲花血鸭产业研究院"。县里还在每年的"荷花节"期间举办"莲花血鸭烹饪大赛"，对获奖厨师进行奖励。莲花越来越多的老百姓，其中不乏有志青年，也因为养莲花血鸭、炒莲花血鸭、销售莲花血鸭而走上了致富之路。

在莲花，因为爱上一只鸭，谁会想到竟然形成了一个莲花人致富奔小康的产业。莲花人因熟悉莲花血鸭这传统名菜之独门绝技，在全国各地开起的"莲花血鸭馆"有 5000 余家；在莲花工业园区开办"莲狮鸭""老萍巷""莲花谣""一把勺"等多家品牌农业产业化企业；在莲花乡村麻鸭养殖集群区就有三个：一是良坊麻鸭养殖片区年出栏 10000 羽规模场 12 家；二是湖上闪石麻鸭养殖片区年出栏 10000 羽规模场 6 家；三是高洲坊楼麻鸭养殖片区年出栏 10000 羽规模场 8 家。散养专业户 1000 余户，全县年出栏 190 万羽。

在莲花，因为恋上一只鸭，谁会想到在上海、在法国从事 25 年安全鞋行业的大老板、大企业家颜彭保竟然会放弃繁华的都市生活回老家当一个"伙夫"？在莲花工业园成立"江西三三集团"，启动了"莲狮鸭·莲花血鸭"全产业链项目。2021 年，他的"莲狮鸭·莲花血鸭"企业推出了"莲花血鸭自热米饭"，在中国特色旅游商品大赛上斩获铜奖。当笔者采访颜总时，他对莲花血鸭的挚爱程度正如他自己所言："我是一个地地道道的莲花人，一个生长在山里的孩子，从小是吃莲花血鸭长大的。我尝遍了世界各地的美食，最忘不了的还是家乡那道莲花血鸭，所以我要回乡创业，创办'莲狮鸭·莲花血鸭'这个企业，我要让'莲狮鸭'品牌唱响全国，走向世界。"

然而，要真正炒好一盘地地道道"色美、香辣、脆嫩、可口的莲花血鸭可没那么容易，有诸多繁杂的程序与步骤，还有炒菜的手法与技巧以及熟悉程度与个人的感悟等等。它的确是一门技术活、细致活，每一个环节都马虎不得。

首先，选鸭。鸭子的品种很多，而且放养与圈养是不一样的，得选择莲花本地放养的仅 1.5 斤小麻鸭（3 至 4 月龄）。不过，这相当难，除非要找熟人预订，市场上一般都是半年以上 2 斤以上的麻鸭。

其次，杀鸭。杀鸭取血很关键，因为鸭血是莲花血鸭这道菜的灵魂所在，无鸭血就不叫莲花血鸭。自己杀鸭或到菜市场买鸭，爱吃酒血鸭的得事先用小瓶子装好 50 克的莲花米酒，爱吃甜食的，则可选用莲花老酒（酒酿）；爱吃盐血鸭的准备少许盐即可，杀鸭时，用碗盛好米酒或盐，将鸭血渗入碗中，搅匀后待用。

第三，煺毛。在锅内放水烧热，将宰杀后的鸭子放入锅中，随着水温慢慢上升，一边擦洗一边扯毛，当温度上升至 70 至 80 度时，一边翻动一边扯毛，也可在菜市场请专业杀鸭除毛的师傅除毛，那就方便多了。

第四，剁鸭。将脱毛干净的鸭子洗干净，然后用刀将其剖开，将内脏翻洗后，用盐清洗，再用温开水烫一下待用。剁鸭时先将鸭头取下分成两半，即上下嘴，再掰鸭脚，鸭脚只要折断即可，切不可剁碎，见不到上下鸭嘴和两只鸭脚，客人会误以为不是全鸭。然后开始剁鸭身，如果是3至4个月的1.5斤的鸭子可直接将鸭子剁成肉丁，如果是半年以上的鸭子，则要把鸭骨去掉再剁成肉丁。

第五，配料。准备好莲花本地茶油、米酒（茶油、米酒可以去鸭腥味）、路口红辣椒（盐血鸭则准备路口青辣椒）、湖上生姜、大蒜、食盐、味精、胡椒粉等配料，但在切红辣椒时要切细，要一次成小圆形，切不可反复切碎，切青椒还可成条状。把生姜和大蒜切成肉丁大小，切不可切成姜泥和蒜泥，那不好看。食盐、味精、胡椒粉少许，也可根据个人喜好，可放可不放。我们家炒血鸭不放味精和胡椒粉，纯天然口味。

第六，炒鸭。将锅洗干净放置旺火（有柴火更好）上，放少许茶油，先煎两只鸭脚，上下鸭嘴，待鸭嘴、鸭脚七八成熟时再倒入全部鸭肉，旺火快炒，直至炒干水分，铲出放在盘中。锅中加入少许茶油，倒入切好的红辣椒、生姜丁、大蒜丁，放入内杂翻炒，再将鸭肉倒入一起炒，然后加入米酒和少量热水，置旺火加盖焖烧15分钟左右，老鸭则要30分钟左右，再加少许食盐、胡椒粉、味精（根据个人口味，也可不放），待汤汁基本收干，再倒入事先准备好的鸭血翻炒几下，再加少许茶油，加盖2分钟左右。如果是盐血鸭，则将盐血倒入翻炒后即可马上出锅，不必再加盖。

第七，出锅。锅开后立即装盘上菜，出锅时要注意鸭子的上下嘴必须放在血鸭上面，鸭腿可藏碗底，有头有脚才是全鸭，足见主人的待客之道。如果仅有半头半腿，说明是半只鸭，半心半意无诚意。一道色泽紫红油亮、香甜脆嫩，鲜辣可口的莲花血鸭，一味地地道道的江西传统特色佳肴即刻呈现在客人面前，让人垂涎欲滴，回味无穷。

莲花血鸭这道传统特色名菜，说起来容易，做起来其实还挺难，可谓是"看花容易绣花难"。我家八弟媳妇为了应聘某食堂厨师，专门练习炒这道菜，竟一次性购买了6只小麻鸭子在家刻苦反复练习，而且请了"莲花血鸭烹饪大赛"多次获得冠军的专业厨师刘永灿进行现场指导，前面炒5只均未合格，直到炒到第六盘出锅，经厨师品尝才点头勉强过关。经过近10年的努力，现在八弟媳妇所炒的莲花血鸭得到许多人的认可，尤其是在吉安生活的姑父回莲尝了之后赞不绝口，他说："吃遍莲花街上的血鸭，唯你家弟媳炒的血鸭最好吃！"我家老四当兵在厦门，也像我女儿一样，对血鸭念念不忘。每次探亲回家就爱到厨房里跟着我老婆学炒莲花血鸭。返回时，他总要带上莲花茶油、米酒等配料，带上五六只已杀好的血鸭冰冻好放在后备厢，待想家想吃血鸭时就从冰箱里拿出来自己炒，还不时打电话问他二嫂。带去的鸭子吃完了，老四就到厦门的农贸市场买鸭子，可不论他怎么炒，就是没有用莲花小麻鸭炒的味道之正宗。

而今，莲花血鸭已乘着新时代的东风飞出了山旮旯，踏上了高铁专列，坐上了浦江游轮，作为赣菜之首而闻名遐迩。一首脍炙人口的莲花血鸭民谣也在莲花、在江西、在祖国的大江南北传唱："勤王抗元歃血盟，将士慷慨吞山河。帝师携技进京城，慈禧迷恋上御谱。主席莅赣思故人，莲花血鸭解乡愁。生姜大蒜红辣椒，麻鸭茶油黄酒烩。传统名菜好佳肴，色美味香飘万家。来了莲花不吃鸭，简直让人笑掉牙。麻鸭养殖集群化，莲狮萍巷莲花谣。赣菜非遗莲花鸭，高铁游轮走天涯。"

莲花血鸭，香飘万家！

莲花酿豆腐

　　"待到重阳日，还来就菊花""何当载酒来，共醉重阳节"。诗人孟浩然期待过重阳节，是因为他热爱乡村生活，乐于畅饮菊花酒。我也喜爱过家乡每年九月九日的重阳节，是因为我爱莲花的特色小吃——酿豆腐，尤其是我老婆做的莲花酿豆腐。

　　莲花，这个中国唯一以花卉命名的赣湘边小县却是"吃货们"的美食天堂，是一个有美食小吃的好地方。这里一年四季可吃到上等的"十大赣菜"之一的莲花血鸭，不同的季节可吃上不同的山珍美味：春有地衣、艾叶米果，夏有荷花莲子蒸汤、凉粉、粉蒸肉，秋有菊花菜、冬有竹笋炒肉、腊肉……不同的地方可吃上不同的特色名菜：如三板桥红烧肉、升坊萝卜、琴亭莲子、路口甲鱼、闪石煎饼、良坊薯丝卷、六市血鸭……不同的节庆更可吃上上等的不同口味的特色菜肴，如清明节吃艾叶米果，食青团，端午时节的垄西血鸭、上西盐血鸭，重阳时节的酿豆腐，中秋节月饼，春节汤圆腊味；乡村的红白喜事更有讲究：有扣肉、鹅颈、油炸药、土鸡、红烧鹅、鱼等充满浓郁地方特色的一桌"十大四小"（即十个大菜四碟小菜）等各色各样美味佳肴，一定会让异乡的你垂涎欲滴，流连忘返，这一道道舌尖上的美食也是游子思乡回家最好的理由。

　　天生偏爱吃糯米饭或糯米食品的我，除喜欢吃糯米饭、艾叶米果、糯米煎饼、糯米薯片、糯米兰花根等糯米做的美食外，使我更留恋更贪念爱吃的是每年重阳节的那道用糯米、猪肉和豆腐做成的"莲花酿豆腐"。

一年一度的重阳节如期而至。说起"重阳节"这个节日,赣西边城莲花旧时的农村对其庆祝比较隆重,从阴历九月初一开始就要吃斋,说是接"九皇菩萨",吃"九皇斋",九天之内每天早晨必须得敬斋饭,初九日送九皇。其间,每一天,按地方习俗须在神前点"九皇灯",清洁门户、烧檀香、打米斋、敬九奥神。初九中午必须吃酿豆腐、鸡、鸭、鱼、肉等特色菜叫过"九皇节",其中酿豆腐是主打菜,寓意着福气安康,豆腐谐音"都福""都富",是当地老百姓祈求来年多福、身体康健、生活幸福富裕的一种表达。而鸡鸭鱼肉等菜则根据各家经济情况而定,并非一定要上的。酒足饭饱之后,下午都去爬山登高。听我父亲讲:重九登高始于桓景之避灾。据《续齐谐记》载:南桓景随费长房游。房曰:"九月九日汝家当有灾,急令家人缝囊,盛茱萸系背上,登山饮菊花酒,可免此灾。"从此,重九登高望远可免灾难成了民间悠久的传统习俗。1989 年起,我国将每年阴历九月初九重阳节定为"老人节",以弘扬尊老、爱老、孝老之美德。

虽说是"老人节",但由于不是法定假日,加之年轻时我们夫妻俩因忙于上班,这么隆重的节日只留下舌尖上"酿豆腐"甜蜜的记忆。那时既没时间去登高望远,也没有时间在家陪伴双方的老人。

今年的"九九重阳节"却有点儿不一样,因为我已退休,老婆也退休在家。老婆在初八早晨就说:"明天是重阳节,请爸妈来吃饭吧,今天我早点儿去菜市场卖做酿豆腐的材料，今天就做好，明来吃时再蒸一次，不就更松更软更好吃吗？"

重阳节前的大商汇农贸市场卖酿豆腐材料的摊点比平时多了许多，排队采购的人也比平时多了许多，价格在 15—18 元/斤不等，任由客户选择。我按老婆的交代，买了豆腐 2 斤，精肉 2 斤，糯米 3 斤，葱蒜等配料。也有现成的"莲花酿豆腐"摊点，5 元一个任你挑选，有"莲花谣甘艳梅""五四小食坊李小凤""庭杰妈咪贺梅"等成百上千个乡村漂亮美丽的莲花"豆腐西施"，因为做莲花酿豆腐，卖莲花酿豆腐等莲花美食而火爆于网络，常看见她们在短视频平台展示她们的酿豆腐厨艺。不过，淳朴勤劳的莲花人大多都爱自己在家做莲花酿豆腐，以示对这个节日的敬重，对父母及先辈的孝顺。

莲花的重阳节作兴做"酿豆腐"、尝"酿豆腐"、敬"酿豆腐"的习俗由来已久，而且节日仪式之隆重，之热烈是城市里所没有的。父母在，则务必要请父母亲来家里吃饭，父母亲坐在上席品尝着儿媳亲手做的一桌好菜，亲手做的酿豆腐，儿孙为老人家敬酒祝福，一家人其乐融融，便更有这节日的仪式感；倘若父母离世，只能将蒸好酿豆腐作为斋饭，放在神前供奉。

全国各地会做酿豆腐这个名菜的地方很多，但莲花酿豆腐在食材与做法上是别具一格、与众不同的，而且其食材糯米、肉、葱、蒜、油炸豆腐等还具备耐储存之特点，且具有耐腐、充饥、方便携带之属性。旧时，农村将做好酿豆腐放在盐坛浸泡，可储存食用一年，家里来客人则捞出来切片再配上辣椒和青菜专门招待客人；莲花酿豆腐还是旧时莲花当地老百姓冬天上山砍柴、出门远游的主要食品之一。听我奶奶讲，当年毛主席带领秋收部队上井冈山，莲花老百姓家家户户送莲花酿豆腐给红军充当干粮呢。

一直吃惯了"闲饭"的我，以前因为单位忙的缘故，一年四季难得亲自下厨，多被老婆替代了。这次，我决定自己动手做一次莲花酿豆腐，也让我的父母，老丈人，让我那聪明又贤惠老婆尝尝我的厨艺；也亲身感受一下这莲花民间独有美味佳肴的神操作流程。

其实，做菜是一门技术活，更是一种生活的态度。要真正做好一道菜真的也挺难，尤其是做莲花酿豆腐，其食材、工序、蒸煮都是特别讲究的。因为爱吃，所以老婆平时做时我也特别地留意。这次为展示一下我的厨艺，我先是向老婆虚心地讨教，前前后后又问了几遍。

做"莲花酿豆腐"并非做萝卜白菜那样简单，正所谓"慢工出细活，欲速则不达"，做莲花酿豆腐必须得用绣花之功夫才能完成。千百年来，咱们莲花的百姓口口相传，逐渐形成了"五道"标准的制作工序：第一道工序是准备好原料及配料。一是去莲花大商汇专业卖豆腐市场上买已炸好 1 寸立方的空心油豆腐，五花肉（适当加些瘦肉），糯米；二是准备好茶油或菜油适量，辣椒（干湿均可）、生姜、香葱、大蒜、食盐、味精少许。第二道工序：将五花肉剁成肉泥，将生姜、辣椒、香葱、大蒜也切成肉泥状；将糯米饭淘洗干净，用热水浸泡半小时左右，然后将它炒成四成熟的糯米饭。第三道工序是将莲花茶油放入热锅中，加入已切好五花肉炒至冒油，再加入生姜，辣椒末，豆豉炒出香味，倒入已浸泡洗干净的糯米，倒热水煮，用细火煮 15 分钟左右，再加入香葱、食盐、味精。炒至四成熟后出锅。第四道工序是将空心豆腐用手指抠一个小洞，把里面豆腐掏出来，然后将已炒好糯米饭逐个填进空豆腐内，直至填满为止。最后一道工序是蒸煮，也是关键的一步，倘若未蒸熟，即便酿豆腐做得再好也前功尽弃。即将已填光好的糯米豆腐盛入大碗内，用高压锅蒸上一个小时左右即可，如果时间允许则可多蒸一会效果更佳，蒸出来的莲花酿豆腐比杭州小笼包更厚实，每个差不多有 2 两重，具有香气扑鼻、糯软香辣、鲜味可口、油而不腻之特点。让人一见之便望眼欲穿，一闻之便垂涎欲滴，一尝之便永世难忘。我每次都要一下连吃两三个才肯罢休。做出来的莲花酿豆腐还可以放在冰箱储存，便于携带或寄给全国各地的食客，食前用锅蒸热即可。

做菜是一门艺术,更是一种生活的享受。把做菜当作一种艺术,一种让生活变得更美好的艺术!做莲花酿豆腐这道特色菜整个流程下来,虽有点儿费工费时费心费神费劲,把我的双腿都给站酸、站麻了,腰酸背痛的,双手也变成油兮兮的样子,尽管穿上了围裙,但我的衣裤上仍粘上了星星点点的糯米饭,可以想象我的父母,我的老婆平时在厨房做菜该有多辛苦!看到自己亲手做的莲花酿豆腐,虽然味道不及老婆做的那么好,心里却也倍感欣慰!

"莲花酿豆腐,真呀,真好恰(吃)呀,糯米油豆腐那个拌葱蒜啊,四成熟的糯米饭呀,金灿灿的油豆腐,掏心又掏肺喽,精肉碎泥那个拌糯饭呀,做出来个酿豆腐,就是个不一样!毛主席带领部队上井冈,莲花酿豆腐当干粮喽。莲花酿豆腐,真呀,真好恰(吃)喽……"这是一首流行在莲花民间《恰(吃)莲花酿豆腐》的民谣,不仅唱出了莲花酿豆腐的基本做法,也唱出了莲花人吃莲花酿豆腐时丰收、喜悦的心情。

莲花酿豆腐不仅仅是莲花九九重阳节一道特色节日主打菜,也是莲花血鸭、莲花炒粉、莲花白鹅、莲花莲子……系列莲花美食中一道叫得响的特色绝味美食;莲花酿豆腐是莲花出外游子们一种念念不忘的故乡味道,更是一种历史的沉淀,一种文化的传承,一种精神的寄托。

原载于《中国作家网》2024 年 5 月 15 日

花塘官厅

　　赣湘边城，碧云峰下，漫坊桥边，引兵井冈"决策广场"后侧，有一清末民初的古建筑群，叫"花塘官厅"。这里是江西省爱国主义教育基地，是莲花对外文化宣传的一张明信片，是外来游客来莲花学习参观游玩打卡地之一；这里是江西甘祖昌干部学院、江西省总工会井冈山职工教育培训中心等院校的现场教学点之一。

　　花塘官厅，又称"定园"，大院面积 20 余亩，建筑面积 4445 平方米，为清朝慈禧太后、光绪和溥仪皇帝的汉文老师朱益藩和父亲朱之杰、兄弟朱益濬在莲花县花塘村老家所建的私邸。朱门俊彦，唯朱

益藩名头最盛，他不仅仅是光绪庚寅恩科进士、翰林院大学士，曾任京师大学堂（北京大学前身）第六任总监督，还是两代帝师，故以朱益藩之号"定园"而命名。又因朱氏子嗣地位显赫，故当地人美其名曰"官厅"。官厅由三幢坐北朝南大宅联排依次而成，独则成栋，合则成群，外观三面墙与屋栋齐高，半圆形福字瓦当造型别致。四周檐下是山水、花鸟、人物图画，正面外廊上方穹顶装饰精美的木雕人物故事，内容十分丰富，寓意富贵吉祥。屋内地铺方砖，三至五重天井，每重左右各一天井，两侧和屋后都有附属建筑，青砖白瓦，飞檐翘角，气势恢宏，风格别致，风光奇秀，尽入户庭，官厅融南北建筑艺术经典于一体，堪称江南古建佳构之一绝。

花塘官厅，不仅仅是朱之杰父子私邸，也是中国古代官员告老还乡退休制度的产物，不过，那时人口少，土地较多，对建房面积无任何约束。花塘官厅，还是中共湘赣省第一次代表大会、湘赣省苏维埃第一次代表大会旧址，列宁学校旧址，胡耀邦革命生涯第一站。

进官厅原是在正南方向，因正南面是一条仅 4 米宽的公路，车多路窄，考虑游客进出安全，2011 年在修复官厅时将东面侧门改作了官厅的大门，并新建一幢一边六个马头墙徽派建筑，门口右侧矗立着一巨型石头墙，上面雕刻着碑文《花塘官厅修复记》。正门上方是"花塘官厅"四个大字，大门两侧是黑色实木板雕刻的一副金字楹联"一帘花雨诗中画，半榻琴书醉里仙"，这副楹联出自朱益藩在北京官邸厅堂字画，为朱益藩亲笔。朱氏一门三进士（朱之杰、朱益濬、朱益藩），五科六举人（朱氏晚清举人为朱源春、朱源桂、朱益湛、朱咏春、朱彭年、朱彭龄、后二人为荷塘朱氏，与花塘朱氏同支系。另有朱源璋为光绪时荫生，四品，乾清门二等侍卫，一共七人），科考奇迹，是中国科举取士史上赣湘边一段传诵不衰的佳话。

进大门右侧，沿着青石小路往前数步便是一座古亭，那是朱益藩晨读之所。亭下有一口古井，那是官厅取水之地，古井前是绕官厅修建的环形的池塘，犹如一条绿色的飘带缠绕着官厅，池塘里荷花绽放，偶见三五条金鱼在花间自由自在地游来游去，惬意极了。两边青青的垂柳随微风飘舞。右前方是官厅三层四角翘起的古观景台，过去或许是官厅主人茶余饭后陪客人登高望远的瞭望台。我也沿着池塘朝观景台方向走去，然后沿旋转楼梯攀上去，到二楼便豁然开朗，令人心旷神怡，站在此即可鸟瞰整个官厅，上得三楼也可远眺墙外莲城风光。沿楼梯蜿蜒而下，走过观景台和官邸之间那弯弯的石拱桥便是官厅的后院。古桥、古井、池塘、亭台楼阁、长廊、垂柳……好一幅江南水乡小桥流水人家的优美图画，欣赏着官厅悠扬的古筝曲，连麻雀也在叽叽喳喳吟唱，心情顿然放松下来，真是赏心悦目、流连忘返。

沿着官厅后院侧墙往前，踏着两米多宽青石板路约 62 米，向右拐便是朱之杰次子朱益藩 1912 年所建的私人官邸。据传是 1911 年朱益藩母亲病逝时，他从京城回籍守丧，萌发告老回乡之愿，便在父亲故居的左边空地又新建了一座官厅，亦称"新官厅"。官厅长 62 米，宽 26 米，檐高 5 米，四进八天井，大小房间 28 间，4 间大厅堂。官厅的瓦檐上装饰着半月形琉璃瓦当，上面有一楷体的浮雕"福"字，舌状的突出部分是篆书"寿"字，旁边饰以缠枝的花纹。官厅的石雕门楣左右都镶有寓意福寿的浮雕蝙蝠和南极寿仙，中间刻着镇宅的阴阳八卦。而那雕梁画栋，也饰以祥云瑞草、长寿未央等图案文字。这栋民俗味儿极浓的官厅表现了福寿双全的良好祈愿，融合了北京四合院和南方山水园林的建筑风格，在江南极为少见，它集起居、教习、休闲、娱乐于一体，比之父兄所建的官厅又兼收并蓄了不少新的建筑元素。朱益藩官邸在建筑规模、规划上均比其父兄要小，而且位置靠后，这与朱益藩为人处世之低调，见多识广、阅历丰富和生活习惯有一定的关系。

朱益藩官邸大门两侧挂有朱益藩亲笔撰写的一副楹联，上联是"积德勤绍佐时理物"，出自东汉《夏承碑》，意为努力不懈地加强道德修养，辅佐君王治理国家；下联为"建策忠谠兴利惠民"，出自东汉《景君碑》，意为建言献策要忠诚正直，做到利国惠民。这副楹联是朱益藩一生"情系家国，心系乡民"的真实写照，也蕴含着对子孙后代的教诲和期许。跨过天井，步入大厅，是一面巨型木屏风，正面是朱益藩先生身穿官服，手持书卷，两脚平放地面，端坐在大师椅上凝视前方的一尊塑像，刻画得栩栩如生，风采卓然。背面朱益藩先生书写的《兰亭序》。天井左右分别两扇圆拱门，拱门的上方分别写有"揽英""接秀"四个大字，其中"揽"字取繁体字"攬"上方，少了个"見"字，让我百思不得其解，后询问花塘胡寿南老师才知其意。在"接秀"圆拱门有朱益藩为颐和园排云殿门上题写的匾额"凝釐"两个大字。大厅按"书香门第""翰林之路""仕宦生涯""帝师岁月""大义遗老""遗世墨宝"六大板块布展，展示朱益藩的一生：朱益藩（1861－1937）字艾卿，号定园，莲花县人。1889年中举人，1890年考中进士，钦点翰林院庶吉士。1897年，他参加大考获一等第一名，高中"馆元"，在御书房为慈禧太后、光绪和溥仪皇帝讲授历史、诗文、书画。他还做过南书房行走、几省主考官、京师大学堂总监督。1924年，冯玉祥率国民军进驻北京，宣统皇帝被赶出紫禁城，匿居天津，与朱仍过从甚密。九一八事变后，朱益藩"但主拒，不主迎"，态度鲜明，向溥仪力陈伪满洲国之不可为，怒斥郑孝胥与日本人勾结，丧权辱国。伪满洲国成立，朱痛心疾首，毅然将宣统皇帝赠予的祝寿诗、名画从厅堂取下，以示抗议，且至死不到长春。袁世凯称帝时，多次派人请他出山，不为所动。朱益藩不做遗老，与外界不相往来。他素以书法名世，晚年在北京琉璃厂荣宝斋南纸店挂笔单鬻字，1937年殁于北京。他以学问与气节闻名于世。其书法晚年深得王羲之、米芾之精髓，笔墨趋于炉火纯青，可谓渴润相间，雄秀得宜，具有相当高的造诣，其书法作品收录于《清廷帝师朱益藩书法集》，该书由云南美术出版社出版。朱益藩同时又善诗能文兼精中医学，惜生前所著诗文手稿均在"文革"

中被焚毁，几乎无一存世。

中间的空旷地原是清咸丰九年进士朱之杰私人官邸，朱之杰（1824—1866）字冕群，朱益藩父亲。1859 年进士，知县候补，曾分发陕西知县，奉旨帮办河工。1861 年，朱之杰辞官归乡筑宅，人称"进士第"，后称"老官厅"。朱之杰三子朱益湛，朱益藩之弟，光绪十九年（1893 年）中举人，曾任广东顺丰知县，告老还乡后未新建官厅，住"进士第"。其建筑风格为典型的三进，前后两排为马头墙，中间一排无垛的徽派建筑，建筑规模比朱益藩私人官邸要高大威武许多，只可惜新中国成立后长期作为盐仓使用而损毁无法修复，出于出入安全考虑，于 1983 年全部拆除。而今已建成若干花池，在后院观景台与附属楼之间建有长达 50 余米的环形官厅长廊，走过悠悠官厅长廊便是官厅讲解员及管理人员办公的场所。

最里一栋即"进士第"，左侧便是朱之杰长子朱益濬清光绪二十二年（1896 年）所建的私人官邸。朱益濬（1847—1920），字莼卿，为朱益藩长兄，清光绪三年（1877 年）中进士，并被皇上钦点为翰林院庶吉士。散馆以即用知县分发湖南，历任宜章、清泉、桃源、永顺、衡阳等县知县。赏戴花翎，历署长沙、沅州府知府，补辰沅、永靖兵备道，为朝廷重臣，官至湖南省提法使兼巡抚等职，清授光禄大夫，卒谥文贞。1911 年告老还乡，1920 年 3 月病逝于家中。故朱益濬官邸，人称"翰林第"，又称"新官厅"，也是三栋官邸中规模最大的，而且高墙深院，富丽堂皇，内有五进，长 72 米，宽 42 米，檐高达 6 米，封火墙却高至 8 米，除大门、四扇侧门外四周无窗，三向无门，这么大的豪宅却仅有一扇大门和四扇侧门进出，似一座坚固的四方"围屋"。其建筑风格融赣西民居与湘西建筑于一体，内有大小房间 46 间，大小厅堂 6 间，大小天井 18 口，后花园近 300 平方米，花园内有凉亭、小池塘等设施一应俱全，为湘赣边城莲花最大的私人官邸。

朱氏两代人建了三栋官厅，却因为朱氏后代逐渐迁往异地，整个官厅便托人代管。随后，官厅的用途发生了很大改变，并与革命结下了深厚的机缘。1931 年 10 月 8 日，官厅成了中共湘东南特委驻地，中共湘赣省第一次党代会和省苏维埃第一次代表大会都在此召开，中共湘赣省委、湘赣省苏维埃政府在这里成立，红六军团前身湘东独立师、红十七师在这里组编，昔日家族议事祭祀的厅堂，变成了新政权的会场；绣楼和厢房办起了"列宁学校"，成为培养革命生力军的摇篮。在官厅出入的年轻人，有王首道、张启龙、彭德怀、甘泗淇、王震、胡耀邦……这批人日后大部分都成了名震天下的新中国开国元勋。1962 年，胡耀邦回到花塘官厅，感慨地说："这里是我第一次参加革命的地方，这里的工作使我终生难忘。"花塘官厅在中华人民共和国成立后成为花塘小学教学园地和开展革命传统教育基地。官厅现存一块"列宁学校"牌匾，是 1986 年时任中共中央总书记胡耀邦亲笔所题。2011 年 9 月，胡耀邦同志的遗孀李昭同志为胡耀邦陈列室题词"莲花——胡耀邦同志革命生涯第一站"。因花塘官厅承载着厚重的文化历史，2018 年 3 月 9 日，被列为江西省文物保护单位。

官厅曾一度被当地用作粮仓、盐仓和校舍。由于年久失修，渐趋落寞，雕梁腐朽，玉阶蒙尘，石窗石柱石磴、部分木雕木刻古董等珍贵文物被盗，庭院深深，一片荒芜，昔日官厅之荣光，几近湮没无闻，令人慨叹。

2007 年 10 月，中共江西省委党史研究室在莲花召开"毛泽东引兵井冈莲花决策"学术研讨会，与会专家了解花塘官厅（列宁学校）

的有关情况，表示支持和帮助修复这一历史和革命旧址。

2009年4月，胡耀邦之子胡德华在县委书记陪同下来到花塘官厅，追寻父辈遗迹，了解修复筹备情况。

2010年5月，中共莲花县委、县政府开始对花塘官厅及旧址正式启动修复工程规划方案。10月时任省政协主席视察花塘官厅，指示莲花要挖掘保护红色文化，做好薪火相传工作。

2011年5月，来自大九江的县委书记夏兴，他饱读诗史，博学多才，见多识广，又具有浓浓的历史文化情结。他在县第十三次党代会上提出"四区四园"战略，决定要把花塘官厅打造成重要的历史文化旅游景区，对其进行全面修复。考虑征地拆迁因素，整个工程分两期进行，第一期工程依其旧制，圮者，修之，毁者，复之，清秽布新，修旧如旧。第二期工程拟建莲文化园。第一期修复改造工程历时一年，2012年4月胜利竣工。美中不足的是花塘官厅二期建设因拆迁的原因而被迫停止。

修葺一新的花塘官厅一期，辟革命历史展区，通过实物陈列、图片布展、模拟场景、幻影成像等方式再现了中共湘赣省委第一次代表大会、湘赣苏维埃第一次代表大会原貌及当年列宁学校的教育和生活场景，官厅墙上仍保留苏区"优待白军俘虏兵""武装拥护苏联"等红色标语印迹，以怀红色岁月之峥嵘；辟历史文化展馆，以扬千年文化古县之文明。修葺一新的花塘官厅，一扫昔日凋残荒落之破败，容光焕发，洋洋大观重现山水之间，以崭新的面貌出现在世人面前，成为莲花县一道亮丽的历史文化旅游景观。

花塘官厅，百年老宅，旷世风云，斗转星移，风雪激荡，百年沧桑，几经周折，喜逢盛世，旧貌换颜，修葺一新，登临咏怀，高山仰止，文化名片，永载史册！

原载于《中国作家网》2023年10月13日

《萍乡日报·赣西都市》文化栏目 2024年5月12日

莲花惜字塔

惜字塔有许多称谓，如焚字炉、惜字宫、敬字亭等。据史料记载，惜字塔起源于宋代，到明清已普及，大凡文化发达之地，皆在后山或交通便利之路口建有惜字塔，供文人们焚化废旧字纸。莲花系江西省"十大文化古县"之一，故惜字塔较多，但保存完好的仅湖上南村惜字塔一处，近年修复的有闪石渭下"仰德塔"、荷塘珊溪"文风塔"等多处。

（一）

湖上南村惜字塔坐落在湖上乡南村朱氏公祠前方的田垄之中。据南村老者口口相传，该塔始建于宋朝年间，朱氏始祖朱庸节从福建告老还乡，为躲避战乱而选择在风景优美的石门山下南村开基，为勉励子孙惜字如金，勤奋好学，考取功名，便在村头兴建惜字塔，历经几百年风雨沧桑后倒塌。为继承先祖贤德，赓续先祖文风，清咸丰九年（1859年），朱氏族人又重修，距今达 164 年。重修后的惜字塔高 7 米，葫芦顶，五层六面，精雕细琢，富有深意。整塔均为青石砌成。每层之间翘檐相接，各层开

辟拱形小窗。第一层有一拱形青石板窗口,从窗口往里看犹如一拱形隧道直通对面,隧道中间有缝隙直通上层至塔顶,窗口上额写有"惜字处",左右镌刻亭联:"休言片纸只字,直是白玉黄金。"第二层正面有"龙门"浮雕,左边石柱上阳刻 "将成礼乐三千字"。右柱已毁,侧面青石板雕刻着毛笔、长剑、书本以及彩带等图案。第三层正面碑刻有建塔捐款人 12 人及各自所捐款额。第四层正面刻"福"字,侧面刻有菊花、茶花等花束。第五层正门雕"魁星点斗"人像,两边联云:"笔能参造化,步即是云梯。"二至五层间均为六角翘角青石托起,犹如莲花花瓣在纸烧烟雾中徐徐升起,寓意学业有成,远走高飞。塔顶上方压着一块六角形厚青石,青石上方又叠着一块正方形厚青石,最上方是一柱保龄球式圆葫芦顶。

据南村《朱氏家谱》记载,在这里曾在明清年间出过多名举人,在现代走出了一位共和国将军,在当代走出多位 985、211 院校大学生、研究生。

朱氏后人为纪念始祖之功德,庸节公十一世孙吉州、省斋、忠吾、积吾、韶池、井泉、环溪八贤为纪念开基始祖庸节公而倡建朱氏公祠,于明万历癸卯年(1603 年)建成,距今 420 年。后人捐资又在村口立"德绪端平"牌坊纪念始祖,其中"端平"二字就是取自朱氏始祖朱庸节的字。朱庸节乃宋朝福建长乐县令,因年代久远,具体何年何月无从考证。这四个字的寓意是指南村朱氏后人为纪念歌颂始祖端平之德高望重,仁慈之心,恩泽于后人,希望后人好运连连,家业兴旺发达。牌坊上写两副楹联:"基肇南溪蓄水沃山披日月,文承理学慧恩远志续春秋""如忠如孝涧延义阳绵脉,大勇大知山立中将烈风"。牌坊的背面相应也刻有"溪月家山"四个大字,两旁写着"八景纳祥云时雨煦阳皆入画,两江腾细浪清风明月总牵情"和"锦嶂环村吩咐游人沐月,诗心叠埂招邀雅客驰风"两副楹联。牌坊两边是数百米的马头仿古围墙,把整个村子给围了起来,如旧时之山寨。可见朱庸节始祖在此开基，兴建"惜字塔"激励后人发奋图强，成就卓越，其子嗣人才辈出。

（二）

闪石渭下惜字塔又名仰德塔，原址位于复礼书院正前方左侧，渭下村南面禾水源边的古庙门前。"文革"期间被拆除。之后，村民住宅房屋占地不断扩大，原址已被民房占用。2017 年至 2019 年，本村村民委员会和渭下基金会应广大村民的心愿，在塔的原址向东面田垄前移 200 米择地重建，2019 年竣工时，更名为"惜字塔"。

话说仰德塔的兴建，有这么一个传说故事：传说若干年前，八仙之一张果老云游观光行善，路经本村西云山云雾岭，是日，正是三九寒冬，仙人张果老驻足此地休息时，寒风来袭，仙人便取身边的柴草生火取暖，并随手将周围的黑石头砌成火炉一般，烧着烧着，黑石头火红起来，好生暖和，仙人大喜，呼曰："我张果老活到八百八（岁），不知黑石头还能架（烧）火搭（烤）。"暖意满满之后，仙人准备起身前行，行前，仙人为避山火成灾，便随意用小便将火熄灭，并用仙足大踏（踩）灭火，就在仙足大踏之时，顿时地动山摇，火灭了，黑石头也不见了。传说这黑石头就是当今的煤炭，当今采煤时时遇水，这水就是仙人的尿。云雾岭、九江塘里是本村的山场，地下几十米到几百米储藏了不少的煤炭，本村历代村民为了生活，常年在此山场上采用打深井或斜井的方法，用背担手爬或肩拖手爬，从几十米到几百米的深处开采煤炭，那种采煤的方法，其辛苦程度和付出的劳动力是不可言喻的。若干年后，一个春光明媚的时节，仙人张果老又云游来到西云山，看到了村民们采煤的场景，叹道："那是要人性命的活儿呀！"仙人便将黑石头的由来托梦给我们的祖先，并嘱咐："人要以德而为，要在菩萨前面建一座塔，佑后人平安，人财两旺。"祖先得梦后，把梦境告诉了村民，并且一代一代地传了下来。到了清朝乾隆盛世年间，国强民富，村民们要将祖先的梦变为现实，于1766年村民组织发起建塔一事，但是，菩萨在哪？村民们知道，只有庙里才有菩萨。于是便决定在本村下边的庙门前30米处择地兴建，竣工之时，命塔名为"仰德塔"，意为唤醒和告诫人们，为人要"仰不愧天，俯不愧地，内不愧心；只有高尚的品德，才会被人尊重"。

古老的仰德塔的建设，全部是由青板石和桐油石灰构筑而成，共九层六面，三层设有拱形门直通对面，中间有空直通塔顶，四至九层每层均为琉璃翘檐并留有拱形窗口，塔顶为葫芦顶，塔身高13.8米，占地面积30.8平方米。2019年重建，是仿仰德塔而重建的，竣工时，将仰德塔更名为"惜字塔"，意为唤醒和告诫人们"知识改变命运，只有崇尚科学，社会才有进步"。由时任教育局局长撰写《惜字塔铭》，大理石雕刻嵌入塔体，"今之惜字塔乃渭下村委会、基金会、老年协会合力重建者也。原塔立古庙前池塘之东岸，传为清康乾时期，由族之先辈捐输所建，至20世纪60年代中叶，不幸为人所毁。惜字塔，族人焚烧字纸之地。古老惜字如斯，实为敬重人文，传承文明，激励族人好学尚文，提高民族文化自信之举也。鉴于此，渭下基金会倡导并由众义士捐资，村委、老协协同重建斯塔，当承族人先辈之传统，淳化民俗，蔚成文风，重树吾族荣光者然。"有李辉、李三亮、李清华、李松、李喜剑等 128 人为重建捐了款（详见渭下惜字塔捐款名单，在塔铭右侧大理石碑）。

（三）

荷塘珊溪文风塔，位于珊溪村"沛豊第"刘氏宗祠（原珊溪小学）前，坛山里的溪流边，刘氏先祖于明清时期特建"敬字亭"以激励后人。其形状像塔，高约 10 米，分有五层，供焚烧字纸用。"文革"时被毁。

为继承传统文化，弘扬正气，鼓励后人，发奋读书，报效国家。2003 年，珊溪 156 名村民集资在"敬字亭"旧址上重建，命名为"文风塔"。新塔高 20 米，共七层六面，每层均六扇小拱形窗口，底座围 18 平方米，整塔均由机制砖筑成，外墙水泥石灰粉刷，远观犹如"白塔"，气势雄伟。文风塔的底层有一拱形门，对称通透，两侧有对联："文移北斗成天相，风转南山保地民"。塔内塑孔坐像，乡民祭祀不断，塔内木制旋转梯达顶，为该村地标建筑。

文化古县惜字塔，纸灰化蝶慰仓颉。后人惜字承传统，励精图治倡文明。这是莲花先人重视文化建设、传承中华文明的历史见证。

古时先人写过的手稿、练过的字，为了不让它陷于污淖，降为垃圾，用焚烧的方式，让它融入大气，返归自然。这是对文字的敬畏、对文化的尊崇！不禁又让我想到《红楼梦》中的林黛玉葬花，质本洁来还洁去……古代文人焚字，是不是也含着不合世俗的高洁品德修养呢？小小惜字塔、焚字塔，恰似莲花县之莲花出淤泥而不染，相得益彰。

原载于《中国作家网》2023 年 10 月 11 日

莲花贞孝坊祠简说

　　莲花县作为江西的"十大文化古县"之一，明清以来，建有贞孝坊、祠有十多处，其中保存完好的还有湖上曾家头姑节妇坊、荷塘长岭贞孝坊、六市西坑杨氏眷姑贞孝祠、坊楼田垄侍父祠。每一处贞孝坊祠背后都有一个凄凉、无奈又真实感人的故事。这些贞孝坊、贞孝祠堂，能让我们直观地感受到古时封建礼教对妇女的残害，具有重要文史价值。其造型美观，历久不倒，也具有一定的艺术和考古价值。

（一）

　　湖上曾家李氏头姑节妇坊坐落在湖上乡曾家村（古称寮源）礼堂前。"贞节坊"之后，原是一祠堂"笃宗堂"，是李氏头姑家公、七十

派嗣孙传令所建，因先于贞节坊而建，贞节坊建后，该祠俗称"坊前祠"。此坊为表彰李氏节妇之清白，由朝廷赐给"圣旨"而建。该石坊属"圣旨、恩荣"牌坊，由皇帝下旨，地方财政出资，建于清乾隆四十年（1775年），距今244年。整个石坊为青石结构，南北向，共分三层，底层为四条扁坊柱，四柱三拱门，坊顶为歇山顶，两侧坊柱底部嵌有石耳，南北两边均穿空而过，以示稳固。经244年风雨剥蚀，除石檐角上风铃被盗外，整个石坊依然保存完好。二层中间一横匾上书："大清乾隆四十年赐钞，旌表儒童曾鬯（chàng）卣（yǒu）之妻李氏坊，四十四年岁次己亥孟春月吉旦立。"上柱排"圣旨"竖匾，背面为"恩荣"二字。"圣旨""恩荣"之下为"贞节"两字。两字中为一竖联，上书"千秋坊表皇恩运，万代纲常正气存"。坊的背面，注明的是立坊人："太子太傅为大臣文华殿大学士兼礼部尚书议政大臣仍兼管两江总督部高堂，兵部侍郎兼都察院右副都史巡抚江西等处地方兼理军务兼政提督御海……"俱是李氏头姑的儿、弟、侄及侄孙等。因年代久远，加之"文革"时期为保护牌坊用石灰涂抹，字迹很难分辨。

石坊主人为李氏头姑，生于康熙六十一年（1722年）2月25日，殁于嘉庆十年（1805年）11月21日，系湖上江背村进士云际公之堂姐，享年83岁。其夫纪伦，字鬯卣，生于雍正四年（1726年）11月29日，殁于乾隆十三年（1748年），终年22岁，英年早逝。李氏头姑"青年守志，皓首全贞"。邑候杜匾"瑶池冰雪，旌表节孝"。后又上表朝廷，建坊旌表。清同治五年莲花厅同知张树萱续修的《莲花厅志》记载："李氏上西二十二都寮源村，曾鬯卣22岁亡夫无子，扶侄成祀，含荼饮蘗，始终如一，旌表建坊。"

据《武城曾氏族谱》记载：传说曾家村一儒童名纪伦，字鬯卣，婚后百日早逝。其妻李氏头姑即居家守寡。生活很凄清，但守志不易改。据传公爹颇有家财，但从不外露。其家是否确有家财，今人不得而知，但从鬯卣取字来看，其父恐也属饱学之士。鬯，古代祀神用的酒，用香草酿黑黍而成。祭祀时用来盛"鬯"的青铜器叫作"卣"。《诗经·大雅·江汉》载 "秬鬯一卣"，意即用青铜大器（卣）盛满一杯黑黍（秬）和香草酿造的酒（鬯）用于祭神灵。用这一段文字来解释"鬯卣"这名字的寓意，意即清明又颇懂礼学。既然嫁于这一礼学之家，李氏头姑"青年守志，皓首全贞"，恐也是被礼教所束缚。但人必有七情六欲，岂能心如死灰。据说在贞节石坊竣工之日，已守寡27年的李氏头姑，见一对鸡交配，回首往事，凡心冲动，踱回房间，垂泪叹息。就是这凡心一动，使得石坊的顶盖怎么也上不去。李氏心想是自己亵渎了神明，遂咬破手指，将血洒在坊上，并内心祈祷神明体恤自己的苦心，真心旌表20余年的贞操。祈祷一结束，坊顶神奇般地上去了。从此，"千秋坊表皇恩远，万代纲常正气存"。当然，这纯属是传说而已。

然而，在李氏头姑的影响下，曾家又出了第二个贞妇，在李氏头姑逝世的第三年，即清嘉庆丁卯（1807年），第73派嗣孙昭昕中年离世，享年38岁，昭昕敕授登仕郎，诗礼振家，积学未售，英年早逝。其妻金氏，系清溪邑庠生庭简公次女，节用谨身，延师课子，守操38年。奉江西总运文题给匾"贞操永年"，以示褒扬。

李氏头姑石坊现保存完好。石坊的造型精美，结构雄伟壮观，雕刻工艺精湛，是一座古代石雕艺术珍品。2004年被列为莲花县文物保护单位。

（二）

荷塘长岭贞孝坊位于荷塘乡寒山长岭村的村口，此坊为贺录姑贞孝坊属"圣旨、恩荣"牌坊，始建于清宣宗道光七年（1827年）建，距今196年。2006年被列为江西省重点文物保护单位，2014年省里拨专款进行过维修。

据史料记载：贺氏录姑年14岁，遵父母之命，媒妁之言，许配给了邻近的茶陵县西乡人士李文吉。正准备出嫁时，却不料未婚夫李文吉得了一场大病，医治无效身亡。本来这未婚女冰清玉洁，还可以改嫁，却不料就在此时自己的亲娘病故，扔下了自己和两个年幼的弟弟，父亲却又不续弦。面对家庭的困境，录姑只好牺牲个人青春，挑起了家庭之重担，长年厮守家中，抚养幼弟，孝敬老父。就这样风风雨雨度过了 20 个春秋，两个弟弟长大成人了，年迈的父亲也含笑九泉，贺

录姑却已两鬓斑白，34岁的中年女人变成了一个乡间老妪。本来总算是苦尽甘来，该摆脱桎梏，奔向新的生活，可多事的乡间豪绅却早已联合上书官府，要求为贺录姑建贞节牌坊一座，予以旌表。官府拨来专款开工建设。贞节坊揭彩，四乡绅士云集，锣鼓喧天，爆竹动地，可这位被"圣旨"旌表的孝女贺录姑却将自己关在家中，紧闭房门，趴在床上心酸落泪，哭得天昏地暗，悲痛欲绝。这贞节坊，简直就是锁在其脖子上的一副枷锁，将贺录姑后半生的幸福埋葬！这贞节坊，也让贺录姑成为封建礼教的殉葬品。后来，贺录姑也躺在贞节牌坊下离开了人世。

牌坊坐西朝东，青石构筑五层，四柱三门，坊高 7.8 米，宽 5.2米。坊柱为四方抹角形，柱子下部两边嵌抱鼓石，底座为三层长方形大青石，坊柱与抱鼓石均嵌入大青石缝，地面全是大小不一青石相嵌而成使得此坊牢不可破，稳如泰山。坊顶为歇山顶，顶四面坡的石板

上雕出瓦垄，连檐之上又刻出瓦当。正脊两端为翘尾相向的石鲤鱼，三层以上每层 2 条共 6 条，寓意"鲤跃龙门"。坊顶中有一透雕。四隅飞檐翘角，正面石柱横梁上有八仙过海，竖柱上花瓶花卉。中间石门有双龙戏珠等石雕。

四层的正面中心镌有"圣旨"两字，背面中心刻有"恩荣"两字。三层的正面镂刻："大清道光五年奉抚监学三院会咨题清贞孝。道光七年奉旨下给帑建坊。旌表莲花厅十三都乡耆贺怀虞之女录故贞孝坊。"坊中正反面也篆刻"贞孝"两字。二层的两对石柱上刻有正阴楷书的对联。中间两柱对联为"自有芳梨式里党，长留贞节傲冰霜"；背面为"贞心自天坚金石，孝道光全树典型"；正面两边的石柱是"守贞不字恒其德，就养无方一乃心"；背面是"隆恩上赐幽光发，懿德永并潜德彰"，且每副对联均标注了作者，但由于年代久远，字迹较小模糊无法一一确认。

长岭贞孝坊历经近二百年风雨沧桑，依然安然无恙，保存完好，此乃石雕建筑史之奇迹！其雕工精细，造型雄伟，凡人故事，飞禽走兽，花卉字体，均严谨大方，线条流畅、造型逼真，栩栩如生。此坊气势雄伟，是清代石雕艺术之瑰宝。其精湛之石雕艺术，乃今人无法比拟，对研究古代雕刻艺术和古代建筑均有重要价值。

（三）

六市西坑杨眷姑贞孝祠又叫侍女祠，属于"圣旨"祠堂，位于六市乡西坑村屋场内，坐西向东，五开三进一井。建于清道光二十六年（1846 年），距今 177 年。西坑村杨克秀之女眷姑留家侍父，尽孝终身，感动一方。朝廷颁旨旌表，地方建祠纪念。据族谱记载：旌表贞孝大淑媛杨氏眷姑杨克秀之女，生道光丁亥年，十月初八日，殁光绪丁丑年十月二十二日己时，葬兽盖岭。据传道光年间，西坑村杨克秀无子女，带亲戚家杨氏眷姑为自己养女，正当杨氏眷姑谈婚论嫁之时，杨克秀突患疾病不能自理，需要人照顾。杨氏眷姑心地善良，对养父杨克秀特别孝顺。为了照顾杨克秀，宁愿自己终身不嫁，一直陪伴照顾养父到老，在当地传为佳话。当地乡绅把杨氏眷姑尊老孝亲的事迹向朝廷呈报，不久事迹便传到了皇帝耳中。皇帝听闻，非亲生之女，竟如此尽孝，的确难能可贵，便下圣旨，予以褒奖。后来杨氏眷姑真的陪伴其养父杨克秀到老，一直没有嫁人。杨眷姑去世后，杨氏家族为弘扬杨氏眷姑贞孝之美德，特建贞孝祠纪念杨氏眷姑。杨氏眷姑贞孝祠传说，经西坑人代代相传而来。

贞孝祠原还有石狮一对，"文革"期间被毁。石柱上写有两副对联："贞守深闺龙章特表，孝昭前烈蕉寝宏开""青操四序慈姑竹，皎洁千秋孝女花。"

（四）

坊楼田垄村侍父祠，于嘉庆二十五年（1820年）奠基，至道光七年（1827年）竣工，前后历经7年，资金用费纯银万两而告成，距今196年。2019年列为县文物保护单位。侍父祠坐东朝西，总建筑面积1250平方米，祠门楼顶为歇山顶，饰以箕斗方，三山门，后堂尚有两门框，基座和其他石雕品均由武功山青石打造而成，故外族人叫"青石祠"，总堂五开三进两天井，砖木结构，整堂屋柱90根，象征琅公90寿辰。祠内和正门主柱为千年柏木，至今保存完好。

祠左建有"文昌庙"，祠左右两侧建有厢房，祠前方建有"文凤塔"，塔高27米，共9层，塔形似笔杆，寓意后人需勤奋学习，光宗耀祖。文昌庙、文凤塔"文革"期间均已毁。

据传侍父祠是为纪念刘氏琅公之女尾姑（名"文凤"）而建的。琅公生得两女九子，其大女出嫁李家。次女尾姑为九兄弟之长，因其父亲50岁痛失恩妻，艰苦抚养十个未成年子女。尾姑长大后，为侍奉父亲和九个未成家弟弟，在谈婚论嫁之时毅然放弃并发誓终身不嫁撑起这个家，助九兄弟成家立业。就这样，尾姑一直陪伴父亲，服侍父亲。尾姑的无私奉献帮助九兄弟成就了丰厚的家业，其父亲也延年至90岁高龄。

九位兄弟为感恩姐姐尾姑之孝心和功德，合力出资建祠，起名"侍父祠"又名"文凤祠"。

千年古县留遗风，贞孝坊祠别具踪。每处贞孝坊、祠，都是由女主人的凄凉命运铸成！我县保存至今的这几处贞孝坊、祠，历经沧桑，像一位位沉静的老人叙说着古代封建礼教加在妇女身上的四把枷锁：皇权、族权、夫权、神权，也折射出封建礼教的虚伪与泯灭人性的残忍！是一页页生动形象的教科书，具有很高的历史文化价值。

原载于《中国作家网》2023年9月23日

有一个村庄，叫庙背

有一个村庄，叫庙背。那是生我养我的地方。

她坐落石门山脚下，三面环山，小桥流水，三江溪水在村尾汇合穿越宽阔的田野蜿蜒向北流向安福县境。我就出生在这个小村落的一个古老的素轩公祠里，在田南长大，在四房祠、勉公祠读一二年级，在村礼堂读完小学，后随父转学到县城读书。

在这里，有我难忘快乐的金色童年：六石里、米果路、石板路、古戏台、古民居……是我们看戏、看电影、捉迷藏、跳房子、踢毽子、放风筝的地方；安山里、毛仔山、天子坪、龙源山……是我和晓壮、笑妹子一起放牛的"根据地"；冬夜的月光下面，黄沙圳上红花地里，是我儿时和铁生、小明、建生等小伙伴分边打肉搏战的场所；在塘子岸下、新江里、湾子里，流淌着我们抓泥鳅、抓鱼、钓鱼的快乐。庙背，那里是我儿时的天堂，我在那学会了游泳，学会了劳动，学会了……

"入归落雁后，思发在花前。"不知怎的，人过了五十之后，那种思乡的情结变得越发浓郁起来。一到周末，连驾驶的"小毛驴"也不听使唤会不由自主地往老家方向走，头脑里常常不经意间会想起老家门前那棵几百年古凿子树，儿时攀爬过的可做凉粉的"崩崩子"滕树，想起儿时在新江里、小水湾、龙发口水库跳水、游泳、一起打水仗的伙伴来……为了不被忘记，我的笔名也取为"田南"，微信公众号为"石门山"。

一个因"庙"而得名的村庄，那是一个神奇的地方。

虽说因"庙"而得名，古时庙会盛况也享誉周边，但村中的三座

古庙因 "文革" 运动化为灰烬，仅存 6 棵古老的苍柏宛如 6 位忠诚的卫士依然守护着 "登龙阁" 残存的古庙遗址。

这里许多地方的称呼都跟 "龙" 息息相关：村里最高的山叫 "龙源山"，水源地叫 "龙发口"，龙发口水库下面那一片水稻耕地由于淤泥较深，村上人叫 "龙盘坑里"，晒谷坪叫 "龙背上"，旧时的学堂也叫 "登龙阁"。村头那棵高达 28.8 米，直径达 2 米的江西最古老最高的迎客松，村上人都尊称之为 "龙树"，在吉莲 322 国道方圆十几里都能远远看到，只可惜不断扩大的新村、不断掘深的水井，让她枯死！只剩下干枯的半截身躯。但只要你来到她的身旁，触摸她那坚韧的肌肤，依然可以感受到她曾经的辉煌：在她身上曾挂有 "毛泽东思想放光芒！" 巨幅标语；在她脚下曾有庙背子孙为保护她建的铁艺围栏。而今一切只化作一份记忆。

这里有清嘉庆年间武状元刘清扬留下的 "两只长达 80 多厘米的指甲"，那是刘清扬为惩罚这只伤妻的左手，使用小竹筒套在五个手指上，以防再次伤人，历经 38 年直至他病逝而修炼的成果。1980 年上海科技出版社将其作为世界上最长的指甲收入《世界之最》一书中，后被列入吉尼斯世界纪录，而今虽在吉安市博物馆收藏，但其历史文化价值将是激励庙背后人及中华儿女的精神瑰宝。在那个大户人家男人可以三妻四妾的时代，刘清扬对爱妻李氏常娘的坚定不移的爱情故事，感动天地！

这里有著名的感恩祠 "汝为公祠"。公祠不大，却对族人教育子孙忠孝感恩影响深远。讲的是三房子孙刘弼才的感恩故事。话说在清嘉庆年间，刘弼才等刘氏子孙在湖南常德津市做锡器生意，遭当地地痞流氓敲诈勒索，损失惨重。后被迫捎信请刘清扬武状元出山调停，听说刘清扬赶到弼才锡器店时，一伙流氓正在与老板纠缠。弼才见老家 "打师" 到来，甚是高兴，拜请他们走开，他们不依，只见刘清扬纵身一跃，似从天而降，早已飞到店门口，再摆出一个马步姿势，店前踩得溜光的 50 厘米见方的大石板一分为二，还没等刘清扬大师拱手说话，当地的流氓一溜烟全不见踪影。从此当地人对刘氏老板敬畏三分，不敢越雷池一步。刘弼才的生意越做越大，常德津市一条商业街的店铺差不多一半以上是刘弼才的。发财后刘弼才不忘家乡人恩情，回家兴建"汝为公祠"，以教育后人，致富不忘宗亲。

这里保存着一套 32 件完整的清嘉庆年间（民国时期又重铸）的锡制古代兵器，那是庙背的镇村之宝，也是"路溪"博物馆的镇馆之宝，更是路溪人锡器制作这项国家级非物质文化遗产的经典之作。旧时热闹的"庙会"、元宵节的"舞龙灯"……正是村里青壮年手持锡器表演施展的大舞台，吸引着众多美丽姑娘，编织着一个个梦幻般的爱情故事！

当然也有古文物被一些唯利是图之人所盗卖或贱卖。比如庙背古书塾里的古楠木雕的"孝悌忠信礼义廉耻"牌匾，几经转手交易，听说被老总以几百万价格收藏。

一个因"庙"而得名的村庄，那是一个美丽的地方。

这里的山美，已被省林业厅评为森林乡村。绵延起伏的安山宛如侧躺着的玉观音那样柔美，过去山上全是原始的松树林，高大粗壮，四季常青，人在林中走，那些松树在微风的吹拂下唱着"刷刷、刷刷"的美妙的音响。那些松树的松针落叶、层层翘起的松果便是农家煮饭、炒菜的主要燃料。那时候，树是不能砍的，要生火的材料必须用竹耙在松树下的地面上耙，因为耙的人多，耙满一担松叶也差不多要费半天的工夫。而今的山上全种上油茶林。远处，怪石嶙峋、陡峭挺拔、巍峨的龙源山像一面遮风避雨的城墙呵护着我们，她常常隐没在宛如飘带的白云浓雾之中，龙源山也像咱村里天然的"气象站"，要是龙源山云雾缭绕滚滚往田垄袭来，意味着一场大雨即将降临。

这里的水美，已被省水利厅评为水生态文明村。在龙源山底下有一口大龙泉俗称"龙发口"，泉水从山底下滚滚而出，长流不息，那一潭水啊，那是一潭神奇的水，冬暖夏凉；那是天然的优质矿泉水，又清又甜；那一潭清水浇灌着村里两千多亩先祖开垦的稻田以及一片片黄泥土的红薯地，滋润着、养育着一代又一代的庙背人。

这里的人更美，这里的村民热情好客！不论你来自哪里，只要一进家门，一杯热气腾腾的"石门山女人茶"就会呈到你眼前；这里的村民不仅有淳朴、善良、勤劳的品质，而且具有大气、包容、开放的胸怀。因移民的需要，她无条件接纳了石门山60多户235人的集中安置；因集镇发展的需要，腾出大量土地支持乡政府集镇开发；兴修水利公共设施建设，全村人出资出力，无偿支持拆迁；这里的村民视耕地为宝，全村无一例占田建房的现象；这里的人团结一心干出一件件民生实事，让邻村羡慕不已：全县最大的村级健康文化广场"庙背广场"，在村的中央，可容纳全村三千人议事；建设了全市第一家村级"路溪"博物馆，全县第一家村级"山湾"湿地公园，庙背曾一度成为"网红"打卡地。

这里宜居宜业，三纵三横的村级公路贯穿整个依山而建的村庄，村内道路均为沥青路面，均可通车相向而行。三个旧村改造集中安置点，统一规划，统一建设，错落有致，井然有序。这里是远近闻名的长寿村。全村80岁以上老人77人（含90岁以上6人、100岁以上1人），村里建立了居家养老中心、门球场、阅览室等活动场所，每季度为老人做一次免费体检，为80岁以上老人提供免费的午餐，全村近三年人均寿命达82岁以上。百岁老人曾喜姑还能独自洗衣做饭，常劳动、常喝水（一天喝两个热水瓶龙源口山泉水或茶水，当地有"端茶碗"的习俗，也称"女人茶"，即农闲时，妇女端茶碗聚在一起喝茶聊天）、常洗澡爱卫生是她长寿的秘诀。

这里有一批批致富不忘乡亲的老板、企业家回乡创业带领贫困户，他们是脱贫致富奔小康刘彬彬、刘金华、刘源、刘小亮……

刘彬彬创办初心建材有限公司，解决近60名贫困户就业，创建

"路口教育基金会"，募集资金 200 多万元，其中他个人累计捐资助学、扶贫济困资金百万元以上，帮扶 300 多名贫困学生完成了学业。疫情期间，他向县红十字会捐赠价值 15 万元，车辆用于运送防疫物资。2022 年向路口中小学一次捐赠 12 万元，用于改善学生营养餐。每年春节前夕，他坚持去看望慰问村里弱势群体、高龄老人、重症病人，送上慰问品和慰问金；坚持去敬老院捐款捐物。

刘金华、刘源回乡在村十三小组东湖利用刘家湾水库优质水源，投资 1600 万元，占地 400 余亩，创办了"刘家湾"生态甲鱼养殖场；刘小亮在村"龙盘坑里"利用龙发口龙潭优质的水源，投资 1300 万，占地 120 亩，创办"紫月潭"养殖基地。两大养殖基地解决 35 名贫困户就业问题，年产 60 万只甲鱼，远销香港、深圳、福建、长沙等各大城市，让莲花县"农门甲黄焖甲鱼"品牌名扬大江南北！

庙背，也是一个有着红色记忆和红色传承的地方。

1929 年 8 月 8 日，彭德怀、滕代远率领红军四、五两个纵队组织的著名的"路口大捷"曾在庙背虎背山和赵家垄后岭仔山、平头坳发生过激烈的战斗并取得胜利，目前在虎背山已发掘战壕一处，在岭仔山和平头坳已发掘无名烈士墓一处、战斗碉堡两处，在山上仍保留着三个红军战斗遗址：南战壕、北战壕、西战壕；在湖塘的"渭川公祠"设立的临时红军医院以及湖塘古民居留下的几十条"红色标语"，虽过去 90 多年，依然可以想象那时炮火硝烟的战争之激烈。

而今，一批批少先队员、共青团员在老师的带领下来参观"路口大捷"遗址以及祭扫革命烈士墓，已成了村里一道亮丽的风景！

"一方山水养一方人，一方山水有一方风情。"我爱我的那个因"庙"而得名的村庄，爱那个生我养我的地方，爱听她那红色的故事，爱她那美丽的山水，更爱她那淳朴勤劳善良的乡亲……

原载于《萍乡日报》2022 年 5 月 29 日

《中国作家网》2022 年 11 月 13 日

龙口里，那家国营"712"印钞厂

在江西省莲花县神泉乡棋盘山龙口里有一家国营"712"印钞厂。对不了解莲花的人来说，这也许是天方夜谭，睁眼说瞎话。其实，莲花县在 20 世纪七八十年代，还真的有那么一家国营"712"印钞厂。

那是 1964 年，毛主席提出了"备战、备荒、为人民"的战略方针，中央决定建设大小三线，其中西南的川、贵、云和西北的陕、甘、宁、青俗称为"大三线"，一、二线地区的腹地俗称为"小三线"。

1970 年 7 月 12 日，李先念主席亲笔签署，在湘赣边境江西省莲花县棋盘山公社一个叫龙口里的山沟里建设三线印钞厂。从神泉的谭坊一路上去都是蜿蜒曲折的挂壁羊肠公路，一到龙口里便有"山重水复疑无路，柳暗花明又一村"的感觉，龙口里坐落在棋盘山中最大的平坦宽敞地带，面积有 200 亩左右，两端均为狭窄的山路，左边是悬崖峭壁，右边是深不可测的沟壑，被一些杂树叶覆盖着，大有"一夫当关，万夫莫开"之险要，怪不得当年谭余保能在这坚持三年游击战争。一条小溪夹在两山之间蜿蜒直下，犹如一条长龙横卧在山沟里栖息喝水，龙口里周边十几公里都是崇山峻岭，原始森林环绕着，应该说龙口里是一块难得的风水宝地，也许这就是"龙口里"地名的由来。印钞厂以李先念主席签署的日期命名为国营"712"厂，也是印钞厂的诞辰日，至于国家为什么要选择莲花、选择棋盘山公社？可能与当年陈毅在莲花陇上改编的故事有关。

翻开尘封的历史画卷，棋盘山曾是曾山、陈毅、谭余保等老一辈无产阶级革命家战斗过的地方。1935 年 7 月，谭余保在莲花棋盘山主持召开紧急会议，当时能够联系的三四十名红军干部先后赶到了棋盘山，会上撤销了原湘赣省委，重新成立湘赣临时省委，选举谭余保为书记，常委有曾开福、刘培善、段焕竞、谭汤池，委员有永新的龙珍、莲花的刘燕玉、朱水生、胡清莲，萍乡的向光辉、茶陵的尹德光等人。会议还决定成立军政委员会和游击司令部，曾开福任游击司令，谭余保兼政委。下辖六个大队，并划分各大队的活动区域，每个大队有二三十人，多的有四五十人。1935年底，湘赣苏区的形势大有好转，游击战争进入稳定时期。到1937年，游击活动地区扩大了，九龙山、宁冈、井冈山、宜春、分宜、吉安等地都是游击队的活动区域。1937年秋，陈毅代表中共中央来到湘赣根据地传达上级指示，联系下山抗日事宜，开头谭余保不相信，把陈毅当成叛徒，把他软禁起来，还说要处决他。幸好陈毅有理有据，抓住时机，给谭余保等人讲抗日战争及民族统一战线相关政策，气氛缓和以后，又要谭写信派人到吉安、南昌联系，最后才被释放，不久全体400余人下山到陇上改编，并于1938年初开赴抗日前线。如今陇上改编遗址，曾山、项英、陈毅旧居仍在。南方三年游击队及陇山改编的故事激励一代又一代莲花人不忘初心，继续前行！

1971年，上海国营"542"厂，派出徐进、杨福基等人奔赴江西莲花落实设计施工和修路方案。随后，"备战备荒为人民，好人好马上三线"，一大批来自国营"542"厂的支内职工告别上海繁华大都市，来到莲花棋盘山偏僻的山沟"龙口里"创业。其艰苦条件可用当年"712"人一句经典的比喻来概括：在"712"厂一天，等于"542"厂一年。1971年8月，主厂房破土动工，标志着"712"正式成立。经过近两年的建设，一个占地350多亩规模的现代化印钞厂已全部建成，主厂房5栋近3万平方米，印钞厂职工所需的办公大楼4栋，招待所1栋，大礼堂1栋，职工宿舍、家属楼25栋，职工医院1栋，职工子弟学校、职工技校2栋10个教室，车队、篮球场、邮政、供销社商店、发电站、加油站、冰棒厂、武警支队等一一建成，一应俱全，成为拥有近 500 名员工的小而全的"小城市"，相当于当年的莲花县城的规模。主厂房于 1973 年 4 月建成并于当年 7 月 6 日正式投产。据说，当年这里主要生产的产品为 4 套人民币 10 个券种 14 版别。

1983 年 10 月，经中国人民银行、江西省人民政府批准，国营"712"厂搬迁南昌重建，1986 年 9 月在南昌青云谱区的新厂房动工，1989 年 12 月搬迁完毕，厂名更名为"549"厂，后来启用南昌印钞厂，现为南昌印钞有限公司，有人简称"南钞"，但许多老职工仍习惯亲切地叫它"712"。

我对于"712"的了解，起始于 1982 年我在莲花中学读书时，同班女生姚嵘就是"712"厂职工子弟。"712"子弟学校没有初中部，神泉中学虽然离龙口里较近，但为了保障职工的福利待遇，职工子弟小学毕业后全部安排在莲花中学读书。记得当时每天上下学，"712"厂的客车早早地接送他们，我们好羡慕呀。那时，我们特别爱吃"712"厂的冰棒！那种奶香味至今还在嘴里回荡，但"712" 具体是做什么的却一点儿也不知情，当地的老百姓也颇感神秘，工厂有当兵的 24 小时轮流站岗，每天都看见公路上有进进出出的解放牌汽车，车上都是当兵的人扛着枪在车上押送。

1997 年，我在县对外经济合作办工作，那时莲花招商引资引进了湖南企业家毛益新在"712"厂办了一家"江西汇广源粗铅冶炼厂"，我也有幸到该厂参观，目睹这一栋栋、一排排红砖水泥瓦盖的职工宿舍，家属楼套房，而且都是三层以上，有的高达五层，学校、商店、邮政、医院、礼堂比较完备，带有明显时代印记，主厂车间空间比较大气，门窗全是钢筋防护网，墙体十分坚固，尤其是仓库的大门足足 10 厘米的厚，仓库的墙体差不多有一米之厚度，听工厂负责人说，就是用炸药也很难炸出一道口子。生活区域上山道路两边栽满了一排排参天的梧桐树，把道路全掩盖了，秋冬季节，金黄色落叶铺满一地，许多年轻人慕名而来拍照留念，成为莲花秋冬季的一个网红打卡地。这可谓是"梧高凤必至，花香蝶自来"，见证了当年印钞人艰苦创业留下的宝贵财富，见证了印钞厂的历史的久远。

2006年，我在神泉乡任职时去实地考察过该厂，那是我第三次接触这座国营三线印钞厂，但那时的印钞厂早已变成了养猪场，粗铅冶炼厂虽已停产多年，但龙口里主厂房旁的高山植被已荒废，连野草都长不起来，除礼堂和几栋办公用房保存完好外，其余房子的门窗钢筋全部被拆下卖了，印钞的设备当废铁卖了，房屋能撬动的楼板也被人偷走，看见这面目全非、破败不堪的样子，觉得很心痛，很可惜！那年，我真想把它买回来，还曾专程跑到南昌印钞厂向胡叶萍副厂长汇报过我的一些想法，想争取资金把龙口里"712"老厂打造成"三线印钞厂展览馆"，让后人知道国家三线建设的历史，可供游人参观，也可作为南昌印钞厂进行传统教育、初心教育的好阵地。

如今，"712"厂已搬迁近30年，但每年的7月12日，南昌印钞厂会组织两至三辆大巴车载着老职工、青年人前来追忆当年那段难忘艰苦岁月……

2016年7月12日中午，老厂长杨福基、叶裕祥等召集原"712"老员工229人在上海举办"情系七一二，难忘龙口里""712"建厂45周年大会，这不愧为"不忘初心、牢记使命"主题教育的活生生的教材。

2020年正月因疫情防控原因，我闲着没事又一次来到龙口里"712"印钞厂旧址，看到的却是另一番场景：原来养猪场又以130万元转手卖给了一个姓花的企业家办起了一家江西神泉农垦科技有限公司，专业生产果树有机肥料。曾被汇广源粗铅冶炼厂污染的山体，神泉乡政府正在实施汇广源土壤修复工程。在工厂大门的墙上贴有2011年12月由莲花县政府颁发的"第五批县级重点文物保护单位"的牌子。我不由深深地感叹，唉！耽误了整整22年，如果当年保存了印钞厂的机器设备，保护了所有的房屋设施未被破坏，那该有多好！

历史与人生一样，从来就没有如果。只能期待莲花县委、县政府有一天能把印钞厂旧址修复，结合新四军陇上改编，把这里打造成一个教学基地；也期待着曾在龙口里生活过战斗过的"南钞人"、原"712"人也积极响应，积极争取，把棋盘山"龙口里七一二旧址"作为南昌印钞有限公司的初心教育基地，让棋盘山国营"712"印钞厂的印迹永在！

原载于《中国作家网》2023 年 4 月 2 日

重上黄旸山

最近在某网络平台常常会刷到一个叫"断桥黄昏"的好友播放"南岭黄旸名山寺释净合法师(法号:释净合,赣州宁都县人)千里跪拜普陀山"的视频,一路跪拜4个半月有余。他走三步,双腿跪下,双手祭拜一次……其虔诚之心着实令人敬佩,也勾起我重游黄旸山的愿望。

黄旸山这个名不见经传的小山,对我来说其实并不陌生。黄旸山是南岭乡的第二高峰,在南岭乡西北2公里的岭水村,南北走向,海拔705米,传说魏晋时期葛仙曾经在此炼丹修道。清朝莲花知县李其昌所著的《莲花厅志》载:"黄旸山上有坛祀,葛仙坛外,清泉不竭,花木幽香,北斗高灯,诸坪岭左右环拱,称胜境也。"早在1987年我在南岭教书时,就曾组织我班的学生到黄旸山春游。那时上山是一条挂壁的羊肠山路,荆棘丛生,每往上走一步都要攀扶两旁的杂树或杂草,否则一不小心就可能滚落山崖。这种组织学生探险的春游放在如今是不允许的,但留给学生的记忆却是永恒的,那时学生们还举着少先队中队旗,佩戴着红领巾犹如一次"出征"。到达山顶,仅见一栋破庙,两棵古柏,一棵老杨梅树,几棵凿树矗立在破庙的四周,地上长满了荒草,草丛略见长满青苔的残墙断壁,未找到清泉,但低洼处杂草丛中有清水细流,显然有先人居住的痕迹。

离开南岭多年,由于工作的缘故,黄旸山已渐渐淡出了我的视线。后来听说我的一位同事患有不治之症,不知听哪位神医指点,上黄旸山修行了两年,竟奇迹般恢复如初,才知黄旸名山寺得以重建。

　　2020 年 2 月，时任县文联主席送了一本他的散文集《乾坤容我常静》给我。我一看书名便产生了好奇，问他何故。他说因黄旸名山寺的一副对联，突发奇想而取名。诸如此类的缘由，让我越发产生了再去黄旸山的念头。

　　2022 年 6 月 18 日下午，久雨渐晴，气温渐升，恰逢周末，是适合出行的好日子。六弟也是痴情于山水之人，我便邀上六弟一起重上黄旸山。

　　从县城出发，仅 10 分钟车程就到黄旸山脚下的岭水村。因黄旸山山势陡峭，也从未开车上过山，为安全起见，我们决定徒步上山。

　　六弟说，登黄旸山须找我父亲当年的"铁杆粉丝"岭水村民朱中进，朱老今年 79 岁，比我爸小 2 岁。50 年前，我父亲在南岭当公社书记时曾带他到文竹修铁路，一起修贯山水库，朱老对我父亲特别崇拜。朱老参加过黄旸名山寺的重建，对黄旸山比较熟悉。

　　据朱老介绍，黄旸名山寺始建于唐太和元年（公元 827 年），距今有 1190 余年，相传医翁葛洪在此炼丹成仙又有"先有黄旸后有武功"之说。由于时代变迁，寺宇历经几度衰兴，诸多资料失考。过去一直称黄旸山庙，后来又称为黄旸山庵。"文革"前一直有僧人在上面，各地香客也不少，听说当年是外地姓金的父子俩在山上主事。"文革"时，寺庙遭破坏，无人打理。一度杂草丛生。1988 年下半年开始重建，2001 年佛像重塑金身，2002 年被县政府列为重点文物并改为名山寺。

　　重建黄旸山名山寺是岭水江边村的"长子"彭政文牵头出资。"长子"是原长埠煤矿的董事长，县企业家协会副会长，县煤炭工业协会会长。他乐善好施，无偿捐赠 50 余万元。受其感召，南岭及周边的人均慷慨解囊资助，朱中进和一些热爱公益的老者贺恩华、樊启清、刘开先、陈灿良、贺明瑞等九人自带粮食在名山寺做了 7 年义务劳动，终于新建了长 2.4 公里，宽 3.5 米的盘山公路，重建了名山寺、

大雄宝殿、观音殿、斋堂、宿舍等建筑。在名山寺的功德墙上刻有大
余县朱嘉荣写的《黄昜名山志》，对黄昜山有较为详细的记载。

听了朱老较为详细的介绍，我们对黄昜名山寺也有了初步的了解。
为能够天黑前下山，我们得赶紧上山。

今年雨水较多，担心山路上打滑，我们把车停在山下的停车场。
还未等我们车停稳，有两辆白色的越野车呼啸而过，看来上山的游客
还真是不少。

上山的路用"九曲十八弯"形容一点儿也不为过，虽全是水泥路
面，但比较陡峭，弯道较多，几乎是盘旋而上。沿途是一排排茂密的
枫树，大的胸径有 12 厘米以上，差不多把路全遮掩住了，阴雨路滑那
是自然。听六弟说，那是国家倡导退耕还林时栽种的，已有十多年的
树龄。待枫叶红了，这黄昜山的弯弯曲曲的山路便似一条红色的彩带
在山腰间盘旋飞舞。

半山腰处有一座休息亭供游人小憩，亭前便是信众捐建"黄昜名
山寺"牌坊，那灰白色的大理石雕牌坊气势磅礴，石柱和横梁上雕刻
着"双龙戏珠"的精美图案，惟妙惟肖、栩栩如生。两边还飘挂着树
牌坊时留下的"千处祈求千处应，苦海常作渡人舟"对联。牌坊右脚
下三块巨型石板像刚刚出土的千年黄乌龟横趴在地面上，如镇坊之石，
为黄昜名山寺增添了几分厚重感。站在石板上回望着脚下那一层层、
一道道带状的绿油油的梯田，星星点点的房屋，我想，倘若在阳春三
月，那定是一片金色的世界，令人心旷神怡，如痴如醉！

约摸走了半小时路程，名山寺就到了，我头上直冒汗，但一点儿
也不感到疲倦。映入眼帘是两幢深红的"斋堂"，横挂着数条五颜六
色的三角形彩旗，那是名山寺树牌坊时留下的。斋堂前是一排用青砖
筑成长城般的栏墙，离斋堂不远的最高处便是黄昜名山寺，沿途地藏
菩萨右手持禅杖，左手握着佛珠如"守门神"似的守护着进寺的路，
左前方的墙壁上书写着"佛""南无阿弥陀佛"几个红色的大字，斜

挂在树枝或竹枝上莲花模样的喇叭里传来佛教音乐，未进寺庙，便有几分威严之感。寺庙边古柏、古杨梅树、古凿子树比以前明显粗壮了许多。在养心池上，观音菩萨右手拿着柳枝，左手净瓶中的水源源不断流向池中。我们先绕寺庙走一圈，欣赏一下四周之美景。

黄旸山地处群山茂林之中，风光秀丽，景色迷人。它背靠连绵不断、群峰峻岭的贯山，左边是比它高数十米的高耸陡峭的西峰寨，右边也是佛教名山"上品山"，三面皆数十公里荒无人家，被层层叠叠的群山环绕，森林覆盖率98.3%（道路除外），均为原始森林，有许多珍稀树种，竹林密布。我和六弟深情地张开双臂，对着远山呼唤"黄旸山！我爱你！我喜欢你！"声音在山谷里久久回荡。

黄旸山的空气清新，简直就是个天然氧吧。上山时汗流浃背，瞬间被吸收干了，微风吹来，空气间都有冰冰凉凉的味道。我对着这茂密的、高耸入云的竹林深深地呼吸，哇！整个人感觉清爽、惬意极了。

正当我们沉醉四周美景之时，寺内传来"噹、噹、噹……"悠扬的钟声，我们顺着钟声沿南边的台阶而上，经一木亭曰"净亭"，见内有茶具，方凳数条，那是僧人和信徒喝茶闲聊取道之地，亭两边有莲花籍诗人陈新良写的一副对联"云壑烟篁迥宝偈，华星明月伴山台"。亭前也坐了四五个中年男女信徒正在吃着苹果，旁边便是潺潺的水声流入池中，六弟说，这是黄旸名山寺的"神水"，我双手捧起尝了几口，感觉这水质的确非同一般，清凉可口。

净亭的正前方是观音殿。殿前悬挂着"慈悲遍洒杨枝露，善信同蒙雨泽恩"红色对联。内有观音菩萨像及一些善男信女为建观音殿募捐的善款记录等。

在净亭与观音殿中间便是"黄旸名山寺"主殿，寺前有三个钢制的大香炉，上面雕刻着黄旸名山寺及募捐人的姓名，炉内香火旺盛，香气四溢。寺前四柱上挂有两副对联，中间一副为"晨钟暮鼓警醒世间名利客，佛号经声唤回苦海过路人"，其寓意是说，人世间追求功名利禄的人会被早晨的钟声和晚上的鼓声所惊醒，抛弃名利欲望，而在人海中苦苦追寻的人也会被经声佛号唤回来。这是一副典型的劝世联，其中蕴含的哲理，可谓发人深省，引人深思。也许这也是僧人重建名山寺的初衷。另一副为"黄旸壮观惜无高士鸿章宣扬显外，名山佳处却有梵刹古迹坐镇其中"，其寓意是黄旸名山有壮观的美景、梵刹古迹，只可惜没有像陶渊明这样的文人墨客把这里宣传出去。看样子，我虽无高士之才，既然了解其意，作为文字工作者，也有责任和义务把自己的见闻感受记录下来与更多的人分享。进入寺内，除多个菩萨塑像外，最吸引我眼球的还是那座用大型木架悬挂的古钟，上面雕刻着"黄旸名山寺，佛历公元八二七年"字样，足见名山寺历史之悠久，这应是名山寺的"梵刹古迹"镇寺之宝。

在寺的后面，相隔不足 4 米，建有"大雄宝殿"。殿前大门两侧有一楹联："黄山相仿佛可惜才士来临谁楷写此地胜景，旸气自循环只有高僧庋趾来创开他日丛林"。殿内金碧辉煌，各类菩萨高大威猛，虔诚者敬拜不停。殿堂右边是宿舍，供各地朝拜者休息之场所，左边是《黄旸山名山寺志》和历年募捐者善男信女之名单。

游览完名山寺，遗憾的是一直未碰到净合法师。听寺内管理人员说，净合法师云游四方化缘去了，法师茶室墙上的佛语"看破放下自在随缘念佛，真诚清净平等正觉慈悲"却让我们琢磨了片刻，也许这是传说中念佛之人修行的基本要求吧。

"晚送门人出，钟声杳霭间。"名山寺那悠扬的钟声又缓缓响起，这铿锵浑厚、清扬激越的钟声，在寺庙、在森林里、在山谷中久久回荡，敲进了游人的心灵深处，让人心静如水，流连忘返。真没想到一座小小的黄旸名山寺，竟也有教化世人之功。

这是我第二次上黄旸山。期待着净合法师早日把"名山寺道观"建好，也期待黄旸名山寺越办越好！那时我将再上黄旸山，再来听听这悠扬的千年古钟的声音，再来尝尝黄旸山清甜可口的山泉水。

玉壶山记

　　"山不在高，有仙则名"，玉壶山就是这样的山，它位于江西省莲花县城东面，背靠禾山，脚濒莲江，面向莲城，距县城仅一箭之遥，总面积 36 平方公里。其主峰海拔仅 880 米，整个山群峰连数十，远看似壶，也叫壶山，相传为齐天大圣孙悟空大闹蟠桃宴醉酒后抛下的一只仙家玉壶幻化而成，故名。它是"小南岳"禾山七十二峰之一，是莲花的母亲山。

　　早在 28 年前，有"到莲花而未游玉壶山，则会有枉此一行"之说。那时，玉壶山已于 1995 年 7 月 11 日被江西省人民政府赣府发〔1995〕40 号文件批复为首批 24 处省级风景名胜区之一。

　　玉壶山是一座风景秀丽的山，山上有许多神工鬼斧削成的奇异的自然风光。她背靠禾山，面向县城，山势雄伟，树林葱郁，风景优美，山上奇峰怪石，陡峭峻拔。整个山体囊括五个山头：主峰玉壶峰，其余由左至右依次为双乳峰、轿石顶、锦屏峰、凤凰台、元阳山。主峰玉壶峰高出大半，其余五峰如七星伴月。

　　玉壶山是一座令人神往的山，山上留下了不少名人的足迹，引得历朝的文人墨客纷至沓来。据史志记载，玉壶山名胜繁多，既有人文景观，又有自然风光。人文景观方面，单历代名人留下遗迹的就有：神话中的南岳圣帝、武功大帝、垂花娘娘、八仙中的吕洞宾，唐朝丞相姚崇、道家名士杨筠松、进士吴节等，宋朝大学士刘弇、元朝状元李祁、名僧释惟则，明朝地理学家徐霞客、传胪江玉琳、理学家刘元卿、学者李嗣晟，清朝文学名士贺怡孙，民国时期的陈诚、白崇禧等。

玉壶山是一座充满神秘的山，山上有许多美丽动人的神话传说，令人徘徊追寻。山上有元阳洞、元阳观、文峰塔、法藏寺、焕文阁等道家、佛家、儒家文化遗址，还有杨仙铁笔诗，古杏，姚崇读书台、洗墨池、姚公石室、李祁凤凰台，吴节、江玉琳、刘元卿诗石刻等人文景观，还有千姿百态、扑朔迷离的元阳洞和蕊珠洞两大洞天，双乳峰等自然景观。

这里的元阳洞、书堂岭是唐朝一代名相姚崇布衣时读书之地。据《江西通志》《庐陵府志》记载：元阳洞，在旧厅一部，洞门二丈许，言信之，幽然不可测，洞中流泉，冬夏不竭，唐相姚崇读书其中，业成而去。现在琴亭还流传着一个姚崇梦仙的传说。说的是姚崇因父早逝，家境贫寒，为逃灾荒，跟着母亲离乡背井来到莲花元阳洞寓居，姚母知书识礼，教儿读书，天资聪慧的姚崇发奋努力，废寝忘食。有一天半夜，姚崇挑灯夜读，忽然一阵风吹来，姚崇不知不觉地睡着了。他梦见一个白发童颜的老人送给他一个大鲜桃，叫他吃了。姚崇醒来，方知是南柯一梦。原来，这个老人是下凡的文曲星。后来，姚崇果然金榜题名，成为一代名相。

书堂岭又称凤凰台，位于元阳洞侧。《江西通志》载："元阳洞侧岭半有读书台，遗址尚存，岭上有洗墨池，水常不涸。世传唐相姚崇微时读书于此，故称书堂岭。"该台有建筑，今圮。清莲花同知李其昌诗曰："台倚壶山倚大荒，读书人去渺云庄。弥峰积雪空侵案，照野流萤冷映囊。水咽琴声流古调，池涵墨沈蘸天光。岭头落想来鸣凤，节足音和叶盛唐。"民间传闻，月明风静之夜，还常听到琅琅书声哩。当年的姚相和李祁都隐居在此读书。可以想象，两位名人，时而低头苦读，时而抬头凝思，他们在想些什么呢？如今人去台空，让人空留一番叹息。

传说这里的元阳观是唐时杨仙得道成仙之地。元阳洞不远，便是元阳观。元阳观建于三国时吴赤乌间（238—240），历朝都曾修葺过。

元阳观为一组规模较大的建筑群，有山门、正殿、东西配殿、钟鼓楼、厢房等。钟鼓楼结构玲珑，前有掖门穿道，周设回廊围护。《莲花厅志》载："世传唐时杨仙修炼于此，今丹井犹存。"那么，杨仙是什么人呢？杨仙，名益，字筠松，曾在京城为官，宣帝赐他金紫光禄大夫，掌管灵台地理事。相传因他窃得秘书中禁术，身怀绝技，又颇通法术，云游四方，到处除暴安良，杀富济贫，人们叫他救贫仙人。他曾在元阳观苦心修炼得道成仙。元朝状元江浙提举李祁晚年就隐居在这里，他曾作诗一首："昔年曾来凤凰台，今日重携胜侣来。洞口云寒龙睡稳，松梢烟暝鹤飞回。蒙茸翠草山腰合，璀璨琼芝石罅开，千载何人传相业，祖染凝睇望三台。"道观之后山，便是仙人杏，这仙人杏相传为杨仙手植，根蟠石隙，古干摩云。距仙人杏不远，有一块大石头，石上有杨仙去后以铁笔勒的诗："偶过元阳抚旧载，琳宫几度杏花开。峒天怪我多生别，五百年间又再来。"杨仙勒诗石上后，仙游而去。石上留下了巨人的脚印。

凤凰台下的锦屏峰山上有一座石鼓楼。石鼓楼上矗立着一座文峰塔，该塔建于清朝咸丰年间，塔高 40 余米，砖木结构，八角七层密檐式，底层有拱形门，并有楼梯层层相绕，供游览者登临。地塔墙用水磨青砖、桐油石灰砌制，塔顶为圆锥形铁葫芦宝盖，上有精美的浮雕和铭文，重数百斤，每层四面砌有券洞，内置孔圣人像，每层檐角上系有铜铃，微风一吹，铃声叮当，甚为悦耳，这座古文峰塔是莲花古县城的重要地标性建筑，有很高的建筑艺术价值和珍贵的文化价值，可惜被毁于"文革"。

山上有一座法藏寺，曾是元代高僧天如禅师佛事之地。法藏寺坐落在锦屏峰上与玉壶主峰之间的一块开阔地中，法藏寺建于唐朝贞观元年（627 年），禅师泰上人云游琴亭玉壶峰后，爱其山水幽静，即择地营建道场，名曰法藏寺，又名楼阁寺，是莲花境内最古老的佛教寺院，列唐代境内"五大寺庵"之首。宋文天祥题"觉堂寺"三字，元

高僧天如禅师曾在此举行过佛事活动，后云游苏州。明学士李嗣晟题
匾"中兴名刹"。历朝以来，法藏寺香火甚旺，名噪四方，善男信女络
绎不绝，斋僧云集，香客如云，钟声回荡。相传寺中有法印，半部《华
严经》、十八罗汉绣像为镇寺之宝。原寺有天王殿、藏经楼、释迦殿、
罗汉楼、地藏楼及经堂、僧舍等，高低错落。左右对称，掩映在幽静
雅洁的环境中，现已圮。上得玉壶山，但见路边怪石林立，使人惊叹
不已，有的像"吴牛喘月"，有的像"玉笋柱天"，有的似"山水盆景"，
有的像"公鸡铁冠"，千姿百态，耐人寻味。

　　明代进士吴节在玉壶山时写下《壶山歌》描绘了壶山世外桃源般
的美景："壶山嵯峨白云里，四面冈峦一溪水。境开壶外见高原，地入
壶中聚幽屿。竹篱第舍环陂陀，白石清泉连涧阿。溪桥烟暝行人少，
厦屋晴明幽意多。君不见，壶邺子，磊落胸怀富经史。海成列子解游
仙，御气乘风行万里。又不见，悬壶翁，翻身一跃藏壶中，岂知包括
有天地，五云台殿相玲珑。赛予素慕壶山乐，来垦壶田结书屋。只将
豫圃为生涯，岂料轩居在空谷。仕途一去三十年，今年幸喜归林泉。
举锡邀月壶边坐，隐儿迎风壶上眠。比邻酒熟邀同社，暂豁襟怀淡如
也。不言天上盛繁华，且向壶中叙清话。有山可樵田可耕，有书可读
遗诸昆。若论世上奔波事，不及壶山一段春。"好一个"若论世上奔波
事，不及壶山一段春"，足见玉壶山之胜景。

　　28 年过去，弹指一挥间。只可惜玉壶山面貌依旧，部分景点甚至
惨遭破坏，惨不忍睹，若不是甘祖昌将军墓地和革命烈士陵园在山上，
玉壶山渐渐地便会被世人所遗忘。而那时市内与之同期被批复为省级
风景名胜区的武功山、杨岐山，如今已分别享誉世界，升至国家 5A、
4A 级风景名胜区；省内与之同期其他省级重点风景区已有 5A 级国家
风景区 3 处，4A 级国家风景区 11 处，国家森林公园或生态旅游示范
区 4 处，3A 级国家风景区 1 处，已开发保护利用有 4 处。唯独莲花的
玉壶山风景名胜区依然如同一个美丽的深闺少女至今无人问津，而且

变得越来越深沉睿智。

斗转星移，莲花又迎来了新一届领导班子，提出了打造"全域美丽、全民共享、全国闻名"的生态名县战略。我想，假以时日，玉壶山省级风景名胜区这张生态名片也能有武功山之幸运，能重新作为省级甚至是国家级风景名胜区来打造，重现昔日之荣光，让莲花之母亲山、英雄山，造福莲花之人民，欢迎八方之宾客。

我期盼着，莲花的百姓也期盼着，沉睡了多年的玉壶山更是迫不及待……

原载于《中国作家网》2023 年 10 月 28 日

神泉乡里神泉湖

　　赣西边陲的莲花县，地处罗霄山脉中段，有"七分半山一分半田，一分水面和庄园"之美誉，四周山岭环绕，是一个典型的以丘陵、山地、山间盆地为主要特征的小县，县域内山塘水库较多，几乎每一个乡镇，大多数村庄都有大小不等的山塘水库。但人工湖却只有一个，那就是神泉乡的"神泉湖"。

　　"神泉湖"位于神泉乡瑶口，从县城南出发，经升坊，穿五洲，至大坝约莫有12公里的车程。进入坪墩路段即景区公路，两旁的樟树经过十多年的培育，茂密的枝叶已将公路全部覆盖，一路进去，犹如穿越在一个长长的绿荫隧道。倘若你从未去过那里，带给你的绝对是耳目一新、心旷神怡之感，想不到莲花竟还有那么一大块未开垦之地。

　　那就让我来揭开它那神秘的面纱吧，神泉湖原名叫楼梯墩水库。有人说因筑成的水库大坝有133个阶梯形似楼梯，也有人说上闸门的地方形似楼梯故称为"楼梯墩水库"。水库建于1965年，1977年、1996

年、2007年多次加固维修。大坝高25.5米，人在大坝上向前方眺望，水库形如人张开的双臂。水库右至谭坊泥背和大湾坳里，左至上江锁子冲。乘快艇穿过中间狭窄湖面，进入锁子冲湖区，别有洞天，豁然开朗，与陶渊明笔下《桃花源记》所描写的"初极狭，才通人。复行数十步，豁然开朗。"竟有惊人相似之处。全湖集水面积45.9平方公里，总库容量达1179.5万立方米，正常蓄水位200.4米，水库有发电、灌溉、游玩休闲之功能，是莲花县境内最大的中型水库。

在水库大坝左侧尽头的小山头有一座六角"望湖亭"，可供游人登高望远，旅游小憩。游人登亭望湖光山色，尽收眼底，可谓是"望湖亭上好风光，尽许游人醉夕阳，亦欲扁舟垂钓去，神泉留我且徜徉"。倘若在春天的早晨赶去，也有"雾满东江"之美，与苏轼笔下"水光潋滟晴方好，山色空蒙雨亦奇"的西湖有得一比。

湖面碧波荡漾，静时可见蓝天白云，热时可见鱼儿跳跃，近岸清可见底，是神泉人重要的天然饮用水源。湖的中央有座湖心小岛，距大坝直线距离约200米，面积近20亩，建有两层的砖木结构的土屋。游人可自行选择坐快艇或自个儿划着小木船上岛游玩，游泳技术好的小伙子常常结伴游至对面憩息、游玩，尽情呼吸着清新的空气，沐浴着湖上的阳光，尽情享受着大自然赋予的原生态美景。岛上种满了桃树、橘树、梨树等不同品种的树种，因桃花多而闻名遐迩，又称"桃花岛"，是少男靓女理想的谈情说爱的"莲花版的马尔代夫"。

说起"神泉湖"名字的由来，还真有一段不平凡的故事。

那是2007年12月15日，省水利厅领导来莲花楼梯墩水库调研，县委办通知我陪同。我和乡长在乡供电所进楼梯墩水库的拐弯处等候。不知怎的？领导竟点名要我坐上他的越野车。在车上，领导拉家常似的问我："小刘哇！你来这任职多久啦？你谈谈神泉乡的由来吧！你知道你这个乡为什么称为神泉乡吗？"

幸好，2006年2月份，我一来神泉乡上班不到一个星期就走遍了全乡，对神泉乡神泉村也颇感好奇，把宁氏家族与神泉的来历，并到神泉古井、宁氏家庙探了个究竟。我坐在前排，向他讲起了关于神泉与宁氏家族的故事。

据宁氏族谱记载：南宋绍熙四年（1193年），宁氏尊时发，讳含章，祖籍河南，宋光宗时登进士，授大理评事，后为吉州知府。仕满解组居永新洋江，为避乱世，四处寻归隐之处，经人引见，发现棋盘山下有一瑶坊（民国时又称瑶溪乡）为世外桃源，此地四面环山，笼中近千亩开阔地带，山下有口山泉冬暖夏凉，听曾路过此地的猎人讲，此山泉即使是大旱之年也从未干涸过，宁大人来到井边，只见丝草悠悠，小鱼无忧无虑地来回游憩，躬身双手合拢捧水，畅饮数口，泉水清凉可口！连声叫道，此乃"神泉！神泉也！"下人也齐声附和都叫"神泉"，此井叫"神泉"，此宝地也叫神泉吧，大家都叫好。宁大人起身回望四周崇山峻岭，仅有一条猎人留下的土路穿笼而过，右手摸着长长胡须，点头赞许，此乃为宜居避世之天堂。便挑良辰美景之日，带领全家老小从永新洋江隐居此地。宁时发为宁氏一世祖，二世祖季祥官临江通判，三世血仲贵公，生子相、子荣；四世祖子相公，讳一夔，号虞臣，南宋淳祐举人，因廷试对策忤权相而落第，遂不仕。子相公生明甫、衡甫；明甫生四子，三子开三，生道可，迁湖南邵阳；四子以开，徙居五洲瑶口（古称龙阳）；衡甫生诚叟，世居神泉；四世子荣生忠甫，忠甫生本三郎，徙居荷塘井下宁家里，后有裔孙又返回神泉。从此在神泉之地繁衍生息，人丁兴旺，这个因"泉"而得名的神泉村在周边的影响也越来越大。

清康熙十年（1671年），宁氏后人为纪念先祖，在基祖墓斗岭的灵龟背上建祠"宁氏家庙"，家庙门楼为硬山顶，红色琉璃瓦（后翻修，原为白色磁土瓦），白色马头墙，徽派风格，虽经150年风雨飘摇，略显沧桑，但神韵犹在。廊檐下书"名卿弟"，足见其家族之显赫。进入祠内，堂内108根柱子，其中6根石柱。石柱上雕刻着宁氏家族发展不同时期的对联，或追踪溯源，或颂扬祖德。两边门联曰："基开南宋跡发洋江数百年俎豆馨香永存故寝，敏秀神泉灵钟斗岭廿余代云仍似续复建新祠"；中堂门联曰："达不离道歌沧浪白石以为卿先人道范同欣赏，孝可作忠辩湛露彤弓而循分前代忠言永播扬"；下堂上联曰："达土贤科鹰大理政简刑清百代流风末坠"，赞扬的是大理评宁含章为吉州知府时"政简刑法"之功德，下联曰："孝廉对策动权奸词严义正千秋浩气犹存"，褒扬的举人一夔，廷试时"词严义正"忤权奸的浩然正气。该祠堂至今供奉着始祖含章公和他妻子黄恭人的遗像供后人祭拜。先祖宁含章的墓地现在依然保存完好，2004 年 9 月，莲花县人民政府将"宁氏家庙"及古墓列为县重点文物保护单位。

后来神泉村宁氏繁衍生息发展较快，张氏、贺氏、李氏也逐一迁入，且又在全乡之中央，在取乡名时，因宁氏先祖之功德，一致认为以"神泉"命名乡名更为恰当。后因谭余保在棋盘山一带坚持三年游击战争，陈毅主持的著名的新四军南方游击队"陇上整编"的缘故，也曾被改为"棋盘山公社"。

据张志龙书记回忆：1962 年天干地裂，大旱之年。附近村庄无水可挑，唯神泉不受大旱之影响，村民纷纷带着鞭炮，来到井边先敬天神，再排着队到"神泉古井"挑水，奇怪的是，不管多少人来挑，硬是挑不干。1978 年改名为"神泉公社"，1984 年又恢复为神泉乡，为国家级老区特困乡。

2003 年乡镇机构改革，坪里镇与神泉合并，合并后的乡镇仍称为"神泉乡"……

听了我的讲解，领导蛮有兴致地对我说："莲花，这个文化古县的确不是浪得虚名！一个神泉乡的来历竟还有这神奇的故事？文化底蕴竟如此厚重！小刘，何不将楼梯墩水库改为神泉湖，把神泉湖作为一个景点来打造！可以助推乡镇经济发展。"领导这么一点拨，正合我意。"神泉湖"这个名字好听多了，富有创意！一定要开发和利用好这一中型水库，使其具有一定的吸引力。

下车后，我把领导的建议向时任县委书记汇报。书记非常高兴，非常支持！连声称道："好！好！好！今后就把楼梯墩水库改名为神泉湖吧"。于是"神泉湖"这个名称在莲花及其周边就这样叫开了。

为了打造好、建设好"神泉湖风景区"水库改造工程项目，其中预算了148万元用于库区公路建设。书记非常重视，带领各级领导及工作人员在神泉乡政府就神泉风景区公路建设进行专题调研。经设计单位测算，全长5公里，宽6—12米（根据路段而定），总投资248万元（地方配套100万）。整个景区公路从征地、拆迁、建设，仅三个月时间就竣工通车，实现了莲花公路建设史上的"神泉速度"。在拆迁过程中，坪里段路窄，乡党委决定改道建设，要建起码50年不落后，打通邓家里到319国道且宽12米的公路。一来有利于景区开发，二来有利于集镇建设，当初在讨论时还有人反对，说乡下公路没必要那么宽，现在看来那时的决策到现在仍不过时。在上岭陡坡处有棵樟树挡住路，负责工程拆迁的人问我怎么办？我说："保护樟树，可以绕个弯！"就这样这棵樟树保留了下来。每每经过上岭看见曾经的那棵樟树，我都为当初的决定而感到欣慰！

在离大坝不到500米的地方，有过水天桥形成天然大门，再往里走，路虽窄，但进到里面却是另一番景象：有两三栋民宅坐落其间，有休息的亭台楼阁，有近百亩的小山塘，"水源寺"（2015年5月8日被市宗教协会评为先进宗教活动场所）坐落在亭台楼阁的对面。绕着山塘踱步300米即可到达。寺外旗杆上悬挂着五星红旗，廊檐下写有"莲花水源寺"几个大字和"大肚能容容天下难容之事，开口便笑笑天下可笑之人"的门联。寺内建设以莲花为基调，大肚弥勒大佛手拿佛珠大笑着坐在莲花宝座中央，吸引着全国四面八方的游客。

"莫道桑榆晚，微霞尚满天"，神泉湖风景区这个沉睡多年的原生态自然风光，虽未被深度开发利用，但早已作为一个景区对外开放，每年接待上万名游客前来游泳、度假、游玩、垂钓、摄影……

神泉湖在县城大商汇设立了"神泉湖鱼产品经营专卖店",神泉湖的山泉鱼也已进入寻常百姓家。若有贵人慧眼识宝地,加大投资开发力度,随着莲萍高速、长赣高铁的开通,神泉湖风景区必将成为越来越多人休闲、娱乐、度假的又一个打卡之地。

原载于 2020.8.24 江西散文网

2022.9.8 中国作家网

文中湖区照片由李崇仁拍摄

克己复礼古书院，一代先师刘元卿

复礼书院

　　莲花县是江西省的"十大文化古县"之一，古代的书院、学堂、学馆较多，有复礼书院、琴水书院、一德会馆、崇文书院、兴贤书院、观文书院、宾兴馆等 20 余所。在众多的书院会馆之中，唯独"复礼书院"原址、原名仍保留沿用至今，这在我省教育发展史上堪称奇迹。

　　"复礼书院"（即现在的复礼中学）也是江西省"十大古书院"之一，复礼书院遗址于 1984 年被列入县重点文物保护单位。它坐落在莲花县闪石乡渭下村，书院面南衡，背武功，左携禾山，右挽西云，有"诸峰拱揖而环聚，足称雄关垂永古"之势，是莲花现存一座最古老的高等学府。它的建校历史可追溯到明隆庆六年（1572 年），距今有451 年的历史。它的第一任校长是明朝著名的理学家、文学家、教育家刘元卿。

我没有在复礼中学读过书，只晓得复礼中学在我县高中未集中办学时，莲花四所（坊楼、坪里、莲花、复礼）中学唯复礼中学名气最大，升学率最高。那时，就连县城的许多孩子都转学到复礼中学来读书。但我也很幸运，2005 年，我在闪石乡担任乡长一职，有机会拜访这古老的书院。在闪石乡政府报到的第二天，我在冯圣良"花猫苟"师傅的带领下，专程赶赴复礼书院，现在的复礼中学，一是看看我莲中读书时的老班长贺清炎，二是看看复礼书院这个代表莲花文化遗产的古书院，究竟是啥样。

复礼中学离乡政府不远，从乡政府驱车经过郭家桥，不到 5 分钟时间就到了。我的老同学贺清炎早早地就在校门口的石拱古桥上等我。我即刻下车与他握手。我们站在古桥上环顾着整个校园，不由感叹这真是个读书学习的好地方：学校的四周均为农田，围墙外栽满了密密的枫杨树和桂花树，一条长长清清的暖水小溪从学校的正门前缓缓流过，溪水清可见底流向远方，清炎说这是学校师生早晚洗漱的场所……学校远离闹市与村庄，偏安一隅。忽闻教室里传来阵阵琅琅的读书声……如此圣贤读书之地，学风不好才怪呢！

我站在桥头，远远地就被校门两侧那红色的对联所吸引："问复礼条件只从视听言动入手当如颜子请事斯语；讲明德功夫要以修齐治平尽头莫让曾氏独得其宗。"横批为"泸潇文韵，仁礼校园"。听说是出自清代佚名之手，一直沿用至今，横批是后人所加的，足见一代先师刘元卿创办复礼书院之影响力。

一进校门，就看见复礼书院的开基祖刘元卿先生儒雅随和、手不释卷高高的半身金色铜雕像（这个雕像是我的同学杨建湖父亲杨金群之作品，这是复礼书院建校 425 周年时所立），他目光远瞩，注视着书院的发展。我站在先生的雕像前，向先生鞠躬。老班长在复礼中学任教多年，对一代先师刘元卿比较钦佩，对复礼书院也深有情感。他像导游般跟我讲起了一代先师刘元卿与复礼书院的前世今生。

刘元卿（1544－1609），字调父，号旋宇，一号泸潇，人称"正学先生"，吉安府安福县西乡（今萍乡市莲花县坊楼屋场村）人。明朝著名理学家、教育家、文学家。"江右四君子"之一，江右王门后期大家，在理学、教育和文学等领域皆卓有成就，著述甚丰，《江西通志》记载他所著书目有《大学新编》《山居草》《还山续草》《通鉴纂要》《六鉴》《诸儒学案》《贤奕编》《刘聘君全集》等，其寓言集《贤奕篇》脍炙人口，被收入"四库全书"。

刘元卿从小发奋读书，隆庆四年（1570年）在江西乡试中夺魁。明隆庆六年（1572年）刘元卿在他人的推荐下，带着向朝廷的上书和文卷参加会试，但因"五策伤时，忏张居正"，未获取录，还险遭杀身之祸。万历二年（1574年）再次参加考试，又没有被取录，于是绝意功名，回到家乡，研究理学，收徒讲学。遂以正学为己任。为启迪后人，培育士林，广宣教化，他开始在南陂"顶泉寺"讲学，随着求学人员增加，刘元卿动员安福西乡包括现在安福洋溪、钱山以及萍乡、茶陵一带二十四姓零八家（洋溪赵、姚、郁、刘；沥溪刘；钱山李、贺；月溪刘；严湖彭；书林李；乌溪陈；南溪刘、甘；路溪刘；芳洲谢；洞背冯；江背李、彭；南村朱；苏溪严；箕峰张；金滩王；清溪杨；赤洧王；双湖李；瑶溪甘；布溪朱以及谭、曾、肖、颜、范、蔡、施易诸家；萍乡、攸县各地士绅等），动员陈国相捐租七十五石、捐田三十亩给会费，安福知县闵世翔送租四十石五斗，在二十三都书林村（现闪石渭下）创办"复礼书院"——莲花县古代第一家书院。创建之初，刘元卿在石城洞内创云楼石馆，题"世外石渠"，赋楹联曰"月冷峒门，华表夜深交鹤语；云埋石髓，渔郎春半问桃花"，又门联曰"石路草香随鹿去，峒门萝月听猿吟"。一边讲学，一边筹办书院，可见当年办学、讲学之艰难，更可见刘元卿办学之雄心壮志。明隆庆六年壬申（1572 年）十月开始筹办，明万历元年癸酉（1573 年）三月建成，前后仅半年时间竣工，复礼书院的成功创办结束了"邑西之陬"（原属安福县管辖，故称"邑西"）无书院的历史，改善了穷乡僻壤的教育现状，为提高"邑西"一带民众教育，整肃当地乡风民风，起了划时代的作用。

"复礼书院"之名为刘元卿所取，出自《论语·颜渊篇》：颜渊问仁，子曰："克己复礼为仁。一日克己复礼，天下归仁焉。为仁由己，而由人乎哉。"按汤一介（北大教授，《儒藏》编纂与研究中心首席专家）解释：在"克己"的基础上"复礼"才叫"仁"。"仁"是做人的内在品质。"克己"是要靠人对自身内在的品质（即"爱人"的品德）的自觉，"礼"是人的行为的外在的礼仪规范，它的作用是调节人与人的关系。人们遵守礼仪规范必须是自觉的，才有意义，才符合"仁"的要求。用这一解释来理解刘元卿建书院并取名"复礼"的用意，可见刘元卿的用心良苦。"复礼"是刘元卿办书院的宗旨。刘元卿在《复礼书院记》中说："夫性周六合，在人则为礼。性也者，不可得致力者也，礼也者，可得而致力者也。然性虽不可得而致力，而经礼三百，曲礼三千，皆性也。故视听言动一归于礼，虽谓之致力于可矣。圣人罕言性而雅言礼，所谓中道而立，超乎二氏，而为万世之宗者也。"他要通过规范礼仪（即复礼）的途径，以外在礼仪规范来"克己"，以唤起人们内在"爱人"品质的确立，从而达到"天下归仁"的结果。

一代先师刘元卿创办"复礼书院"开宗明义以正学为己任，宣传孔子的"克己复礼，天下归仁"，学的是"四书五经"，信的是"忠孝仁悌"。复礼古书院是莲花作为"江西十大文化古县"的一张重要文化名片。据《爱莲编》（贺恢）载："在今二十三都书林村，明隆庆六年，刘元卿倡西里士民创建，向午负子，中为明德堂。广三丈六尺，深少杀。左右室广不及寻，室外又有协室，左右庑修四丈有奇，广一丈四尺。庑各有室四，前为门题曰'复礼书院'，元卿撰记，堂之后为四贤祠，祀明儒王守仁，以邹守益、刘阳、耿定向配，元卿殁后，学增其配位为五贤祠。祠有楼三间，楼为杨候留帖阁，后改为尊经阁（《幽居笔记》）。元卿讲学于此。立有肃规，诵警正俗数条，尝于院中著晤语测言数十则（复礼书院会规正俗十四条：一重礼教；二戒忿怒；三照义理；四崇俭约；五尚和睦；六念贫穷；七端蒙养；八禁溺女；九禁搬戏；十禁尚斗；十一禁佛事；十二禁墨衰；十三禁拖欠；十四禁纳叛），学者宗之。"从此，"复礼书院"成为享誉四邻他省，学子入仕深造的有名高等学府。明万历二十二年（1594 年），吉安太守汪静峰游武功过（拜访）复礼书院，闻里中歌咏，喜曰："问俗深山有礼乐，凿开混沌怨征君。"许多民俗，特别是冠婚丧祭四礼传承至今。

万历七年（1579 年），张居正柄国，诏毁天下书院，全国大多数书院被迫停办，而刘元卿把"复礼书院"改名为"五谷神祠"，仍聚众讲学如故。后来学禁解除，复礼书院又恢复原名，此后名声更大，"道日益隆，誉日益广"。复礼书院有严密的学规，且教育质量好，以致湖南、湖北等省的有识之士都不远千里来此求学，海内学者对刘元卿的学识非常钦佩，誉他为"泰山北斗"。明万历二十六年（1598 年），刘元卿还在今三十都赤洧村，创办了一德会馆，刘元卿撰有会规，引里人谢俊一，捐田租二十五石入馆。路溪观文书院也受"复礼书院"之影响，光绪二年（1876 年），二十一都刘姓士民在胡卢洲而公建。至此，他与当时省内名流吴康斋、邓潜谷、章本清齐名，被人们称为"江右四君子"。

刘元卿两次受到皇帝征聘，又称"刘聘君"。因其知名度扩大，不少官员多次上书朝廷，推荐刘元卿，称刘元卿为"负迈俗之志节，蕴济世之经纶"。皇帝非常重视，授他"国子博士""阶承德郎"衔，特别下旨叫刘元卿去京城做官。但刘元卿悉心讲学，不肯去做官。后来皇帝又再次派员催他赴任，刘元卿再三推辞不掉，只好应召入京。不久，即升礼部主事。在朝三年，他提出了许多有利于封建王朝的举措，在《请举朝讲疏》《节制贡吏疏》《直陈御倭第一要务疏》中，阐述了自己的政治主张，对于革除弊政、安定边陲、抵御外侮都是非常有利的。可惜刘元卿的这些政治主张，得不到皇帝的采纳。于是，他称病辞归，告老还乡继续办学。

"礼门义路，圣域贤关"这副对联被书写在复礼书院大门两侧，是刘元卿对书院的定位，推崇的是儒家圣贤礼义，传递的是中华民族的文明之火。刘元卿从弱冠至暮年，一生孜孜于理学。据《明儒学案》载："先生初游青原山，闻之与人曰：青原诗书之地也，自两邹公子（邹守益的儿子汝梅、汝先）来后，此风遂绝矣。先生契其言。两邹与之谈学，遂有愤悱之意。因而考索于先儒语录，未之有得也。"从此诱发了刘元卿从事王守仁理学研究的兴趣。他开始在当地求学，但所得不深，于是离乡背井，远游从师。他先后到浙江、湖北等地拜高人为师，经过自己努力求索，成为该学派承前启后的重要人物。刘元卿既能吸收他人之长，又能坚持自己的见解。他以"存守本体，随事躬行"作为一生的言行准则，不信道教，也不信佛教。正如他在《小引自赞》里说的："不礼释迦，不羡王乔，此泸潇之所以为泸潇，亦泸潇之所以止于泸潇也。"刘元卿的理学思想，在江右王门学派中，占有重要的地位。刘元卿逝世后葬于泣马坳西江边的小山坡上，《明史》为他立了传，明朝名流邹元标为他撰写墓志铭。后人在明德堂奉其为先师，其门徒赵士美、赵希文、王应庠、王应序、赵宗发、郁克正等创"近圣馆"以祀焉，赞其"流风余韵，百世犹师"。民众尊崇其为圣人。复礼书院也承前启后，硕果累累。

民国六年（1917年），复礼书院改为"莲花县东区高等国民学堂"，但学堂名仍为"复礼书院"。1928年至1933年，中国工农红军在复礼书院设立红军医院。1934年，复礼书院重新办学，学校改名为"莲花县第三区中心学校"。1943年，学校改名为"莲花县复礼乡中心学校"，学校在校园东北角建一座"百获亭"，四周植有花草树木，辟为小花园。1945 年，湖上江背科学家李鸣冈在书院的基础上创办"私立复礼中学"。1949 年莲花解放后，"复礼中学"一名一直沿用至今。

听完老班长贺清炎对"刘元卿与复礼书院"历史详尽细致的介绍，加深了我对莲花享有"泸潇理学，碧云文章"之美誉的理解，原来"泸潇理学"源自刘元卿与复礼书院。可见闪石历史文化之厚重，可见莲花千年文化古县不是浪得虚名。只可惜古老的复礼书院老宅早已被拆除变成了大操场，遗址上古青石、古青砖依然清晰可见，五百年古桂花树虽然树根开裂却依然郁郁葱葱……它们见证了复礼书院曾经的苦难与辉煌。可惜啦！如果当年不拆，保留复礼书院的原貌该有多好哇。

此时此刻，我不由得想起明代同邑诗人吴云游历复礼古书院时曾写下的诗："青牛仙院钟声出，白马经林鼓气沈，久坐阶前玉露润，正逢天上月华临。诸公去后弦歌冷，今我来时草木深，心事许多说不尽，呼童拭几抚瑶琴。"

返乡之后，我想应该着手恢复"复礼书院之明德堂、五贤祠"等古迹，还"复礼书院"之原貌，扬"百年犹师"之精神。只可惜，我在那工作仅仅一年，第二年开春就离开闪石调神泉乡任职。尽管复礼中学教学硬件设施越来越完善，学校教学质量也逐年提升，但在民间，复礼乡贤恢复重建"复礼书院"之呼声一直未停……

后来，复礼中学在校门右侧建了一条长达几十米的"理学长廊"，在校内建了"校史馆"，充分展示了刘元卿与复礼古书院 451 年的办学历史；闪石乡党委政府在复礼乡贤刘恩斌、刘桂圣、刘驰等人的支持下筹集了几百万元资金，在渭下村征收了 33 亩荒地，聘请了专业设计团队设计准备重建复礼古书院。但在原址与另选他址问题上有分歧，也有人提议建在县城莲文化园，理由是复礼书院是莲花古文化的象征，刘元卿是莲花古文化的鼻祖。笔者以为应在原址上重建才是符合历史，尊重历史，而校内操场、足球场另选他地才行。总之，不论复礼书院建在何处，作为笔者期待着政府在充分尊重民意的基础上早日开工重建，还复礼古书院之原貌，以纪念一代先师刘元卿之功德！赓续克己复礼古书院之辉煌！

　　一代先师刘元卿，克己复礼古书院，正如古书院几副堂联所云；"复占一阳之来天心可见，礼严四勿之戒条目必张。""此地乃泸水潇山之胜境，其人有鹅湖鹿洞之遗风。"

原载于《萍乡日报》2024 年 3 月 31 日

第二辑　行行摄摄走天涯

寻梦"桃花源"

说起桃花源，就一定会联想到东晋文学家陶渊明的《桃花源记》，其所描绘的那个"世外桃源"，成为凡间世人向往的人间仙境。

桃花源，陶渊明以唯美的语言讲述的那个地方，谁也讲不清楚为什么拥有这么大的魅力，吸引古今中外的人们苦苦追寻了千年。这里没有金银宝藏，没有长生秘诀，没有绝代佳人，也没有刺激世俗欲望的任何元素，但是人们对桃花源的向往却从来没有减弱过。无论是盛世还是乱世，是统一还是分裂，人生得意还是失意，桃花源都具有永远的吸引力。

2022 年 6 月 11 日，我们"谭楚留香"驴友团队一行六人在楚德兄驱车引领下，上午 10 点半出发，行程 416 公里，寻梦"桃花源"。

到达桃花源古镇江兰客栈，已是下午 4 点半。江兰客栈位于渔父广场东侧的渔父路 50 号，是一家上下两层的四合院风格的客栈，客栈门楼两旁写有"兰花初开在桃花源成众生相，江水东流经岳阳楼入洞庭湖"的一副对联，字里行间充满湖湘文化的雅致，大气而不失温婉。接待我们的店老板是位年轻貌美的"湘妹子"。踏入其中瞬间被古镇古朴雅致的建筑风格所吸引。

习惯跑步的我，绕桃花源古镇慢跑一圈全长 6 公里，走马观花，即跑即拍，恨不得把古镇所有美景收入囊中。古镇位于常德桃花源自然风光和历史文脉集结的核心，被秦溪和故渊湖所环绕，整个古镇宛如湖中宝岛。古镇的西面是故渊湖，环湖柳树郁郁葱葱，潇湘健康步道穿越其中，湖边有登船码头、天一塔和瑞光桥；南门过故里桥便是桃花源游客中心，中心广场矗立着一巨型石碑，上面雕刻着陶渊明的《桃花源记》全文；北门有民俗文化街；东面是秦溪河，秦溪与故渊湖交汇后通向沅江。古镇古街，古塔古坊，古宅古楼，古色古香。

桃花源古镇投入 50 亿庞大资本，打造 1600 余亩大型文化创意旅游综合体。古镇以人文主题公园为主，配套住宅为辅，以中华传统建筑文化和江南特色传统建筑文化为载体，展现千百年"陶渊明隐逸文化"和"湖湘民俗文化"。古镇布局为一纵（高士大街）四横（桃仙路、伏波路、进之路、渔父路）两水系（秦溪和故渊湖）六大广场（渔父广场、高士广场、伏波广场、寓言广场及南北进出口广场），镇内城隍庙、古戏台、大观楼、靖节楼、伏波楼、姻缘楼、每条横街均建有牌坊（白莲坊、紫芝坊、清琴坊、天工坊、陶然坊）。其中两条水系与高士大街平行贯穿整个古镇，高士大街全长 1.036 公里，沿线布局各类多元特色主题商街和文化体验区。古镇既具备"吃、住、行、游、购、娱"旅游六大要素，又满足了古城居住、商业、行政等功能。古镇依托桃花源得天独厚的自然景观资源，已成为国际旅游、休闲养生、自然与人文和谐共存的国际旅游休闲度假区。

次日天气晴好，是出行的好日子。我们随团参观桃花源景区。游客中心、导游图、旅游巴士上一句"心灵的故乡——中国桃花源·湖南常德"，一下抓住了旅客的心，让你心驰神往。

桃花源景区地处沅水下游，古武陵县境内，始于晋，兴于唐，盛于宋，历史悠久，文化底蕴深厚，是东晋大诗人陶渊明《桃花源记》所述之地，千百年来为世人所向往，是国家 5A 旅游景区，国家级风景名胜区，国家森林公园，全国重点文物保护单位。整个景区规划面积157.55 平方公里，有秦溪、秦谷、桃花山、桃源山、五柳湖五个核心景区，以山水田园之美，寺观亭阁之盛，诗文碑刻之丰，历史传奇之奇而享誉中外，是全球华人追寻的心灵故乡。

从游客中心出来，经桃花桥，沿途车览秦溪风光，溪中有数个小岛，岛上有盛开的桃花，溪对岸是一排排吊脚竹楼，若化身为武陵渔郎，撑着竹排缘溪而行，会有忘路之远近之感。待司机师傅告诉我们"秦谷景区到了！"我们才从秦溪如诗如画的美景中醒过来。可谓是"人坐车中览，如在画中游"。

秦谷景区被认为是陶渊明《桃花源记》原型地，从桃花洞到秦人古洞出口全长 3.7 公里，听导游讲，倘若全部看完，得花 5 至 7 个小时。既来之，则安之。我们便按照导游图，依次参观。

"莫道幽狭疑无路，别有仙径通洞天。"走过桃花洞，眼前豁然开朗：土地平旷，屋舍俨然，阡陌交通，鸡犬相闻，一派世外田园意境。陶渊明笔下的"世外桃源"秦人村实景展现我们眼前，仿佛一下穿越千年，依稀梦里仙境家园。我们踏着石板路，听着原始森林中各种鸟儿的歌声，泉水的"叮咚"声，在这里看不见砖块、水泥、钢筋；在这里看不见自行车、摩托车、汽车（接送游客的电瓶车除外）；小溪、小江里长着菖蒲和一些天然的杂草，溪水清可见底；田埂、水沟看不见三面衬砌的水泥，全是稻田泥筑成；山脚下茅草屋是木头、山竹或泥巴筑的，老百姓和工作人员都穿着旧时棉布服装，戴着竹编的斗笠，手提的是竹篮，看不见一丁点儿现代的物件……我们悠然徒步前行，入洞天驿馆，拜图腾，逛秦人村集市；观饮马居，骑马射箭；在寰楼，观看湘西特色婚礼以及竹筒舞；耕读园，捕鱼捉虾；嬉古苑，投壶、荡秋千；桃坞村，观春米坊、粑粑坊、糖坊、豆腐坊、榨油坊；打谷场，祭祀、傩舞表演；四亲茶庄，体验采茶、制茶、悠然品茶；天工六艺坊，学习竹编、刺绣、织布、陶艺、木雕、铜铸；爱情花海赏花，月神台许愿，携手百年好姻缘；花涧嬉水苑，水上拓展，小憩；洗心池，绕古道，洗尘心，寻仙迹，乐逍遥；远近桥，烟雨楼……

出"秦人古洞"，此洞相传为渔郎出入处，洞长 68 米，传说旧时原有两块洞门岩，半关半启。有中丞郭某来游览，见一童子持香出迎，后乘云冉冉而去，遂用大石封周，让仙境保密。洞口奇石怪状，茂林修竹。洞中有疑洞数处，游客往往误入迷径，不知所措，出洞即秦人村。

进入"桃花山"，这里是纪念并体验《桃花源记》意境的"陶公山"；这里是汇集了 15 处国家级，1 处省级文物保护单位的"国宝山"；这里是留下了诸多文人墨客足迹的"名人山"；这里是诗词楹联碑刻之韵的"人文山"，这里山顶高阁巍举，古松摩顶；这里山间溪岩秀丽，曲径通幽；这里山前桃花流水，落英缤纷，让您深刻体验"采菊东篱下，悠然见南山"的情怀。您看山顶御碑池，原名千丘池，因光绪十八年（1892 年），桃源县令余良栋为清代乾隆皇帝爱新觉罗弘历拟桃花源御制善堂诗勒石建亭而得名。四季景色如诗如画，宁谧于红树青山倒影之中；你看那池塘上方的御碑亭，还有那"三然亭"，三座亭子品字排列，形态端庄，结构精巧，以从陶渊明诗文中撷取出的"欣然""豁然""怡然"三词分别命名，并组合而成为"三然亭"，寓意游览桃花山过程心境的不断升华。

我们沿桃花溪顺流而下，听着潺潺溪流声，脚踏千年的青石台阶缓步前行。经白云轩、水源亭、悠然亭。过"遇仙桥"时，众多游客被桥边一首《题遇仙桥》诗所吸引，初看百思不得其解，再看诗下边的提示才恍然大悟：上面四十九字是一首七言八句的顶针螺旋诗（或称顶针回文诗），即下句头一字是上句末一字的一半，每句七字都相连，顺时针方向从"牛"字开始念起，从内旋转到外，因之得到一首七言诗：牛郎织女会佳期，月底弹琴又赋诗。寺静惟闻钟鼓响（響），音停始觉星斗移。多少黄冠归道观，见机而作尽忘机。几时得到桃源洞。同彼仙人下象棋。

方竹亭原名桃川八方亭。明万历年间修建，为桃花源现存最古老建筑。亭高 6.3 米，墙厚 1 米，上覆琉璃瓦，内为穹窿顶。外观八方八角；内看无梁无柱。亭后方竹滴翠，为桃花源三宝之一。在亭的左侧便是面阔 26 米，进深 2.8 米的碑廊，廊亭四角四脊，瓦底苔藓映绿。

倚墙一字横列着自唐以来古碑 18 方，其中唐代诗人杜牧、胡曾、李群玉以及明代袁宏道、江盈科等名家石刻，弥足珍贵。

出碑廊就是菊圃。菊圃建于明万历年间，取陶渊明《饮酒》诗"采菊东篱下"句意而得名。门口有副对联："却怪武陵渔，自洞口归采，把今古游人忙煞；欲寻彭泽令，问囵园安在，惟桃花流水依然。"是说当年武陵渔人，从世外桃源出来以后，把人间仙境透露出去，引来了古往今来的游人想找陶渊明先生问良田美景究竟在哪里，只有桃花流水千古不变。

渊明祠处于菊圃正中，这里香客不断，敬拜者甚多。祠堂前有副对联："心爱菊睥睨荣华难为斗米折腰辞去彭泽县令，性嗜酒不汲富贵甘愿南山种豆归来五柳先生。"入祠内，展示的是陶令从出生、成长、入仕，到辞官归隐以及病终的全过程。陶渊明一生曾五次为官，五次辞官，正是其中第二次为官担任荆州刺史桓玄幕僚时游历过桃花源，并在此结下良缘，邂逅了他的妻子翟氏。最终因"吾不能为五斗米折腰"结束了 13 年的官场生涯归隐田园。陶公淡泊名利、不畏生死的气节令历代文人墨客推崇备至，陶公和他的《桃花源记》更成为后人心中崇高的艺术圣地。正堂前是陶公神像，左边是陶令的"吾不能为五斗米折腰"，右边是毛泽东题写"陶令不知何处去，桃花源里可耕田"。出祠，见一书摊，为游有所获，便扫码购买了《桃花源传说故事》《历代桃花源诗选》，尤其是《历代桃花源诗选》一书，收录了自汉代以来的桃花源诗歌 533 家 1200 余首，可见武陵桃花源胜景之历史可考性。

出"陶公山"，便是桃花林，这片被桃花溪环抱的桃林，占地约10 余亩，种植了 1000 多棵观赏桃树。在林中选取了陶公的 12 首代表作，由当今国内书法名家书写，这叫"寻诗入桃林"，若是赶在人间三四月天，桃花盛开的花季，便可欣赏到"桃之夭夭，灼灼其华"的唯美画面。我们一起在"世外桃源"牌坊前合影留念。参观刘禹锡的

"陋室"之后，大家商议"桃源山，五柳湖"以及每晚的"桃花源实景表演"留点儿念想，待明年桃花盛开时再来，然后沿"五柳湖"徒步500米到五柳小镇桃花源景区南门游客中心乘车返回，结束桃花源之旅。

游览完桃花源景区之后，"驴友"们都认为不虚此行，终于圆了一场几十年以来朝思暮想的"世外桃源"之梦。大家在游览的同时，感叹一代代桃源人对历史文化、古村落的保护，值得学习与借鉴！千百年坚守陶渊明的《桃花源记》所描述的家园，在打造，在设计，就连景点、道路的名称均来自陶公诗文。景区全长近7公里的路程，看不见水泥、钢筋。路面、桥、水沟，全是用石板、石块铺成的，遇见的田埂全是原始泥巴筑成的，山脚下茅屋、楼台、路边的凉亭全是木头做框架，墙壁也是用泥巴筑的。与之相比我们家乡的农田改造，新农村建设，讲究的是水泥三面衬砌，连机耕道都水泥硬化，既浪费了国家的钱财，又破坏了生态，的确是得不偿失，劳民伤财。感叹陶令"吾不能五斗米折腰"的品格和气节，堪称中国文人不事权贵之典范，陶公这种以天下苍生为重，以节义贞操为重，保持善良的本性，不为世上任何名利浮华所改变的品质更是值得后人学习、自省、反思。感叹一代代桃源人对生态资源的保护。桃花源并未毁林造树，而且沿路，沿江，沿溪，沿景种植桃树，山上未动一草一木，全是原始的古树，这里森林覆盖率在88.14%以上，这里有茂密的植被、丰沛的降水；这里负氧离子浓度高达每立方厘米2584个，空气质量优良天数高达93.7%，这里被誉为"中国天然氧吧"。这也许就是千百年来古今中外游人苦苦追寻桃花源的缘故吧。

桃花源虽历经时代变迁，岁月沧桑，却依然是人间的一块净土，真正的"世外桃源"。这里是世界"慢生活"之都！这里是世人向往的生活，这里是世人向往的"乌托邦"，这里是心灵的故乡！

原载于《中国作家网》2023年2月25日

井冈山，避暑胜地

井冈山，不仅仅是革命的摇篮，而且还是天然的避暑胜地。

2022 年的夏天特别炎热，也许是有史以来气温最高的年份，连赣西山城莲花的气温也总在 38 度上下徘徊。上班或休息倘若没有空调，这日子就没法过。老家许多村民都躲在石城洞里纳凉，网络平台上发过来的图片是人山人海，好不热闹与壮观；也有条件好的，举家去井冈山租民宿避暑去了。我也一直思量着可否上井冈山纳凉。

8 月 13 日，烈日灼人，"秋老虎"连续发威 6 天，气温骤然升至 39 摄氏度，而且丝毫没有降温之趋势。正当我纳闷之时，好友邀我上井冈山避暑，正合我意，便欣然前往。

对于井冈山，我其实并不陌生，且来过多次。这里是"中国革命的摇篮"，全国爱国主义示范基地。1927 年秋，毛泽东、朱德等老一辈无产阶级革命家率中国工农红军，在这里创建了中国第一个农村革命根据地，开辟了"农村包围城市，武装夺取政权"具有中国特色的革命道路，中国革命从这里走向胜利。井冈山是国家 5A 级旅游景区，风景名胜区有 60 多个景点，320 多处景观景物。景观分为峰峦、山石、瀑布、气象、溶洞、珍稀动植物及高山田园风光。自然景观以雄险的山势、奇特的飞瀑、磅礴的云海、瑰丽的日出、烂漫的杜鹃花蜚声中外。这里植被丰厚，森林覆盖率达 92%，拥有迄今保存完好的 12.65 万公顷自然原始森林，绿浪滔滔，山风徐徐，凉意袭人；这里是中国的避暑胜地——"江南凉吧"，常年气温要比山下低 5℃ 至 12℃，夏季平均温度保持在 22℃ 至 26℃ 之间；这里是一个空气清新的"天然氧吧", 每立方厘米空气中含负氧离子数超过都市过 8 万至 16 万个, 携来的浑浊之气吐出, 让肺接受自然的"洗礼"。井冈山, 是一座休闲惬意的静雅小城。中心景区茨坪, 依山就势, 高低错落, 掩映在湖光山色花丛之中。在葡萄架下休憩, 沿着碧翠湖漫步, 或者湖中泛舟, 在这里, 可以让你远离喧闹, 尽情地享受闲情逸致, 感受恬静淡雅。

每年的夏秋季, 上海、深圳等地的朋友来井冈山学习、度假, 我也常赶到山上作陪。

在女儿读小学时, 我和老伴曾带着女儿、侄儿一起上山, 让他们在从小接受红色教育同时, 也分享井冈山那种原生态美对人类的馈赠。

有年夏天, 家里停电检修, 我又带着家人在山上住了两天。工作期间, 单位有一同事的父母曾在井冈山工作过, 每年的夏天, 都要在山上租公寓避暑, 住上一阵子, 待天气变凉了又从山上回到莲花。经济条件好的, 在山上买房、租房避暑也成为一种潮流。

2019 年 8 月, 我也带着父母亲、岳父三位 80 岁以上老人在井冈山玩了两天。让老人家感受一下井冈山的凉爽, 也想借机租房让他们住上一两个月, 父辈们很节俭, 极力反对我们这样破费, 说其实热一热, 出出汗对身体也是有好处的。

井冈山为什么相比之下要凉快? 气温明显低 6℃ 至 12℃, 是源于五百里井冈群山环绕, 植被丰富, 形成井冈山独有的小气候且"每天下午都要下雨", 的确与外界不同。

2020 年的年假, 我又上井冈山, 参加市总在江西总工会井冈山职工教育培训中心举办的"互助互保培训班", 我作为一名编外人员参加了这次培训。再次被井冈山神秘的小气候所折服。

记得那天下午一点半, 从莲花出发, 天气晴朗, 两个小时就到了茨坪井冈山职工教育中心, 气温骤降, 顷刻间下起了大雨, 不一会工夫, 雨又停了, 小雨点还是在山间稀稀疏疏地下着, 落在脸上有一丝丝凉爽的感觉, 远处的群山均被白雾缠绕, 这在山下是只有早晨才有的景象。这里的气温比山下低差不多有 10℃，室外气温仅 23℃。

那天晚上，在茨坪街头散步，穿着条西装短裤，感觉到凉风习习，有点冷。怕感冒，我赶紧回酒店洗澡，还不到十点，空调未开，倒头便睡，一觉睡到天亮。这种深睡眠，真爽！

这次我们入住的是梨坪中信井冈山会议中心酒店。这里离茨坪 7.4 公里，由中信井冈山隧道进入梨坪宛如走入"世外桃源"一般，妥妥的一个避暑新城，来自全国各地的旅客一两万人在这里避暑度假。

8 月 14 日，清晨 5 点半，我起来晨跑，气温是 20℃。感觉空气格外清新、凉爽。平时在家晨跑不到一公里就大汗淋漓，可在梨坪跑，跑至三公里才开始微微出汗。

为了让家人和好友信服，这一天，我像个气象观察员一般特意留意了梨坪新城各时段的气温变化，并详细地记录了下来：9 点，气温 25℃，蓝天白云，比山下低 6℃；10 点，气温 29℃，比山下低 4℃；11 点，气温 29℃，乌云开始聚集，井冈山小气候开始酝酿；12 点，气温依然 29℃。比山下低 6℃；14 点 20 分，井冈山小气候形成，突然间来了一场阵雨，雨后放晴，空气格外的清新，气温 31℃，比山下低 5℃；15 点，气温 30℃，比山下低 2℃；17 点，气温 28℃，比山下低 10℃；18 点，气温 27℃，比山下低 10℃；19 点，气温 26℃，比山下低 9℃；22 点，气温 23℃，比山下低 7℃；半夜，气温 21℃，比山下低 7℃；8 月 15 日，凌晨 2 点，气温 20℃，比山下低 7℃。

"江南凉吧"井冈山的确是炎夏避暑的好去处！倘若你有避暑的需求，不妨上井冈山走走，既可接受那段红色历史的洗礼，又可享受井冈山独特自然环境恩赐，冰凉一夏！

邂逅新余

新余，一个因"钢铁"而成立不久的新型小城市，是中国唯一的国家新能源科技城，全国 22 个国家森林城市之一，国家卫生城市、国家园林城市……这个叫"工小美"的城市（工业强市、区域小市、山水美市）人口仅 120 万，是江西"四小市"之一。

因疫情原因，2022 年的"五一"小长假只能在省内低风险区自由流动。有朋友在新余市区开了一家城市便捷连锁宾馆，邀请我们前往参观，虽大伙均已去过，但吃住由友人全包，受人之邀，盛情难却，而且在网络平台上时常被仙女湖"油桐花开"等美景所吸引，心之所向，何乐不为？几个臭味相投之人便策划着相约而去。

到了新余高速入口处，严格按照疫情防控要求一一扫码通行。下榻至抱石公园 130 号城市便捷酒店后，我的好朋友从家里搜出储存了 12 年的"江西四特"名酒过来，在预订的餐厅点上新余的特色菜热情地接待了我们。

"酒逢知己千杯少"。那一夜，我喝得高兴，醉了……

第二天清晨 6 点半，窗外的小鸟清脆的歌声把我从酒醉中唤醒。我穿好运动衣裤朝停车场那边跑去。对面是一个宽阔的广场，广场前方有一巨型石头，上面雕刻着"抱石公园"四个大字。哦，这就是抱石公园，可见我的朋友有眼光，把酒店建在公园边，钢城的中心，的确是不错的选择。

抱石公园位于新余城南龙虎山，占地面积达 711 亩，公园植被丰富，树木参天，郁郁葱葱，10992 米的环行健康步道上穿着五颜六色服饰的运动健身人群犹如跳动的飘带，还有若干条砖砌石小道穿插在密密的森林之中，又恰似林间隧道，即使是烈日炎炎，也照射不到一丝阳光。我在其中绕行跑完 6 公里，却仍倍感凉爽舒畅，不像往日那样大汗淋漓，公园里的温度明显比园外要低 2℃ 至 3℃，而且处处皆景，美不胜收。该园是在 1983 年新余恢复地级市时新建的，是为纪念新余籍国画大师傅抱石而兴建的我国首座以美术家名字命名的公园，有傅抱石纪念馆、赣西抗战博物馆、傅抱石雕像、钦风楼、抱石湖、月来舫、对弈亭、竹里馆、听涛亭、呼啸对月、邀月亭、坚石关、三笑桥、云起亭、曲廊夕照、蝶谷花溪、艺峰塔、景观塔等 30 个景点，是全省一流、全国闻名的公园，是江西省重点文化设施之一。

　　我绕公园健康步道晨跑之后，被公园的美景与文化所吸引，还真有点儿流连忘返、恋恋不舍之味道。于是，决定折返徒步，再细细品读一番。新余这个工业城市倚山而建，在钢城中央竟然还保留这么大一片茂密的森林，有着不同的原生态珍稀树种，我被折服！被国家评为森林城市和国家园林城市一点儿也不逊色！从东大门西进，拾级而上，高大的塑像矗立在面前，听晨练的老人介绍，这塑像就是新余著名的画家傅抱石，公园就是以他名字命名的，在南大门还建有傅抱石纪念馆，只可惜早晨不会开放。

　　沿着步道前行，在三岔口有抱石公园景点标识路牌，我上林间青砖砌成的小道，朝景观塔前行，路过一小拱木桥、林中小亭，便到了景观塔脚下。该塔气势磅礴，宏伟壮观，站在塔底仰望，建筑高度为60.725 米，共 9 层，为钢筋混凝土框架剪力墙结构，总建筑面积为5597.62 平方米。其中地上建筑面积 4706.08 平方米，地下建筑面积891.54 平方米。内有电梯可直达 8 层，每层的檐下都装有风铃，不间断地传来阵阵铃声。景观塔是钢城最高最大最雄伟气派的瞭望塔，是抱石公园的标志性建筑，也是新余市的地标性建筑，登高远眺，整个钢城街景皆可尽收眼底，远在 18 公里开外的仙女湖也依稀可见。

出景观塔往右前行便是坚石关，关上有亭子，亭下一个用石头筑成的隘口，大有"一夫当关，万夫莫开"之态势，入关无字，出关处却写有"劝诸君石坚休却步，效鸿雁云外览新天。"取此名其中定有故事。

我兴致正浓，朋友来电催该吃早餐了。偌大的公园仅走了东门一角，如若全部浏览一遍，可能一天都难以完成任务。只能给下次再来留一个理由。

早餐过后，我们前往本次旅行的目的地仙女湖，看看时隔多年后仙女湖究竟如何。

从市区到达仙女湖景区约摸是半小时的车程。虽说是特殊时期，但景区停车场差不多无空位，游客也是人满为患。可见仙女湖景区之热度。

仙女湖原名江口水库，是江西省4大水库之一，库区有大小岛屿近100座，40余座山峰，40余处挂泉瀑布，1995年新余为开发旅游需要，将江口水库及当地有关七仙女传说打包开发成仙女湖景区，2002年被国家住建部命名"仙女湖国家重点风景区"，位于江西省新余市西南郊，亚洲最大的亚热带树种基因库，是江西省开发最早的湖泊型景区。仙女湖是东晋文学家干宝所著古籍《搜神记》中记述的"毛衣女下凡"传说和"中国七夕情人节"的发源地。

仙女湖湖水面积50平方公里，数万公顷原始森林。仙女湖是2013年央视热播电视剧《仙女湖》的拍摄取景主要场地。2015年8月，中国民间文艺家协会授予仙女湖"中国七仙女传说之乡"称号，仙女湖被推崇为"爱情圣地"和"演绎爱情经典的摇篮"。

我们随团按规定的旅行线路"蛇岛（龙凤苑）—民俗风情园—爱情岛—龙王岛—桃花岛"参观，从上午10时登上"搜神号"轮船到下午3点离岛，大家一路走，一路看，一路玩，一路吃，一路欢声笑语，不知不觉在仙女湖待了五个多小时，尤其是登上百岛之首高达190.5

米龙王岛瞭望塔观景台俯瞰四周，半个仙女湖可一览无余。龙王岛在湖的东南面，距六合群岛 250 米，南北长 950 米，东西宽 750 米，面积 51 公顷，是仙女湖核心景区。它鸾回凤举，峨峨焉若望庆云之沓轵，浩浩焉似泛沧溟之无极。它的平面似橄榄，立面呈等腰三角形，颇有日本富士山的风韵。大伙感叹仙女湖之大之美之素！如不是新安江水库早取名千岛湖，仙女湖也可称千岛湖。而且仙女湖森林植被经过近半个世纪的保护，真不愧亚洲树种的基因库之美誉。按规定线路游玩，当然这仅仅是整个景区冰山一角，全湖 100 多个岛屿要游览一遍，我想没半个月休想全部看完。

我们所参观游览的几个景点均以"爱情"为主线，蛇岛无蛇，也许是出于安全考虑，却有《白蛇传》中许仙的爱情故事；民俗风情园有傈僳族上刀山下火海、傣族泼水节等节目，现仅有保留设施，无人表演；爱情岛以爱情文化为主线，以传播爱情文化为理念，以缔造婚尚文化为载体，为天下有情人打造一个爱的天堂。岛内聚集众多爱情文化元素，建有环球影视城、同心锁、教堂、爱情海、浪漫满屋、海景码头、日式风情、欧陆风情街、宫廷水道、水上高尔夫、太子影楼等景点景观，是一个为有情人打造的浪漫世界；龙王岛也是情侣许愿祝福的好去处，龙王岛瞭望塔上的玻璃桥，更是情侣相互搀扶表现的好平台；桃花岛是情侣的浪漫满屋之处。对我们这些"吃货"来说，更让人流连忘返的还是在龙王岛上吃的仙女湖鱼宴席，楚德老兄比较大方大气，一点就是 10 斤的大鱼，一大脸盆，鱼汤之鲜美，鱼肉之细嫩，每人喝汤达三碗以上，大伙高兴，吃了仙女湖的鱼才不枉此行。

离船上岸便是"七夕半月广场"，"中国七仙女传说之乡"大型石碑矗立在七夕古街前正中央，两边挂满了千百对新人的打卡红丝带"浪漫新地标，爱情打卡地"，再往前走，正对面便是"七夕阁"（七月七情侣相会的地方），舞台两边的木柱上写有"一曲奏霓裳，妙舞清歌，遐想人间天上；七夕望秋月，悲欢离合，感怀古往今来。"的对联；左边是"寻仙阁"（寻找仙女的地方），阁楼两边也写有对联：上联为"平湖一鉴清仙源有路何寻"，下联是"青峰四园秀云水苍茫无限情"。阁内全是一对对情侣正在化妆或挑选爱的信物，一个个美若天仙，襟飘带舞的，估计是要上"望情桥""爱情岛"宣誓见证爱情的。

出阁楼，便是七夕古街。古街的小池塘边直通对岸有"步步倾心爱情时间表"即"一步相识，两步相知，三步相惜，四步相恋，五步相爱，六步相随，七步相守，八步不离不弃，九步共白头，十步及尔偕老"。池塘里有睡莲、荷花、带篷的小木船……伴随古街传来的徐千雅演唱的《仙女湖》主题曲"慢慢升起的薄雾，渐渐凝成了露珠。星星也站在高处，暗暗地为她倾慕……"悠扬飘来，一对情侣正在古"鹊桥"相会，仿佛把我们带入梦之仙境……

仙女湖归来话"七夕"。有人还惦记仙女湖的鱼，有人还沉浸在"爱情岛"上与"仙女"合拍的美梦之中，有人赞叹仙女湖万顷森林的生态美。我很羡慕新时代的年轻人，谈情说爱还有"七仙女下凡"这样真实的场景浪漫满屋。我虽早已年过五十，但也琢磨着什么时候也带上我的老伴来补上这迟到的浪漫爱情之旅。

短暂的新余之旅结束了，"工小美"的新余给我留下了深刻的印象。抱石公园的健康步道，我还想再跑一次。"油桐花开"的仙女湖美景仍吸引着我想再度前往……

又见涩塘

涩塘，从字面上理解是指淤泥较多的池塘，它是江西吉水县黄桥镇的一个小村落，就是这个散发着田园气息与泥土芬芳的地方，却是杨万里一生魂牵梦萦、不离不弃的故乡。

涩塘因杨万里而美丽，因杨万里而闻名，也因杨万里成了许多人的诗与远方。

"小荷才露尖尖角"与"映日荷花别样红"这两句耳熟能详的诗句，想必进过学堂的都知道是出自南宋大诗人杨万里的《小池》和《晓出净慈寺送林子方》。作为莲花人，对这描写莲花的诗句自然亲切万分，尤其是每年如期而至的荷花节，自然会想起南宋大诗人杨万里，想起涩塘，好想去那个充满诗情画意的地方看看。

（一）

2022 年 5 月 15 日，细雨绵绵。朋友邀我去泰和，后因一些原因，我们临时决定改道吉水。也可借机去涩塘。朋友说先参观"中国进士博物馆"，再去涩塘。谁知一看就是半天，去涩塘只能变成念想。

7 月 11 日，芳洲教促会安排我下午 7 点去吉安北站接北大谭五昌教授来莲花讲座。我欣然接受，主要是可借道去涩塘转转。我邀上在吉安工作的李水兰老师，提前至下午 2 点半出发。我想，这回可以有足够的时间去涩塘参观弥补上次的遗憾。

赣粤高速吉安段在拓宽改造，中途耽误些时间，从吉安南下高速已是下午 4 点半。然后导航去涩塘全程 33 公里，到达杨万里故居村尾已是下午 5 点 20 分。我们把车停靠在杨万里"父子侯第"祠堂前一个空旷的地方，然后跟随李水兰老师前往。

迎面右边有五眼荷花池，长达数十米，五颜六色的荷花正争奇斗艳、迎风绽放，池塘边上立了一块石碑，正面介绍了这是杨万里晚年退居南溪后触景吟作千古绝唱《小池》等诗的原景地。背面雕刻着杨万里两首代表作《小池》和《咏荷上雨》；左边便是省内知名书法家书写的"万里诗词碑廊"。

过荷花池上一小坡有一小型广场，广场中央矗立着杨万里雕像，那是用白色的花岗石雕刻而成，佩服雕刻工匠手艺之精湛，把诗人的形象描绘得栩栩如生，杨万里头戴礼帽，目光炯炯有神凝望着前方，胡须飘飘，左手握着书卷，右手扶着腰带，昂首挺胸，仿佛正款款向我们走来。

广场两边是徽派文化墙，右边是《杨万里家训》精髓"忠、孝、勤、俭"四个大字，左边是杨万里的《官箴》和江西三瑞（彭济、杨丕、肖定基）。我对《官箴》颇感兴趣，逐字逐句读了起来："大儿长孺试邑南昌，辞行，问政于诚斋老人。告之曰：'一曰廉，二曰恕，三曰公，四曰明，五曰勤。'因作《官箴》以遗之曰：'吏道如砥，约法惟五。畴廉而残，畴墨而恕。兼二斯公，别无公处。三者备矣，我心匪通。兹谓不明，借谞为聪。夙夜惟勤，乃克有终。'"此文篇幅虽极简短，正文才 48 字，但内容精辟，对当今公职人员亦有晨钟暮鼓之警，思义明理之铭，修身养性之鉴。

广场正对面约百米处便是杨氏忠节总祠（先贤祠），祠前有两棵古香樟树，树下立有碑：文节公手植双樟。树上挂有"树种：香樟，树龄：800 余年，相传为南宋著名大诗人杨万里亲手栽植"的字样。

在涩塘村服务中心左侧便是"杨万里纪念馆"。该馆是今年重新打造的，纪念馆大门两侧以明代文学家解缙对杨万里评价"文章盖一世，清节励万世"为楹联，高度概括了杨万里的"文章"与"清节"

两大优秀品质，尤其"清节"更是公职人员的基本底线和学习的楷模。李老师还特意请了讲解员为我们解读杨万里的故事。

杨万里（1127—1206）字廷秀，号诚斋，吉水县渗塘村人，绍兴二十四年（1154年）中进士，历官知常州，提点广东刑狱，吏部郎中，秘书监及江东转运副使等，终至宝谟阁学士，封庐陵开国侯，谥号"文节"。因开创"诚斋体"被誉为南宋诗坛盟主，与陆游、范成大、尤袤合称为中兴"四大诗人"，著有《诚斋集》。他一生读书万卷，行迹万里，四海求学，笔耕不辍，以文会友，研诗论道，勤廉奉公，忧国忧民，以忠节立德，以诗文立言，一扫诗文缛节之风，一肃宋军暮然之气。杨万里，这位出生于南宋初年的文节公，无愧为南宋广袤星宇之中明星。

"杨万里渗塘老家旧屋一栋，仅避风雨，三世无增饰。"从这一历史记载中可见杨万里住宅简陋破旧，生活清贫朴素。杨万里的父亲杨芾以教书为业。杨万里七岁丧母，随父亲长期在外，故里没有房子。杨万里也曾感叹说："我少也贱，无庐于乡，流离之悲，我，岂无肠。"

宋绍兴二十六年（1156年），杨万里任赣州司户参军，三年为官省吃俭用积蓄了一笔钱，再加上他父亲多年教书的积蓄，终于在绍兴二十八年任满后，回到故里筑宅南溪北崖。杨万里在宅旁植有罗汉松一棵。杨万里的住宅是"采椽土皆如田舍翁"的普通民宅，为两倒水的砖木结构四合房，长约12米，宽13米，进深11.2米，墙厚0.32米，平檐单垛，垛上飞檐仰天昂起。青砖砌墙，大排山天顶，通高7米。由石灰、细粗石、黄土砌成的土筑墙，楼面上部用青砖砌成，屋面清一色灰瓦，朴实素雅。墙体内木架结构分两层，上层藏物，下层住人。砖砌窗棂，以猫身为大小。品字形厅堂居于中央，卧室分至左右。厅大房小，厅明房暗，为前后厅堂靠天窗（天窗筑在大门之上）的缘故。院子里有天窗有倒厅。大门开向东南角，恰与"坎宅巽门"的风水理论相吻合。门楣、屋檐有简单堆塑、彩绘。门柱、门枋、柱础、木枋头、雀替、天花板有朴素、大方、简单的花卉木刻，光宗题的"诚斋"二字，悬挂在大厅上。杨万里一住就是几十年，且"三世无增饰"，也就是说该住宅杨万里的父亲、杨万里自己、儿子杨长儒都未曾装修、扩建过。他们将俸钱赈济人民，却不肯用于装修自己的房屋。《鹤林玉露》载："诚斋将漕江东，有俸给仅万缗留库中，弃之而归。东山（杨长儒字）师五羊（广州）以俸钱七千缗代下户输租。"可见杨万里父子为官清正廉洁，心系普通百姓。

当我们兴致正浓时，已是傍晚 6 点 10 分，我们不得不打断讲解员，说要赶到吉安北站接客人。在驶离涩塘时，沿途看见窗外荷花在夕阳照射下更显其婀娜多姿，南溪桥、亭台楼阁在远处……我想，唯有下次再见。

（二）

7 月 28 至 29 日，中国吉水第二届杨万里诗歌奖全国大赛颁奖仪式暨诗歌高峰论坛在吉水县举办。应谭五昌教授邀请前往，考虑到活动时人多，可能也是走马观花。于是，我提前至 27 日下午在师弟张海根的陪伴下又进涩塘，再读杨万里。

这次从吉州吉泰宾馆出发，途经 221 省道，不到半小时工夫就到了。村头的石牌坊上写有"诚斋""杨万里故居"。进村公路树上挂满了红灯笼，"喜迎二十大，讴歌新吉水"诗歌论坛宣传彩旗迎风飘扬，左边是徽派建筑杨万里诗词碑文，分为"爱国忧时""家国之思""诚斋诗体"等几个部分，长达数百米之长，比上次看到村尾的碑林要明显地规范有序、高端大气；右边是上百亩的荷花池。

海根是吉水人，对这里非常熟悉。他直接把我拉进乌泥塘杨万里墓参观。入口处大理石牌坊正面写有"文节千秋"，背面是"诚斋圣境"。路两旁近 3 米高的柏树一直延伸至墓地。从牌坊上去不到 200米就是停车场、休息亭。在亭的墙壁上雕刻着宋代著名诗人、文学家、政治家姜特立、徐玑、周必大、陆游、项安世、解缙等对杨万里的赞誉。其中陆游写诗赞曰："诚斋老子主诗盟，片言许可天下服""文章有定价，议论有至公。我不如诚斋，此评天下同"，诗虽有陆游自谦的成分，但杨万里诗坛地位之高，由此可见一斑；解缙的"文章足以盖一世，清节足矣励万世"是对杨万里一代诗宗修身慎独、清廉为官两大人格特质的高度概括。

从停车场拐弯不到 50 米，便是杨公万里之墓，香炉上也刻有"千秋文节"字样，墓碑前有许多鲜花，香炉里香火冉冉升腾，很显然来这里祭祀、瞻仰、学习者甚多，香客不断。它坐北朝南，高 2.13 米，宽 5.9 米，长 7 米，四周高 0.65 米，气势雄伟。这是我平生第一次拜谒名人古墓，杨万里生前以清节闻名，但他的墓却十分气派，也许是后人因对他的崇拜而扩建的。墓地被江西省人民政府 1987 年 12 月 28 日列为江西省文物保护单位。墓地筑有四大平台 36 个台阶，在第三大平台的两边有根如毛笔倒立的石柱，石柱写有"自有二圣玉音，不用千秋史笔"，这是杨万里生前《自赞》诗，据《宋史》记载，杨万里为人刚而褊，宋孝宗尝曰"杨万里直不中律"，宋光宗亦称"杨万里有性气"。杨便写下该诗："禹（光宗）曰也有性气，舜（孝宗）云直不中律，自有二圣玉音，不用千秋史笔。"最后两句也是两代皇帝的评价；在第四大平台的两边分别是杨万里简介和《小池》《时出净慈寺送林子方》两首代表作；墓碑两边各有四尊石象、石马、石狮、一米多高的翁仲，举目四望，但头部在"文革"期间被毁不知去向，让人倍感遗憾！

（三）

杨万里纪念馆在村之中央，这次未叫讲解员，在海根师弟的陪伴下，直接进入"万里清风""诚斋故居"等 14 栋古建筑群内参观。前三栋为纪念馆主体部分内分"诚斋生平""广师博学""内外为政"

"归隐湴塘""师友交游""家风家训"和"诚斋诗歌""诚斋散文""诚斋理学"九大部分,详细介绍了杨万里事迹。其他为万里尚书房、千虑园、民宿、研学等配套设施,其中写有"物华天宝""德馨业隆"和"风华正茂"等几栋老宅保存比较完好,虽是青砖黛瓦马头墙,但均只有一层半高,比较简陋,比"仁和店"曾氏古民居明显要差好几个档次,与莲花湖塘古民居相比也逊色许多,可见其清节不是浪得虚名。在细读杨万里事迹过程中,笔者对杨万里的"家居八年"之孝,"论《千虑策》"之忠和他的"朋友圈"以及"焚诗立派"的故事印象尤为深刻,他的这些感人的事迹虽已过去近九百年,但它符合新时代所倡导的共产党人的家风家教、慎独清廉、改革创新的要求,是一脉相承的,仍具有鲜明的时代特征。笔者以为诚斋故里不仅仅是诗画小镇,更应成为党员干部家风家训、廉洁从政、勇创新路的教育示范基地。

隆兴二年(1164年)正月,杨万里得知父亲病重,离开临安回吉水,未正式任临安府学教授。杨万里在家乡照顾父亲的同时也常向田间,了解民情。他目睹许多百姓的困苦生活,写下《悯农》《晚春行·南原》等忧民诗作。八月,父亲杨芾病逝,他在家守丧。次年寒食节,给父亲上坟,写下《寒食上冢》诗以寄哀思。

乾道二年(1166年),杨万里为父亲守丧期满,从吉水专程到长沙拜访好友张栻。

杨万里家居期间十分关心国事。乾道三年(1167年),他到临安,向宰臣陈俊卿、虞允文呈上治国宏论《千虑策》。《千虑策》分君道、国势、治原等30篇,深刻总结靖康之难以来的历史教训,直率批评朝廷的腐败无能,提出一整套振兴国家的方针策略,充分显示了杨万里的政治才能。枢密使虞允文见其感叹道:"东南乃有此人物!某初除,合荐两人,当以此人为首。"这充分体现了杨万里对国家的"忠",对父母的"孝",令人感动。

杨万里年少成名，享年长久，又长期宦游，阅历丰富，真结交的良朋净友上自公卿宰执，下至布衣百姓，共同砥节砺行，成就学术与功业，其交友之道在净化"朋友圈"的今天，的确值得后人深思学习。

杨万里交友不偏私，不蒙秽，与陆游、范成大、周必大、萧德藻、尤袤、朱熹、张栻、姜夔等人交情深厚，也不避私地推荐他们，评价朱熹为"学传二程，才雄一世，虽赋性近于狷介，临事过于果锐，若处以儒学之官，涵养成就，必为异才"，足见君子之交。

杨万里因诗出名，相传一生作诗2万余首，现存的4200余首诗作，却几乎无一首是他36岁以前所作。据他自己说："予少作有诗千余篇，至绍兴壬午年（1162）七月皆焚，大概江西体也。"杨万里为何要烧掉自己的诗呢？

杨万里从小就很喜欢读诗，写诗，初学江西诗派，后又学陈师道的五律、王安石的七绝，还学过晚唐诗，效法"江西体"创作了千余首，可他总觉得自己的诗虽然精练但不流畅，缺乏生活气息，读起来很吃力，如果继续模仿前人的写法，断然不会有出路。1162年，在零陵县，年仅36岁的杨万里，做出"烧诗"的壮举，从此走上了孤单的长路。他知道，只有彻底打破身上的枷锁，摧毁现在的自己，才能获得新生。烧掉旧诗后，他感到心胸舒旷，视野开阔，不再模仿前人，开始独闯新路。他走近大自然，一次次地跋山涉水，寻幽探险，公务之余，去往大街小巷、田间地头与百姓交谈，到山野之中聆听鸟儿鸣啭，欢赏翠竹流水。所见所闻，无一不从笔下流出，清新自然，终成就平白易懂的"诚斋体"诗歌。杨万里这种"破釜沉舟，重获新生"的"焚诗立派"勇闯新路的创新精神仍然值得我们当代人学习借鉴。

（四）

出馆，沿公路向左前方步行百余步便是"南溪园"古建筑群。

我们沿着旧时古道回走，经"正心诚意"四角古建筑凉亭，过桥就是涩塘古村口有名的"御书楼"，楼下立有"文官下轿，武官下马"的石碑，原来该楼是南宋光宗皇帝敕建的。淳熙十三年（1186年）三月，当时身为皇太子、后为宋光宗皇帝的赵惇亲笔题写"诚斋"二大字，"赠侍诗杨检详"六小字送给身为老师的杨万里，杨万里后来作《跋御书"诚斋"二大字》叙述此事。事后杨万里将赵惇的字墨"退而宝藏于家"，后来还"敬刻之金石，以侈寒士千载之荣遇"。杨万里去世后，子孙在原址建御书楼纪念，将宋光宗亲笔题写的"诚斋"二字镂石矗立于大门口，又制成匾额悬挂于楼内。因是皇帝墨宝，故取名"御书楼"。此后，历代前来拜谒的文武官员，不论官位有多高，功劳有多大，学问有多深，均会自觉遵守"文官下轿，武官下马"的规矩，以示虔诚。

进楼需经一圆形拱门，门上方写"懋学"二字，意在鼓励杨氏子孙勤学。进得楼内，一楼已排满课桌，墙壁上贴有杨万里《跋御书诚斋二大字》《小池》等诗词，那是杨万里晚年讲学的地方，二楼为藏书阁。

出御书楼，有一石牌坊，其正面是"奕世科弟"，背面为"万里宗风"。过牌坊，就是"南溪古桥"，那是涩塘古时进出村的必经之地。南溪桥又叫砥柱桥，俗称"屋仔桥"，为木制廊桥，自宋至民国历代涩塘人均由该桥进出。涩塘进士、麻阳知县杨辅世题《南溪》诗云："碧玉寒塘莹不流，红蕖影里立沙鸥。便当不作南溪看，当得西湖十里秋。"该桥长35米，宽3米，桥基为三孔石拱，桥墩以规整条石、青砖错缝叠砌，以减少上游洪水阻力，石拱上方呈圆弧形。南北进出口呈圆门形。桥面有八墩廊柱，外面用青砖镶嵌，再用横杉木制成栅栏，中有莲花形窗子。栅栏下有木长椅，既可遮阳避雨，小憩养神，又能吟诗作画，陶冶情操。桥下是南溪水，溪水潺潺，荷叶亭亭，四周树木茂密。杨万里晚年曾执教于溪南御书楼，暇时立于桥上，赋南溪诗 50 余首。如明代陈宏绪《夜寒录》云："宋杨诚斋自秘书监退老南溪之上，敝屋一区，仅庇风雨，长须赤脚，才三四人，吟咏于江风山月间，醉则以天地为衾枕，其高致如此。"南宋以后，因其东面有御书楼，前来拜谒杨万里的文武官员，均经御书楼，穿南溪桥，才能入村。

悠悠南溪江环绕着整个古村，江边垂柳迎风曼舞，江里溪水潺潺，鱼儿欢跳，小桥流水人家，荷花亭亭玉立，争奇斗艳。江对岸是笔锋楼、云卧双亭，亭台楼阁，错落有致，古树参天，几棵千年的黄檀老树斜卧在岸上……

过了南溪桥，即可看到涩塘的西岳古庙，这是当年杨氏南迁时所留，杨氏从弘农（今灵宝市）迁入涩塘时，在村内修一座西岳庙，与华山上的西岳庙相互呼应，用以保佑村子风调雨顺。庙分两进，一为祭拜西岳神，另一侧庙内残墙上曾记有万姓香花报大功的字样，约略显示出庙内供奉的有一位是女性神祇。

西岳古庙右侧是游客服务中心，这里服务设施齐全完备，大厅能容纳 300 位贵宾。中国吉水第二届杨万里诗歌全国大奖赛颁奖仪式暨诗歌高峰论坛明天将在这里举行。

涩塘，明天见。

千年涩塘万里诗，诚斋清节万年长。涩塘，几次的相见，也圆了我多年心驰神往的梦……

原载于《萍乡日报》2022 年 8 月 21 日

《中国作家网》2022 年 9 月 8 日

温汤小镇

"莫以宜春远，江山多胜游。"宜春的温汤小镇，我是去过多次却还想去的一个地方。就这么一个温汤小镇，倘若不身临其境，谁会想到，一个远离市区的偏僻小镇，遍地是温泉酒店、客栈，客房一房难求，若来必提前预订，而且离店必在中午 12 点之前，因为订房的人排着队呢。这里时常车流如海，人流如织。这里的房价竟比宜春、长沙、南昌还贵。

我去过省内庐山的天沐温泉、钱山的金汤温泉、泰山的洋狮慕温泉、芦溪的武功山温泉等温泉小镇，唯独宜春的温汤小镇独领风骚，人气异常火爆且经久不衰。是什么原因让温汤如此爆火呢？这几天零距离亲密接触，我也被"温汤小镇"独特的魅力所吸引。

温汤，一个"神奇"的温泉小镇。

温汤小镇位于"爱我就带我去明月山"风景优美的明月山下，离宜春市袁州区 16 公里，世上罕见的地下富硒温泉在那热情等你。

温汤温泉，那是一眼神奇的温泉，历经千年，地热温泉中心海拔 168 米，从地下 470 米深处花岗岩中涌出，无论春夏秋冬常年无差别日出水量 10000 多吨，水温保持 68℃至 72℃，走在其近旁观看，像开水般热气腾腾，温汤温泉不含硫，水体无色无味，水质细腻，口感纯正，富含硒、偏硅酸等 27 种对人体非常有益的纯天然矿物质及微量元素，是富硒天然珍贵矿泉水，是可饮可浴的富硒高温温泉。2016 年 9 月被世界温泉及气候养生联合会授予"世界级多用途优质温泉"。它是亚洲最优质的可饮可浴天然富硒温泉，与世界著名的法国埃克斯矿泉并称为世界两大珍稀温泉名水。

据史料记载。后汉书《郡国志》中写道："宜春南乡三十五里，有温泉，冬夏常热，涌出，投生卵即熟，以冷水和之，可祛风疾。"隋唐时期的宜春《图经》中记载："州南三十里有温汤，其中出鱼，能熟鸡卵，去风疾，至今如故。" 清朝诗人郑鼎游山归来又浴温泉时，曾盛赞温汤温泉："千汕揽遍未须钱，薄暮荒村又得泉。热不困人寒不冷，亦狂亦狷亦神仙。"……从诗情画意中走出来的温汤小镇，怎能不被人们喜爱？

在温汤，民间还流传着一个美丽的故事。传说嫦娥当年被迫吞下仙丹奔月而去的地点就是明月山。广寒宫内，嫦娥日日伤心不已。"泪飞顿作倾盆雨，化作温泉留人间。"嫦娥的眼泪化成了温汤镇的富硒温泉，巧的是硒元素在古希腊语言中就是月亮女神的意思。这样一段佳话流传千年，虽然是虚构的，但可以看出人们丰富而又充满智慧的想象力。

温汤，一个被誉为"中国的长寿之乡"的温泉小镇。

明月山优质的天然生态氧吧，空气清新宜人，千百年来温汤人喝温汤水，泡温汤澡，泡温汤足成为温汤延年益寿的秘诀。在温汤小镇，除温泉外，"温泉足浴店"更是一道风景。过去的温汤人每天都挑着水桶排着长长的队伍到古温泉池装泉水回家，如今已是温泉入户，享受着"户户温汤，家家温泉"的神仙日子。千年的"温汤古井"四周已用大理石栏杆围了起来，"温汤古井"景点已成为各地游客的打卡地。

这里每个时期都有百岁老人，最长寿年龄达到 107 岁，平均寿命达到 91 岁。102 岁的庞竹英老人日常喝温汤水，吃温汤食材，她生性开朗，为人热情，来了客人她亲自下厨做饭菜招待，平日里经常打扫室内外卫生；刘子英老人每天喝一大壶温汤水，不挑食，常劳作，102 岁了生活完全自理，搓洗衣服动作有力，步履稳健，活动自如；93 岁的施科辉，每天都下地干活儿，从来没有任何疾病；102 岁的彭梅英一生没离开过温汤，她面颊红润，头脑清醒，耳聪目明，口齿伶俐。在温汤，七八十岁以上老人干体力活儿是寻常事。温汤小镇因此而被誉为"中国长寿之乡"，也的确不是浪得虚名。

从 2010 年开始，央视多个频道以《长寿之乡——温汤》《我村无癌——温汤镇社埠村》《宜春·探寻硒温泉的秘密》《长寿之乡求长寿》《城市一对一·长寿探秘 中国·宜春——日本·福井》等视频，全面介绍温汤长寿村的形成，当地人长寿的秘诀，深深吸引着国人的关注，全国各地的游客纷至沓来。其中上海人最喜欢温汤，从 2003 年开始陆续有很多人成为这里的候鸟，他们有的买房也有的租房，这里的商品房价从 2003 年的每平方米 1600 元涨到 23000 元。据当地人介绍，如今的温汤有近 2 万上海人在这里购房或租房度假休闲养生养老，温汤小镇也被人称为"上海小镇"。

温汤，一个被"富养"的温泉小镇。

全国、全省的温泉很多，温汤为什么能吸引着全国各地的游客来这里旅行和度假？2016 年，温汤小镇为什么能入选第一批中国特色小镇？为什么能被首批命名为"中国温泉小镇"？为什么能成为国内十大温泉小镇之一？

"明月松间照，清泉石上流。"一首《山居秋暝》，十分形象地将"明月"与"清泉"二者邂逅时的优美场景与深远意境展现在世人眼前，你踱步于古井泉街石板，徜徉在温汤河边，听溪流潺潺，仰望远处的古塔、石拱桥、月亮之夜……你或许会忘记是在人间。

我们入住的"得月"温泉酒店是颜先生提前两天预订的。酒店位于古井泉街的"玉鉴院"。饭后享受这难得的自在，沿温汤河湿地，沿着酒吧、茶吧一条街，沿古井泉街的小桥流水人家、禅院、书院、状元府，欣赏着这沿途的风景……这里投资数亿元，吸收赣西 2000 多年的传统建筑文化，用"土墙、阁楼、轿顶、灰瓦"等特色，用"工匠精神"纯手工打造南北广场、古戏台、古巷子、古拱桥、古塔、文庙等 10 个景点以及以"温泉文化"为核心，以"明月、富硒、养生、禅宗、民俗"等为主题的 18 个院落。其业态布局为"一星一院三会馆，琴棋书画禅花茶"。一星：一个星级酒店——洲际假日酒店；一院：一个养生养老院——丽水紫金院；三会馆：酒文化馆、非遗文化馆、婚礼馆。其他院落主题客栈——以"琴棋书画、诗酒禅茶"为主题的温泉客栈群。以"传统旅游步行街"和"现代院落商业"为特色，"高端娱乐消费和大众休闲消费"为主力，将美食、娱乐、休闲与人文体验融为一体，将古井泉街打造成了"千年温汤会客厅"，集吃、喝、玩、乐、泡、购、住为一体的一站式旅游综合体，这是其他温泉小镇所无法比拟的，这里每一块石板、每一块石砖、每一处建筑，无一不精雕细琢；这里有专为上海人开设的"沪上人家"，有专为广东人开的早茶店"明粤酒店"等配套完善的服务设施。怪不得颜先生跑这么远来这里接待上海、广东的客户。这是它吸引并留住全国各地旅游者的主要元素，真不愧为一个被"富养"的温馨且不减浪漫的温泉小镇。它让游客在欣赏赣西特色建筑的同时，也能亲身体验当地独特的民俗风情，又能享受温泉度假所带来的养生养老的快乐。温汤小镇、古井泉街，不仅是一条商业街、酒吧街、音乐街，也是一个个温馨的温泉酒店、客栈，更是游客厌倦都市生活、远离城市喧嚣停靠的一个温馨港湾，度假养生养老的最佳目的地。

不仅如此，当地的旅游部门在温汤小镇周边投资数亿元建设了温汤湿地月亮公园、水口 4A 级度假村，二十四桥 4A 级度假村、明月千古情景区、明月山 5A 级风景区等休闲旅游的好去处，只要你来，肯定会迷上温汤，爱上温汤，也许也会入赘温汤成为新温汤人。

原载于《中国作家网》2022 年 11 月 29 日

红圩小镇

癸卯年正月十七，细雨绵绵，我和颜总在吉水会见一位深圳客户。事后，在文友林先生的带领下前往革命老区吉安市遂川县被誉为"江西小成都"的草林红圩小镇参观。

红圩小镇位于遂川县草林镇，是由江西省旅游集团和遂川县政府共同开发打造，是吉安市首批特色小镇创建试点镇之一。项目规划总面积约 1400 亩，空间布局按照"一心一轴五区"进行规划："一心"为圩文化主题街区；"一轴"为圩文化与茶文化体验景观轴；"五区"分别为综合服务区、原乡聚落区、茶养研学区（含少年军校）、茶文化主题园。致力于打造一个以研学、红培、休闲度假等红色旅游为主体、以地方特色产业为支撑的特色小镇，2022 年 6 月 17 日，被江西省文旅厅确定为国家 4A 级旅游景区。

进入小镇，这天似乎也懂风情，雨在此时此刻也停了，映入我们眼帘的是街两旁的店面招牌都是统一用木制雕刻店名，墙面都是统一砌成红墙或贴上红瓷砖，行走在街中央有一高大的灰白色大理石徽派风格牌坊，上面写有"红色圩场"四个大字，左联是"林幌市潮溯滥觞"，右联为"草圩红帅来行贾"。这里就是传说中的红色圩场。踏入圩场内，地面上铺满了一块块布满皱纹的青石，街两旁红灯笼高高挂，无数的小彩旗、小灯笼横挂在墟场街道的中央，虽不是逢圩日，但街上人来人往好不热闹。

在圩场的分岔处的墙面贴有电影《红色圩场》彩色图片，哦！这里原来就是《红色圩场》的拍摄地。墙边有两块青色大理石牌，一块是江西省人民政府 2018 年 3 月公布,设立的江西省重点文物保护单位"草林红色圩场",另一块是草林红色圩场简介:位于遂川县草林镇,湘赣边界四大圩场之一。现存街长百余米,宽 7.5 米,总面积 10000多平方米。井冈山革命斗争时期,草林圩场是湘赣边土特产和生活日用品的主要集散地。圩场旧址于 2018 年被公布为江西省重点文物保护单位,2014 年争取赣南等原中央苏区革命遗址保护利用工程专项资金维修复原。

进入圩场老街,望着沿街用木板装饰的店铺,踩着这流光溢彩的青石,仿佛穿越历史时空,回到了战火纷飞的年代的红色圩场:在不到百米长的老圩场上,竟然保留了"古韵茶馆""老街茶馆""红井茶馆""红旅茶楼"等 68 家不同的茶馆,茶馆内摆放着旧时四方桌、长条凳,茶柜上大大小小的格子里摆满了当地各种特色小吃煎豆子、煎饺、豆饼、瓜子、醋姜、盐姜、醋辣椒、萝卜……茶叶也是当地狗牯脑茶、井冈绿茶,还有些普洱、铁观音等外来茶,价格不高,每人一杯 10 元,用大的玻璃杯装,上面小,下面大,装一杯够你用上半天,店家配送三样小吃,不够由客户自己在茶柜上自由挑选。馆内坐了南来北往的客人,在嗑着瓜子,欣赏着小曲,品尝着小茶,好一幅赣南茶乡水墨画。

出于好奇,我们几个也坐下来凑个热闹,品读一下这里的风土人情。我问店家这是什么茶。店家告诉我,这是遂川的"大碗茶",一般从早晨六七点开始,到晚上十点钟左右才歇业,是当地人洽谈生意、做媒、接待客人、商议红白喜事的场所,是千百年来老祖宗传承下来的习俗。

唉!世界之大,我还真的是孤陋寡闻,原先只听说过四川成都喝茶、广东人喝早茶之盛行,没想到在我们革命老区遂川县的草林竟然也有喝茶的风俗。

在品尝色泽黛绿莹润、香气清香馥郁、汤色杏绿明绿、叶底鲜明柔嫩、滋味鲜美浓醇、回味甘爽悠长的遂川特产"狗牯脑茶"之际，我那贪吃的嘴又迷恋上了当地的特色小吃——油煎豆饼，它恰似一碟小小的圆盘，饼的四周是一圈线条，饼上布满花纹，花纹中间用星星点点的豆子、花生或芝麻点缀其中，它是以糯米或面粉为主料，配上少许细盐，用当地的菜油煎熟，松松脆脆的，放在嘴里一咬就碎，发出"咯吱咯吱……"清脆的声音，散发出阵阵清香，让你回味无穷。我是忍不住一连吃了三块。林先生饶有兴致地说："别小看这小小的豆饼，它可是当年井冈山的宝贝！是当年苏区红军易储存、能充饥、老少皆宜的'压缩饼干'，带在身上可吃半个月以上。"我说："怪不得当年苏区在这么艰苦的条件下能够发展壮大，原来是红色圩场的豆饼发挥了作用！"颜总吃了也是赞不绝口，于是就叫老板娘称了 8 斤，又买 3 袋醋姜、2 瓶辣酱、4 只遂川板鸭、3 盒狗牯脑茶，放在车后备厢算是遂川之行的纪念吧。

在草林，还有难得一见的古浮桥，它的前身为乐善浮桥，始建于清代同治二年，曾是草林水北和上坑、大坑等地群众，通往草林圩场的唯一要道。改革开放后，随着当地交通基础设施的完善和居民出行方式的改变，草林浮桥逐渐老旧废弃。2017 年，为将红色圩场、毛泽东旧居等革命旧址串联起来，打造红色游学精品线路，当地政府修建了这座全长 120 米、铺设木船 20 只的仿古浮桥。2018 年，重大革命历史题材电影《红色圩场》开机拍摄，草林仿古浮桥就是其中的重要取景地。人走在浮桥上，脚下发出嘎吱嘎吱的响声，江面上波纹向两岸荡漾开去。

过了古浮桥便是圩场文化主题街区，由前街、后街和下街组合而成，也是当年毛泽东在这里亲手创建的第一个红色圩场。区内有红圩非遗街、红圩戏台、四合院式红色客栈、现代气息的左溪书院等景点，寻味坊、造物坊内狗牯脑茶、遂川板鸭、五龙下海、龙灯曲牌、笼藏米馃、龙泉码测树、黄坑油纸伞等非遗文化产品，古街内小桥流水、古朴典雅，美不胜收，令人流连忘返，但最令人难以忘怀的应该属红色诗词体验馆，它占地 4300 平方米，进入展厅，映入眼帘的是顶部中央红宝石般的巨大红色五角星灯，以五角星灯为中心，周围纵横分布着多盏小亮灯，体现了"水天一色，浑然一体"的设计思想，让你瞬间有了置身于人民大会堂的错觉，令你备感震撼。正前方是毛泽东同志的铜像。铜像后面则绘制了精美绝伦的浮雕，雕刻的是毛泽东同志一生的伟大事迹以及一些重要的时间节点。展厅以毛泽东同志成长和奋斗的历史进程为轴线，选取了每个重要阶段具有代表意义的诗词100 首，其中毛泽东诗词 63 首。场馆内采用高科技媒介手段，如裸眼3D 视频技术、地幕屏、激光投影等，让每一首诗词有着相对应的沉浸式场景还原。游客可以在多媒体互动一体机上进行诗词朗诵，毛体临摹、填诗词通关等游戏互动，更有在玩中学、学中玩的趣味体验。馆内展示的这一首首想象力丰富、气势磅礴、意境高远的红色诗词，是毛泽东同志长期革命生涯的缩影，也是中国共产党人革命现实主义与浪漫主义的艺术再现。这些经典诗词，常读常新，让我们更加深切体会到中国革命和建设的艰难，告诫后人，铭记历史，缅怀先烈，吾辈当自强。"但凭老街彰本色，总仰红圩砺初心。"参观完后，我们一行和草林红圩小镇项目负责人一起在红色诗词体验馆合影留念。

晚饭过后，夜幕降临，小雨又纷纷扬扬洒落了下来，红圩小镇却星光灿烂，各大茶馆内依然是欢声笑语、吆喝不停……还确有一番"小成都"之味道，我们几个瞬间也被感染了，又在"红圩茶馆"点上几杯狗牯脑茶，一边品茶，一边听歌，一边欣赏这唯美的夜色……正如《遂川非遗赋》中所言："茶楼雅室余音绕，草林豆饼美香醇。江南雨，古巷韵悠长，油纸伞中寓深意，客家妹子寄思情，好梦一帘收。"

林先生说，倘若遇上逢圩日，红圩小镇一定会更热闹。颜总说，那就待逢圩时，再来领略一下红圩小镇的盛况吧。我们期待着……

原载于《中国作家网》2023 年 8 月 10 日

沈阳印象

"开眼见城郭，人言是旧都。"那是明代诗词名家释函可写的《初至沈阳》的印象。

我知道沈阳这个城市，是小时候读书时从图书、电影、历史教科书上获得的，尤其关于张作霖、张学良与赵四小姐以及东北军的故事家喻户晓，小品演员"小沈阳"更是让"沈阳"这个城市走进寻常百姓人家。

沈阳是一座古老的历史文化名城，历史积淀深厚，自然风光优美，有着"共和国的工业长子"和"东方鲁尔"的美誉，沈阳简称"沈"，别称盛京、奉天，是清朝的开基之地，素有"一朝发祥地，两代帝王都"之称，拥有盛京三陵清朝皇室基业祖先墓地，军阀张作霖、少帅张学良的官邸和私宅以及奉天府的趣闻，更是新中国重大工业城市。后来，青毛姐姐的儿子帆帆高考被录取到沈阳医科大学就读，从吉安坐火车到沈阳要坐 31 个小时，知道沈阳很远。

2019 年 7 月 30 日,省老区促进会通知要求莲花派人赴沈阳参加 8 月 2 日至 4 日上海赞融健康管理培训班，当考虑选择出行方式时，才切实感受到沈阳的遥远，坐高铁要从萍乡北站转北京南再转沈阳耗时 12 个小时,坐飞机从长沙黄花机场到沈阳桃仙机场直达也要 3 个小时，转机需 6 个小时。

到沈阳桃仙机场已是 8 月 2 日早上 8 点半，我们来不及吃早饭、洗漱，就直接打车赶往沈北新区中医院参观学习，下午又坐大巴从沈北新区赶回沈阳市奉天街弘德中医院参观学习，现场听任岩东博士讲解"中医 126"模式；8 月 3 日上午在弘德中医院分享慢性病管理平台设计与思考，下午参观社区医养结合中心；8 月 4 日上午分享家庭医生签约模式，下午参加社区"126 医养结合模式"体验。

在学习与体验的过程中，感受着沈阳的气息：一路上，绵延六七十公里看不见山丘，一马平川。道路是双向六车道，新区是双向八车道。高速公路两旁绿树成荫，真可达到江西省"一大四小"工程时所倡导的"白天看不到村庄，晚上看不到灯光"的地步。城市绿化率也很高，新城区临街绿化面积几乎与公路并行，不像南方城市，临街面都是商铺。听司机说，沈阳新区房子均价在 6000 至 8000 元之间，在全国省会城市不算很高。沈阳也在争创全国文明城市、国家卫生城市、全国健康促进城市，城区人口近 800 万，但井然有序，环境整洁。北方的人很淳朴，尤其是大妈，她们热情大方，走在马路上，问个路，她会详细告诉你路线。沈阳的城市交通特别发达，地铁 1 至 4 号线已全部贯通运行，由于街面大部分是双向 6 至 8 车道，在沈阳这几天未看到堵车的现象。

培训班安排我们在沈阳老城区锦江之星（沈阳故宫店）入住。我自小只知道北京有个故宫，却从未听说过沈阳也有个故宫。为探个究竟，我们利用周末休息时间，到沈阳故宫逛逛。从酒店到沈阳故宫不到 2 公里的路程。我们四人从酒店右拐 50 米，再左转往前走，老远就可看见沈阳故宫高大的古城墙矗立着，一点儿也不亚于北京故宫的城墙。进了城门笔直往前走就到了。一到沈阳故宫景区，大街已是人山人海，排队买票的，买好了票准备进故宫的，弯弯曲曲的队伍大约有二三里长。我想，今天又不是黄金周，怎么有这么多的人呢？可见我的"孤陋寡闻，愚蒙等诮"。沈阳故宫在国内外的名气竟然有这么大！

沈阳果然是一座历史文化名城，龙兴之地。沈阳故宫位于辽宁省沈阳市中心，是中国仅存的两大宫殿建筑群之一，又称盛京皇宫，为清朝初期的皇宫。沈阳故宫始建于努尔哈赤时期的 1625 年，建成于皇太极时期的 1636 年。清朝迁都北京后，故宫被称作"陪都宫殿""留都宫殿"。后来就称之为沈阳故宫。后经康熙、乾隆时期的改建、增建，形成了今日有宫殿亭台楼阁斋堂等建筑 100 余座、500 余间，占地面积达 6 万平方米的格局面貌，至今保存完好。在宫廷遗址上建立的沈阳故宫博物院是著名的古代宫廷艺术博物馆，藏品中包含十分丰富的宫廷艺术品。1961 年，国务院将沈阳故宫确定为国家第一批全国重点文物保护单位；2004 年 7 月 1 日，在中国苏州召开的第 28 届世界遗产委员会会议批准沈阳故宫作为明清皇宫文化遗产扩展项目列入《世界遗产名录》。2017 年，沈阳故宫博物院成功晋级"国家一级博物馆"。

沈阳故宫按照建筑布局和建造先后，可以分为 3 个部分：东路、中路和西路。东路包括努尔哈赤时期建造的大政殿与十王亭，是皇帝举行大典和八旗大臣办公的地方。中路为清太宗时期续建，是皇帝进行政治活动和后妃居住的场所。西路则是清朝皇帝"东巡"盛京时，读书看戏和存放《四库全书》的场所。

那天上午 10 点，在东路大政殿与十王亭中间大广场，故宫正按原努尔哈赤召集众臣的模式复刻当时盛况，演员们高超的表演艺术，吸引着众多游客里三层外三层围观，不时响起阵阵掌声和喝彩……

从沈阳故宫游览出来，过一条街大约不到 800 米就是扬名海内外的"张氏帅府"，也许当年张作霖想沾沾帝王的灵气，故把自己的官邸和私宅建在故宫的旁边，而且坐北朝南，是张作霖及其长子张学良的官邸和私宅。张作霖于民国三年（1914 年）秋天开始动工修建这座三进四合套院和西院北部的两组四合院。民国五年（1916 年）秋，张作霖全家搬进四合院。三进四合院建成后，张作霖已升任奉天督军兼奉天省长。因这新三进四合院既是张作霖的办公官邸，也是家眷居住的私宅，故此，人们习惯称其为帅府。

三进四合院位于张氏帅府的中院，坐北朝南，呈"目"字形。放眼望去，青砖珑瓦，飞檐兽吻，挑脊宝顶，雕梁画栋，朱漆廊柱，狮头石鼓柱础，石条台阶，方砖方石铺地，是中国传统的仿王府式建筑。这里占地 3900 平方米，建筑面积 1460 平方米，房屋共 13 栋，计 57 间。四合院的前两进院为办公官邸，三进院为眷属私宅，传承了古代前朝后寝的封建帝王宫殿建筑风格。

大青楼是张氏帅府的标志性建筑，建于民国七年（1918 年）到民国十一年（1922 年），为仿罗马式建筑，因该楼采用青砖建造，故称大青楼。大青楼总建筑面积 2460 平方米，楼高 37 米，顶层有观光平台，是民国时期奉天城除凤凰楼外的最高点。假山南面门上刻有张作霖手书的"天理人心"匾额，北面为"慎行"。

老虎厅原为张作霖主政时期的第三会客厅，因曾摆放过老虎标本而得名，它是张氏父子接待重要客人的地方。1929 年 1 月 10 日，张学良以"阻挠新政，破坏统一"的罪名，下令将奉系元老杨宇霆、黑龙江省省长常荫槐在此处决，即是震惊全国的杨常事件。通过杨常事件张学良稳定了自己在东北的政治地位，老虎厅也因此名扬四海。

张学良 1928 年至 1931 年间的办公室。1928 年张学良主政东北后，励精图治、全身心地投入到东北政治、经济、军事建设之中。当年，办公室里贴着他为自己制定的作息时间表，为让人们了解他的办公时间和地点，以便随时接待来访人员，听取汇报和检查工作，张学良特意在《奉天公报》上长时间登载他的作息时间表。

张学良与夫人于凤至女士在 1928 年至 1931 年间的卧室，也是杨常事件中"一块银圆故事"的发生地。张学良主政东北后，张作霖时代的重臣杨宇霆、常荫槐二人处处以"父执"自居，妨碍张学良政令的执行，在铲除杨、常前，张学良曾与于凤至在卧室里抛掷银圆测杨、常生死，由此痛下决心，枪杀杨、常于老虎厅内。

小青楼位于张氏帅府的东院，由于地处张氏帅府花园的中心，又有"园中花厅"的美誉，是一座中西合璧式的二层砖木结构小楼，建成于民国七年（1918 年），因其采用青砖青瓦建筑而成，俗称小青楼。它是张作霖为他最宠爱的五夫人寿氏专门修建的。民国十七年（1928年）6 月 4 日，在皇姑屯事件中被炸成重伤的张作霖就是在这里走完了一生。

赵一荻故居，俗称"赵四小姐楼"，位于张氏帅府大院的东墙外，为一座二层中西合璧式建筑，因民国十七年（1928 年）到民国十九年（1930 年）间，张学良将军的第三任妻子赵一荻（人称赵四小姐）曾在此居住而得名。赵一荻故居占地 547 平方米，建筑面积 428 平方米，独立成院。整幢小楼装饰很好，这里既有中国传统风格的描金彩绘，又有雕刻廊柱等欧式建筑艺术的特色。其室内陈设以法式家具为主。看到这些无不让人想起一代宗师马君武的《哀沈阳》："赵四风流朱八狂，翩翩蝴蝶正当行。温柔乡是英雄冢，哪管东师入沈阳。"

游览完张氏帅府已是晌午时分，我们在回程的途中找了家正宗东北菜餐馆吃饭。小武他们点了东北煎饼、锅包肉、大拉皮、烤鸭等七八个菜，端上来的都是满满的大盘，分量足，价格公道，可见东北人"热情、好客、实诚"不是吹的，一顿饭下来结账只有二百来块。让我们感到很惊讶！在我们莲花小山城随便吃一顿，没有四五百元是解决不了问题的。

在培训期间，培训班安排得也挺周到，中午在医院吃盒饭，晚上分别安排奉天街美食城、湖南湘菜馆、盛京第一楼东北私房菜。让我们感受了沈阳的饮食文化和北方人的热情。沈阳是省城，餐厅和宾馆，男性服务员较多，工资也不高，但工作起来，手脚麻利得很，脸上露出灿烂的笑容，可以体会得到他们对眼前生活的满足和幸福。

沈阳给我的印象是那么美，"盛京三陵"带给我的是神奇、神秘，有探个究竟的欲望，因时间的缘故未能实现。虽然离我们那么远，待日后有空，我一定得再来，再来细细品味沈阳东北私房菜的味道，听一听满清两代帝王的故事，探寻赵四小姐痴迷少帅的佳话……

2020 年 5 月 1 日

惠州之旅

（一）

2023 年 3 月 8 日，星期三，晴

应家乡"炳根老乡"（简称老根）之邀，我们"乡里乡亲一家人"驴友团一行 4 人上午 9 点从莲花出发一同前往广东惠州。

莲花至惠州全程 605 公里。从莲萍高速转吉衡高速经 G4022 武深高速，中午下高速在汝城"家的味道"吃午饭。下午 4 点 40 分到达惠州阿元土菜馆，那是家乡"老根"兄预定接待我们晚上用餐的地方。

一进土菜馆，一位年轻貌美的老板娘见是"老根"的客人就热情洋溢地招呼着我们。这菜馆还真是不一般：每一碗土菜都有讲究、有温度、有态度。菜馆大厅墙上贴有"阿元土菜坚持六大品质"：好手艺、好食材、好土菜、好下饭、好菜油、好新鲜；在厨房的墙上贴有"阿元土菜六大土规矩"：1. 缺斤少两厨师下岗。2. 90％的食材来自湖南。3. 甲鱼河鲜鲜肉不进冰箱隔夜。4. 小锅鲜炒上菜时间较久。5. 只用花生油菜料油猪油炒菜。6. 大骨熬制高汤追求原汁原味；在大厅的墙上用红纸贴有"米好锅好饭才香"。这还真的不一样，连一个普通的土菜馆都总结出自己有别于其他餐馆的饮食文化特色，的确值得好好借鉴学习。

不一会儿，"老根"身穿一套休闲装，脚踩休闲鞋，虽离开家乡 40 多年，却乡音未改，满口的莲花腔，笑哈哈地疾步向我们走来。听"阳仔里"说，老根今年 69 岁，可眼见他爽朗的性格，直率的语言，热情洋溢的样子，看上去跟我们的年龄不相上下，也许是当地人保养

得好的缘故。他询问"阳仔里"一路的情况，是否堵车，然后安排我们入席，由于我的辈分大，大家都称呼我为"爷爷"，盛情难却，第一次与"乡里乡亲一家人"组团出行，我只好在上首入座。老根拿出两瓶"xo"蓝带白兰地，一条香烟，准备一桌本地特色菜：生蚝、三文鱼、豹鱼、臭鳜鱼等。老根说："到了惠州一切听我的安排。今晚消灭这 3 斤 4 两 xo 蓝带，这是在家存了多年的好酒，香烟每人二包，明天的行程也安排了……"

已经很久没有吃到这样新鲜的海鲜，没有喝过这么高端的洋酒了，因为老乡的热情，因为高兴，我们几个都醉了。

晚上，老根把我们几个安排在"雅枫国际酒店"入住。

（二）

2023 年 3 月 9 日，星期四，晴

"老根"真是热情好客之人。早上 7 点就赶到酒店带我们去喝早茶。可由于疫情的原因，经济仍未完全恢复，转了几个地方早茶店都关了，结果只在一个街道的"文怡便民店"简单吃点儿。早茶结束之后，老根又带我们去惠州西湖游玩。

我去过扬州瘦西湖、杭州的西湖，却不知惠州也有个西湖。老根说："惠州是个适合养老宜居的城市，生活节奏比深圳要稍慢些，也是我从深圳搬迁到这里的主要原因，我在这生活了 5 年，到了惠州，一定得游西湖。因为惠州西湖是国家 5A 级景区，有'苎萝西子''岭南明珠'之美誉，可与扬州西湖、杭州西湖相媲美。惠州之美，在西湖，西湖之美，在东坡。岭南风光的惠州，一定会让你们流连忘返的。"

酒店离惠州西湖仅 2.3 公里，驱车几分钟就到了。我们在老根的引导下徒步沿北门—丰渚园—五龙亭—叩香门—阅菌精舍—邀月楼—文昌阁—碧云洞—九曲桥—烟霞堤—鸟岛—准提寺—留丹点翠—相宜居—孤山苏迹（苏东坡纪念馆、王朝云墓、六如亭、景贤祠等—泗洲

宝塔—苏堤玩月—西门，走的仅是一条线路，却用了一个上午，老根说只走了三分之一不到，还有红花湖环湖 18 公里的绿道，绕一圈还要三个多小时，是个休闲锻炼的好地方。可惜，这次出来未带跑鞋，我真想清晨起来绕湖跑跑。

一路游览，为惠州西湖的亭台楼阁苏堤上赞美西湖的诗词、楹联而感叹！为苏东坡与王朝云的爱情故事而感动！为惠州西湖与杭州西湖同工异曲之美所吸引！

别看老根是个当兵之人，不仅是个惠州通，也是个"西湖通"。老根说："看西湖，得先了解苏东坡。全国西湖有 36 个，与东坡先生有关的西湖就有 9 个，扬州、徐州、湖州、密州、杭州、颍州、黄州、惠州、雷州、儋州。唯杭州、颍州和惠州西湖最为出名。对杭州和颍州，东坡已有诗云："大千起灭一尘里，未觉杭颍谁雌雄"，可写此诗时，他却未曾想到自己几年之后被贬惠州，又与惠州西湖结缘，成就其为一代文学大家。

凡事都有两面性，如果苏不因"乌台诗案"被贬黄州惠州儋州，他就只能是苏轼，而不能成为苏东坡。他的思想境界之高远，无论是高居庙堂之上，还是退居江湖草泽，他心中所念的都不是一己的功名和富贵，而是黎民苍生与家国社稷。可以说，他的诗词境界在仰望星空，而不在名利场。东坡给西湖留下胜迹，而胜迹也因东坡而倍添风采。东坡的西湖情结，也是千百年来中国文化的生命张力所在，对当下为政者仍有警示教育作用。

其实，惠州西湖跻身其列，毫不逊色。在宋代诗人杨万里的诗中："三处西湖一色秋，钱塘颍水更罗浮。"说的就是这三大西湖。有"海内奇观，称西湖者三，惠州其一也"和"大中国西湖三十六，唯惠州足并杭州"的史载。当然，这三个西湖的出名都有一个重要原因，就是"东坡到处有西湖"，它们都曾是宋代文学家苏东坡被贬到过的地方。苏东坡给西湖留下印迹，其印迹也因东坡而倍添风采。对东坡的文化自信，惠州诗人江逢辰来得更直接奔放："一自坡公谪南海，天下不敢小惠州。"

在笔者看来，东坡先生一生涉足的 9 个西湖，钟爱程度不分伯仲。物理意义的西湖，只是空间与时间的经纬度而已。无论是扬州、杭州、颍州、雷州还是惠州、儋州，这几个西湖均蕴含了"两个意境"的西湖，即"庙堂'之上的西湖与"江湖"之远的西湖。

惠州西湖，承载着东坡曲折甘苦的诗意人生。走进西湖，孤山脚下，可见九曲桥、青石雕栏、凌水蹈波。水静、湖美、桥曲。桥，连接"点翠阁"，曲曲折折，蜿蜒于湖面，宛如东坡曲折冷暖的一生。

有人说，读苏轼诗词，可以养心；品东坡人生，让人奋发。苏轼曾两次在杭州为官。第一次是宋熙宁四年（1071 年），因主张关爱民生，与王安石政见不和，外调地方官，为杭州通判。第二次是元祐四年(1089 年)，又因为民辩护，与司马光政见不和，外调杭州做太守。他在杭州救济灾民，创设医坊，兴修水利，治理西湖，为百姓做了许多好事，留下了千古佳话。

5 年后，宋绍圣元年（1094 年），苏轼再度离开了杭州，因"乌台诗案"以"讥讪先朝"罪名，被贬英州。开始了东坡之旅。接着，在赴英州的途中，再贬为宁远军节度副使，安置惠州。

初到惠州的东坡，受到惠州百姓"父老相携迎此翁"的热情欢迎。惠州太守詹范，安排其在官府的接待客栈合江楼居住。16 天后，上面严责，令其搬迁到条件恶劣的嘉祐寺居住。第二年，在广南东路提刑程正辅(其表兄)的关心下，太守詹范又安排苏轼于绍圣二年（1095 年）四月搬回合江楼居住，绍圣三年（1096 年)四月复迁嘉祐寺，寺中居住10 个月后迁入白鹤峰新居。

在惠州，居无定所、搬来搬去的苏东坡，却仍不忘造福百姓，办了许多实事。如出资、募捐修建东新桥和西新桥，推广水碓、秧马，解决驻军占用民房问题等。

智者苍凉，英雄困厄。当杭州颍州繁华尽退，巨大落差中，岭南的山水，陪伴滋养着东坡人生的下半场。

前半生，他是苏轼；后半生，他是苏东坡。谪居惠州两年七个月，当地朴实、友善的民风，激发了他诗文创作的灵感，留下 587 首诗（文），平均每两天一首。璀璨诗文，使当时"瘴疠之乡"的惠州为世人所熟知。其中"日啖荔枝三百颗，不辞长作岭南人"脍炙人口。这是东坡尝了惠州太守东堂将军树的荔枝，觉得十分美味而作。

对苏东坡而言，寓惠期间，咏荔枝诗也体现了两个心境：一个是"长作岭南人"的积极乐观、豁达心态，体现了对令他内心甜美的惠州的热爱。另一个是心系苍生疾苦的东坡。他并不满足于个人的快乐，他吃着荔枝，便想到了汉唐时向朝廷进贡荔枝而劳民伤财的故事，愤然写下了《荔枝叹》，形象描述了"十里一置飞尘灰，五里一堠兵火催。颠阬仆谷相枕藉，知是荔支龙眼来"的历史镜头，又联想到本朝宰相丁谓以福建武夷山名茶"粟粒芽"进贡、蔡襄造小片龙茶进贡、洛阳留守钱惟演向朝廷进贡洛阳牡丹珍品"争新买宠"的丑行，对此毫不留情地加以鞭挞。

在他心里，这似乎是他一生难舍的兼济天下，比起名臣虎将的千秋伟业，一点儿也不逊色。

"半城山色半城湖"，惠州之美，在西湖。这里原本称丰湖，是东坡先生来之后改的名，可见杭州西湖在他心中的牵挂。这似乎成了他的习惯，两年七个月之后，被贬往儋州，途中路过雷州，虽只停留了两天，也把当地罗湖改名为西湖。

惠州西湖，飘荡着苏东坡诗文的灵魂，涵养浸润着东坡诗词美学的精神。东坡寓惠两年多，游得多并且赋咏得多的，还是惠州西湖。其足迹遍及西湖的山山水水，以称绝一代的诗文，为惠州西湖润色，大大提高了西湖的知名度。东坡称赞惠州"山川秀邃"，特别钟情西湖的夜色。

"一更山吐月，玉塔卧微澜"，诗中的西湖夜景令人痴醉。惠州西湖著名景点中的鹤峰返照、苏堤玩月、玉塔微澜、六如禅悟、西新避暑，都与东坡有直接关系。闻名惠州的大孝子江逢辰，是东坡的忠实粉丝，如其诗所赞："但觉公曾寓此地，至今草木皆光气。"

"南北两个西子，浓妆淡抹皆宜，气质虽极相似，风姿各异其趣。"正如于若木先生所言，颖州西湖，我未曾见过不知其景，但杭州西湖我是去过多次，惠州西湖与之相比除面积稍逊色些，其他几乎没啥两样，湖中苏堤和杭州苏堤一样长。杭州苏堤，是杨柳依依，婀娜多姿。惠州苏堤，却具岭南风光，榕荫拂水，古榕魁伟，气根悬空，千丝万缕，美若长髯。其如云树冠，苍劲挺拔，风雨中历久弥坚，姿容盛仪，如老之东坡，且围着榕树底四周的大理石上均雕刻着历代诗人的诗句。

杭惠二苏堤，一花二世界。杭州叫"苏堤春晓"，见出勃勃生机。惠州则称"苏堤玩月"，一个"玩"字，道出风情万种。两个苏堤，体现两种精神轨迹，儒家的有为与道家的无为、从惊喜人间的春意盎然到沉醉婵娟的清辉浩渺，从治国平天下的"签署公文"到修身齐家的诗意人生。

杭州西湖，他是苏轼，是通判，是太守，是人生的上升期，是甜剧热播。修建苏堤，身为执政官，一声令下，动员聚集 20 万人清湖淤，堆泥成堤。百姓抬猪前来感谢，太守则令人烧制成"东坡肉"，分发百姓，与民同享，其乐融融，经世致用的苏轼令人赞叹。杭州颖州，其身为太守，自然不缺肉吃。

惠州西湖，他是苏东坡先生，58 岁，他被贬寓惠时，已"不得签署公事"，薪水也只发一半，是戴罪的看客。修堤搞水利，只能和泗洲寺的希固和尚商议了。东坡不仅捐出自己的犀带，还动员弟媳捐出朝廷所赐的银子来助修西湖。吃不到"奢侈品"东坡肉，也要买个羊脊骨，涂酒烤"羊脊骨"来啃。两年后，再贬海南时，则只有熏鼠、烧蝙蝠和薯芋吃了。每天以肥羊下白米饭的京城十年，恍如隔世。不论哪一场戏，他都是激情不减，因为戏文诗词之精彩，始终占据着舞台中央。

寓惠的苏东坡，无权无钱，只能明月几时有，把酒问青天，赋诗"玩月"，道尽了其彼时的无奈。但你若以为东坡就此沉沦在西湖山水之中，你就错了。东坡就是东坡，即便困顿如此，也要兼济天下，情系苍生，其情怀不仅没有变，反而如古榕虬髯，愈见其深。寓惠期间，给其表兄程正辅的书信来往，为民请命、为官纾困的文字比比皆是。

不懂苏东坡，也就不懂惠州人民怀念先生的原因。从寒山寺到泗洲塔，经世致用的入世与沉醉山水的出世，纠葛成东坡先生一生矛盾的精神世界。

智慧与高洁、明达与超脱、突围与升华，奇妙而又对立地纠结苏子一生。借用曹慧琳先生的话："这是彻悟之后的笑对人生，是悠然于'入世'与'出世'之间的恬淡潇洒，是物我皆忘的大智若愚，是忠实于心灵的信念坚守。"

和杭州一样，惠州西湖亦有孤山。

孤山下是"东坡园"，在东坡园中央的"造福"雕塑，歌颂的是东坡为民造福的诸多善举，清澈的湖水映射着"一枝一叶总关情"的为民情怀。东坡自小"奋厉有当世志"，谪居惠州期间，报国的初心不改，即使身处逆境，还是以为民办事为己任。在城建、农业、水利、治病等方面，苏轼"见义勇于敢为，而不顾其害"，为惠州百姓做了许多好事。

只要做了一点儿有益百姓的好事，百姓就不会忘记你。927 年过去，惠州人却依然怀念东坡的善举。《惠州东坡祠艺文志》，书中有盛世则修东坡祠的记载。仅元、明、清以来，东坡祠有记录的重修就有10 余次，每次都有重修祠记，足见其在惠州的位置。

正如祝勇先生所言："儒家的生命力，在于它让人们在进退转圜之间，都能找到生命的意义。"无论进退，苏轼都在以自己的方式践行儒家"为天地立心，为生民立命，为往圣继绝学，为万世开太平"的政治理念，其体恤百姓的仁政善举，得到人民的认可与纪念。这也是对我们今天践行执政为民理念最好的启迪。

惠州西湖此地有他的红颜知己王朝云。此西湖，有朝云生死相随的倩影，波光粼粼处珍藏着苏公的感情牵挂。

墓碑上"侍妾"两个字，表明墓主的身份，这是时代的特色。巧合的是，陪伴苏东坡的三位女性都姓王。原配王弗，30岁前病逝。苏东坡为怀念她，写过一首《江城子》，这首悼亡之作因有"十年生死两茫茫，不思量，自难忘"这样的铭心佳句而被千古传诵。继室王闰之，是王弗的堂妹，陪伴东坡25年，是东坡的贤内助。王朝云，字子霞，浙江杭州人，歌女出身，聪明俊秀。12岁时被在杭州任通判的苏轼收为婢女，19岁在黄州时纳为妾。

1096年夏季，惠州瘴疫流行，死的人很多，其中就包括王朝云，年仅34岁。苏东坡的草药加上当时的医疗条件，终究未能挽留住她年轻的生命。苏东坡悲痛万分，按照王朝云的遗言，把她埋葬在丰湖的栖禅山寺旁边。

王朝云虽为"侍妾"，她却无怨无悔。当苏东坡官迁密州、徐州、湖州，遭"乌台诗案"，后再贬黄州，晚年又被贬到惠州，这大起大落的人生际遇中，王朝云一直陪伴在苏东坡身旁，和他一起过着颠沛流离的生活，成为他艰难困苦中最大的精神支柱。正如苏东坡所说，朝云对他是"一生辛勤，万里随从"。

王朝云墓保存完好，历经历史变迁也未遭损坏，对爱情不渝的王朝云始终被惠州人民厚爱珍视。由此，可见人们对人世间一切美好真挚情感的尊崇。虽是侍女之身，王朝云并不寂寞，墓右侧有"东坡书迹"园，满墙镌刻东坡先生的诗词墨宝，浸润着先生的精神。左侧则是东坡先生站立的雕像，与墓前的王朝云，朝夕相望。王朝云忠贞的爱情故事淬炼成惠州西湖精神的一部分，也体现了惠州历史文化的传承。

惠州西湖之美，美在山水，美在东坡。西湖，装载有东坡"一蓑烟雨任平生"的乐观人生，以及随缘任运的旷达境界。

东坡祠位于东坡白鹤峰故居。北临东江。远远可见，临江的陡坡上，簇拥几座岭南特色建筑。沿青石台阶，拾级而上，眼前故居修葺一新。故居内有东坡井、古阶步道、古树名木等历史遗迹。除东坡祠外，还有娱江亭、朱池、墨沼、翟夫子舍、林婆酒家等历史元素。再现了东坡祠及周边历史原貌。林婆酒家的雕塑，栩栩如生，生动再现了东坡寓惠，与酒相伴赊酒而乐的生活。立德，位居古代文人"三立"之首，东坡特别属意，自书"德有邻堂"几个字，表达了诗人的人生态度。

在苏东坡纪念馆内，对苏轼的生平际遇、诗词艺术、社会活动等进行了全面展示，再现了苏轼以文传世、以官入世、以事留世、以情感世的典型宋代文官士大夫形象。

苏东坡境界高远，无论是高居庙堂之上，还是退居江湖草泽，他心中所念的都不是一己的功名和富贵，而是黎民苍生与家国社稷。可以说，他的诗词境界在仰望星空，而不在名利场。这样的苏东坡，才给我们留下了"明月几时有，把酒问青天""大江东去，浪淘尽、千古风流人物"等名句，一扫晚唐、五代以后萎靡不振的词风，将传统诗词的境界提高到空前的水准。

唯西湖之山水，波光粼粼，春和景明，才装得下东坡的胸襟和诗意盎然。在他眼里，西湖之天光湖色，寄托着他的"庙堂"和"江湖"，进退之间，两个西湖的人生际遇，仍不舍"三立"的理想抱负。东坡之西湖情结，虽难逃中国士大夫的窠臼与宿命，却也是千百年来中国文化的生命张力所在。

"问汝平生功业，黄州惠州儋州。"这是苏东坡对自己一生的评价。游西湖，思东坡，惠民生，德永存。游惠州，念老根，戚三林，重情义，待来日，叙衷情。不知颍州、雷州、徐州、黄州西湖如何？我想，只有把与苏东坡有关的 9 个西湖全部游完，才算真正了解东坡的西湖情缘。

旅鄂日记

2023 年 2 月 27 日，星期一，晴

说好了要一起出去走走，"坛楚留香"驴友团一行 7 人经过半个月的反复酝酿，终于敲定于 2 月 28 日出发奔赴湖北赤壁、武汉、宜昌、恩施、岳阳等地，来一场说走就走的自驾欢乐之旅。

因为武汉黄鹤楼，因为土家族苗族自治州，因为"恩施大峡谷"，因为巴东县委原书记陈行甲，因为陈行甲那本《在峡江的转弯处》与我的《林下晓拾》是同一个组合在京东、当当等平台热卖，而且我为《在峡江的转弯处》这本书写了书评，让我魂牵梦萦，激荡起我对恩施无尽的向往，渴望有一天去那看看。这个想法由来已久，所以被召集人颜老师一点燃，我便举双手赞成，热情十足！也是我被邀请加入"坛楚留香"驴友团以来的第三次旅行。

在驴友团里因我在年龄上小了一条小运（一条小运一般指 5 岁），旅游线路安排、吃住等旅游攻略自然就落在了我的肩上。为了不辜负兄长们对我的期待，我在手机上查询百度、高德地图，与恩施导游熊鹤林对接。确定好了基本旅游线路：萍乡—赤壁—武汉—宜昌—恩施—岳阳—萍乡，时间安排、旅游地的气候，恩施 5 天 4 晚主要景点介绍及日程安排等信息发在群里，供大家参考，提出意见或建议。

"一石激起千层浪，两指弹出万般音。""哇！还有这样的攻略啊！牛！"友良老师惊讶地竖起了大拇指点赞。颜老师感谢我对本次旅行成团的大力支持，夸我是个活导航，做事精、准、细。驴友团的总策划谭老师也夸我前期做了大量功课，为本次旅行奠定了良好基础！金宝

老师特别地用心，本着节俭出行，又担心大伙外出水土不服，还特意到"莲花谣"精心挑选了莲花辣酱、霉豆腐、盐醋姜、家乡小河鱼等土特产品。

召集人颜老师随即宣布旅行分工，由我负责旅游线路，联系景区门票及住宿等事务，金宝老师负责资金管理及后勤保障工作，楚德老师负责开车（其他团友可以协助开车），莲花的四位老师明早7点10分准时在颜老师家集合出发，8点半在萍乡会合向恩施出发！

约定好次日清晨出发，友良老师却迫不及待提前赶到市里整理发型，整理行囊，与老楚、老谭会合把酒言欢，以新的姿态迎接疫情过后的第一次旅行！

退休遇上疫情，一个人在家闷得慌，整天沉浸在练字、跑步、看书之中，似乎有点儿模式化了。难得我随团出外旅行，老婆非常支持！为我准备了旅行经费和换洗的衣物等。我说有手机就可走遍天下，她说备点零钱还是有必要的，她找出穿了多年快要"退役"的裤袜装在旅行包内，穿完就直接丢掉算了，免得我洗。我想让她和我一同前去，她却以还要上班，站好最后一班岗为由谢绝，说待她退休后定会随我一起浪迹天涯。

2023年2月28日，星期二，晴

早晨6点半起床，7点出发至萍乡凯悦酒店集合。8点半准时向本次旅行第一站赤壁出发。

从萍乡至咸宁市"三国赤壁古战场"全程324.7公里。楚德老师负责开车，我坐副驾驶座负责导航，其他老师一路欢声笑语，至"三国赤壁古战场"景区已是中午12点半。

车停靠在景区牌坊左前方"借东风"酒店门口，人生地不熟，车停在人家酒店门口，只好进去解决中餐。进入店内，时值正午，却冷冷清清，静悄悄的。我们进到餐厅点了一个主菜"煮鲶鱼"5斤2两，配了豆腐、鸡蛋、莲子心、豌豆等几个小菜。我借厨师炒菜之空隙，急匆匆地跑出店门，在景区古街四周转转，古街前有两块石牌坊，一块小的写有"三国赤壁"，一块横跨马路的新石牌坊写有"三国赤壁古战场"，在石牌坊前面的马路中央矗立的是赤壁市人民政府为纪念赤壁之战 1800 年而筑建的"千年鼎盛"。由三块巨型石块支撑着铜鼎，比牌坊还高，格外引人注目。

"不到赤壁不解三国！"饭后，我们买了 7 张 60 元的门票，便徒步进入"三国赤壁古战场"景区，景区占地面积 450 亩，是投资达 6 亿元的 5A 级旅游景区。赤壁之战发生地，位于湖北省咸宁市赤壁市南岸，是我国古代"以少胜多，以弱胜强"的七大战役中唯一尚存原貌的古战场。赤壁矶头临江悬崖上，有石刻"赤壁"二字，相传为周瑜所书，故也有人称此地为"周郎赤壁"，是赤壁现存最早的文化遗迹。周郎石像，傲对长江，壮志满怀指点江山如画；诸多豪杰，齐聚赤壁，让这一方土地借周公瑾之势一飞冲天，在历史长河中画下浓墨重彩的一笔。

"行云流水音犹在，从此曲误无周郎。"沿途因景区打造的古街尽管在装饰上投入不少，但 80% 以上均已关门歇业。景区服务区内也差不多是歇业状态。偶尔只两三个旅游团不到百人参观。看到这些着实令人叹息。

我们在景区内走马观花转了一圈，待了不到两个小时便启程赶往武汉，去看看号称"天下第一"的黄鹤楼。

武汉离赤壁仅 136 公里的车程，楚德老师说让我开车，他休息一下。第一次尝试着开别克豪华商务车，我欣然接受。

开着崭新舒适的商务车行驶在"武深高速"上，双向四车道的武深高速似乎全程为我们几个服务，过了赤壁长江大桥之后，一马平川，沿途仅一辆小车通过，未看见一辆大型货车，可见全国的经济仍未完全复苏。

到黄鹤楼景区已是下午 4 点半。这里却是人山人海另一番景象。黄鹤楼，我是 2009 年 3 月份在湖北省委党校学习时省际党校交流来过一次，那时的湖北和江西一样是个典型的农业大省，经济总量与江西差不多，可如今的大武汉已进入"准一线"城市行列，黄鹤楼景区与十多年前相比似乎热闹了许多。

黄鹤楼位于武汉市武昌区，地处蛇山之巅，濒临武汉长江大桥，为武汉市地标建筑；始建于三国吴黄武二年（223 年），历代屡加重修，现存建筑以清代"同治楼"为原型设计，重建于 1985 年；因唐代诗人崔颢登楼所题《黄鹤楼》一诗而名扬四海。自古有"天下绝景"之美誉，与晴川阁、古琴台并称为"武汉三大名胜"，与湖南岳阳岳阳楼、江西南昌滕王阁并称为"江南三大名楼"，是"武汉十大景"之首、"中国古代四大名楼"之一、"中国十大历史文化名楼"之一，世称"天下江山第一楼"。

我们从黄鹤楼后门"晴烟飞霞"古街进入，过"紫竹苑""洞天别境"，经"西爽亭"走数百步，便是黄鹤楼正面广场，广场两边分别是"瞰川"和"揽虹"两座八角亭，"云衢"和"凝翠"两栋阁楼，正前方便是正门"三楚一楼"古牌坊，出自清代无名氏所写的搁笔亭楹联"搁笔题诗，两人千古；临江吞汉，三楚一楼"。主楼为四边套八边形体、钢筋混凝土框架仿木结构，通高 51.4 米，底层边宽 30 米，顶层边宽 18 米，飞檐五层，攒尖楼顶，顶覆金色琉璃瓦，由 72 根圆柱支撑，楼上有 60 个翘角向外伸展；楼外有铸铜黄鹤造型、胜像宝塔、牌坊、轩廊、亭阁等建筑环绕，整楼形如黄鹤，展翅欲飞。

黄鹤楼楼身共悬挂八块匾额。分别在楼顶和一楼的东西南北四面，俯察八方人间。自古以来，匾额就是"建筑的灵魂和眼睛"，是文学、书法、篆刻、雕绘等艺术的结合，在门户屋堂、亭台楼阁中起到画龙点睛的作用，见楼而不知其匾，等于没来。黄鹤楼一楼四面悬挂写有"气吞云梦、云横九派、帘卷乾坤、势连衡岳"等匾额，"气吞云梦"

四个金灿灿的大字是中国佛教协会原会长赵朴初所题写，出自孟浩然"气蒸云梦泽，波撼岳阳城"的诗章。门两侧对联"由是路入是门奇树穿云诗外蓬瀛来眼底；登斯楼览斯景怒江劈峡画中天地壮人间"为书画家刘海粟所题写。顶楼正面悬书法家舒同题"黄鹤楼"三字金匾，北为"北斗平临"（寓意为站在黄鹤楼上，遥望斗极，顿觉北斗星与自己一样高，一样平，形容楼之高），东为"楚天极目"（寓意是登上黄鹤楼荆楚大地的大好河山尽在眼前），南为"南维高拱"（寓意为黄鹤楼面临南边的绚烂群星，高高在上，犹如磐石一样稳定。南维是指南边的星宿）等匾额。

进得楼内，一楼为《白云黄鹤》壁画，再现了黄鹤楼"因仙得名"的一段美丽传况；二楼为《黄鹤楼记》和《孙权筑城》《周瑜设宴》壁画；三楼为黄鹤楼诗词概述，展现了自南朝以来历代名家登楼留下的诗词。五楼10幅壁画组成的《江天浩瀚》，面积达90多平方米，完整地再现了万里长江的自然与人文风采，体现了五楼大厅所蕴含的艺术主题"永存"。

沿楼四周远眺，武汉三镇高楼林立，武汉长江大桥等景色尽收眼底，令人心旷神怡！

参观黄鹤楼之后入住咱莲花人贺总经营管理的武汉长江大酒店。晚餐大家一致认为到了武汉得品尝一下"武汉热干面"以解多年的相思之渴。

晚上8点多，在长江大酒店对面的一条小巷子里，各色各样的小餐馆依然热闹得很啊，看见的大多是青年学生或打工青年在那穿梭，我们走进一家小店叫老板做了武汉热干面。出于好奇，我便看着老板做，其实热干面的做法与南昌拌面几乎没什么太大区别，武汉热干面主要配料是芝麻酱、复合酱油、萝卜丁、卤水、味粉加葱花和辣椒、香油。南昌拌面主要是酱油多点儿。吃完一结账仅5元一碗。想不到武汉市中心城区热干面竟比我们赣西边城莲花的面条还要便宜。

2023 年 3 月 1 日，星期三，晴转多云

早餐后，我们从长江大酒店驱车 13 公里赶到武汉大学西门口，因没有在网上预约被保安拒之门外，后通过本地预约车进入校区。

武汉大学溯源于 1893 年清末湖广总督张之洞奏请清政府创办的自强学堂，历经传承演变，1928 年定名为国立武汉大学，是近代中国第一批国立大学。2000 年，武汉大学与武汉水利电力大学、武汉测绘科技大学、湖北医科大学合并组建新的武汉大学。截至 2022 年 12 月，学校占地面积 5195 亩，建筑面积 296 万平方米，馆藏图书 722.13 万册；设有六大学部 34 个学院、3 所三级甲等附属医院，开设 133 个本科专业；拥有 46 个博士后科研流动站、53 个博士学位授权一级学科、61 个硕士学位授权一级学科；有教职工 7468 人，其中专任教师 3875 人；有普通本科生 29944 人，硕士研究生 20298 人，博士研究生 9036 人，另有外国留学生 1461 人。

我们驴友团均为"60 后"，都是恢复高考时读中专学校的，压根未真正踏入大学之门，武汉大学更是第一次。大家都想去感受一下武汉大学的校园生活气息，弥补此生之遗憾；想去欣赏一下网上炒得沸沸扬扬的武汉大学樱花大道上的烂漫樱花，唤醒年少之梦想。

可当我们进入到鲲鹏广场樱花网红打卡地，这里的樱花树像睡熟了一般，未见树叶，未见花蕾，只见雕塑鲲鹏展翅欲飞，"北冥深广，鲭翼垂天，云博九万，水擎三千。"这些来自庄子《逍遥游》中的诗句时隔 40 余年（1981 年雕刻的）依然依稀可见。或许是今年闰年的缘故吧，樱花来得稍晚些，但在"樱园"也偶见几棵樱花树也许耐不住寂寞，三三两两开了些，不管怎样表现却没有往年的艳丽。

未见樱花盛开，却被武汉大学的百年梧桐树所震撼。这些梧桐树树冠遮天蔽日，四季都是风景，而处在梧桐树下的是教学大楼和校园公路，可以说这是一座被梧桐树包围的高校，足见武汉大学文化底蕴

之厚重。想当年，咱莲花县城新建街、解放街、永安大道被梧桐树仿佛"隧道"般遮挡住，夏天连一丝阳光也休想穿透下来，只可惜被时任的县主要领导一声令下全部砍了，而南京市民保护梧桐树的"南京319集体散步事件"却成功地保护了南京百年梧桐树。

未见樱花盛开，我们却被武汉大学运动场正前方的行政楼和樱花大道上几栋百年历史的老图书馆、樱顶老斋舍等古建筑所吸引。其中行政楼是1952年将工学院大楼改建成办公大楼，并一直使用至今。它位于运动场正前方，我跟随学院教授进到楼内，一层办公室的墙壁上展示了建校以来历任校长的照片。

在樱花大道的狮子山上，我看见了老图书馆、樱顶老斋舍。老斋舍便是现在的樱园宿舍，是武汉大学最古老的建筑之一，位于武大老图书馆南侧，整栋建筑与狮子山相连。沿着有108级台阶的楼梯拾级而上，登上樱顶可以俯瞰整个武大校园。老斋舍最有韵味的地方，是按千字文里的"天地玄黄、宇宙洪荒、日月盈久、辰宿列张"来为十六个门洞取名。从门洞里走出，会有一种从历史里走出的感觉，回头再看看已经脱去颜色的几个红底的字，仿佛那把靠在门边的椅子上正坐了个短发的女生，穿着民国学生裙装，安静地看着手里的书。

当然，武汉大学还有许多古建筑，武汉大学真是太大啦，比我们县城还大，内有纵横交错的多条街道，我们走走看看，还未走完学校一角，要去看东湖景区，只能找"凌波门"出校。

未见樱花盛开，我却收获最大，在赶往凌波门的路上路过武汉大学社会学院，"中国乡村治理研究中心"的牌子吸引着我，我便进入院内，在学院，我有幸认识了社会学博士、武汉大学社会学院副教授、硕士生导师、武汉大学中国乡村治理研究中心研究员王德福先生，他主要从事城乡社会学与政治社会学研究，长期关注"三农"问题与社会转型，目前主要研究领域为城市社区治理、都市社会与县域社会。我把我的社科类文集《林下晓拾》推荐给他，他叫办公室人员立即在京东网购买了 5 本，并打算推荐给他的学生。还把贺雪峰院长主编的《大国之基》《压舱石》《大均衡》三本书赠送给我，把乡村治理公众号"新乡土"推送给我。

从武汉大学凌波门出来便是东湖，东湖位于武汉市中心城区东部，也是国家 5A 级旅游景区、全国文明风景旅游区示范点、首批国家重点风景名胜区。东湖生态旅游风景区面积 88 平方公里，由听涛、磨山、落雁、吹笛、白马和珞洪 6 个片区组成。曾经屈原泽畔行吟，刘备磨山郊天，李白湖边放鹰；毛泽东主席 48 次视察，64 个国家的贵宾留下足迹。历史的一次次留痕，日积月累出东湖的"名湖气质"。毛泽东一生钟爱东湖，将其称为"白云黄鹤的地方"。武汉大学、华中科技大学、中国地质大学（武汉）等全国重点大学坐落在东湖湖畔，成为一道绝佳的风景线。

2016 年 12 月 28 日开通运营世界级绿道——东湖绿道，总长 101.98 公里，为国内最长 5A 级城市核心区环湖绿道。2020 年 8 月 18 日，武汉东湖风景区"东湖之眼"摩天轮正式对外开放。

我们沿武汉大学在东湖边游览一小时后，在武汉大学校内"田园咖园"二楼餐厅吃中饭。二楼餐厅装饰别致，犹如走进一家小型图书馆或阅览室，在餐厅竟有多个书架，书架摆放着不同的书籍，可见武大学习的氛围之浓。

饭后，我们在武汉大学西门口合影留念，结束武汉大学的参观，驶入"汉蔡高速"前往宜昌市。

傍晚六时入住宜昌滨江壹号酒店。

2023 年 3 月 2 日，星期四，晴转多云

宜昌是世界"水电之都"，又是国家卫生城市、全国文明城市。我虽来过两次，但每次来，宜昌都带给我不一样的感受！这次是因驴友金保老师第一次来，既然去恩施顺路，又是自驾游，为了却金保老师

"三峡梦"，大家都愿陪他再走一趟，重温一下"三峡"情。

三峡大坝是国家重点保护工程，又是 5A 级景区，进入坝区需要办理临时通行证，否则不予通行。三峡大坝离市区 30 公里。车子一进入三峡大坝专属通道就有民警和工作人员引导车辆，要求所有进坝区的车辆必须备案登记，如果由本地导游带路只需 200 元即可，如果坐景区大巴则每人 35 元，凭行驶证、驾驶证、身份证也可免费办理通行。

有句俗话说得好，"靠山吃山，靠水吃水"。由于我们是租车，无法办理通行。只好出 200 元请本地一位姓赵的女导游带路，没想到交了钱之后，我们一辆外地车竟然也一路绿灯放行！也没想到这位"山寨"导游小赵如此热情大方，既健谈又非常专业，一路上为我们介绍三峡大坝的基本情况以及进入坝区应注意的事项。

三峡大坝旅游区，位于湖北省宜昌市境内，于 1997 年正式对外开放，2007 年被国家旅游局评为首批国家 5A 级旅游景区，现拥有坛子岭园区、185 园区及截流纪念园等园区，总占地面积共 15.28 平方公里。

旅游区以世界上最大的水利枢纽工程——三峡工程为依托，全方位展示工程文化和水利文化，为游客提供集游览、科教、休闲、娱乐于一体的多功能服务，将现代工程、自然风光和人文景观有机结合，使之成为国内外友人向往的旅游胜地。

约摸半小时的车程，我们就到三峡大坝脚下通往屈原故里秭归县的国道边，赵导游把我们带上第一个观景台，这个观景台建在一个陡峭的山坡上，有三层观景平台，上去要走近 30 个台阶才能登上观景台的第一层，每层观景平台展示了不同时期的三峡大坝图片，包括三峡建设现场、三峡大坝截流、三峡大坝泄洪、三峡移民、三峡往事（三峡码头、船运、造船厂、三峡纤夫）等老图片，看着这一张张被岁月冲刷过的老图片，心中不禁涌起对国家建设三峡英明决策之肯定！对祖国建设者之赞美！对三峡人民支持祖国建设这种舍小家为大家的格局之敬佩！这个观景台设施有点儿简陋，很明显是当地私人投资建设的，上观景台参观是免费的，只是收个停车费20元而已。这里离大坝有点远，站在观景台上极目远眺，三月阴天，也许受三峡水库环境的影响，整个库区烟雨蒙蒙的，要这样远距离看清大坝显得格外吃力。我们用手机拍照更是朦朦胧胧的。如果带了专业的单反相机可能好些，现在只能这样，任凭各自的想象吧。

第二个观景台与第一个观景台之间相距不到3公里，还好楚德老师开车技术特别牛，要不然车子这样辗转翻越"山路十八弯"式陡峭的山路，搞不好会生出什么意外，我们几个坐在车内荡秋千似的前俯后仰。建议开车技术一般的驴友最好乘坐本地司机的车上山为好，出门在外，安全还是第一。到了半山腰处有一户"三峡人家"，前面有一小停车坪，我们的车停在那，然后在赵导游的引导下登上了三峡大坝所在的山顶上，沿途建有仿木水泥扶栏，在山腰的迎客松下建有八角木凉亭、在山顶上建有24根水泥仿木圆柱搭建的仿古观景长廊长达50米，山路两边种满了薰衣草和许多不知名的花草，安装了黑色仿古的路灯，攀上山顶，不论是站在八角亭内还是长廊里，三峡大坝近在咫尺，那大坝上一排排红色的泄洪升降机犹如一个个红色的钢铁战士清晰可见，屈原故里秭归县因与三峡隔水相望也依稀可见；站在那，三月的暖风伴随着满山的油菜花香徐徐吹来，三峡美景尽收眼底，着实让人心旷神怡，心花怒放！我们张开双臂尽情地拥抱着三峡风情，手机不停地拍摄着三峡大坝的全景。比我前两次随旅游团参观三峡大坝效果还好。

在回程中，大家都感到收获满满，都说三峡自驾游要比跟旅游团参观强多了，既经济又实惠，既圆了金保老师的"三峡"梦，也让我们感受了三峡导游的热情。

2023 年 3 月 3 日，星期五，晴

恩施是世界"硒都"，旅游是恩施的支柱产业，绿色发展的根本，所有公共设施都是围绕旅游服务的。这里是我们本次旅行第四站，也是本次旅行的重要目的地。

早晨，我们 6 点半起床，7 点早餐，7 点半在大厅集合乘上旅游大巴在美女导游蔡小玲的带领下前往恩施大峡谷（包含七星寨和云龙地缝两个 5A 景区）。

一上车，蔡导游便自我介绍，她说她是苗族，少数民族有很多习俗，女生只能叫"幺妹"或"阿妹"，不能叫小姐，奶奶叫"么婆"，男生一般叫"阿哥"。然后为我们交代旅游注意事项，5 天 4 晚的行程与景点介绍。

恩施处于北纬 30 度，百慕大三角、金字塔也处于这个纬度。恩施大峡谷全长 108 公里，目前只开发不到 10 公里，"不去想死人，去了累死人"，位于湘、渝、鄂三省交界处，国家 5A 级旅游景区，是清江流域美丽的一段，被誉为全球美丽的大峡谷之一，万米绝壁画廊、千丈飞瀑流芳、百座独峰矗立、十里深壑幽长，雄奇秀美的世界地质奇观，与美国科罗拉多大峡谷不分伯仲。2004 年 8 月，中法联合探险队来到恩施，在崇山峻岭之中，意外地发现了一条大峡谷，命名为"恩施大峡谷"。这里是"东方情人节——土家浪漫女儿会"的发源地之一，这里是中国大峡谷实景音乐剧《龙船调》的所在地，这里被誉为"世界地质奇观东方科罗拉多"！

恩施大峡谷包括七星寨和云龙地缝两大核心景区，国家 5A 级旅游景区、国家地质公园，应该是恩施旅游最核心最经典最著名的景点。

七星寨景区是恩施大峡谷两大核心景区之一，去恩施大峡谷玩一定要去这个七星寨景区，而且还是必经之地。七星寨原名"七惊寨"。是由小楼门、中楼门、大楼门、刹流洞、草皮千、鸡公岭、东云庙七个惊险的寨门组成。每处寨门都是一夫当关万夫莫开之势。是以前山

里的小皇帝（黑土司）派人修建而成。因在平面分布上形似北斗七星，故名为"七星寨"。虽然名为寨，这里却不是传统意义上的山寨、村寨，而是一座山峰林立、怪石嶙峋的奇妙自然世界。尤其是那修建在绝壁上的栈道，人站在长达1750米的绝壁栈道上看山景、云海、奇石等，让人感觉满眼都是悬崖绝壁，千仞孤峰，云海流动，仿佛置身云端，还有就是栈道本身的险峻，感觉非常刺激，非常害怕，非常有挑战性。

七星寨中许多山石都被赋予了形象而生动的名字。"一炷香"便是其中之一，也是景区中最著名的地标性景观。整个山体高150余米，而最细处直径只有4米，而且呈上大下小的模样，完全违背了力学原理。即便如此，它依然风吹雨打丝毫不动，就这样伫立了千万年 ，也是最火的网红打卡地之一。在这里，拍照留影的人络绎不绝，要耐心排好长的队才行。

也许有人会问为何一定要去七星寨景区？如果你想见识什么是真正大自然的鬼斧神工，这个地方会告诉你答案。在七星寨观景平台上立有"此生必驾318——恩施大峡谷"的站牌。对于自驾驴友来说，驱车在其中，眼前有峡谷深渊、溶洞飞瀑，有巨石林立、峭壁飞崖，景色各异且不断变换，一路走来，绝对是一段非常新鲜神奇难忘的经历。

云龙地缝被誉为"世界上最美丽的伤痕"，是恩施大峡谷两大核心景区之一，景区面积11.3平方千米，海拔600至800米。景区主要地貌景观类型有地缝、瀑布、深潭、溶洞、地下暗河、象形石、地质剖面。云龙地缝，平面呈"之"字形，近南北向展布，全长3.6千米，平均深达75米，平均宽度15米，河谷深邃，岸壁陡直，飞瀑狂泻、缝底流水潺潺，上通天水暗河，下连莽莽清江。地缝上共有7条半瀑布（有一条瀑布叫"半流瀑"，丰水期有，枯水期无，故称半条瀑布）有"十里百丈绝壁"之称，是云龙地缝景区的主体观光区域。云龙地缝两壁陡直，近于平行，上下宽窄基本一致，断面呈"U"字形，极为罕见，具有稀缺性、独特性。

云龙地缝是来恩施的必玩景点之一。作为世界上唯一的地缝—天坑—岩柱群同时并存的复合型喀斯特地貌"天然博物馆"，其风景之秀美、景观之丰富，可与美国科罗拉多大峡谷媲美。

云龙地缝因云龙河而得名，据中国地质大学实地考证，这是世界上两岸不同地质年代的地缝。右岸为1.8亿至2.3亿年前形成的三叠纪地层，左岸是2.5亿至2.8亿年前形成的二叠纪地层。原因是：在早期地壳变动中由于断裂作用，使三叠纪地层与二叠纪地层呈断层接触，后经过山地抬升和水流沿断裂薄弱带长期下切、侵蚀，而形成深谷地缝。早期的云龙河以暗河的形式沉睡于地下千万年，由于约50万年前暗河顶部坍塌，地缝才得以面世，成为大峡谷的一大地质奇观！沿着镶在悬崖峭壁之上的栈道向下穿行，只见两侧绝壁兀立，耳边传来阵阵震耳欲聋的瀑布声，令人震撼而神怡。

斑驳迷离的喀斯特象形石和形态各异的瀑布群，为云龙地缝景区带来了一道又一道绝美神奇的景观，让人不得不感慨大自然的鬼斧神工、魅力所在。

游览完恩施大峡谷两个核心景区足足耗费五个多小时，还是走马观花，仍觉意犹未尽，依依不舍。不过，也的确应验了蔡导游所说的那句"不去想死人，去了累死人"。我们驴友团中有两个老师看完七星寨后，因大腿吃不消，云龙地缝只游览不到一半就折回休息，如此人间绝景，跨越千里来一趟，没看完多少有点遗憾啊！看来旅游这门子事，不仅仅是裤兜里有几个臭钱，还需好的身体才行。

"此生必驾318，恩施大峡谷"，如果有第二次自驾游，我们还会选择恩施。

2023年3月4日，星期六，晴

今天是在恩施旅游第二天，早7点40从一相红酒店出发前往"清江大峡谷"。

清江大峡谷又称恩施"野三峡"，野三峡景区以清江大峡谷的景阳河段及清江支流野三峡下游为核心景区，分为建始直立人遗址、野三峡清江大峡谷、黄鹤桥峰林、龙湾 4 个游览区和小西湖国际休闲度假中心。其中，清江大峡谷属全国罕见的原生态风貌保存最完美的河谷，景阳河是八百里清江最美河段，黄鹤桥属岩溶地区最秀美的峰林地貌，小西湖则是一块避暑、休闲、度假胜地。

旅游大巴驶入恩施 G50 高速，该高速 2009 年竣工通车，因武陵山区地形复杂，G50 主要以桥和隧道为主，被誉为中国"桥隧博物馆"。

"妹娃要过河，是哪个来推我嘛！"悠悠龙船调，浓浓清江情。这首名列"世界民歌"之一的《龙船调》，将"妹娃要过河"的"河"——清江，唱红了世界。

清江被称为恩施土家族的母亲河，全长八百里，有"仙境岂止天上有，人间清江胜银河"的美誉。泛舟清江河面，宛如一幅山水画与自然融为一体。

船在清江行，人在画中游，两岸的青山、峡谷、吊脚楼、野三峡人家在游人间穿行，变换着不同的颜色。驾船的师傅在九叠泉瀑布峡逗留，在千丈万丈的岩缝中瀑布倾泻而下；沿途睡佛、红花峡、千瀑峡、峡谷两岸峰峦入画，石峰雄奇，绝壁林泉，瀑布飘逸（枯水季节无瀑布），更有两岸的吊脚楼群和土家田园掩映在青山碧水之间，风景迷人，风情醉人。沿途欣赏清江中上游风光，丽水清江的千层岩、红花淌峰林、五花寨、景阳大峡谷等美景。

游船停靠在蝴蝶崖景区。

游船返航时，船上的员工端着当地的土特产土家跑山鸡让游客免品尝，手里还提着两袋包装精美的土鸡熟食品。我试吃了芝麻辣味和普通盐味的土鸡，香香脆脆的，开袋即食，既是休闲食品，又可当下酒菜，我便买了两袋炒鸡不用油的"老农夫"牌土家跑山鸡。

　　中午在小西湖国际休闲度假中心"土苗农庄"吃"清江巴王宴"。

　　下午参观恩施土家"女儿城"，这里是"世间男子不二心，天下女儿第一城"！这里美女如云，飘逸在古城内各个角落，她们载歌载舞，热情大方，让你感受那特有的"东方情人节"；这里有一条相亲长廊，挂满了情人、恋人的美好愿望；这里的吊脚楼上有美丽动人苗家姑娘在等你前往；这里是相亲之都，浪漫之都，梦想之城，恋爱之城；这里是女儿的盛会，一年一度的土家女儿会(阴历七月十二日)，是传统的"女儿会"吉日，女儿会是恩施土家族具有代表性的区域民族传统节日之一，是一种独特而新奇的节俗文化。起源于恩施州红土乡石灰窑、大山顶一带，如今已发展成全州性的民族节日。女儿月半"赶场"，犹抱琵琶半遮面，假借购物选郎君，对唱山歌诉情怀，西兰卡普送情郎。土家汉子粗犷豪爽，丰收之夜抡起臂膀擂大鼓，跳起欢快的摆手舞。淳朴善良的土家人蒸好了蓑衣饭，斟满了苞谷酒欢迎远方的客人来。

　　女儿城是一个美食之城，还是一个娱乐之城。城内有一条美食小吃街，城口一块雕刻着土家"女儿城"字样的巨型石头矗立在古城街的中央，大家争先恐后在那拍照留念。"清江旅拍"前挂满了各色各样少数民族服饰，许多年轻貌美的游客在排队装扮，试穿着自己喜爱的衣服。

　　最有趣有味好玩的还是晚上在"巴乡古寨"吃的那顿晚饭，让我们品尝了具有恩施特色的"土家吊锅鱼""摔碗酒"和"篝火晚会。"

　　出于好奇、好玩、开心，我和楚德老师一起和土家姑娘喝起了"摔碗酒"，唱起了"摔碗歌"，三五个穿着民族特色服装的土家姑娘，一边唱着摔碗酒歌，一边喝酒，喝一碗，朝地上摔碎一只碗……从未感受过这样的风俗，从未感受这样的场景，旁边的旅客也来鼓掌吆喝助兴，喝个高兴，摔个快乐……

　　恩施土家族的摔碗酒，很多人见识过也摔过几回碗，却无法参透其中奥妙，颇有趣味。想想吧，您被邀请去一个筵席上做客，宾主相见甚欢，大家推杯换盏，长幼尊卑有序，怎料一阵猛烈的砸碗声，尖锐的瓷片四处乱飞。

传说摔碗酒起源于周朝。按本地的讲法，与土家族的英雄先人巴蔓子有关，当年巴蔓子将军因国内有难，去楚国搬救兵，楚国要求巴国给三座城。楚兵解救巴国后，巴蔓子不忍割让国家城池，割下自己的头换取城池。"将吾头往谢之，城不可得也！"在割头之前，喝酒后摔碎碗，再拔剑自刎。后人为纪念他，摔些酒碗学他的豪气，学他的舍生取义，学他的决绝笃诚。

摔碗也有讲究，最潇洒的摔碗者，当然是喝净后，亮底，三个指头拈着碗，轻轻从头顶往后扔过去，一个漂亮弧线，碗自由落体，自然解体，四分五裂，酒与人的魅力也到了巅峰。如碗砸地，还是整碗，按当地的规矩这要罚酒三杯，再砸三个碗。

在恩施"摔碗酒"也叫"biang当酒"。三五好友碰上了，说，走，喝biang当酒去！矮桌子，柳木椅，冒辣泡的腊蹄子火锅，少不了合渣、蕨粑、熏干子、腊肉等。楚之蛮，巴之雄，野风烈土，敢作敢为。如今也只有像恩施这种外界少扰的地方才能摔这个碗了。

酒足饭饱之后，在巴乡古寨广场，燃起了一堆篝火，热情好客的土家姑娘又手拉着手，牵着来自全国四面八方的游客，围着篝火跳起了秧歌舞，原先只在电视屏幕上看过，想不到如今身临其境，乐在其中。我们几个虽是跳舞的生手，却也陶醉在欢乐的民族舞之中……

2023年3月5日，星期日，晴

上午第一站参观恩施中缅楚韵壁源文化中心（中缅资源互换交易中心）。

玉是中国人手中的宝，更是心中的魂。金银有价玉渡有缘，自古有"玉不去身"的说法。这种独特的文化现象，让"黄金有价玉无价"

的思想根深蒂固，源远流长。

在华夏文明史上，玉石文化无处不见，"君子以佩玉为美""金玉满堂""金口玉言""冰清玉洁""宁为玉碎不为瓦全"等佳句名诗，都体现玉在人们文化生活中的地位。

第二站参观中国硒港，世界硒都。清华大学深圳研究生院教学与社会实践基地在恩施落户。

下午参观梭布垭石林，由陈功志导游负责陪同讲解。"海枯石烂梭布垭，天荒地老山海泾"，梭布垭石林是国家 4A 级旅游景区，位于湖北省恩施西北部 48 公里的太阳河乡境内，石林原为奥陶纪古海，经海水冲刷形成的溶纹景观全国罕见，可与云南石林有得一比，景区总面积 21 平方公里，平均海拔 900 米，整个石林外形像一只巨大的葫芦，四周翠屏环绕，群峰竞秀。

梭布垭石林拥有大小共 100 多个经典的自然景观，景区内峰群错落，怪石丛生，峡径地缝，溶洞天堑，水通暗流，四季影仙踪，化石壁挂说风月，幺妹喊歌愫情郎。在梭布垭，每一处景观都有一个美丽的故事，像一本天书，讲述着地球的演变、人类的形成。地质年代的风云变幻，历历在目。走进梭布垭石林，就走进了一个海底世界，走进了一个海底迷宫。听导游讲著名作家莫言穿越此景，挥笔写下了"万卷古书"。其中网红打卡点"犀牛沟318"最为火爆。开放的有莲花寨、犀牛沟、山海泾、九龙汇等几大景区，每个景区各具特色，景区内独特的"溶纹""戴冠"景观，是一大亮点，狭缝秘境、化石古迹随处可见，堪称一座远古地质博物馆。

莲花寨是梭布垭风景区景观最好、景点最集中的景区，不仅生长有千姿百态、惟妙惟肖的象形石，还因为溶沟的纵横交错，形成魔幻般的石林迷宫。极目望去，层层岩石如朵朵莲花，景区因此而得名。这里的主要景点有铁甲寨、独行峡、散屏、犀牛沟318网红打卡点、傩公山、群蛙啸天、九里石屏、巴王椅、磐石、点将台、白虎含珠、巴人穴、白蛇吐箭、南天门、笋子淌、坐井观天、鳄鱼淌、猪八戒、蝙蝠石，使人目不暇接。

山海泾以"元宇宙"文化与科技融合概念为发展核心，以线上虚拟世界与线下沉浸式现场体验互融为方式，利用高科技的人机互动、全息投影、虚拟仿真、5D球幕等现代化技术为基础和载体创造一个虚实相融的数字化景区，向游客全方位展现60亿年的宇宙万象、5亿年的生物进化的洪荒秘境，沧海桑田，一同探索大自然的奥秘，追寻人类文明。"世界上所有的谜团，似乎都可以在山海泾找到答案。"

九龙汇景区内九龙瀑帘倾百尺，"点点溅湿嫦娥衣，潭潭下有扶桑府。"其源头至今无从考证，似黄河之水天上来。潭水清澈见底，得九龙飞瀑灌注，水晶溅洒，沾衣得福，潭水一年四季不满不溢，通过地下暗河流到了磨子沟景区的响水洞。传说两大景区由于青龙穿山而过留下了暗河相连，现已证实。相传此处是九龙洗去凡尘，飞升仙界之所。

在恩施州游客集散中心"郑家大院"吃完晚饭后已到晚7点，旅游大巴把我们送回一相红酒店。我们不上楼就驾车赶往"恩施土司城"，因明早8点，我们将启程返莲，想趁着夜色去恩施土司城看看。

土司城离一相红大酒店仅4.7公里，我们驱车前往，夜晚的恩施更美，沿途路灯、彩灯、霓虹灯……装点着这个年轻而美丽的自治州。

恩施土司城坐落在湖北省恩施土家族苗族自治州恩施市西北，小地名叫土司路的地方，距市政府所在地500米。属全国唯一一座规模最大、工程最宏伟、风格最独特、景观最亮丽的土家族地区土司文化标志性工程。

土司城包括门楼、侗族风雨桥、廪君祠、校场、土家族民居、土司王宫——九进堂、城墙、钟楼、鼓楼、百花园、白虎雕像、卧虎铁桥、听涛茶楼、民族艺苑等30余个景点。全国人大常委会副委员长、著名社会学家费孝通先生题写"恩施土司城"。

恩施土司城始建于 1998 年，占地 215 亩，2002 年正式对外开放，2008 年成功创建国家 4A 级景区，逐渐成为恩施州"土（司城）—大（峡谷）—腾（龙洞）"旅游黄金线路上的一颗璀璨明珠。

只可惜我们到土司城时，已是晚 8 点半，该景区也已关门，我们只能把车停靠门口，趁着夜色到景区内左侧市政府招待所逛了一圈便打道回酒店，留下"恩施土司城"和"地心谷大峡谷"两个 4A 景区期待着再来。

2023 年 3 月 6 日，星期一，晴转多云

从恩施回萍乡全程 726 公里。

一上车，老楚事先开好音乐，我依然坐在前排，负责导航。

小车在 G50 沪渝高速疾速奔驰，也许是这个星期在恩施旅游的劳累，大家在王杰的《一场游戏一场梦》旋律中进入梦乡，有的甚至打起了呼噜……只有老楚目不转睛地驾驶着小车，时而转转身子与脚，时而点燃香烟提神，不敢有丝毫的懈怠！这次跨省长途自驾旅行，最辛苦的应该算是楚老兄。

到岳阳已近下午 2 时，可当我们踏进岳阳"网网有鱼"餐馆时，这里的厨师依然在忙个不停，可见全国各地来岳阳楼游览者还真的不少。到了洞庭湖，自然要吃洞庭湖鱼，可老板却说现在是洞庭湖休渔期，他们酒店的鱼跟洞庭湖的鱼的口味差不多。于是，我们便点了一条 6 斤以上的大鲤鱼和几个小菜庆祝一下此次欢乐之行。

餐后大家徒步 1 公里至岳阳楼正门，岳阳楼为江南三大名楼之一，门楼坐北朝南，中间牌坊上写有蓝底金色"巴陵胜状"四个大字，两根柱上是一副黑底金色"洞庭天下水，岳阳天下楼"的对联。

《岳阳楼记》是北宋文学家范仲淹于庆历六年九月十五日（1046 年 10 月 17 日）应好友巴陵郡太守滕子京之请为重修岳阳楼而创作的一篇散文。这篇文章通过描写岳阳楼的景色，以及阴雨和晴朗时带给

人的不同感受，揭示了"不以物喜，不以己悲"的古仁人之心，也表达了自己"先天下之忧而忧，后天下之乐而乐"的爱国爱民情怀。文章超越了单纯写山水楼观的狭境，将自然界的晦明变化、风雨阴晴和"迁客骚人"的"览物之情"结合起来写，从而将全文的重心放到了纵议政治理想方面，升华了文章的境界。全文记叙、写景、抒情、议论融为一体，动静相生，明暗相衬，文辞简约，音节和谐，用排偶章法作景物对比，成为杂记中的创新。

因"坛楚留香"驴友们都是故地重游，故在岳阳楼大门口一起合影留念，结束本次欢乐之旅。

北京五日

2023 年 3 月 15 日，星期三，晴

这次去北京参加 2022 年中国散文年会，其实更多的理由是想去看看从莲花山沟沟里走出的"金凤凰"——"北漂人"陈维东。他是我多年的好兄弟，也是中国当代著名的青年词作家。

说起陈维东，莲花人应该都认识他，他一个计算机专业大学生，毕业后在县电视台作播音员兼记者，偶尔也为一些单位设计网站。那时，别看他是一个刚毕业、刚走上工作岗位、刚踏入社会的小伙子，别看他个头不高，还戴了副近视眼镜，可他却是一个十分有独特眼光、独特见解，十分励志，非常阳光之热血青年，他很想在县电视台这个平台大展宏图，提出过一整套行之有效的改革方案。可山沟沟的莲花人墨守成规，因循守旧，再加上小城生活、工作之现实与残酷，让他最终还是选择离开莲花这个山区小城，走上了"北漂"之路。

我是 2006 年在神泉乡任职时认识陈维东的，那时，为了加大对外宣传力度，乡里急需建立一个政府网站，可身边的人都对此比较陌生。我的师范好友陈柏安说他有一个小弟是计算机的专业会做，就这样，在陈维东的帮助下，创建了"神泉乡政府网"，在当时应是全县乡镇第一个政府门户网站。

陈维东，他一个人独自"北漂"，该要有破釜沉舟的勇气与胆量，该要付出多大的艰辛与努力！"是金子总会发光，是花朵都会芬芳！"经过十多年的磨炼与打拼，陈维东终于像变魔法般实现了华丽转身，成为中国著名的青年词人、编剧，中国音协会员，中国文艺志愿者协

会会员、中国音乐文学学会常务理事，江西省"四个一批"人才，《词刊》特约编辑。中国文联文艺研修班中青十一期高研班、中国音协第三期全国优秀青年词曲作家高研班、中国音协第一期全国优秀青年词曲作家特别培训班结业。先后受邀为央视"艺术人生""文化视点""音乐公开课"节目嘉宾。自 2014 年起，参与国务院参事室主办的国家音乐文化工程《百年乐府》编撰工作。近年来，连续受国家文旅部、中国文联、中央电视台之邀为全国重大文艺活动创作作品。《美丽中国走起来》《五星红旗》《最美的约定》等多首作品入选"央视春晚""百花迎春""天安门国庆 70 周年大联欢""全国政协新春茶话会""全国脱贫攻坚总结表彰大会"文旅部"抒情新时代"音乐会等演出和重大活动，为第十四届全运会创作了会歌《追着未来出发》。歌剧剧本《西施与范蠡》、音乐专辑《追梦新时代》等 16 个项目入选国家艺术基金和中国文联创作扶持项目，《最美中国人》等两部作品入选中宣部"中国梦"展播，其他主要作品有：歌剧《扶贫路上》（合作作词）、音乐纪实剧《家园》（编剧、作词）、音乐情景剧《寸心许山河》（编剧、作词）等。

一个从山沟沟莲花县走出的"北漂人"，在北京奋斗十几年，而今有了自己的车子、房子，还有他为之骄傲的事业——艺术人生！在我的心目中，陈维东应该是一位成功的"北漂人"！对"莲花骄子"陈维东在首都北京华丽转身，尤其是他写的歌走进了"央视春晚""天安门国庆 70 周年大联欢"等演出和重大活动，并多次接受央视记者采访；他写的《美丽中国走起来》《五星红旗》等歌曲已唱响大江南北，他的名气也越来越大，全国各地邀请他组团去采风写歌的络绎不绝，可他却十分低调，谦虚，一点儿也没大咖的派头，整天一个双肩背包挤公交、地铁上下班，出差也是一个背包，说走就走，奔走于全国各地的演出、论坛、采风……的确让人感到由衷的敬佩！

可不论怎么忙，我每次去北京，陈维东却总是抽空全程作陪，令人感动不已。记得第一次我来北京住广州酒店，他从通州跑过来陪我，我说清华北大我没去过，很想去感受中国高等学府之风采，他专程陪我参观清华、北京大学和圆明园；第二次我在王府井国家红十字会培训，他利用周末陪我参观了"恭王府"；这一次是第三次，他开车到北京西站接我，到他北京的复式楼新家居住，安排我观看第二天在北京欢乐谷华侨城大剧院举办的《大地回声》中国文联文艺助力乡村振兴原创歌曲专场音乐会，他写的《日出东方》将作为本场音乐会的压轴节目，并将接受央视记者的现场采访。这一次在北京，我又一次感受到了陈维东的热情，陈维东计划挤出时间陪我在北京玩两天。3月17日，他又将赶赴海南参会。

2023 年 3 月 16 日，星期四，晴

早上 5 点半，陈维东就叫醒我起床洗漱。他说："北京限号出行，我的车子是双号，今天只能早点出去挤公交，要不会迟到的。"

我俩从九里香堤小区出来，在对面小区的早餐店吃过早点后打的赶到诸葛店公交站，排队乘 815 快无人售票公交至郎家园站。早 8:45 在郎家园公交站下，再坐地铁 1 号线在天安门东下，过地下通道到中国国家博物馆排队。一路上感受着北京公交的方便、快捷、便宜；感受着只要有手机，只要开通了支付宝和微信服务，便可一机走天下，改变了过去要购买"公交卡""地铁卡"的历史，也改变了本地与外地人的身份，有了"来了北京，便是北京人"之感觉。

北京，天安门广场，我虽来过多次，但国家博物馆还是第一次去。陈维东说："我已在网上帮你预约了参观的门票，够你看一整天也看不完看不够。中午，我订了在新华门过去的龙人居吃鱼，你看到 12 点就准时出来，在我们刚下车的地方坐 1 号线过去！"天安门正对面是人民英雄纪念碑和毛泽东纪念堂，右侧是人民大会堂，左侧便是国家博物馆。入口早已排起了三四排弯曲长龙似的队伍。我独自一人跟着前进，

过了大厅安检，又经过全身安全检查，才进入馆内，博物馆分上下四层，我参观了《复兴之路》《屹立东方》《和合共生——故宫·国博文物联展》《薪火赓续——罗伯昭捐赠展》《宋元海丝宴——中国古代饮食文化展》《人格的力量——中国共产党的家国情怀》《智慧之光——中医药文化展》《盛世修典——中国历代绘画成果展》等十个展馆。

中午在天安门广场附近龙人居（二七剧场店）川菜馆吃四川的特色菜——水煮鱼。

下午 3 时，我们在二七剧场步行至 1 号线转 2 号线磁器口站下再转 5 号线再转 7 号线欢乐谷站下，到了北京欢乐谷华侨城大剧院门口。剧院的服务员热情接待了我们，因为陈维东写的《日出东方》是今晚的压台戏，陈维东作为本场《大地回声》原创音乐会的受邀嘉宾，主办方送了 10 多张票给他。陈维东给了我一张 7 排 4 号座位，我凭票也进入了剧场。服务员安排我们在剧场大厅的贵宾室等候，告诉陈维东今晚在演出前要接受央视记者采访。

晚上 18：30 陈维东接受央视记者采访，在华侨城大剧院二楼有幸认识了《长大后我就成了你》的词作者宋青山老师。

19：30 在北京欢乐谷华侨城大剧院观看《大地回声》中国文联文艺助力乡村振兴原创歌曲专场演出。

这是我第一次在首都北京听原创歌曲专场音乐会。整场演出分三大篇章。第一篇章：向着幸福出发，由云朵、周笔畅、胡夏和单依纯、李玉刚分别演唱《足迹》《又见青苍》《月亮舞台》《阿里郎回家乡》；第二篇章：谱写奋斗之歌，由昌继宏、乌兰图雅、汪正正、李丹阳、师鹏分别演唱《山高水长》《你好老区》《春晖灿烂》《一路阳光》《要是你还在》；第三篇章：携手开创未来，由郁可唯、降央卓玛、张赫宣、周深、王传越和龚爽分别演唱《情满山水间》《一步千年》《星火沐春风》《绽放的笑容》《日出东方》。

其中江西省吉安市井冈山市选送的由王晓玲作词、李凯稠作曲的

《你好，老区》，河南省开封市兰考县选送的《要是你还在》，黑龙江佳木斯市抚远市选送的由陈维东作词、杨一博作曲的《日出东方》给我留下了深刻印象，这些省市分管宣传的部长或副部长都非常用心、用情、用力，借助央视这个平台竭尽全力地推介本地的优势、本地名优特产、旅游资源，吸引世界客商投资兴业。

这是我第一次在首都北京观看的一场专场音乐会，没想到竟然零距离见到了云朵、周笔畅、乌兰图雅、胡夏、李丹阳、降央卓玛、王传越、龚爽等20多位平日里只能在电视上观看的著名歌唱家艺术家。陈维东跟她（他）们都比较熟，很随意地相互打招呼，交流交谈。因为拍照的缘故，我有幸认识了著名的词作家宋青山老师，宋老师写的由宋祖英演唱的《长大后我就成了你》那首歌激励着一代又一代人健康成长。

这是我第一次在首都北京走进央视现场直播，其实直播现场布置也挺简陋，关键是音像、录音、制作比较专业。在现场，不论采访谁，这些歌唱家、作词作曲家讲话的声音特别随和，一点儿也不拘谨，一点儿也不做作，都是信手拈来，都把自己采风创作的一些最初想法很流畅地表达出来，都是一次采录成功。没有平日里在电视上看到的那样前呼后拥的好大排场。这次在北京华侨城大剧院的二楼现场直播的现场，让我似乎也学了很多，感悟了不少。

2023年3月17日，星期五，晴转多云

今天陈维东要去海南参会，我也要去"2022中国散文年会"举办的酒店报到。

早晨7点，早餐后，陈维东把昨晚他做好的至海淀区辰茂鸿翔酒店行程攻略发给我，然后开车送我至诸葛店819公交站等车。我们就此话别。我按陈维东的攻略（坐819至潞城地铁站下车，进6号线洛城地铁站，到平安里地铁站换乘19号线，牡丹园站F口出，步行937

米至酒店）出发。

到辰茂鸿翔酒店差不多上午 10 点，酒店大堂立起了"2022 年中国散文年会"签到处，办理完签到手续入住酒店。

下午是自由活动时间，考虑 3 月 19 日中午返程，我决定熟悉一下到北京西站的线路，时间宽裕的话再去"圆明园"游览一次。于是，我又从辰茂鸿翔酒店步行 937 米至牡丹园地铁站乘 19 号线，至平安里换乘 4 号线，至菜市口站再换乘 7 号线至北京西站，全程 1 小时。再从北京西站乘 6 号线至平安里换乘 19 号线至牡丹园站回到酒店。

下午 2 时 30 分，从志新桥南公交站坐 508 公交至圆明园公园站。途经北大、北京语言大学、中国科技大学、中国地质大学，清华大学西门。没上过真正大学的我真可怜啊，不知你是否有这样的感觉：路过大学门时总是想探头看看这高校内是怎样。

去圆明园遗址公园，也可乘坐地铁 4 号线到圆明园站出 B 口便到了。

圆明园，中国清代大型皇家园林，位于北京市海淀区清华西路 28 号，占地 350 多公顷，其中水面面积约 140 公顷，由圆明园、绮春园、长春园组成，而以圆明园最大，故统称圆明园（亦称圆明三园）。圆明园不仅汇集了江南若干名园胜景，还移植了西方园林建筑，集当时古今中外造园艺术之大成。堪称人类文化的宝库之一，是当时世界上最大的一座博物馆。

康熙末年和雍正年间，圆明园开始兴建。清雍正二年（1724 年），圆明园的扩建工程正式开始。乾隆帝继位后，在圆明园内调整了园林的景观，增添了建筑组群。1860 年，英法侵略者纵火焚烧圆明园，圆明园及附近的清漪园、静明园、静宜园、畅春园及海淀镇均被烧。清光绪二十六年（1900 年），八国联军侵占北京，圆明园的建筑和古树名木遭到彻底毁灭。清朝灭亡后，圆明园的遗物又长期遭到官僚、军阀、奸商巧取豪夺。1949 年后，中国政府对圆明园开始了保护整修工作。

　　圆明园大量仿建了中国各地特别是江南的许多名园胜景，其主要建筑类型包括殿、堂、亭、台、楼、阁、榭、廊、轩、斋、房、舫、馆、厅、桥、闸、墙、塔，以及寺庙、道观、村居、街市等，建筑平面布局共有 38 种。圆明园的园林造景多以水为主题，部分建筑包含大量宗教元素。

　　1979 年，圆明园遗址被列为北京市重点文物保护单位。1988 年 1月 13 日，圆明园遗址被国务院公布为第三批全国重点文物保护单位之一。2019 年 12 月 31 日，北京市海淀区圆明园景区被文化和旅游部评定为国家 5A 级旅游景区。

　　圆明园遗址公园，我共来过三次，虽没什么看头，看了只能增加对当时清政府腐败无能的仇恨，对八国联军惨无人道破坏我中华灿烂之文化、盗抢国宝的仇恨！但每次来北京，我都不由自主地想来看看，这个遗址公园也值得让每一个中国人都去看看，看看八国联军在中国犯下的滔天罪行，看到园内残垣断壁，无人不愤慨！同时时刻提醒着我们，告诉每一个中华儿女勿忘国耻，牢记历史，不忘初心，牢记使命！只有国家强大，人民才能太平！唯有国家强大，唯有国防强大，唯有军队强大，祖国才会太平！

　　2023 年 3 月 18 日，星期六，晴

　　今天在北京辰茂鸿翔酒店三楼参加由《海外文摘》杂志社、《散文选刊》（下半月）杂志社主办的"2022 年度中国散文年会"。

　　这是我第一次参加这样高规格的文学盛宴。年会有幸邀请中国著名作家梁晓声、刘醒龙、王宗仁、冯时、刘庆邦、原野、乔叶、李晓东、王子君、王晓君等 50 位文学界大家参加；《人民日报》《文艺报》《光明日报》《中华读书报》、新华网、央视网、人民网、中国作家网、北京电视台等主要媒体记者参会；来自全国各地 158 名作家齐聚北京，

交流散文写作心得。年会议程人性化、艺术化编排，让作家们置身于文学艺术的殿堂，如痴如醉：开场曲由卢沫言表演低音提琴独奏曲《Elegy No.1 in D Major》；由晏积瑄朗诵梁晓声获奖作品《我的成长的烦恼》；由杨青与卢沫言表演小提琴加低音提琴协奏《辛德勒的名单》；白雪演唱蒋建伟《把我交给你》；年会播放了"2007—2022"中国散文年会纪录片，安排了梁晓声、刘醒龙、刘庆邦等8位"名家讲座"，晚上举办了"2022年中国散文朗诵会"。

这是我第一次在北京参加年度中国散文作品评选颁奖典礼。拙作《我的祖母》在"2022年度中国散文年会"作品评选活动中荣获二等奖，并非常荣幸地和中国著名作家梁晓声、刘醒龙、俞胜、何正良等同年同台领奖！虽不是一等奖，但也是我写作生涯的最高荣誉，这是我未曾想到的。正如梁晓声老师所言"本次获奖的作家的作品及证书有一定的含金量"。

这是我第一次与这么多中国著名作家零距离接触。梁晓声老师已是74岁高龄的老作家，白发苍苍，面色红润。他并患有严重高血压疾病，还是从北京昌平坐车一个多小时来到年会会议中心。全国各地的作家见之非常兴奋，争着排队要与梁老师签名，合影留念。梁老师却来者不拒，一一签名、合影，没有一点儿架子。我看过梁老师编剧的电视剧《人世间》，也在莲花新华书店买了梁老师那套荣获茅盾文学奖的《人世间》，今天能近距离接触目睹大师之风采，也和大家一样绝不放过与之签名合影的机会。我拿出那本红色"风华正茂"笔记本，挤到梁老师旁边，打着拱手，"梁老师，您好！我是江西莲花刘晓林，久仰大名，拜请老师帮我签名！"梁老师看了看我，便拿起签名笔写下了"梁晓声2023.3.18.北京"三行黑色的行草字。我如获至宝，捧着笔记本挤出了排队等待梁老师签名的作家群。然后又见缝插针地与鲍吉尔·原野、黄风、蒋建伟、黄艳秋老师合影留念。

本次年会最大的收获是近距离地聆听了梁晓声、刘醒龙、王宗仁、冯时、刘庆邦等著名作家的精彩讲座！

每一篇散文的背后，都有一段刻骨铭心的故事。著名作家梁晓声谈及获奖散文《我的成长的烦恼》说："你再怎么写的时候，心中一定要明确，我写的不是我自己，我要让读者看的也不是'我'，他一定是我最终要出现的笔下的人物。前面不论写'我'在干什么，这都是在让读者代入进来。当我笔下一定要写的人物出现在纸上，就要用最好、最准确的文字，要把对这个人物最好的记忆认认真真地写下来。我个人觉得，看我们《散文选刊》的时候，凡是好的散文作品，这一点，作者在写作的时候都是相当地、本能地明确。比如朱自清散文《背影》中，'我'到哪去了，'我'坐什么样的车，'我'下来多么地累，这些都是铺垫，都是交代。当笔下要写的人物出现的时候，重点顷刻转移，那才是最重要的。而我给大家的'建议'——差不多也是'问题'——我们在写散文的时候，那种希望别人'通过读自己一篇散文，最多最大程度了解我这个人'的意识太强。明明是写他者、写对方，但是从一起笔的时候就变成了：我是要通过写他者来写一篇关于我自己的散文，我是要通过写他者来吸引别人看我这篇散文，通过看我这篇散文了解我。这是两种不同的东西。所以有时候，一看到作者有这种意识，我基本上觉得这篇散文到最后不见得写得好。"

在谈到散文怎么写方面，他主要从概念上来谈散文，他讲了散文与随笔、杂文、报告文学与人物传记之间的关系，与古代诗词的相应关系，讲了散文是具有温度的文字，散文作为文学回应人们的现实需求，写散文的作家应该不在乎是否获奖，不在乎是否发表等。

刘醒龙老师的获奖作品《两棵树上，一棵树下》是一篇呈现 1998 年湖北长江抗洪抢险的力作，作家回忆起那一段惊心动魄的采访经历，对人民子弟兵充满了深深的敬意。在谈到散文写作时，刘老师说："我有一个很好的朋友、兄长，叫姜天民，他写过一个小说，叫《失落在小镇上的童话》。他去世了，38 岁肝硬化导致门动脉破裂大出血走的。

他是我文学路上的兄长。他那年在北京写的这篇小说，据说冰心夸赞他写得好。《失落在小镇上的童话》讲了一个真实故事：他从北京坐火车到武汉，然后转车到鄂州。在回家的时候，他在鄂州渡口看到一个卖油条的小女孩儿，她把一本崭新的书的一页撕下来，把油条包起来递给顾客。他就问那个小女孩儿，你怎么不读书？聊了几句之后，他把他刚刚出的书送给那个女孩儿。回头他休假结束，依然按原路到武汉来坐火车去北京上学，在码头上又碰到那个女孩儿。女孩儿依然在卖油条，她依然把一本崭新的书上的一页撕下来，把油条包给顾客，而那书正好是他送给那个女孩儿的书……我且不说它里面的象征寓意，就是这种故事本身的抒情性的描写，太打动人了。"他还讲了一个小说家对散文的理解。他说："小说一定是虚构的，散文必须是实实在在的，散文与真实的生活息息相关，真实的才是最感人的。我的散文是我生活经历的事。"

王宗仁老师已是85岁的老人，可他老人家依然精神饱满，神采奕奕。他以自己一生创作之经验告诉我们：一个作家必须热爱生活，深入生活，还要高于生活。搞文学创作必须身子往下，眼睛向上。要在平常的生活中发现美。作家要敢写，还要会写，把生活变成文学就行。他说："我是没有创作理论，也不相信创作理论，我就想把散文写好。我现在出了56部书，大概有90%都是写西藏的，写青藏高原生活的，汽车兵生活、边站生活、医院生活、西藏地区的藏族生活，都是这些。"

冯时老师讲了《文字的诞生与文化传承》。刘庆邦讲了《小说创作的"实"与"虚"》。刘老师以他的《神木》《盲井》为例，讲小说创作如何处理"实"与"虚"的关系以及小说创作"实"与"虚"三个阶段。

正如梁晓声老师在接受北京电视台记者采访时所言："散文年会已经办了十五届了，从最初的几届，我就介入这个活动，它非常像音乐方面的金光大道，就是使那么多喜欢写作的作者，给他们有了一个平台。"

"与君一席话，胜读十年书"，今天聆听了几位名家的精彩讲座，欣赏了小提琴与低音提琴独奏、协奏曲，配乐散文以及白雪的《把我交给你》，的确让我受益匪浅、茅塞顿开、豁然开朗、收获满满。感谢蒋建伟、黄艳秋老师为中国散文的倾情付出！感谢各位编辑老师辛勤付出！感谢 2022 中国散文年会！我愿在中国散文年会的金光大道上继续努力奔跑。

2023 年 3 月 19 日，星期日，晴

上午 8 点半继续在辰茂鸿翔酒店三楼会议中心听"名家讲座"。今天上午安排了鲍尔吉·原野、梁晓声、蒋建伟、黄风 4 位著名作家主讲。

上课之前，我和黄文忠老师一起分别与《海外文摘》《散文选刊》主编蒋建伟老师、副主编黄艳秋老师合影留念。

鲍尔吉·原野，姓"鲍尔吉"，祖籍内蒙古自治区哲里木盟科左后旗。中国作家协会散文委员会副主任。与歌手腾格尔、画家朝戈被称为中国文艺界的"草原三剑客"。他身穿一件淡黄暗青色交错的花格子休闲衣，留着稀疏的带卷的长发，有点儿像腾格尔，65 岁的他，脸上总是带着笑容，讲话风趣得很，尤其是他讲昨天有许多作家请他签名、合影都误认他为梁晓声老师。他说你都不认识我，我怎么签名呢？就连今天早餐时还有人认错了他。惹得堂下哄然大笑起来……

原野老师讲的课题是《写作的姿态》。没想到原野老师不仅仅是著名作家，还是一位出色的老师。他以美国作家福克纳接受记者采访的几个问题来解读一个作家应该用什么样的态度去写作，让我对写作的态度有了全新的认识！他幽默风趣的讲课风格，让我们听得津津有味。近两个多小时，无人中途离场。原野老师讲了"做好一个作家的公式是什么？成为作家的条件是什么？灵感对一个作家重要吗？外在因素

会破坏作家成为作家吗？经济自由对写作有帮助吗？作家最好的创作环境是什么？作家需要'诚实'的品质吗？"等问题；讲了"经验、观察、想象"的重要性；讲了一个好作家不光要"勤奋"，"才华"，更需要"勇敢"！对福克纳提出"不能为钱而写作"的观点的批判，告诫大家："如果连起码的生活都搞不来，那就不要写作啦！"但倡导作家要做"苦行僧"，要求作家"要从错误中获得教益，收获长进"等等。

原野老师的讲座应该说把一个作家的写作态度讲得比较通透、比较全面，比较客观，十分精辟！非常精彩！

梁晓声老师今天再一次光临名家讲座，足见老一代作家对中青年作家的关心关爱与期待，虽然我仅听了十余分钟，但仍觉茅塞顿开，收获满满。很遗憾，后面蒋建伟、黄风老师的课没能欣赏，只因我购买了 12 时 41 分开往南昌的 T145 绿皮火车车票，不得不挥泪提前两小时离场。希望 2023 年度中国散文年会再见！

一离会场，我便沿 3 月 17 日做好去北京西站的攻略路线出发：从辰茂鸿翔酒店步行 937 米至 19 号线牡丹园站乘地铁，至平安里站换乘 4 号线，至菜市口站再转 7 号线到达北京西站。刚好 11：30 赶到了北京西站进站口，至候车大厅，足足提前了一个小时，西站候车大厅坐满了旅客，看样子绿皮火车跟动车、高铁一样依然是我国铁路运输的重要支柱之一。

12 点准时检票上车，实际上我只是提前了半小时而已，这充分证明我选择 10：30 离场是对的。

第三辑　落日余晖映晚霞

落日余晖皆为诗

2020 年的那场新冠疫情，世界瞬间按下了暂停键，改变了许多家庭的命运，也改变了许多人的人生。人到中年的我宛如落日余晖，也该开始琢磨我人生的下半场。

"月过十五光明少，人到中年万事休。"一个人一旦到了 50 岁，尤其是到了退休阶段以后，人的思想就会不知不觉地变了，就会自然而然开始思量着自己的"余生"。人生的上半场从懵懂到青春，从校园到职场，从理想到烟火，从青涩到成熟等等，如今老了，健康，最多还有 30 年好时光，身体不怎么样的，可真不知什么时候就走了，也许你还不信？可现实就是这样，我已送走了不到 40 岁因意外或疾病而离开我们的 5 位要好的同学：柯建峰、彭洪华、欧阳建生、李小红、刘进东。目睹身边的同学、亲人、同事、领导、老师，一个个慢慢老去：我的外婆 81 岁，大姨夫 90 岁，曾在我家做了一年木工长平黄泥塘的老表哥姨乃古不到 55 岁因挖煤出事走了，原医保局长贺桂华 50 岁不到就匆匆离世，县粮食局老局长吴凯，对外经济合作办（招商局）老局长贺连缘不到 60 岁也被病魔折磨而去，我的奶奶 83 岁，大伯 86 岁、伯母 80 岁……我的叔叔，2006 年一场大病之后，严格按医嘱调理治疗康复，坚持活了 14 年，堪称奇迹，最终还是撒手人寰，享年 76 岁；我的最爱喝酒、吹拉弹唱样样在行的洋溪姑父赵玉章 80 岁也离开了，愿他们在天堂一切安好……

有时感叹生命的短暂，生命的无常，50 多年过去，弹指一挥间，自己都不敢相信这是真的。于是常常提醒着自己：要好好活着，健康地活着，快乐地活着，钱财乃身外之物，要珍惜余下的时光，对我爱的人、爱我的人，以深情赴余生，要把余生活成一首诗，把余生活成一幅画！用余生写成文字，一起把岁月变迁，走成一世美好！

人生百年，已过半百，有时也会静下心来想一想，思考一下生命的意义和人生的价值，工作的意义和生活的真谛，一个人来到世上，的确不易，母亲十月怀胎，18岁长大成人，4年大学毕业，真正工作不到38年就退休。人生百年也只有36500天，活一天少一天，人一生下来，就一天天面临如何离开。我常常跟我的同事、搭档、医疗机构负责人、年轻后备干部谈心交流时讲，人来到人世间只不过像一个匆匆过客，像夜空中的一颗流星。工作岗位的调整，职务的升迁只不过是一段历程而已，不要太在乎，不要太在意，但必须一生向真、向善、向阳、向美、向上，要淡化"官"念，要淡化"欲"望，领导干部要树立正确的"三观"即人生观、世界观、价值观；要经得起"三关"的严峻考验即金钱关、女色关、权力关。待人必须得有真诚、善良、感恩和包容之胸怀，不可有害人之念，更不能有害人之心；对生活要积极向上，要孝敬父母，疼爱爱人，关爱孩子，要珍爱家庭；对工作要对得起这份俸禄，这份薪水，无愧于心，无愧于组织的培养，无愧于一方百姓的支持。身为莲花人，要立足长远，要切切实实为莲花的老百姓做点儿切合莲花实际的有意义的事。这样在岗位上才有存在的价值！才觉得有点意义。

"已是人间五十翁，南山篱下做陶公。"过去了的就不要再纠结，也不必再后悔，对的、善的、好的、美的，继续坚持！错的、恶的、坏的、丑的、及时纠正还来得及！千万别跟小人较劲！惹不起的，应该躲得起！不在同一个层次，又何必浪费口舌、浪费时间呢？世界上最公平的，也许只有时间，它待每一个人都是一样的，就看你如何把握，如何珍惜。让我们的下半场，一切又从零开始，淡然潇洒面对！愿把余生活成一尊佛，欣赏着世间花开花落，日出日落……

"百年三万六千日，一日须倾三百杯"，这是唐李白《襄阳歌》的诗句。最近在网络平台也常刷到这样的视频："人最终的结局都是死亡，那存在的意义又是什么呢？一百年以后没有你也没有了我。我们奋斗一生带不走一草一木，我们执着一生带不着一丝虚荣爱慕。生命如此短暂，我们没有时间争吵，没有时间去伤心，也没有时间斤斤计较……"人生不过百年，已过一半，其实只要你悟了，懂了，看开了，看淡了，知足了，简单了，你就是一个有福之人，反之，你就是一个苦命之辈。上半场，拼的是事业，不管输赢如何，不管成功与否，不管得失如何，都告一段落，均已成为过去；下半场，拼的是健康，一切可以从头再来，余生很长，却很无常，在你我的眨眼之间。

想学未学成的，想去未去过的，想吃未吃过的，想看未看过的，想找未找到的，想做未做成的，都可再学一学，都可去走一走，都可再尝一尝，都可去看一看，都可去找一找，都可去做一做，不要再让思想束缚你的手脚。不要再找借口搪塞你的行动。无论爱与被爱，无论恨与被恨，下辈子都不会再见了。来不及认真年轻，就请认真地走好余生。

有位"90后"青年词作家马良写的网络走红神曲《往后余生》："往后余生，风雪是你，平淡是你，清贫也是你，荣华是你，心底温柔是，目光所至，也是你，我想带你去看晴空万里……"

"心中若有桃花源，何处不是彩云间。"已步入人生下半场的你，但愿你做好减法，远离繁华喧嚣，远离不必要的社交，远离不必要的是是非非，和自己相濡以沫的老伴一起看日出日落，一起看看书、写写字、上上课、唱唱歌，跑跑步、骑骑车、带带孙儿、或为社区做点公益，或约三五好友偶尔一起出外旅行，开启候鸟式度假养老……

"夕阳无限好，只是近黄昏！"人啊，到最后终是一人度春秋，孤独与寂寞仍是你人生下半场主基调，要调整好状态，此时的你正如李白所云"众鸟高飞尽，孤云独去闲，相看两不厌，只有敬亭山"。人至黄昏时，应有"水流心不竞，云在意俱迟"心态，愿你且行且珍惜，老有老的心态，保持着一颗平常心，过着平凡的日子，保持着你常有的样子，不要那样老成守旧，不要看破红尘、玩世不恭的样子，老有老的样子，老有老的浪漫，每一步应该依然要保持年轻时那种纯真与烂漫，每一笔都还是年轻时那么浓彩淡墨，每一天都还是像年轻时那么阳光灿烂，潇潇洒洒。

初稿写于 2020 年 3 月 20 日，完稿于 2023 年 7 月

故乡往事

在人们的记忆中，年少历经的许多事，就像存放在储物室的物件，静静地搁置在不起眼的角落，随着时间的流逝，大多已逐渐淡忘，但有些事，有些人却永远无法忘记。

我出生在三房祠堂，是我们刘姓的家祠。那时祠堂仍保持着旧时徽派的建筑风格，青砖黑瓦，马头墙，祠堂内正中有天井，后有厅堂，两边是厢房。听娘说，那时家里很穷，爷爷用田泥作砖，三年亲手建造的土砖房因 1958 年生产土肥料被生产队无偿征用，新建的房子在，也刚筑好地基，一家人只好暂寄住祠堂，我便在这个临时寄居地，来到了尘世。

童年时，那时大人们经常去山里背树，没人照顾的我，大部分时间是在摇篮里或木椅上度过的，且时常饱一顿，饿一顿，长得骨瘦如柴；傍晚时分，看见娘从山里背树回来，高兴得两只小手总拍打着摇篮木椅，嘴里咿咿呀呀直叫唤。

1970 年正月，奶奶带着全家十多口人搬到田南新居。新房子建在荒山前，修得比较大气，楼上楼下共有 16 间房，房中一个大厅，可以摆 8 张方桌，中间有 2 米的过道。我自小就在二楼读书写字，二楼楼顶没有楼板，睡在床上可以透过瓦缝看见屋外的天光。新居的前后院各有几百平方米的菜地、果园，果园种了麦梨，柑橘，桃子等果树。后山是叔叔亲手栽下的竹林，约莫有二十几亩，每年的竹笋是挖不完、吃不完的。2012 年，房子重建，我父亲三兄弟依然保留了它徽派建筑原有的风格，还在后院又建了一排平房，前后栋之间建了回廊，左右建了围墙和圆拱门，俨如北方的四合院。

我就是在这个小院里快乐长大的。这个农家小院，在我的人生中留下了深深的烙印。

在我四五岁时，经常被伯父伯母接到他们工作的吉安地区良种场小住。这期间，我跟着两位堂哥在池塘里学会了游泳，也爱上了游泳。依稀记得池塘的水面飘浮着许多水浮莲，孩子们放了学就像水鸭子一样在池塘嬉闹。在这里兴桥饭店，我平生第一次吃葱花肉包。那热气腾腾的肉包，从竹制蒸笼里夹出来，雪白蓬松，香喷喷的，咬一口，露出那葱花，那肉油的鲜味夹着那么点儿的咸味，美滋滋的，甜滋滋的……我一连吃了五六个，难忘的味道，让我至今留恋。记得一个周末晚上，我们坐拖拉机去地区工人俱乐部看《万紫千红》电影，结果在回来的路上，我的毛线衣不知什么时候弄丢了。拖拉机不密封，坐在座位可以看见马路上的沙子。为了不受凉，我穿着堂哥的毛衣，一个月后，伯母请裁缝师傅给我做了一件新的。

在吉安伯父伯母家住了半年，回到田南老家，我满口的吉安话。娘笑着拍打我屁股："吃了奶就忘记娘，你个没有良心咯"。后来，娘再也舍不得让我离开。

小时候，我很胆小，腼腆，像个小姑娘。记得父亲和奶奶第一次带我到县城红卫照相馆照相，我就给搞砸了。当时，照相的师傅让我站在凳子上，自己则一面摆弄着大炮一样的相机，一面嘴里不停地唠叨："头靠右点，靠左点，抬头，微笑……"奶奶和父亲也跟着叫"抬头！抬头！……"他们越叫，我就越害怕，越把头往下看！父亲气得扇了我两耳光，说："真是个没有用的家伙！不照了！"以至于童年的自己长成啥样，我至今不知，只晓得家里人都喊我"柴猪"，可能是很瘦很瘦吧。

我与小伙伴七子和晓壮，每天在安山冲里、毛子山等几处地方有草叶茂密的地方放牛，还称这几个地方为"根据地"。我们指定了放哨，宿营的场所，还将哥哥的红领巾拿来当"营旗"。我们撒欢儿地在屋前屋后的薯窖坳上、黄泥坡上滑壁，在新江里洗澡，在小水圳里搬泥鳅……夏天，我们打着赤脚去摘地角梅、猎猎芯、杜鹃花；冬天在山上摘茶耳、野枣子，用毛管吸茶花糖吃。那时，哪个大队放电影，我们都会一窝蜂跟着大人去，哪怕是下雨。当时，村里都是石子路，村与村之间都是石板路，碰到雨天，我们总是踩光亮的地方，大部分是石板，也有不少石板没了堵了一汪水，踩得整个鞋子、裤子全是水，但回想电影里精彩动人的英雄人物，什么苦都不觉得了，可以说，我们这一代人是看红色电影长大的，《地道战》《地雷战》《小兵张嘎》《洪湖游击队》《智取华山》《上甘岭》《英雄儿女》《闪闪的红星》《铁道游击队》等影片不知重复看了多少遍。

在我家，打猪草也成了我的专利，也是娘嘱咐我的一项最重要的任务。我总是急匆匆地做完家里吩咐的事，回头就与小伙伴游戏去了。那时，踢房子、打纸板、推铁环、躲迷藏等游戏，是我们闲暇时常玩的节目；有时饿了，孩子们也会做些"偷鸡摸狗"的不光彩的事，如到别人家果园里偷柑橘，到七队里偷红薯吃等。等状告到家里，奶奶和娘对我的那顿板子是少不了的，我边躲闪边哭着发誓保证再不做坏事了。

农户人家养狗、养牛的多，我们村差不多是户均一条狗、一头牛。疯狗牛狂的事情经常发生。记得有一年，我也不小心被狗咬了，娘吓得惊慌失措，赶紧带我到中医那里去吃草药。幸好咬我的狗没有疯，如若真的被疯狗咬了，就无力回天了。人哪，往往越怕什么，越撞见什么。第二年春天，我养的黄牛疯了，关在牛栏不敢放出来，后来生产队请来大队的民兵连长刘甫生过来处理。只见刘连长躲在牛栏的窗户边用枪瞄准狂躁的黄牛，连打了三枪，它才轰然倒地。我那时小不懂事，拿着扁担就往刘甫生连长身上打过去，哭着闹着要他赔我的黄牛！后来，叔叔跑过来，一把抱住了泪眼婆娑的我。

俗话说，"大人盼插田，细伢子盼过年"。我就最喜欢过年时家里来客人，来了客，娘会切腊肉，可以用腊肉汁拌饭吃，那味道至今记忆犹新。在我们家，过年显得特别隆重，大年三十的年夜饭，爸妈把家里的鸡鸭，腊肉，蹄花，鱼等各种菜都配齐，堆台满桌，平常不让我们喝酒，大年三十也开戒，吃完饭后，妈妈给我们每个人一碗生姜萝卜菜，用盘子端过来，像招待客人一样那么热情，一年到头从未享受过这样的待遇，并端上各种花样"玩杂"供大家品赏，而后叫我们依次洗澡并换上庙贝秀谋做的新衣服，妈妈做的新布鞋。爸爸拿一沓新的两角人民币，每人 10 张作为压岁钱。伯父伯母从吉安回来的那一年也会发红包给我们。守岁时，爸爸喜欢把我们兄弟四人叫在一起，围在火坑边烤火，听他讲《南征北战》《孙悟空三打白骨精》《四渡赤水》等故事，爸爸讲起来栩栩如生，手舞足蹈，活灵活现的，听得我们津津有味。小旭，小亮听着听着不到十点就睡着了，我和大哥一直陪着守到半夜，直到开"财门"为止。就是因为过年时，我们能享受到一年到头从未有过的好"福利"，我就天天掐着指头，盼望春节早点儿来。有一次，刚到夏天"吃新"季节，奶奶坐在大门前石板凳上断豆角，准备午餐。我站在奶奶身旁，总是双手推着她的肩膀问："奶奶，奶奶，什么时候过年？"奶奶拿起豆角往我头上打，笑着骂："你这个要吃鬼，刚刚过完年才几天啊？就又想过年哪？"

除了盼过年，我也盼着大人带我走亲戚。我最喜欢走的亲戚，就是安福横江姨妈家。姨妈家住在一个山沟沟里面，方圆七八公里仅两户人家，与姨妈家隔山相望，但吆喝一声，对方便听得一清二楚。姨妈其实不是妈妈的亲姐姐，只因为他们都是上栗长平乡人，又性情相投，便来了个"义结金兰"。这对结拜的姐妹，感情胜过亲姐妹。姨妈生了四个孩子，老大老二已经出嫁。老三叫玉金，是一个和我同龄的男孩儿。他有一箱箱的连环画，都是在新华书店买的。我很羡慕他，每次去就贪婪地翻看。也就是从他那里开始，我喜欢上读书。姨妈家的老四也是女孩儿，还挂着清鼻涕。姨妈一家靠姨夫打猎为生，因此他家的生活比我们家要富裕得多，经常有野猪肉，野兔肉，野牛肉等野味吃。听娘说，多前年姨夫还是"打虎英雄"，我父亲在南岭修水库时落下的风湿病，就是吃了姨夫的老虎骨熬汤治好的。那时，我娘把姨妈家当成娘家，只要和父亲闹别扭，妈妈就带着我往姨妈家跑，而且一住就是十天半个月。

姨妈对我妈妈及我们的关心、关爱、帮助，我一辈子都不会忘记。

这是我童年一些零碎的记忆，其中的艰辛、苦乐、甜蜜，是我一生的宝贵财富。无论离开多久，距离多远，故乡和童年，在我心里，都是人生的出发点，生命航船的起锚处，是离不开的精神原乡。

原载于《湖南散文》2022 年第 2 期

诺言

小时候，曾听爸妈讲过《曾子杀猪》《韩信报恩》等有关诚实守信的故事。在我家里也珍藏着一个几代人信守承诺的小故事，如不是自己亲眼看见，还真想不到这样信守诺言的感人事例竟然发生在我身边。

那是 1961 年的清明节，我们家像往年一样，由我父亲在节前一天晚上，就挨家逐个打电话通知所有家人明早 9 点钟在兴莲路集合出发，前往老家庙背老狮仑上坟"挂地"（扫墓祭祖），这已成为我家族一个不成文的约定。伯父在时，一般由伯父召集，伯父走了（2018 年 8 月 16 日离世），自然就轮到了我的父亲。

清明节前一天，父亲还特意吩咐我们要准备好祭祖用品，当然由各自的经济条件而定，但必备的几样还是要的，如糯米酒、糖包（不能买肉包，民间有"肉包子打狗"一说，清明买肉包是大忌）或米果、香、蜡烛、纸钱、鞭炮，条件允许的可以带上蹄花、腊肉、鸡等。父亲像他哥哥一样，总是再三叮嘱要求所有人参加，尤其是要带上小孩儿，通过祭祖来告诉孩子不忘初心以及生命的意义：一个人从哪里来，到哪里去，知道来时的路。要铭记先辈的遗志：好好学习，好好工作，好好生活！

从县城出发到庙背老狮仑，约莫半小时车程就到了。我和老三、老五稍迟了几分钟，老大、老六、老八他们去得早，正用镰刀清理坟上的杂草。我那 80 多岁的父母亲正带着几个孙子、孙女、曾孙曾孙女们在祖坟前，逐一讲述着列祖列宗忠厚传家以及先辈们苦难的历史。

清理完毕后，家人们也陆陆续续到齐了，父亲说："祭祖开始！请大家摆出祭祀贡品，蘸满米酒，烧好香烛！烧好纸钱！"于是，大伙拿出敬献祭品：腊肉、扣肉、包子、水果、蜡烛、米酒，还有一沓沓的纸钱、一把把的香……摆放在碑文的前面，一边摆放，口里一边念叨着："奶奶，带了你爱吃的水果……"等点好了蜡烛，烧好了香，分发好烧着的香，就从祖父、祖母开始逐一上香、磕头敬拜。

因清明前三天，我在《浏下足迹》微信公众号推送了《怀念祖母》一文，在文中抒写曾祖父、祖父、祖母的事，大家在祭拜时对先祖们的碑文十分关注。其中有一位叫"刘灿春之妻赵凤英"的引起了孙儿们强烈的反应：怎么一位外姓叫赵凤英的人和我们的先祖葬在一起？而且是一位女性。

老二后生哥哥说："这是我们兄弟俩的接生婆赵凤英！她是永新或是安福逃荒过来的外乡人，她和庙背刘灿春是搭伙夫妻，无子无女，无依无靠。听奶奶讲，当年她在替我娘彭同姑接生时，把老大前生接出来，发现娘肚子里还有一个，高兴得很！就跟我奶奶讲，思厚奶，恭喜你呀！恭喜你家媳妇生了个双胞胎！你家今后必定发达，后继有人啦！我一个单身女人，搭伙的老公又命薄无后，过世得早，百年之后，拜请你家后人把我埋在你家先祖们一起，让我在身后也不寂寞，有吃穿，有钱用！我祖母自幼行医是个积德行善之人，乃菩萨心肠，也是心直口快之人，随口就答应了。"

农村有句俗语："说出去的话，犹如泼出去的水"。赵凤英只是随口一句半开玩笑半当真的话，可我祖母的话却是一诺千金。在接生婆赵凤英去世之后，正当其左邻右舍发愁埋在何处之际，我的祖母当着众人的面说："赵凤英当年为我家前生、后生接生时，我曾答应她百年之后埋在我家祖坟，一个人要说话算数，可不能变卦！"要知道，在农村把一个外人埋进自家坟地，尤其是一个外乡人，这可是大忌！会影响一家人的风水。也有人劝我祖母不要当真！当年说过的话又死无对证，何必呢？可祖母像头犟牛力排众议，就这样，祖母对赵凤英犹如对待自己的亲人一般，践行几十年前许下的诺言，带领家人把赵凤英安葬在我家祖坟旁边，并和先祖并排安葬在一起。

从此以后，每年的清明扫墓，冬至祭祀，祖母带着儿孙们在给亲人上坟敬香时，总是忘不了给她上香烛、斋饭、水果等贡品。

2006 年 10 月冬至，伯父带领我的父亲、叔叔，他们兄弟三人带领族人整修祖坟。有族人提议能否将赵凤英的碑文、坟墓重新换一个地方，他们三人坚决反对！把赵氏的坟墓连同我祖父、祖母的坟墓一样加以全面修复。

"积善之家，必有余庆"。这看似一件简单、平常的小事，却让我为之感动，我要为我的祖母、伯父、父亲、叔叔他们点赞！我的祖母，一个深受封建社会教育的妇道人家竟有如此博大包容的胸怀！我感动于祖母诚实守信践行诺言的高贵品质！感动于伯父、父亲、叔叔兄弟三人把祖母生前交代的事，继续不折不扣地兑现，而且像待自己亲人一样敬香、烧纸钱、敬贡品，并教育儿孙一一敬拜。

"海岳尚可倾，吐诺终不移。"作为晚辈的我们将遵循长辈的教诲，无论在清明祭祀，还是在日常生活、工作中，都应像我家长辈那样，要始终恪守诚实守信的好品质。

老屋

"人因宅而立，宅因人而存。"说明宅子对人的重要性。

莲花人尤爱建房，可以说是到了"穷其一生，尽其一世所终"的地步。建一栋宅子本是百年大计，可富裕了的莲花人一般的房子却住不过三四十年又会拆了重建，当然家族的公祠除外。现如今要去农村找栋陈年老屋可比登天还难，找栋明清时期的老屋就更难。我老家庙背刘氏三房也仅剩下清代的"素轩公祠"，自家田南老屋也是在 2011 年拆了重建

的，当时只有 43 年的房龄，当然，大多数是缘于过去建房材料质量不够好，也有房型已落后于时代的原因。

我家老屋是我父母 1987 年在县城兴莲路荒山上建的那栋，已有 35 年的房龄，砖混预制板结构，有许多地方已出现裂缝，已被住建部门鉴定为"危房"。我们之所以称之为"老屋"，是因为周围的房子 30

年刚出头就差不多又重建了一遍。它坐落在县城兴莲路一个偏僻的巷子里面，巷子不宽，仅能容纳一辆双轮小拖车进出，如果两人同时进出，一人就要礼貌地选择侧身让路。

20世纪80年代，莲花属吉安地区管辖，对耕地实施严格的保护政策。我的父亲当时虽是琴亭镇琴水公社的党委书记，也只能和大多老百姓一样把房子建在琴水公社六模村四栋屋后的荒山荒坡上，离大姐家不到五十米。兴莲路这个开放式老旧小区就是那个年代的产物。

老屋是父母一生辛劳的成果，也是我们兄弟四人连续几年寒暑假做砖、烧窑建成的。留下了父母及我们兄弟四人太多的辛酸与汗水。为拖石头，我的右脚曾被石头划破，至今还留有瘢痕；为倒塌的砖，我曾经动情伤心地流过泪，至今还耿耿于心难以释怀。

2019年9月，我调到县工信局任职，其中有个股室叫建材工业股，分管水泥、制沙、制砖、墙体材料等业务。"制砖"这两个字特别引起我的注意。经了解，现在国家倡导环保空心砖，实心砖从节能环保的角度，将逐渐退出历史舞台。从"制砖"的工艺变迁可以看到，这个时代的确发展得较快。35年前，建房能够用上机砖的人家，可是特别有钱的人家，而且为显示其富有程度，外墙也不予粉刷。那时每当路过机砖新屋前，我总是不由自主对着那标致、整齐的、烧得红红的小机砖凝望许久……幻想着父母有一天也能到机砖厂买砖建机砖房，当然是一种奢望而已，犹如安徒生《卖火柴的小女孩》中的小女孩儿在幻觉中坐在火炉边取暖一样，农村人有句俗话叫"肚饥了想屁吃"。一般有钱人家都是请永新或攸县人做砖，有劳力的都是自己动手打砖建房。我父亲虽是当过15年的乡镇党委书记，也当过县里多个部门的领导，我家却还是贫困人家。想要在县城建房，只能叫我们兄弟四人利用寒暑假连续几年做砖、烧砖，才勉强建了一栋砖混预制板的新房，外墙也露出了"458"土砖，那是个充满时代气息的普通宅子。

1984年腊月，我和大哥分别在吉安师专、永新师范读书。老三老四还在读中学。老爸好不容易在房产局租了三间房住在城南，原琴水公社正对面，三五户人家挤在一起，我们的三间房，有两间在二楼，全是砖木结构，楼板房，走在上面发出"叮咚叮咚"的声音，睡觉时，旁屋讲话的声音一清二楚的。一间在楼板下做厨房用。一家五六口挤在一起，十分不方便。那时鼓励脱产干部在县城买地建房，建房还安排假期呢。考虑我家实际，我爸同娘商量决定在姐姐家旁买了一块一亩多的荒地，当年就请四栋屋李师傅做泥水匠先把地基建好啦。

"要想住新屋，三年打赤脚。"这是莲花农村关于建新房的一句最流行的谚语。说明建一栋新房的确不容易。但莲花人对建一栋属于自己的房子，那是当作毕生的事业去追求。在农村，倘若你家未建房，你就是一个不做"事业"之人，白来人世间一趟。

自那以后，连续三四年的暑假，由大哥带着我和三弟、四弟四人，每天顶着烈日，光着脚、赤膊，穿着发了白的父亲的旧短裤，挥舞着锄头在兴莲路四栋屋的荒山上挖泥、拌泥、踩泥、搬泥，一个个把砖垒好，晒干……每年的中秋国庆或寒假就烧窑，烧窑时，我们兄弟几个会邀上学校的同学来帮忙，累得他们也是不亦乐乎。

1987年暑假，我哭了！而且哭得那么伤心！虽没有撕心裂肺地大哭，心却在一直在流泪，以致过去那么多年，我仍耿耿于怀，不能忘记。一场暴雨，把我们兄弟四人半个月的辛苦化为乌有，好不容易垒成的一排排晒干的泥砖全部毁于一旦。我流的是伤心而懊悔的泪！

在那个酷暑的8月10日，午饭过后，天气出奇地闷热。我们兄弟四人正在挖泥做砖，豆大的汗珠从我们的脸颊、后背滚滚下流，突然天上乌云密布，一场暴风雨即将袭来。我们赶紧用稻草一层层、一排排地盖好，并用废弃的砖块或石头压上，把垒起的土砖的四周水沟也清理好，以为万事大吉啦！索性就四脚朝天、横七竖八地躺在水泥地面上睡个懒觉，尽情享受着这难得的休息时间，也不管地面是否干净。但地面好冰凉，感觉到凉爽，出了汗的皮肤，一翻身地面上便出现一块块汗斑印，还会发出"嘶嘶、嘶嘶……"的声响，这就是我们年少时打砖建房劳动疲倦的感觉。

常言道："苦不苦，想想红军两万五！"长征，我是未经历过，只是在课本上，老师教过，可在我的人生历程中，挖泥、踩泥、搬泥、做砖、砌砖、烧砖是我一生当中最难忘最辛苦的一件事。

做砖不仅仅是工艺复杂，程序较多，而且是件又脏又累的苦力活。做砖前首先要选好适合做砖的黄泥土，其次是要搭好做砖的平台，买好两三个砖架，拉线、锄头、铁锹，再次是要有几个人配合协同作战。一切准备就绪后，先挖好一堆泥，用水淋透搅拌，有自来水直接接自来水，没有的要挑水；黄泥巴吃饱水后要用双脚不停踩拌，直到黄泥巴能自然捏贴在一起。做砖时，我们兄弟四个分工明确，老三老四负责搬泥巴，四弟力气小，只能将泥放在肚皮上，三弟力气大，为了能多搬些泥，也是挺着大肚子搬泥送到大哥手上。大哥负责拍砖，用木板出砖，我在岸上负责搬砖、垒砖。年轻时也许是劳累过度，加之我心火旺，时常会流鼻血。右鼻孔出血时，我就举起左手或平躺休息，鼻血停了又继续干。就这样，一个暑假下来，在家的后面挖出了三米多宽，两米多深的大泥坑，做出了几万块黄泥土砖。

晒砖的场所要求比较宽阔，能排放多少砖，就可以做多少，可以说场地决定数量。为了能多放砖，我们家与邻居家商量，把砖放在他家的地基上。不够，我们在地基前方空地上，用锄头挖沟，把泥往中间填实，平整出十多条足可以放几万块泥砖的地方。

场地要求结实、平整，砖垛不会轻易倒塌。可是，由于刚一开始我们没什么经验，以为挖好了排水沟，放砖的地方只要高出地面即可。谁知大雨一来，吃饱雨水的砖基，迅速渗透，已快晒干的泥砖，自然瞬间全部倒塌，可谓是"千里之堤，溃于蚁穴"。

"轰隆隆、轰隆隆……"还没等我们几个睡稳，外面传来一阵阵倒塌的声音。"小猫！小猫！不好啦！……砖全倒了！全倒了！……"

娘急匆匆地从外面跑进来。

我有点儿不相信，跑到垒砖的地方，我整个人都蒙了，看到眼前倒塌的四五面近 5000 块黄泥巴土砖成了几排土堆，成了泥浆，我整个身子也像一堆烂泥般，一屁股坐在湿润的地面上，眼角不由自主流下眼泪，大哭了起来……

那可是我兄弟四人近半个月披星戴月、马不停蹄劳作换来的劳动成果。

"哭什么！重新打过就是！吃一堑，长一智！"大哥穿着个沾满黄泥的黑短裤，打着整天暴晒的赤膊，右手撑在腰间，左手拿着吸了一半的大前门烟，皮肤晒得脱了皮，刚从地面上爬起，拍着我的肩膀说。大哥，毕竟是兄弟中的老大，还有点儿革命的乐观主义精神，其实打砖，他是最辛苦的，每一块泥砖都是他双手拍打出来的，拍砖时为不让泥巴粘住砖架，每打一块砖都要往砖架四周扬撒炉灰，所以拍砖时自然会冒出许多灰尘，有时用力过猛灰尘会钻进双眼，大哥有时用手擦擦，有时只能叫我们用嘴巴使劲吹，吹不出来时便让我们往他眼睛里倒点儿清水冲洗，弄得他双眼透红的，但他仍不休息，穿着个已经由黑变白的旧短裤，打着赤膊，肩搭着粘满黄泥的毛巾，继续睁一只眼闭一只眼拍砖……

砖打好了，晒干了，待到寒假或其他休息时间，寻个天气晴好的日子，请师傅装窑、烧窑。

其实装窑、烧窑也不是件容易的事，父母的亲朋好友，庙背老家同宗亲友，我们兄弟几人的好同事、好朋友等二三十号人，准备好一车烧窑的煤炭和柴火，请上当地有名气的装窑师傅李福元，从清早忙到深夜，待柴火烧红了五六路砖，看见砖块渐渐红了，散发着阵阵滚烫的热气，看见砖窑顶上在冒着一缕缕的青烟，大家才放心离开，踩着微弱的月光回家睡觉。

那时，我家老四正好三年高中，因其个头小，每年的暑假却用肚子挺了三年黄泥巴以致高考名落孙山，亏得练就了一身好本领后来跨进了军营。经过多年的打赤脚、打赤膊做砖的艰苦日子，一楼地板用水泥替代，二楼的横梁均为半根木料支撑，倒板全是纤维板，外墙的"458"土砖也密了缝，一栋新房算是大功告成。

1988年腊月的某一天，乔迁连同大哥的婚事一齐办了，这可谓是"双喜临门"。可来我家喝喜酒的亲戚都数落我父亲，一个堂堂的林业局局长家二楼竟然是纤维板"榨楼"？就是这样简陋的新居，我们一家人却欢天喜地、幸福满满。

次年6月，我的大侄儿出生。又经过两年的艰苦努力，我们兄弟四人把原先打砖挖空的泥坑从老丁、老胡家用斗车挖土拖泥一车车渐渐填平压实，改作一块块纵横交错的菜地。那时每周的周末和寒暑假，装满的小斗车黄泥兴许有一万车以上。我们又从很远的七一砖厂捡废弃的机砖把屋前的进出路填好了，把几块垒砖的硬地也整成了菜地，可以说老屋每一块菜地、进出的小路，包括老屋四周如今参天的杉树，无不洒下爹娘及兄弟四人多年的心血与汗水。

后来，随着我家经济条件的逐年改善，我家老屋也换过一次"新装"，即用水磨石遮盖住原"458"老窑砖，但仍略显寒酸，仍赶不上现代瓷砖装饰的新房，却是我父母一生的积蓄和我们兄弟四人连续几年寒暑假劳动的结晶，那是我们辛苦构建的家园，也是兄弟几个幸福快乐成长的乐园。

老屋是父母一生除孩子以外最大的积蓄，是父母一生除工作以外最大的事业，也是父母成家立业的象征，是他们一生的荣耀。

老屋承载着父亲的教诲，母亲的唠叨！承载着父母的辛劳与希望！承载着我们的憧憬与梦想，承载着家的温情和温馨！也孕育了我们的婚姻及一个个小家……1988年腊月老大结婚成家。1990年腊月及次年元旦，我和老三先后也在老屋结婚成家。1995年10月，老四从老屋里走向军营考取军校。2002年，老四带着他厦门的女友小司从部队回老屋成亲摆喜酒。

35年过去，我们又像快乐的小鸟一样飞出了老屋！而今兴莲路第二轮房屋改造差不多已近尾声，可我们对我家老屋的依恋却与日俱增，大哥和80多岁的父母依然坚守住在那，守护我们着父母以及兄弟四人用汗水构筑的偏僻不算精致的老屋！守护着一家人的幸福快乐的精神家园！守护着哺育我们的老巢……

原载于《萍乡日报》2022年3月13日
《中国作家网》2022年8月18日
《散文选刊·下半月原创版》2024年第6期

仰山文塔

　　小时候，总有去仰山文塔探访的强烈愿望，虽然离家也就 3 公里的路途，但由于年少时学业忙，看牛、扯猪草等家务事多，始终未能实现。

　　那天，正值正月十五，我带着女儿来到古塔脚下，在古塔旁竖立着两块石碑：一块是江西省人民政府、省文化厅 2006 年列为"江西省文物保护单位"；一块是仰山文塔的简介。古塔始建于明万历十三年（1585 年），清乾隆四十四年（1779 年）曾修葺过，2014 年省里拨专款维修，建塔距今已有 439 年历史。仰山在宋朝和明朝都出过宰相，是文化发达，人才辈出之地。刘氏后裔为不忘祖辈，激励后人，集资兴建此塔。

　　古塔为砖木结构，7 层 8 面，密檐式，塔高 22.4 米，底层围 16.8 米，塔身厚 1.4 米。塔顶为一合金圆锥形盖。底层有门西南向，上嵌石碑，镌刻"仰山文塔"四字，二层同向嵌有文塔赞词之碑刻，文字大多被风化，字迹变得模糊，但碑文中体现的"解元会元状元而斑斑炳炳，乡魁会魁文魁而磊磊连连"等字样仍依稀可见。古塔占地面积约有两分地那么大，四周全是粮田。听娘说过，古塔坐落的地方也叫"龙盘坑里"，原先是一片很大的沼泽地，先人用松树木一排排放进去，才敢在长满草的地方行走。农村实行责任制后，为开荒种粮，农民争着开发，才在这沼泽地里插秧种稻。我娘也吃得了苦，在这沼泽地里开挖了两分多地种糯米稻。小时候，我在这里扯过猪草，跟娘在这莳过田，一下田，水会淹到大腿上，人要是站在草堆上，四周都会一晃一晃的，一不小心就会陷进去。可先人却偏偏在这样沼泽地上建古塔，整个古迹全是用青砖砌成，在基脚也未看到过巨型石砖，所有的窗子也是由青砖打磨而成，不像一般的古居由石墩，石砖，石窗而成，而且竟如此牢固、结实。四百多年，历经风雨飘摇却依然岿然不动，这真是建筑史上的奇迹！

仰山文塔的大门正对着路口村刘氏大宗祠。我们进入塔内，8面塔墙采用水磨青砖加上桐油、石灰、糯米砌制而成，砖与砖的缝隙中依然可看见坚固的材料。每层的顶部向内缩，铺设上等的老木料后再建，依次是7层。长长的楼梯直斜放在塔体上，我沿梯攀登而上，只能到二楼，每层8面8窗，共有48个窗子，其中只有东南西北24个窗子通透，其他24个窗子虚掩，不论风从哪面窗吹进来，瞬间在对面的窗吹出去，每一层都是一样，到顶部用一个巨型铜鼎盖住。可见先祖的建筑智慧之高明。真想攀登至第7层，无奈没有楼梯，只好沿梯小心而下。虽说2014年已修复，可能是为安全起见，未恢复原貌，不能拾梯而上直至顶层。但可想象当年登楼远眺之胜景。塔顶上倒放着一铜鼎，铜鼎本身分3段5层犹如宝塔，铜鼎四侧均由铁绳斜拉着，在阳光的照射下偶尔会发出银光，那塔顶如针，直刺天穹，任凭数百年风吹雨打，雷电轰鸣，古塔岿然不动。听说铜鼎重一吨多，但铜鼎在400多年前是如何登上20多米高的塔顶的？县志上无从查找，如今成了一个谜。倒是清朝安福县令梁学源写的《路溪文塔记》最为出名："惟山与水，既秀且清。有塔耸然，高插苍冥。风团脉聚，人杰地灵。隐居行义，道本吾撑。拭目贤达，高出凌云。"

穿越历史时空，仰望着神秘的仰山文塔，古塔依然完好无损，时有鸟雀出没，它们栖息此地时，也衔来了泥土和树种。10多株不足一米的胡椒树歪歪斜斜散落于塔身，塔顶………

原载于《散文选刊·下半月》原创版 2021 年 7 月

塞车

一则改编自《大腕》台词的"塞车段子"在民间广为流传。原先总以为堵车、塞者是城里人的"专利",不承想,在我们莲花这个小山城也上演了一幅幅塞车的画面,蔚为壮观,不过那只是在城厢小学、城厢中学等几个学校上下学高峰时段,一般塞车一二十分钟。可一旦到过年过节,县城商品大世界等好几个地段塞车,尤其是六模三岔口地段。

2022年的大年初二,由于我大年初一值班陪县领导到永特集团走访慰问企业生产一线职工,耽搁了去家族亲戚拜年的时间,所以趁初二先去梅洲村叔母家拜年,然后再去南岭拜年。谁知道"计划赶不上变化"!9点半出发去梅洲,在六模加油站起一直到万猪场路段塞车,开着小车犹如踩蚂蚁来回耗费近2个半小时。这是我第一次在城郊的塞车感受,堵的是车,却是过年时农村的又一道美丽风景,虽然有点儿烦,有点儿急,但这不就是过年要的感觉吗?拜年之路却成了富裕了的莲花百姓长长的塞车之路,秀车之路,丰收之路,小康之路……

过去拜年靠双腿,现如今老百姓过上了小康生活,富裕了,家家户户盖了新房,我上海的一位朋友来莲花,感叹莲花人这么有钱,家家户户盖起了别墅,住起了洋房,家家户户购买了小汽车,出门开车已是家常便饭。谁承想拜年拜在了路上?去时堵,回来还是堵。我开着女儿的"小毛驴"被淹没在了长长的车龙之中,前看不到头,后望不到尾,每起动一次,只能1米、2米、5米、10米、20米……缓缓前行,平时开40迈至80迈的速度,现在变成了蜗牛,还不如打伞拜年族走路之轻松自在，还不如骑摩托车一族之便捷自由。

在长长的车流之中，年轻气盛的小伙子在使劲按着喇叭"叭叭、叭叭叭……"响个不停，可是按喇叭有用吗？要怪只能怪大家富了，懒得走了；怪就怪年轻人太时尚了，出门爱开车；怪就怪中年人太潮了，买了新车，过年不开，买车干啥？怪就怪老年人也不甘寂寞，开个电瓶车也吹着口哨上道了，结果怎么样？开奔驰的、宝马的、比亚迪的、日系的、大众的、凯迪拉克的、福特的、江铃的和开电瓶车的……统统一样一样的，都像一只只蜗牛似的爬行在拜年的路上……不耐烦的，溜下车来，踮着脚尖，摇头晃脑地探看前方到底怎么回事。有的抱着小孩儿出来透透气，憋在车里实在很久了；耐得住性子的干脆下车抽抽烟，唠唠嗑什么的，有的索性掉转车头打道回府，回家不去了，可掉头也由不得你，掉头也是堵，还非得耗着你，逼着你前行；更有甚者，干脆熄火睡大觉，也许过年累得，难得片刻休息；有急功近利者，便见缝插针，凭着自己的车（丰田霸道）那股牛劲，还真的像丰田霸道那样横冲直撞，结果是塞的车越来越多，堵车之路是越来越长，最终还是有秩序地排队移步前行（听去路口老家拜年的老乡回城说，今天堵车堵得要死，从六模一直堵到良坊白渡长达13公里，开了差不多三个小时），一眼望不到头……

在城北小学路段，见一位60岁上下老人穿着一身黑色的长棉衣，左手撑着雨伞，右手不停地朝另外一条小路挥去，义务指挥分流堵塞的车辆；在六模三岔路口，红绿灯在不停地交替变换着颜色，车辆也像平日一样有序前进，两位交警穿着黄色的马夹冒雨在现场指挥，但由于车子太多太多太多，仍不见任何效果。看样子，除拓宽道路外，得恢复旧时走路拜年，或骑自行车、摩托车拜年模式，或者警方及时发布塞车信息温馨提示有车一族，倡导百姓也来个错峰出行拜年，方可解决六模三岔口塞车之患。

那天堵车、塞车其实还不仅仅是六模，在微信朋友圈看到，在神泉集镇、南岭、坊楼、荷塘、六市等几个地方都晒出了塞车的壮观画面，拜年的乡亲晒出的不仅仅是长长的塞车的场景，更是晒出了脱贫致富后乡亲的开车拜大年喜庆的幸福画面。

有句谚语说得好，"三十年河东，三十年河西"，真是风水轮流转。谁会想到咱乡下过年也像城里一样塞车呢？这可是从未有过的风景！

原载于《中国作家网》2023 年 2 月 24 日

游石门山

　　石门山坐落在路口镇同坑村，是我县自然保护区和县级森林公园，为莲花、安福、永新之界山，早有"鸡鸣三县"之说。石门山海拔1300.5米，为莲花第一高峰，为禾山七十二峰之首，因其长年累月被白云所覆盖，故又称"白云峰"，因双石耸立，犹如石门，又称"双门石"。

　　五一劳动节前夕，我们周末登山族一行12人于清晨7点半从县城驾车出发，经良坊、湖上南村贞孝坊，8点就赶到石门山脚下的同坑村。一进同坑，就看见村口矗立着"莲花第一峰"牌坊。我们绕村子蜿蜒盘旋行走，最终把三辆小车停靠在石门山水电站一块空地上，而后徒步前行。一路上，大家欢声笑语，时而采摘路边的野花，爱美的女孩儿戴在头上，摆出不同的姿势，晒出放飞的喜悦之情。走到半山腰，突然听到有人在吆喝。哦，是另一支攀登队伍上山时为走捷径而迷路了，只好沿着石门山下"哗哗"的江水攀登，在杂树草丛中艰难前行。我们也大声吆喝着，告诉他们沿江而上就行，到达村落就殊途同归啦！

上山走了约莫一个半小时的路程，有的就走得上气不接下气，有的干脆就坐在路边的石头上小憩一会，仰望着对面，画面和唐代诗人杜牧笔下的"白云生处有人家"如出一辙，大伙被这原始村落"石门山"村（也有人称其为"半山村"）的景色所吸引，对着石门山不断地吆喝着"石门山！我来了！……"那高兴劲儿，只有身临其境的人才能感受到。

在石门山村仅剩的几栋老宅之中，有一栋房屋格外显眼。门上写有"石门山民办小学"，那是以前村村有完小时的时代印迹。据悉，以前的石门山村虽然仅有 33 户人家，十几个小孩儿读书，却也办有一所学校，虽然整所学校只有一名老师，却是采取复式教学法，每天从小学一年级上课至五年级，语文、数学、绘画等课程，在不同年级中变来变去。从这所小学，先后走出了刘小青博士（现在上海同济医院）和多名大学生。直到 2005 年，石门山村全体村民搬迁下山，移至庙背村、莲安公路旁，从此石门山村这一称谓不复存在。

沿着老村落房前屋后光滑的石板小路，沿着当年红军翻越石门山的羊肠小道，我们一路向上攀登前行。那天因天气晴好，虽不是五一假期，但慕名前来的游客还真不少，在半山腰，我们还看见从广东回来的良坊一家 6 口人带着未满周岁的婴儿也勇攀石门山，令人感叹不已。

站在石门山的"双门石"上，脚下的杜鹃，长得比人还高，空旷处有七八个帐篷，显然是摄影爱好者昨晚夜宿石门山的地方。在石门的正前方，有一怪石，独立高耸，数丈有余，名曰"系马桩"。传说在武功山炼丹的葛仙（葛洪），与石门山金仙洞炼丹的金仙（金宝）是道友，历来友善，时常往来。葛仙每次来到石门山，均把白马系于此，故叫"系马桩"。石门的右侧有"近星岩"，正如刘季璋记载那样"怪石层耸，如龙幡、如虎踞、如狮吼、如天烛燎空、如胡僧礼佛，千形万态，莫可名状"；右侧为"定心岩"，如壁侧立，高耸云天，岩西有五石，俏如人形，似五学童在相互问学，讲习学业，人称"五童讲学"；向远眺望便是漫山遍野、一望无际的杜鹃花争奇斗艳，竞相开放。

"石门山上杜鹃红，云雾缭绕伴其中。凝是银河荷花虹，却是石门四月天"，看到此景此色，我也忍不住即兴作诗吟唱几句。欢乐的时光总是那么短暂，不知不觉已是下午 1 时。"莫言下岭便无难，一山放过一山拦"，因山势崎岖陡峭，大伙只能撑着登山杖，横着脚步，相互撑扶着一步一步走下山来，到同坑车停放处，来回竟用了 7 小时。虽说此次仅游览了石门山部分美景，但从大家乐不思蜀的状态来看，也不虚此行。有人感叹，这个原生态的自然景观倘若有人开发铺设栈道，架设索道上下来回，就不会有这么辛苦了。

原载于《萍乡日报》2021 年 5 月 16 日
文中石门山照片由范政君拍摄

我的马拉松之梦

最近网络上流行着这样一段话："人生一定要尝试一次马拉松，去感受万人奔跑的场景，去感受陌生人相互鼓励的温暖，去尝试挑战身体的极限，心肺炸裂，疲惫不堪，在挥汗如雨冲过终点的那一刻，一切都是值得！宁愿有跑不完的遗憾，也不做停步不前的旁观！"我的马拉松之梦何时才能实现呢？

其实，马拉松比赛，我也曾参加过两次，一次 2018 年莲花六市国际马拉松比赛，我参加的仅仅是 5 公里健康跑；第二次是 2021 年 4 月 18 日芦溪的"重走秋收起义之路"马拉松比赛，我也是参加 7.6 公里健康跑，不属于真正意义上的马拉松比赛。真正的马拉松比赛是半程马拉松 21.09 公里和全程马拉松 42.18 公里，具有很大的挑战性，属于极限运动，参与者必须具备良好的身体素质、运动基础，还必须具有顽强的毅力和持之以恒的坚持！

虽然我有多年的跑步的习惯，但跑步与马拉松是有区别的，跑步追求的是健康与享受，跑步可随心所欲停下，而跑马追求的是挑战与速度，跑马要到终点才能结束，往往是痛苦与煎熬！要完成一次真正意义上的马拉松比赛还需要专业的辅导才行。我是在长跑协会跑友专业的辅导和我六弟的陪伴下，根据协会老师的指导，纠正了我的跑姿，如呼吸的节奏、手臂的摆放、脚步的落地以及跑鞋、衣服的要求；调整了我训练的时间，夏秋季天气好也不能天天跑，应该跑二休一或跑三休一，一般休息最好不要超过三天；冬季天气寒冷，又要克服恋床的习惯，要挑战自己从热被窝里跳出来；交代了跑步注意的事项：跑前热身（1. 小碎步。2. 后踢腿。3. 前踢腿。4. 胯下击掌。5. 开合点跳），跑后拉伸（1. 腿部后侧拉伸。2. 大腿前侧拉伸。3. 腿部后侧拉伸。4. 臀大肌拉伸。5. 小腿后侧肌群拉伸），且每一个动作需 30 秒以上，前后各需 20 分钟左右，以出微汗为准。我在他们的指导下在网上买了两双专业的亚瑟士跑鞋，装手机、钥匙的腰包、汗巾、透气的运动衣裤等运动装备，按照辅导老师的要求坚持训练备战。

马拉松运动训练是一个循序渐进的过程，不能一蹴而就，每个人要根据各自的体能进行训练。刚一开始，可以先从 3 公里、5 公里开始，然后再慢慢加到 7 至 8 公里，10 公里，15 公里，21 公里，每一阶段需要一定的时间去磨合，去适应。在心跳、呼吸、体能能够接受的情况下再调整距离，增加运动量，这样一步一个脚印螺旋式上升才不至于双脚扭伤受损，才能具备参赛的资格。

当然，在训练的过程中，也会遇到困难和挫折。我就曾遇到过恐慌和畏难的情绪，若不是跑友和六弟的心理疏导和鼓励，我早就打退堂鼓了。在我平时的训练中，随着训练强度的加大，尤其是模拟半程马拉松这几次，由于每一次都是连续两个多小时的极限挑战，我双脚的两三个脚指甲几乎是全部紫血、变黑，应该说已全部坏死。我都担心死了，也提出不愿再跑了。六弟看后，安慰我说："这不要紧。等几个脚指甲由紫变黑变白，彻底坏死脱壳，到专业泡脚店叫师傅修剪一下，使脚指甲全部脱落，过一段时间后又会重获新生，一般专业的马拉松运动员，脚指甲差不多都换过几次，我的双脚也差不多全换了。"他还说："马拉松运动其实也是一个人孤独寂寞的旅行，训练场上并非每天都有人陪着你训练，由于训练时间差和其他原因，有时也遇不到熟悉的跑友，这时，你可以购买专业的耳机并开启手机上的音乐功能，配上《弦子舞》《她的微笑》《回家的路》等专业运动优美动听神曲，跟着运动神曲的节奏跑步，把自己置身于优美音乐旋律之中，欣赏着沿途的风景，这样既可消除一路上旅途的寂寞，也可消除因跑步带来的疲惫感。"

据健康管理专家介绍："跑步产生的多巴胺仅次于恋爱，3 公里专治各种不爽，5 公里专治各种内伤，10 公里跑完内心全是坦荡和善良。"其实，只要你进入跑步状态，那种感觉定会让你陶醉，会让你痴迷甚至痴情！不信，你试试如何？

正如中国首位女航天员王亚平所说："因为热爱，所以坚持！因为梦想，所以执着！"也正是这份热爱与梦想，加上六弟热情而又专业化的辅导，跑友一直的陪伴，亲友们的监督提醒，让我坚定了坚持和拼搏的勇气。每次跑完，我爱在朋友圈晒一晒，一是让亲友团知道我在跑步，弘扬正能量，让更多的亲友加入晨跑的行列，俗话说得好，"言传不如身教"，与其劝别人锻炼，不如先做好自己，如今，我家就有六七人已加入到长跑的队伍中来，尤其是八弟媳慧兰具有长跑天赋，一次性跑个 10 公里不在话下；二是我隔三岔五如果未在朋友圈晒跑我的亲友就会打电话给我，问是否有事或出差？怎么不见你长跑？说句实话，没跑是自己懒根在作怪，亲友的一句提醒，会有一种无形的力量在鞭策着你起来晨跑，即使出差，我也会自觉地带上跑步的装备。就这样，我坚持了下来，目前已是 7 年跑龄的队员，自 2016 年开始在悦动圈累计跑了 620 次，跑了 3370.77 公里，但比起我家"跑步达人"六弟的 1426 次，16065 公里，参加过 10 次半程、12 次全程马拉松比赛，差远啦。在平时训练的途中，也认识了像刘永灿、清清、平凡的优雅、"黑皮"等多位马拉松跑友，在运动中增进了友谊，分享着快乐！也增强了体质！

为了能够在赛场轻松完赛，协会老师还经常组织跑友在广兴路和莲江湿地公园集中模拟半程马拉松比赛训练：第一次拉练是 2019 年 10 月 3 日，跑了 21.15 公里，配速 6.40，用了 2 小时 21 分 06 秒；第二次是 2021 年 10 月 6 日，跑了 21.31 公里，配速 6.36，用了 2 小时 20 分 46 秒；第三次是 2022 年 6 月 15 日，跑了 21.23 公里，配速 6.36，用了 2 小时 20 分 13 秒；第四次是 2022 年 8 月 31 日，跑了 21.09 公里，配速 6.43，用了 2 小时 21 分 11 秒；第五次是 2022 年 11 月 13 日，跑了 21.09 公里，配速 6.24，用 2 小时 15 分 7 秒……

在几次的模拟半程马拉松完赛后，我基本具备跑完半程马拉松的能力，在六弟和跑友的激励下报名参加 2021 年 11 月 6 日的江铃福裕南昌马拉松，而且成功中签了，配号为 D2412。马拉松比赛成功中签更激发了我跑步的动力与热情。可是，当我们信心满满、激情四射地准备去南昌参赛时，在临近比赛前两天，因为疫情的原因比赛被迫取消。第一次报名中签的我，犹如泄了气的皮球，浑身没劲。

2022 年 11 月 6 日，长沙马拉松，我又报名了，也成功中签了。这次参加长沙马拉松，真没想到我们莲花竟然有 40 人参加！赛前，参赛的跑友还组建了"长沙马拉松"群，队友杨婷负责联络并预订了参赛的住宿酒店，也是比赛前一两天接到通知，又是受湖南疫情的影响，长沙马拉松被迫延期举行，并通知运动员退款，大家都不愿退，纷纷表示待来年再参赛。

在长沙马拉松通知延期后，我们带着一半期待、一半侥幸的心情紧接着又报了 2022 年 12 月 11 日第五届"国缘杯"江西万载罗城半程马拉松赛。可临近比赛时，12 月 5 日又收到了罗城马拉松因疫情的原因延期举行的"噩耗"。

"路漫漫其修远兮，吾将上下而求索。"尽管准备了多年且好不容易成功中签的三场马拉松赛事终因疫情而泡汤，心里难免有点儿遗憾，但我不灰心，仍坚持"跑一休一"训练，关注着"马拉马拉"的消息，因为"挑战自我，超越极限、永不放弃"的马拉松精神已融入我心，期待着新冠疫情早点结束，期待着来年圆我一个马拉松梦！

我在师大的那三场考试

　　人的一生本是一场场考试，每一场考试的过后又将迈入另一个新的起点，最美的风景永远在拼搏努力的路上，也许我们只是每一考场中的匆匆过客，也许并非每一场考试结果都令你满意，但只要你经历过，努力过，拼搏过，哪怕是跌倒过，失败过，甚至最终选择放弃，你也是成功的、幸福的。

　　在卫生健康岗位任职的近 6 年时间里，作为卫生健康管理的第一责任人，我报名参加了健康管理师国家职业资格考试，而且考了 3 次。我师范出身，深深懂得言传不如身教，榜样的力量是无穷的。虽无半点医学专业知识，肯学、肯问、肯钻的我竟敢同大多医技、公卫人员一样在江西师范大学参加了国家卫健委组织的 3 次卫生健康行业职业技能"健康管理师"考试。结果是实操考试 3 次分别以 62、72、73 分通过，理论基础知识却不太理想，42、55、53 分，第一次差 18 分，后面两次均以几分之差未能通过，但我一点儿也不感到后悔和遗憾，毕竟我努力过！同时也说明国家健康管理师职业资格证的含金量，没有专业基础知识，没有真才实学的人是难以考试通过的。相反，我却把它作为人生的一项宝贵的财富储存起来，《健康管理师基础知识》《健康管理师国家职业资格三级》这两本培训教程，也成了我的枕边诗书。

　　任岩东先生在他的《生命的大设计》一书中说过这样一段话："健康是人生一切的前提。"

　　"有时，去治愈；常常，去帮助；总是去安慰。"这是美国著名医生特鲁多的墓志铭。它揭示了医学是不完美的科学，任何时代都有人类不能征服的疾病，能被治愈的疾病永远是寥寥无几，更多的时候，医生也仅仅是提供帮助。就像许多人正在治疗的糖尿病、高血压、冠心病、肝病等慢性病。然而追求健康、长寿、快乐，远离疾病的侵袭，是每个人最大的愿望。健康是每一个人的责任。因为影响一个人的健康有很多因素，其中遗传生物因素占 12%，环境因素占 17%，生活方式因素占 60%，卫生医疗因素仅占 8%，可见医疗的局限性。因此，健康是需要管理的，人们也可以通过健康管理实现远离疾病的愿望；因此，倡导健康文明的生活方式，倡导婚前医学检查、免费孕检，选择自然清新的人居环境就显得尤为重要。

一个人的健康不仅仅是指身体肌体的健康、思维的敏捷，还包括适应社会的健康的心理状态。机构改革将卫计委的名称改为卫生健康委员会，是党中央着眼不断满足人民健康需求作出的重大决策，体现了国家卫生健康工作理念的重大转变，将以治病为中心转变为以人民健康为中心。

2015 年 10 月，十八届五中全会明确提出建设健康中国，一年后《"健康中国 2030"规划纲要》发布实施，强调预防为主，推行健康生活方式以减少疾病发生的健康中国战略正式上升为国家战略。

2017 年，人力资源和社会保障部公布 140 项国家职业资格目录清单，将"健康管理师"正式纳入其中。2017 年 4 月 26 日，我带琴亭和神泉二位院长在浙江杭州参加华东六省一市基层卫生管理培训班，听了国家卫健委基层管理司刘利群司长的关于家庭签约医师工作以及厦门卫健委介绍的家庭签约"三师共管"模式，才真正了解健康中国的发展方向以及"健康管理师"这一职业需求的趋势。

2018 年 3 月 27 日国家卫生健康委员会正式挂牌，统一协调大卫生、大健康，引领"健康中国"，有利于健康中国战略目标的实现。这也预示着健康不能靠药物，非药物治未病的时代已经到来！在这一行业工作 5 年之久的我，更应该带头学习健康管理！并争取通过国家资格考试获得执业证书，才配得上当卫健委主任一职，才能更好地为莲花的百姓服务，更好地实现好健康莲花的目标！

为了有机会参加健康管理师国家资格考试，获得国家"健康管理师"资格证书，2018 年 3 月份，我在网上查询，看到河北有家考试培训机构，培训费比较高，并且包过。我看这一定是假的，哪里还有包过的培训？虽然这家培训机构负责人常打电话过来，但经咨询省市卫健委相关处室后，我还是放弃了。

后来，我有幸参加了江西健康行业协会举办的一次家庭医生签约与健康管理培训班，聆听了浙江大学郭清博士和省卫健委宣教处李先春处长的讲座后，更加坚定了我要考、全系统公卫工作人员都应考的信心和决心！咨询省卫计委和江西健康行业协会后，我参加国家 2018 年健康管理师培训 24 小时医学：课堂教学、视频讲座、专业辅导等。学校发了《健康管理师基础知识》《健康管理师国家职业资格三级》两本教材。要求每位学员必须听完两本教材共 21 章，124 课时的视频教学。并按要求完成模拟测试题的任务。由于工作忙，两本教材粗略地看了几遍，视频教学看了两三遍，模拟试卷也做了，几十年未参加考试，以为资格考试也没那么正规。在考试前一天晚上，有南昌的莲花籍朋友请客，我也未推却，就这样草率地奔赴 2018 年 9 月 15 日的全国健康管理师国考考场。因江西考生较多，考点设在江西师大青山湖校区和瑶湖校区。我被分在瑶湖校区考试。

9 月 15 日清晨 6 点半，我起床简单洗漱之后往地铁一号线庐山南站赶，坐了差不多一个小时，在瑶湖站下，出站后便是江西师范大学瑶湖校区。学校占地 3000 多亩，犹如一座小县城一般，学校广场宽阔，教学楼的颜色都是紫红色有点儿苏式建筑风格的味道，且错落有致，布局合理，道路纵横交错，校园绿树成荫，各项设施比较齐全。我来不及去探寻师大校园的美景，也因未吃早餐，肚子在闹矛盾，一出站就到处找吃饭的地方。校门口没有早餐点，走进校园也找不到吃的，见学生就问，食堂在哪？因为是刚开学，新生们在军训，看上去都像当兵似的，都穿着迷彩服，经学生指路，穿过师大广场、图书馆才找到学生食堂，买几个包子和一碗稀饭算是完成了早餐。随后按照准考证的地址找到先骕楼2312室。

第一次走进江西师大瑶湖校区设的考点，走进教室一看，"哇！"这么大的教室，估计有一二百人同在一个考场，前后左右相隔不远，我想那完全可以偷看过关的，而且我的旁边是单位同事贺延程，前后都是莲花的考生，监考老师宣布的考场纪律，只带准考证和身份证，其他东西包括手机一律不准出现，否则视为违纪取消考试资格。上午基础知识考试，共有考题100题，分单选题70道，多选题30道，多选或少选一项，整题不得分。考试时长为120分钟。考试时，我把容易的、会做的先做完，剩下不会做的，也想看看前后左右同事的答案，没想到前后左右的试题完全不一样，即使让你看，也没办法判断正确，何况有考试纪律和多名监考老师和监控，真的很佩服考题的设计老师，每个人的试卷试题不一样，真是用心良苦啊！可见考试偷看的时代已经过去，高科技的信息化手段倒逼考生必须真才实学，投机取巧的时代已是过去时。没办法只有自己独立思考来答完，至于正确与否就不管了。考完走出考场已是饭点，我们到师大学生食堂吃饭。那天虽是周末，但在食堂吃饭的学生特别多，我们也和学生一样有序排队。

午饭过后，考虑下午还要继续考试，大家只好到师大图书馆看书午休。大家进入馆内，被这里的装饰、格调、文化气息所吸引，所震撼。一座图书馆是一所大学的灵魂，1966年美国教育专家A.M卡特说"图书馆是大学的心脏"！大学的本质是恢复人类的天真，让灵魂诗意地栖居。人类个体和个体的两两相爱或多角相爱，远远不能填补生命中巨大的茫然惶惑。一个人在另一个人身上寻找灵魂最深的归属地几乎没有可能，实现生命皈依的途径或许只有：读书与寻找自然造化。人要学会在自己内心修篱种竹，一个有趣的灵魂，自身的深致、丰富性、夷然、从容，这些方能真正使人一轮心月之独明。读书，让你欣赏竹密何妨流水去，山高不碍白云飞；读书，让你宠辱不惊，闲看庭前花开花落，去留无意，漫随天外云卷云舒。在这种悠然独处的阅读中，这里有亘古的苍茫，有醉人的宁静，有磅礴的自由……一心无累，四季良辰！读书不独变气质，且能养精神，盖理义收辑故也。宇宙以来有治世法、傲世法、维世法、出世法和垂世法。面对大千世界，各人都有自己的与世之法，亦是人生态度。或许世人终不能如心所愿，以一法处世，往往在入世和隐逸中交织着。然不管身处何境，人生即使天涯岁暮，唯读书让此心有无穷暖意。红尘内外，总有一件这样的事物让人心无比安宁。世人皆知有用之用，而莫知无用之用也。读一篇轻快之书，宛见山青水白，正如明代文学家陈继儒在其《小窗幽记》中所言："闭门即是深山，读书随处净土！"读书能净化人的心灵，亦能疗伤、治愈人的健康！在这里可以感受阅读的境界，沉浸在书海才会深感到自己的不足与渺小，枉费了过去多少青春时光。

师大的图书馆比较大，也是江西师大标志性建筑之一，上下两层面积超过5000多平方米，收藏的图书上亿册，馆内静悄悄的，虽说是周末中午，但到处是看书阅读的少男少女，可见师大的学风，培养教师的地方，的确与其他地方不一样。我们也深深地被这氛围所感染，进门前熙熙攘攘地说话，顷刻间安静了下来，走路也轻手轻脚，说话用手势替代，生怕惊扰了学生的阅读梦。找不到休息的地方，我们便席地而坐、而卧，或背靠墙角……拿出健康管理师考试教程临阵磨枪，准备着下午的考试。

下午是技能操作考试，100道题目，70道单选题，30道多选题，下午考试提交完答案不能回看，对与错只有一次机会。前后左右的题目不一致，也根本没办法看别人的。而且头稍微偏点，监控探头就会发现，监考老师就会出现在身后提醒。两次以上就取消考试资格。不过，技能操作题目，我基本上全会做，而且还提前交了卷。

"书到用时方恨少，事非经过不知难。"由于平时看书时间较少，相隔近二十年未进考场参加闭卷考试，就这样，凭自己平时医学知识的积累、印象，做完了两科200题的试卷。走出考场一看书，大家互相对一下答案，好多题做错了。时隔50天，上网查询分数，结果基础知识仅有42分，技能实操62分，一科未过，得从头再来！

2019年4月27日，经过近半年的复习，当然由于工作繁忙，整日开会、下乡，在办公室待的时间几乎屈指可数，要说复习效果，比上一次要好些，起码教材多翻了几遍，视频课件又重新听了一遍，有的甚至两遍以上。我又一次信心满满地参加了2019年全国健康管理师技能职称考试。考完后，满以为会顺利通过。但毕竟缺乏系统的学习，基础理论知识考了55分，虽然比第一次提高13分，却还是以5分之差未能通过，在网上查询确认成绩后，真有点儿小小遗憾，心里仍不服气！

于是，我又报名参加2019年6月29日的考试。谁知，每次考试的侧重点又不一样，知识点多，而且比较细，结果还是基础理论知识以7分之差最终未能过关！

连考了3次均未过关，怎么办？是继续，还是放弃？培训中心的陈老师叫我不要放弃，准备下一场11月份的考试，准备充分点，加油！我好难过，也想放弃，考了3次都未通过，觉得很没面子，不好意思再去了，可我仍不死心，也好想再去搏一搏！作为对自己健康管理来说也是没有休止符，不论结果如何，我把每次的考试作为学习健康管理知识的动力，也是熟悉健康管理知识的过程，更是自己健康素养的又一次提升，对家人健康教育也是一大帮助。

2019年8月27日，我调到县工业和信息化局任职，新岗位，新角色，新起点，且工作繁忙，健康管理师资格考试只好被迫放弃，但健康管理永远没有休止符，在空闲时，我仍会继续温习王陇德老师主编的《健康管理师基础知识》《健康管理师国家职业资格三级》第2

版教程，学习任岩东老师编著的《生命的大设计》，跑二休一或跑三休一，坚持晨曦在莲江湿地公园绿道上随着《弦子舞》等动感音乐节奏慢跑，沿途欣赏着莲江的美景，呼吸着清新的空气，即使出差也不忘带着运动装备，偶尔在不同的赛事中感受运动所带来的快乐，偶尔也会去老年大学或图书馆听健康知识讲座，并分享我的学习心得，参加过 2018 中国莲花美丽乡村国际半程马拉松，参加过 2021 年萍乡市"重走秋收起义跑，红色马拉松"比赛……在赛场上阅读着人生一场场永不散场的考试，享受着健康所带来的快乐！

我坐绿皮火车去北京

2023 年 3 月 17 日至 19 日，在北京辰茂鸿翔酒店举办的 2022 年度中国散文年会上，拙作《我的祖母》在年度散文评选中荣获二等奖，我有幸被邀请参会。

我便在网上搜索着去北京的出行方式：萍乡北站高铁 794 元 8 小时 31 分到达北京西站；在黄花机场登飞机 880 元 2 小时 20 分到首都机场；萍乡站绿皮火车硬座 198 元、硬卧 360 元、软卧 560 元 19 小时 49 分到达北京西站。

早已开启慢生活的我，再也不会为赶时间而奔波，更多的是年老怀旧的缘故，自萍乡进入高铁时代，已有很多年时间未坐过绿皮火车啦，我很想再坐一坐久违的绿皮火车。绿皮火车因其墨绿色的车身、低廉的票价，给我们这一代人留下了难以磨灭的记忆，一直以来也是农民工、低收入者出行的首选模式。我打算去重温一下当年乘坐绿皮火车的味道。加之好友陈维东 17 日之前有空，可在北京陪我玩两天。于是，我便购买了 3 月 14 日 15：29 萍乡—北京西站的 T147 绿皮火车车票。

儿时只在银幕上看过火车。1984 年考上永新师范时，听说永新二机厂那边有火车，学生凭学生证坐火车可享受半票。为了能看上一眼绿皮火车，我们常常在周末跑到永新火车站，站在围栏外看那绿皮火车徐徐启动，在眼皮底下慢慢掠过，看那长龙似的绿皮火车冒出的滚滚白烟，听那绿皮火车发出的"轰、轰、轰隆轰隆……"和那"呜…呜…呜……"汽笛长鸣的声音。在师范放第一个寒假，我就迫不及待地想过一把坐火车瘾，我和安福的欧阳建生、彭建希同学一起从永新坐火车至安福，然后在安福坐客车回莲花，整整多出一倍的路程和车费。还记得那年寒假，我一上火车，就在火车上来来回回走了两遍，在座位上是坐下去又站立起来，那种头一回坐火车的心情，甭提有多高兴。

2008 年，我在神泉乡任职时，吉衡铁路开工建设并在神泉段设站，我派出刘生才、刘才龙、刘方方等强有力的干部队伍全力以赴支持铁路建设。只可惜，吉衡铁路、莲花火车站也建好了，却始终未能通车运营，这终究是一大遗憾。

3 月 14 日，下午 2 点半，我把车子放在小陆家，打出租车到萍乡站。阳春三月，太阳却异常地火辣，萍乡站广场空荡荡的，仅三三两两的乘客进站。可上到二楼的候车大厅，12 排的座位已座无虚席，检票口也排起 4 条长长的队伍。有许多爱慢生活的中老年人，也有许多青年学生，不时也看到几个务实低调的老板。

我在候车厅好不容易找了一个位置，坐下还不到 10 分钟，就开始检票进站。

15：19 提前 10 分钟检票进站。进入进站长廊，客运值班员穿着工作服，拿着小喇叭在不停地叫唤着"卧铺的旅客 12 至 18 车厢靠左，硬座的旅客 1 至 11 车厢靠右，在设定的区间内等候！"

15：28，T147 南昌—北京西的列车准时进站，那也是"和谐号"列车。找到 12 车厢 7 号下铺，那雪白干净的床单、被子，垫头上写有"南客铁路"字样，车厢地面也十分干净。

15：33 列车徐徐向前移动，渐渐提速奔驰，并没有发出"轰隆轰隆……"和那"呜、呜、呜……"的汽笛声，应该是列车技术得到有效改进与提升吧。我伸开双脚，双手垫着头，躺在卧铺上，看着窗外一个劲向后头飞的房屋、大树，听着不时发出的车轮与铁轨滑动的熟悉声音，舒服极了，惬意极了。

不知不觉在车上睡了一觉，被上下车的旅客吵醒，一问列车服务员，原来是到长沙站，停靠大概15分钟，17：45开始启动。

18：00我到9号车厢吃晚饭。餐厅布置得非常温馨，车窗挂满了白色透明的缕纱窗帘遮挡，12张白色玻璃餐桌，24条背靠背长椅，餐桌上有一白色小花瓶，瓶内装有一束红色的玫瑰，一只白色带盖瓷筒内装有牙签，一块赣味特色菜谱，分美味营养早餐、精品套餐类、赣味特色菜三个系列共30多种，价格从15元至48元，餐厅的服务员比较热情，可以现场由旅客点菜炒菜。盒饭价格仅20元，比高铁的盒饭要便宜一半，且菜品丰富，有鸡蛋、黑木耳、青椒炒肉、青菜心炒肉。我选择了仅20元的盒饭，味道还真的不错。

在餐厅，刚好遇见4名铁路警察正在审讯一名双手戴着镣铐、身穿黑色休闲运动衣的小伙子，只见他一脸委屈无辜的样子，看得出是个法盲。听说是通过手机微信认识的犯罪嫌疑人，用他手机转账而造成犯罪事实。在现今的法制信息化社会，这就印证了"天网恢恢，疏而不漏"的真理。没想到，铁路公安除了维护列车治安外也会协助地方公安办案，为铁路公安警察点赞！

一列火车，就是一个移动的社区。列车根据旅客的需求，在座位上就设置硬座、硬卧，软卧三个等次。用餐也是一样，有在过道上吃方便面的，吃自带的便餐的，有买盒饭的，也有在餐厅点菜的，男女老少，南来北往的人都有。

列车服务员推着小货车不停地叫唤着"啤酒饮料矿泉水八宝粥……""来来来…炒粉15元一份……""吃盒饭啊！15元一份，10元一份，只有6份啦……""来来来，新疆特产，骆驼奶糖、天山乌梅20元一袋……"

尤其是晚饭过后，南来北往的人坐在过道的小凳上聊天的、嗑瓜子的、吃水果的、躲在卫生间吸烟的、看手机的、看火车上提供的《人民铁道报》的……列车服务员也推着流动服务车在推销新疆特产的，有卖水果、矿泉水饮料的，如小区门口，闹市区一般景象，比起 2001 年 5 月从吉安去青岛坐火车那回要文明多啦。记得那年，我和周建恩、王水龙、张平慧等 5 人都未买到座位票，也允许我们上车，一上车只用报纸当座位坐在报纸上，疲劳了就横七竖八地睡到座位底下去了。

晚上 10 点关灯睡觉，车内静悄悄的，只有此起彼伏的呼噜声和列车行驶发出的很有节奏感的"咯噔、咯噔……"声音，我睡在卧铺上，犹如在摇篮里，享受着这绿皮火车轻轻地摇晃，进入甜蜜的梦乡……

3 月 15 日凌晨 2：45，我被一位年轻貌美的女列车员叫醒，通知我郑州站到了，该换乘 T146 列车还是乘坐的同一辆车，只不过车次由 T147 改为 T146。如不是好友陈维东提醒，我本会下车在郑州站等候 1 个小时乘 3：58 分 Z50 直达列车到北京西站。只见列车员戴着白色 N95 口罩，右肩肩章上挂着高清摄像仪，裤腰带上扣着一根长长的白色列车门钥匙，背后系着对讲机，手拿着手机，一身全副武装的样子。我问是否每一位旅客到站都要提醒，她说，她负责两节车厢的旅客安全、票务查询与到站提醒，当乘客躺着休息的时候，她们却在车厢内来回穿梭，不能耽误一位乘客！乘客走后，她们要整理好被子，打扫好卫生。长期在列车上生活，没时间照顾小孩和父母。是啊，别看这些列车员身穿列车员制服，光鲜亮丽的样子，其实她们也挺辛苦，不容易啊！她们应是绿皮火车上最可爱的人！

列车在一路向北狂奔，气温也逐渐下降，我蜷缩着身子又躺下了，枕着轨道入梦乡……

早上 7 点半醒来，春日暖阳已透过窗帘穿了进来，我伸着懒腰，擦擦蒙眬的双眼，拉开窗帘，映入我眼帘的是一望无垠的绿色小麦，犹如一片绿色的海洋生机盎然，一排排井然有序的白杨树直插云天，那是充满生机和希望的田野，那是充满快乐和幸福的田野，那是一片充满汗水和丰收的田野。听列车员说，那是到了保定。保定的农村都是一层的平房。田野中偶见一堆一堆的泥土，那是农村去世的老人的坟墓，很少有大理石碑文，更没有用钢筋水泥砌盖，只是深埋地底下滋润肥沃土地而已。这或许是咱北方老百姓深爱着土地的缘故吧。人啊，在时一口气，去时一阵烟，若干年便是一堆土，不必那么折腾！在这方面，北方人似乎要比南方人想得通透些。

11：30，T146准时进北京西站，陈维东在北京西站北广场出口接站。北京的春天似乎要比南方来得稍晚些，沿途只看见柳树露出点儿新鲜的柳芽，樱花星星点点地开了些，粗大的国槐树依然还在冬眠，光秃秃的看不出要长芽的迹象，气温依然上不来，好在提前做了功课，带足了御寒的冬衣，寒风一吹才不至于瑟瑟发抖。

3月19日，年会结束后，我又乘坐北京西至萍乡的T145绿皮火车回家，坐在绿皮火车上，一路欣赏沿途的美景，可以躺卧在摇篮般的硬卧上，感受着绿皮火车开开停停，南来北往旅客上上下下，列车乘务员在车厢内来来回回的味道，晃晃悠悠地一觉睡到家。

倘若时间不赶，绿皮火车，可能是我今后出行的最佳选择！

原载于《中国作家网》2023年6月9日

我爱上了跑步

我爱上了跑步，这不只是说说而已，那可是我一生的最爱。

"近朱者赤，近墨者黑。"环境对一个人的影响是潜移默化的。一个人的爱好或兴趣，一般都会受某人或某事的影响而产生。我是从1982年秋季开学后开始跑步的。那时我跟着父亲在莲花中学读初中，吃住在琴水公社。公社里有一个叫刘志锋的小伙子，他刚从部队转业回来，是路口镇汤坊村人，也算是我的老乡，田南的隔壁邻居。他对我挺热情的，他教我拉哑铃、练单杠，要求我们每天清晨必须像部队一样早起跑步。他说跑步不仅能强身健体，还能锻造我们持之以恒的毅力，对学习是百利而无一害。也就是从那时起，我坚持每天6点钟起床，从琴水公社跑至六模商店来回3至5公里，然后开始晨读。我就是从那时起逐渐养成了跑步的习惯，爱上了跑步；也是从那时起，只要学校有田径运动会，400米、800米、1500米、3000米就是我必报的项目。

后来，在永新师范读书的三年，乃至走上工作岗位，隔三岔五地晨跑已成了我生活的一部分。

有人说，如果世界上只有一种投资稳赚不赔，那就是学习和运动；如果有一种运动既简单又经济，那就是跑步，你只要拥有一双跑鞋，仅此而已。

跑步是最经济的健康方式

跑步是最经济最便捷最灵活的运动方式。说它最经济，这项运动只需一双跑鞋即可，运动衣服随意。条件好的可以买专业运动跑鞋、速干衣服，配上汗巾、手机套装；说它最便捷，无须选择场地，长期坚持，专业的运动员选择沥青路面就行。它不像游泳要选择场馆，要选择季节；它不像乒乓球、羽毛球，要购买球拍、乒乓球、羽毛球、乒乓球桌、羽毛球网，还必须邀上相同兴趣、技术相当的人。更不像打篮球、排球，要求双方相同人数上场，中途犯规换人，每人的角色、位置，在运动场上的分工合作，相互协调。说它最灵活，只要你想，时间允许，由你自己选择，随时随地，随心所欲。跑步也是一个人的独行！

跑步是最简单的运动模式

无论做什么事，方法很重要，方法对头，事半功倍，方法错了，不如不跑！第一，跑步人必须要有充足的睡眠，休息好；第二，跑步人必须尽量少喝酒，最好不喝酒；第三，跑步人必须做好"跑前热身，跑后拉伸"这项功课，这个尤为重要，可起到事半功倍的效果。跑前热身最实用的五个动作：一、原地小跑。二、髋部外转。三、两侧压腿。四、胯下击掌。五、开合跳，热身全身，提高状态。跑后拉伸最实用的五个动作：一、针对大腿前侧肌肉做股四头肌拉伸。二、胸腔拉伸，调整呼吸。三、臀部和梨状肌拉伸。四、小腿拉伸，这个动作可以让小腿前后侧肌肉得到放松。五、腘绳肌拉伸，主要针对大腿后侧肌肉拉伸。

跑步是最持久的运动方式

因为经济，因为简单，因为跑步5公里以上会产生多巴胺，使人处于兴奋状态，所以促进了跑步者的热情与执着，而且可适合任何人，无专业的限制，尤其是慢跑者。一个人无论做什么事，坚持很重要。对跑步也应存敬畏之心，如果"三天打鱼两天晒网""做一天和尚撞一天钟"，那就没一点儿效果。但是片面追求里程和速度，每天都跑也是不行的。跑步的最高境界是无伤跑，精神好，跑龄长！只有坚持"跑二休一"或"跑一休一"跑步模式，每次40至60分钟，5至10公里，持之以恒，坚持不懈，才会达到强身健体的效果，才会感受到跑步带来的健康与快乐！才会养成坚韧不拔的毅力。

跑步扩大了我的"朋友圈"

跑步扩大了我的"朋友圈"，让我的生活不再寂寞。2022 年 3 月份，我退休时已退了近 60 个工作群，没想到，因为写作，又增加了全国以及省市县作协群；因为跑步，又加入了莲花长跑协会、兄弟姐妹长跑群；因为马拉松，又加入了罗城马拉松群、九江马拉松群、铜鼓马拉松群、石城马拉松群等多个跑友圈联系群，多场马拉松赛事认识许多来自公安、教育、机关等单位以及全国各地的马拉松跑友。一起交流学习分享写作与跑步的感受与体会。

跑步让我感受到健康与快乐

受跑友的影响与感染，2023 年 3 月疫情一结束，我连续报名跑了 5 次半程马拉松：4 月 2 日在宜春万载县参加罗城半程马拉松，跑出 2 小时 16 分的好成绩；4 月 16 日参加了九江赛纳湖半程马拉松，跑出了 2 小时 28 分的好成绩；5 月 14 日参加了铜鼓半程马拉松，跑出了 2 小时 12 分的好成绩；5 月 20 日参加攸县酒埠江 10 公里迷你马拉松，1 小时 1 分完赛；5 月 28 日参加赣江源石城半程马拉松，虽是高温，但也跑出了 2 小时 19 分的好成绩，每次均能轻松完赛。在比赛所在地感受到了当地人车接车送的热情，感受了万人奔跑的激情，感受了在赛道上挥汗如雨的刺激，感受了陌生人相互鼓励的温暖！感受了在不同补给站志愿者爱心贴心的服务！感受了摄影师们抓拍留下的精彩瞬间！感受了到达终点时挑战自我成功的喜悦……下半年，我又报了 10 月 15 日龙虎山马拉松，10 月 29 日长沙马拉松，11 月 12 日的南昌马拉松。

我从初中就开始跑步，一直到师范毕业，走上工作岗位仍然坚持不懈，因结婚、带小孩，在乡下"5 加 2""白加黑"工作忙的缘故，中途被迫中断了近 21 年之久。2016 年一次体检，血脂、血糖指标明显偏高，听了医生和健康管理专家的建议，我便又恢复了跑步，虽中途也因工作的原因断断续续，但还是坚持了下来。而今，我在悦动圈已坚持了 9 年，3093 天，跑了 890 次，累计 6500 公里，体重也由原来的 152 斤减至 142 斤，血脂由原来 3.47 降至 1.32，空腹血糖也控制在 6.5 之内。

跑步带给你和家人满满的正能量

跑步，它带给身边人和家人满满的正能量，它影响着我的家人，带动着他们一起加入到跑步的队伍中来。我家就有小炎、小亮、昊然、慧兰、玉华等 9 人都加入了跑步的队伍，我和六弟经常一起报名参加马拉松比赛，一起感受与分享马拉松带来的快乐与美好。

最近网上流行着这样一段话：跑 3 公里专治各种不爽，跑 5 公里专治各种内伤，跑完 10 公里，内心全是坦荡和善良。生命在于运动，而跑步是让你增值最快的一种运动。它能改善你的身体机能，重塑一个健康的身体。它能激活你的大脑状态，提升你的思考力和创造力。它能帮助你摆脱压抑沉闷的情绪，清空烦恼，重构澄澈宁静的心灵。人生海海，如果你感到自己太柔弱，太无助，那就去跑步吧。跑着跑着，你就会蜕变，就会强大，收获一个全新的自己。

既然跑步有这么多的好处，那你还犹豫什么？明早就开始跑步吧！在莲江湿地的绿道上，迎着五彩的朝霞，迎着和煦的微风，呼吸着清新的空气，倾听着莲江奔腾的江水，放飞心情，放飞自我……

反正，我爱上了跑步，也迷恋上了半程马拉松比赛！也许是我余生除了写作之外的感觉最爱、最爽、最浪漫的一项爱好。

第四辑　一片冰心在玉壶

春运记

20世纪八九十年代，正是改革开放初期，赴广东、东莞、深圳等沿海地区打工挣钱的风潮影响着赣西边城小镇莲花。由于莲花离广东不远，便滋生了一股强有力的劳动力市场，一个小小的莲花县就有六七万人在"珠三角"沿海地区打工闯荡。

当年，吉安地区连火车站也没有，莲花去萍乡却有座"九曲十八弯"且又陡峭崎岖的高埠岭公路拦着，人坐在客车上仿佛荡秋千，到萍乡火车站乘车极为不便。莲花打工仔、打工妹前往广东的主要交通工具只有大客车。那时，莲花去广东的班线也极为有限，一周来回仅有一两趟，而且车次较少，平时班次主要依据人流而调整，私人包车应运而生。

古语有言："天下熙熙皆为利来，天下攘攘皆为利往。"有利益的行业上就有商人的影子，因此每年春节前后，有很多莲花老板从南昌、长沙、上海、北京等省会城市包单位上下班的专车来莲花跑春运，包车挣了不少钱，也方便了打工人，可谓是两全其美。

每逢春节过后，路过县汽车站时，看到汽车站门口和候车大厅里挤满了返程的青年男女，人山人海、一票难求的现状，看到一个个拖着大包小包的行李焦急候车的样子，一双双期待返程上班的眼睛，看到一个个小伙子爬窗户上车的身姿，一浪高过一浪。年轻的我，也觉得应该从中做点儿什么。

那时我还在学校教书，又恰逢寒假没事，我对这个市场行情也颇感兴趣，并做了深度的调查，认为可行。

1990 年阴历十二月，一放寒假，我承包了县林业局车队的一辆客车，与车队签了租赁合同为 4000 元一辆包 3 天来回，年后送打工仔、打工妹往返广东。因为是第一次包车，为了能让亲朋好友坐车返程方便，也为了让每个位置都能坐满，不亏本，我们做老师的也亏不起，交完钱后，我就背起书包拿着笔记本立即奔赴南岭、路口、湖上、闪石等乡镇熟悉的亲朋好友家，逐户上门了解询问在广东务工的亲友年后返程的具体日期，预交车费，具体送达地点等。经过十多天的奔波，共签约缴费 80 多人，分两批次送往广东东莞、深圳等地，大年初五一趟，大年初十送第二趟。就这样，每天早出晚归在下面走村串户的，一直忙到大年三十，家里人都吃完了年夜饭，我才从汤坊村赶回家，全然不知大家都在忙着过年，可我一点儿也不觉得累。说句实话，那几年做生意跑运输，还真有那么一股劲头，当然也尝到了经商挣钱的味道。

大年初五，天刚蒙蒙亮，我胡乱地吃完早餐就匆匆忙忙地往县林业局车队赶。一路上，下着毛毛细雨，寒风刺骨，我撑着一把长雨伞，挎着小提包几乎是小跑着前进。因为还在过年，家家户户还不时传来"噼里啪啦"的鞭炮声，司机郭师傅和他的搭档早早地就发动了车子在大院子里等我。郭师傅是下坊仁本人，四十多岁，身材魁梧，剪着短发，穿着一身崭新的蓝灰色工作服，也许年后第一次出车，要有那么点儿仪式感吧，他是一位非常有经验的老司机。他的搭档陈师傅是坊楼人，虽然年轻，可也是部队转业的好司机，看着他俩相互敬烟，喜笑颜开、精神饱满的样子，我心里踏实多了。相互问候之后，我坐在卖票的位置上指挥着郭师傅在南岑转闪石、路口、湖上，一圈下来就坐满了一车。然而一上车却有七八个小妹要少付 10 元、20 元不等的车费， 她们几乎带着哀求的语气叫着我："叔叔，身上没带这么多钱，以后挣了钱再回家还你行吗？"看着这些乡里乡亲熟悉的打工妹，我就心软了，也不怎么计较，便爽快地答应了她们，"好了，上车吧！"

"大家坐稳啦！出发！"

客车从莲花出发，经永新，转吉安、泰和县上105国道。那个年代，没有高速公路，去广东唯一的路就是105国道。105国道是水泥路面双向二车道，车流量特别大，一上路，整个国道来往犹如一条不断线的长龙，白天黑夜川流不息。那时还没有高速公路，如果顺利不出事、不堵车，两个司机轮换着开，正常也要3天来回。碰上个交通事故堵上一两天都算快的。

车子一直往前开，到了吃饭的时候，105国道沿途的饭店很多，每个饭店差不多都是一位较为年轻俊俏的姑娘挥舞着丝巾在路边上招揽着客人。听郭师傅讲，夏季时，这些姑娘是挥舞着花裙子揽客。我们停车吃饭的饭店叫"仙客来饭店"，名字取得比较好，也许老板的初衷是把客人当作仙人一般来招待，可事实上并非如此。饭店有个大院子，可停放四五辆大客车。客车一进入院子，只见店家的一个小伙计拿着一条链子锁在手里摇来晃去的，一头流行的卷发，看起来蛮新潮，车子刚一停稳，他便转身把院子的铁门给锁上了。然后疾步上车，用右手不停地招呼着旅客下车，嘴里咀嚼着槟榔，发出一股子怪味，难闻死了，可他却在不停地吆喝着："下车啦！下车啦！填饱肚子好赶路啦！下车啦！全部得下车！……"似乎带点儿命令的语气。也许是为了赶时间吧，郭师傅和店老板一样吆喝着所有旅客下车，有的打工妹没钱，掏出包里自备的年货食品充饭，不想再花钱吃饭，可这样也不能留在车子上休息，必须得下车，这场景跟电影上演的如出一辙，那小伙计就是一个十足的"小阿混"，看到就恶心！没办法，当时就是这样。

我和郭师傅被店家安排在"仙客来"饭店所谓的雅座，也不过是一个小间而已，不一会儿工夫就上了四五道本地的特色菜，听郭师傅讲这些全免费。而旅客不管吃与不吃，一律按10元一人收钱。我问郭师傅"哪来这样的规矩？这不是坑人的黑店吗？"郭师傅说："就这样啦！习惯就好，广东自开放以来就这样"。我有点儿看不惯，想打抱不平，想找饭店老板理论理论。我说："这些打工仔、打工妹可是我的亲朋好友的小孩儿，以后他们回去说我怎么办？"郭师傅怕我惹出什么事来，极力拦住我，阻止了我的冲动。他说："都这样！慢慢习惯就是。"还真怪，这些长年在外的打工仔、打工妹们纷纷自觉交钱吃饭。没钱的小弟妹，我只好替他们交了，吃点儿填饱肚子即可。

车子缓缓进入广东省连平县九连山路段，那里可是九曲十八弯，跟萍乡的高埠岭一样蜿蜒曲折，一样陡峭，一样崎岖，客车在山路上蜿蜒盘旋着向上向前爬行，然后蜿蜒盘旋着向下滑行，如果车况不好，刹车不灵，肯定是不安全的。我也挺佩服郭师傅的手艺。我们坐在车子里摇来摇去像荡秋千似的，生怕不小心摔下悬崖，真的好险！就在我们的车子前面不到 50 米的地方，还真的亲眼见到一辆载满打工人的客车侧翻落下山崖。郭师傅从旁小心驾车而去，吓得我浑身直打哆嗦。我跟师傅讲："慢点开，注意安全！这次挣的钱咱俩平分，好吗？"郭师傅也是厚道之人，他说："开车是我的本分，你尽管放心！这一带路况我比较熟，要不然车队领导也不会派我来！"

到东莞已是凌晨三四点钟，但到处灯火通明，到处都是工地，到处在施工，各种机器发出震耳欲聋的声响。当时东莞与深圳之间的路还在修，到处坑坑洼洼，一到工业区门口停车，不知哪里冒出十几个骑摩托车载客的男子，打开车门就不停吆喝着载你去什么厂的，吓得女生不敢出去，胆大点儿的且有同路的男女还是坐摩托走了，胆小的求我非得等到天亮才敢出去。夜里在樟木头还碰到修路施工队打架的，反正感觉当时的东莞、深圳挺乱，很不安全！都是我带出来的家乡人，我宁愿亏本也要兑现我对他们家人的承诺：安全送到厂里！等全部送完已是第二天中午，肚子饿得咕咕直叫。车子在龙岗转悠，好不容易找到一家"辣妹子湘菜馆"吃饭，三个人点了五六个菜，我一下子吃了 5 钵饭，而且把钵子架起老高，一块钱一钵，结果被店里一位年轻的湘妹子笑话："这位先生，你怎么可以吃这么多呢？我还第一次看见这么能吃的老板。"我听了，脸上火辣辣，这湘妹子的确是"辣味十足"，弄得我怪不好意思的，只好多吃菜算了。

吃饱之后，便打道回府。回到莲花已是第二天凌晨五点钟，我高兴地把钱包里的钱倒出来数，把老婆给吵醒了。我索性把一路上发生的趣事、惊险事以及105国道之乱象跟老婆讲了一遍。老婆发话了："老公，不管你挣多少钱！反正这是第一趟，也是最后一趟，还是安全要紧！一家人平平安安要紧！我如果爱钱，还会嫁给你吗？当初我的好朋友还劝我在与你相处的问题上要好好考虑考虑。我喜欢的是你爱学习、爱上进，做事的那股子精气神。只要我们一家人在一起开开心心、平平安安地过日子，比什么都强！"由于老婆的极力反对，我只好放弃第二趟，将稳定的客源转手让给了其他老板。从此以后，安心教书，专心育女啦！

第二天，在广东省河源市连平县九连山发生的客车侧翻事件在中央一套《新闻联播》也播了。想想也真是很惊险，让我着实后怕了好一阵子。

多年以后，我回到路口老家，那年跟车出去的打工仔、打工妹一半以上成了小老板，见我便要还当年欠下的车费，要请吃饭，我说心意领了。

那一次包车春运的经历，虽过去那么多年，却至今令我难以忘怀。

原载于《中国作家网》2023年3月24日

《海外文摘》2023年第4期

贩煤记

告诉谁也不会相信，我曾经竟也有一段惊心动魄的"煤贩子"经历。

那是 20 世纪 80 年代末的事，那时我还在南岭长埠小学教书，当老师有老师的清闲与自在！每年的寒暑假都有固定的 3 个月假期，那纯属于个人自由支配的时间。这人啊，一旦有了空闲就坐不住，尤其是年轻人，有时候便会滋生一些奇异的想法。年轻时在学校读过卡耐基、巴菲特投资等一些经济类书籍，说是借别人的钱或用银行的钱为自己赚钱，我也深受其"毒"。我所在的学校离县火电厂又不远，饭后常常会到那里逛逛，也寻找到了火电厂正急需大量煤炭储备的商机。恰好坊楼、南岭、荷塘等乡镇是产煤大镇，既然有市场、有材料，价格又那么便宜，无非是调运车辆跑跑运输而已，其中赚个差价，稳挣不赔，何不试试？那时，我还真有点儿"初生牛犊不怕虎"的闯劲，抱着"学以致用"的心态，抱着好奇的冲动，也曾斗胆"试水"一回，做了回老百姓称呼的"煤贩子"。

（一）

1988 年暑假，7 月 5 日傍晚时分，一家人吃完饭正拿着扇子在门前的院子里乘凉闲聊，一个叫李泉水的人来我家。他是县乡镇企业局一名停薪留职的职工，也许是找我父亲有什么事商量。据李泉水自己介绍，他在莲花火电厂、永新、泰和、吉水、井冈山、遂川等地调运煤炭挣了不少钱。我正闲着没事发愁，于是我跟他说，能否带我一起做点儿小生意。我父母也没反对，我一介书生接触一下外面的世界也好。没想到李老板竟爽快地答应了。他说："你明天就可以运煤到县火电厂去，就说是我李泉水的，保证会有人给你验煤过磅结算的！"他这么一说，我便信以为真。

第二天一早，我真的叫上邻居四栋屋李志锋师傅，开着他的老解放牌汽车跟我到坊楼寨上煤矿买煤去。

车子刚从 319 国道转弯进入村子，就被一群戴着草帽、肩披毛巾、拿着铁铲和锄头的中年妇女给拦住了，车子一停，不管三七二十一，她们纷纷把工具往车上一丢，然后从侧门、后门爬上车。我不知所措，李师傅说这是去煤矿上装煤的人不用怕，得让她们上车，这叫一方水土养一方人，靠煤吃煤，她们的男人挖煤，她们就装煤。小日子比其他乡镇要红火得多。

寨上煤矿离坊楼 319 国道有四五公里的距离，到了那却是另一番风景，那里热闹得很，一个小小的山沟沟，竟然有三四口小煤窑，男的挖煤，拖煤；女的带小孩儿、做饭、装车。这些人是煤矿上的贵州人，他们吃得苦，长年累月生活在矿上，拖儿带女的，那些生活在煤矿上的贵州小孩儿看见陌生人来了，像老鼠见了猫似的一个劲地往母亲身边钻，躲在母亲的衣服底下，两只小眼睛滴溜溜地一直盯着你不放，几乎是全部打着赤膊，现出黑一块白一块的肤色。我们车一停下，车上的妇女跳下车拿着铁铲一拥而上，不一会儿的工夫就把车装满了，没占到位置的只好等下辆车装，你瞧那矿上煤老板，口里衔着烟斗，不慌不忙地拿着圆皮尺丈量着车身，长多少，宽多少，高多少，然后计算多少立方，最终按方结算。那时矿上比较简陋，没有磅房，还是照原始的办法按方来计算，当场数票子结算，装车的妇女每人每车分得两块钱，高兴极了。

"出发啦！"我坐在司机李师傅身旁，信心满满地将满车的优质无烟煤运到南岭火电厂煤管科。结果却碰了一鼻子灰，煤管科的工作人员，尤其是那个吉安人说："李泉水根本就没跟我们交代，你这车煤没有销售合同，我们不收！"那时又没有手机，没办法与李老板联系，也许是他忘记打招呼，后来证实李泉水根本就没说。按常理是"君子一言，驷马难追"，想不到还有这样言而无信之人。我几乎是哀求着请他帮忙。我说："李老板没打招呼也不要紧，先把煤炭给我验了，不要钱也行，只要过磅登记即可。"煤管科工作人员看见我的煤质较好，还有我这么年轻且有着那股执着劲，一个吉安人发话终于把煤给收了，并在运输单位写上我的名字。我感恩戴德，几乎是弯腰九十度向他们鞠躬，不抽烟也一个劲装烟、点烟，表示谢意。心想："我就不信，离开你李泉水，我难道就做不成？"

我不服这口气！于是，我下午不去装煤，直接去县长埠煤矿，找到长埠煤矿刘矿长，毕竟在长埠小学教书且又是他两个小孩的老师，跟刘矿长也有交往。我把上午的遭遇向他一说，请求他帮忙打个电话或写个条子给莲花火力发电厂张开培副厂长，解决我的运煤合同难题。刘矿长也是性情中人，他二话没说，拿着笔当即就写：张厂长，我长埠小学的刘老师利用假期勤工俭学运煤给贵厂，也是支持企业发展！很难得，应该支持！请接洽为盼！刘××，1988 年 7 月 6 日。我拿着条子就去火电厂找张开培副厂长。张副厂长看了，拿起电话叫煤管科长贺球开到办公室交代说："贺科长，你起草一份合同跟长埠小学刘老师签了，只要煤质好，请你们过磅签收！"我拿着手中的那份煤炭销售合同，几乎是连蹦带跳地跑出了火电厂的大门。

（二）

做生意除了有稳定的买方和卖方渠道外，最关键的一条就是解决周转金。为解决资金问题，我先是向贺林清老板（一个长期修钟表的老板，是我爸在南岭工作时认识的一位朋友，后来也跟我学会跑煤炭销售业务，不再从事修表的行当。其实，做生意我倒成了他的师傅）

借了 4000 元。后来，我又找了邻居一位银行副行长，以一分四厘的月息贷了 10000 元资金用于调煤周转金（10000 元相当于我 150 个月的工资，我当时每月工资只有 64 元）。当时，银行还不愿贷那么多，怕有风险。我把销售合同往左行长桌上一放，且又有人担保，左行长当场表态放贷。哪里知道暑假一结束，当我按期还贷时，银行的人却又说只要还利息即可，又鼓励我续贷。

人要做成一件事，要具备天时地利人和。那时，长埠煤矿矿长是我们老家街头的刘天生老叔，火电厂财务科长陈松安是我的好兄弟陈柏安的大哥，我的一位师范女同学李菊梅在县建行驻火电厂支行工作，煤炭销售、财务结算自然比较方便，可谓是顺风顺水。

签了合同就得兑现，这是生意人最起码的契约精神。那时，我还叫上当地的"多里"师、山上屋的贺仁君（现为莲花县共享绿色新能源科技有限公司老总）以及他叫来绰号"鸟里脑壳"的朋友，一共四辆解放牌汽车帮我运煤。每天早上五六点钟，天刚蒙蒙亮就出发，拿着个手提包，包中装有三四包阿诗玛香烟和一叠现金。做生意"烟开路，酒搭桥"这是基本常识，可这吸烟我怎么学都学不会，但为了与人联系，我也买了几条烟装着吸烟的样子，在敬别人点烟同时，出于礼节自己也得点上，吸上那么两口附和着，在嘴里打个转后立即又吐了出来，待办完事出来，立刻把烟给扔了。每天来回于坊楼的寨上、枧下，南岭的树坑、岩贝煤矿和煤管科之间；中午在坊楼饭店或南岭的云边饭店点上好几个菜招待好了四位司机师傅。在点菜的同时，我也站在旁边看看厨师是如何切菜、炒菜的。我也是在那时学会了炒血鸭和其他家常菜；晚上一般要很晚才回家，劳累了一天，草草冲个热水澡，一觉睡到天亮。第二天继续重复昨天的故事，其乐融融。

上山装煤得看天气，天气晴好，有煤装，每天上午一趟，下午一趟，买煤的人多了，要排队，有时甚至也跑空脚另走他矿；雨天路滑，为安全起见，一般在家稍作休整，师傅便忙着检修车辆。

再说借了钱给我且又为我贷款担保的贺林清老板，有点儿不放心，有事没事也跟车来回跑。不过，我还是非常感激他的，要不是他敢于投资给我，我也没办法蹚这一"浑水"。后来，贺老板也慢慢地转型学做煤炭生意，不再贩辣椒卖，不再修钟表。

那是我走出校门后人生第一次学做生意，煤矿的老板，包括司机对我也不太熟，所以我全是现金交易：每车煤与煤矿老板当场结算，每天的运费当天与三四位司机结算。由于我的信誉好，每天回家，他们都问我明早什么时候出发。就这样，李志锋、贺仁君等三四个司机师傅帮我跑了近两个月的煤炭运输。

打拼一段时间后，腰包也逐渐变鼓了，生意上也是轻车熟路。正春风得意之时，我想叫上刚刚毕业在家的青毛跟车帮我打理打理，请她跟我一起到坊楼、南岭云边饭店里吃饭，也让我臭美"风光风光"。那时在饭馆里吃饭还是件时尚的事，也只有单位上或做生意的人才吃得起，可青毛比较倔就是不领情，总是找些鸡毛蒜皮的理由推却，也许是她反对我做生意？到底是什么原因不得而知。后来才知道，青毛的堂哥经常看到我和火电厂建行办事处的女同学在火电厂食堂一起吃饭，告诉了青毛，认为我这个人花心靠不住，要青毛小心！但青毛认为是生意上往来，应该没啥关系。她哥哥说了她没往心里去，也从未打听过此事。直到结婚多年，当我问她当年为什么不跟车时，她才告诉我。

（三）

虽说当"煤贩子"很挣钱，在外人看起来风风光光的，但也充满着艰辛，充满着风险。我也从中切切实实体会到经商的不易，感受到了"千般生意万般难"。

暑假天气炎热，骄阳似火，炙烤着大地。我习惯坐李师傅的那辆老解放牌汽车，那时的汽车没空调，人在车内犹如汗蒸，去矿区的山路又高低不平，上山时一上一下荡秋千似的，车子不时发出"哐当哐当"的声音，发疯似的向上爬行；下山时，装满一车的煤从寨上一晃一摇缓缓地开下来，煤压得车的轴承发出"吱吱"的声响。

记得有一天中午，天气异常炎热，我们在寨上装满了一车煤下山，车缓缓行进到半山腰时，突然往山崖边倾斜，整个车子倾倒在山坡上，车上的煤"哗啦啦"散落下来。车子被迫停下来，我的整个身子突然往李师傅座位上倒，吓得我毛骨悚然，一下子吓蒙了。李师傅立即拉紧手刹，把钥匙门一关赶紧熄火。原来靠近山边的后轮胎不知什么原因突然松了，车轮胎"呼呼"地往山下滚去，整辆车往一侧倾斜，靠在了山坡上，"天啊！这真是不幸中的万幸！"如果右轮胎脱落了，车身向右倒，那可能就是人车全毁，真是老天爷保佑！回到家，我把那天的遭遇告诉爸妈，爸妈听后极力反对我，说我有正式的工作没必要再去冒这么大的风险，但为了兑现承诺，如果出点儿小事就半途而废，今后怎么在社会上"混"？这次汽车倾倒事件，虽是虚惊一场，但我永远无法忘记。现在回想起来，还真有点儿害怕。出了这事以后，尽管李师傅的车子检修好了，我也不敢再坐他的车，换乘了贺仁君的汽车。

（四）

"以至诚为道，以至仁为德。"这是古人历来崇尚的美德，但那时"无奸不成商，无利而不往"的投机倒把之风盛行。置身其中，倘若洁身自好似乎与世界难以对接，但事实证明，经商还是得"诚信走天下，过硬树口碑"。

那时煤矿上没有磅房，装的煤全靠用卷尺量按方结算。装煤到火电厂的可凭过磅单与煤矿老板结算。一些老板为多挣钱绞尽脑汁想尽了办法：一招是水箱加满水到煤管科称车重，可多称出车重几百斤；二招是不同的车型装煤后，在过磅前每车卸下一两吨，再去过磅，可净挣一两吨；三招是自己弄个小煤场，把劣质煤和优质煤从煤矿拖下山后，掺假，即把差煤放车箱底，好煤放面上，验煤插只能插到表层，以次充好，获得好价钱。他们说煤矿老板用卷尺丈量时也会作我的"猪"，短斤少两，以少充多，装煤时会趁你不注意掺一些煤矸石或以劣充好，最后被煤管科验煤质扣了秤，罚了款。

"物竞天择，适者生存"，这是自然法则。你不学乖点儿只有吃亏的份。生意场上的前辈好心好意传授经验，我也"虚心"地点头表示感谢。可真要我这样做，还真做不出来，我还是信奉"诚信走天下"的理念，但在那个投机取巧、规则尚未完善的年代，你要固守自己的那方"阵地"，保证煤质，只有自己多费口舌，多付出一份辛劳。于是会买上点西瓜和矿泉水之类的给上车的女工以示友好，告诉她们，我是教书匠，假期勤工俭学而已，并不是什么老板，这显然不是老板的"派"。但真诚的沟通换来了实际的回报，矿老板知道教书匠的不易，也把优质煤给我，装煤上车的女工也不掺煤矸石。火电厂煤管科负责验煤的，对我装来的煤差不多是"免检"，走"绿色通道"。

（五）

那一年一个暑假两个月下来，除去贷款利息也有了近万元的收入，进入了人们向往的"万元户"的行列，算是我人生的第一桶金，也验证了卡耐基借别人钱挣钱的道理的可行性。

1989年秋季开学，我被调入县城学校教书。连续两年寒暑假生意上的体验，也引来一次思想的考验：是下海经商放弃来之不易的工作？还是在体制内安分守己？经过长时间的反复思想斗争，最终还是听从自己内心的召唤，宋人李邦献《省心杂言》有道是"知足者，贫贱亦乐。不知足者，富贵亦忧"。尤其是老爸常给我们念叨的"知足常乐，平安是福"的理念已深入我的灵魂，我也挺舍不得放弃三尺讲台这一份为之荣耀的职业。一个人要知足，钱财乃身外之物，不能一味为了挣钱而荒废自己为之奋斗的专业，终于决定坚守三尺讲台。

没过几年，我的一些"贩煤"的伙伴，像肖华山、尹新华、陈柏安等纷纷干脆停薪留职不上班，当起了专门贩煤的老板。他们的生意越做越大，在当地也小有名气。

肖华山积累了一定的资本，后来在县工业园和他的弟弟一起买地办起江西金刚钻科技有限公司，产品远销国内外。

尹新华在吉安地区任了一官半职，也放弃了教书，花七万八千元买了一辆大卡车，聘请了一名司机师傅专跑吉水、安福、井冈山等地的煤炭销售兼做其他生意。后来，尹新华又被选派到学校在佛山的校办企业上班。挣足了钱的尹老师格外好客，在城小教书时，每年都会请我们这些患难兄弟在他家喝酒猜拳，他的老婆"仔妹娌"也乐此不疲。如今尹新华在一家大型电子企业任财务总监。

我的好兄弟陈柏安，当时就有四五辆解放牌大卡车，组建了一个煤炭运输公司，每天晚上召集车队司机开会汇报当天的销售情况，几年下来，挣下的资金不下千万。挣了钱以后，他的想法也多了起来，2001年在荷塘枧龙煤矿投资开发煤矿。2005年，他又响应政府号召，率先做起全县煤矿产业转型的急先锋。他在坊楼镇和几个股东办起了莲花第一家棉纺加工厂。当年全县领导干部到他的棉纺厂参观。那时的陈柏安的确很风光，县委主要领导在全县经济会议上还表扬过他，县电视台、《萍乡日报》等媒体相继进行了报道。如果不是因为后来经营失败亏损，本可以享受更好的生活。好在他的两个小孩儿争气，双双考取军事院校，均有好的工作和美好前程。如今陈柏安和他的老婆在萍乡别墅定居，过着"种豆南山下，草盛豆苗稀"的都市田园生活，悠闲自在、衣食无忧，享受人生。

初涉商海，收获满满，风光无限，有喜有忧，有惊有险，甚至是死里逃生，令我终生难以忘怀。

而今，我早已是知天命之年。有时在大街上碰到李志锋、贺仁君师傅时，一起畅谈当年贩煤的那些经历。他们俩至今还纳闷，百思不得其解：那时的我这么年轻怎么居然会贷款做生意？一天能挣那么多钱怎么又居然选择放弃？我说，我那时就是"书呆子"，就是个"懵古子"，人嘛，来到世间本来就是个过程，认为对的，只要试过、经历过就无怨无悔，但要学会浅尝辄止，知足常乐；有时在家里，在小孩儿、同学、朋友面前谈起生意场上的那些事，我偶尔也会吹点儿牛，给他们讲一讲我的那段"煤贩子"的传奇惊险故事。

原载于《中国作家网》2022 年 12 月 2 日

扶贫记

扶贫的意义是什么？我认为扶贫就是让贫困户觉得活得有尊严，活着有盼头，生活有甜头！

——题记

（一）

2019 年 4 月 28 日，莲花这个国家级深度贫困县脱贫攻坚顺利通过国家验收并摘帽，虽未举行盛大的庆功仪式，但作为扶贫干部的我和大多数扶贫干部一样，心情却是异常地激动，彻底地释怀，说不出有多兴奋！

回首这几年来的脱贫攻坚，周末、节假日时间，虽然苦点儿、累点儿，辛苦点儿，但现在回想起来，自我感觉还是比较欣慰，满满的幸福感，在实践中也深深地理解了国家扶贫思想的真正用心所在：脱贫攻坚为什么要"五级书记"负责制？为什么要让省市单位包县，县级领导包乡，县直单位包村，干部包户？我个人觉得是国家取消农业税、计划生育政策放开二孩后，县乡干部与群众的距离越来越远，联系越来越少。未取消农业税、计划生育政策之前，县乡干部，尤其是乡镇干部几乎每天吃住在乡里，蹲在村里，挨家挨户上门做思想工作，动员农民依法缴纳农业税、教育附加、乡统筹村提留；育龄妇女每季度的检查，超生的要依法征收社会抚养费。上门做工作，一次还不行，有的要上门三五次，甚至每天得蹲在农户家，直到解决问题为止。在催缴农业税、落实计划生育工作的同时，农民兄弟有什么困难和疑难问题都会及时向乡、村干部反映，乡、村两级干部会在第一时间把这些困难和问题及时解决，解决不了的也会及时向主要领导或上级部门汇报，所以在 20 世纪 70 年代至 90 年代末期，信访问题，在我们莲花基本不存在，信访部门也是个最清闲的部门，一般就两三个干部守守门而已的清闲小单位。

十八大以后，国家提出小康路上不让一个人掉队，到二〇二〇年全面实现小康的目标。而我们莲花县却提出了"提前两年实现脱贫摘帽"的目标。记得 2017 年 2 月 3 日下午 2 时，县委、县政府在县文体中心组织全县 3000 多名帮扶干部举行了全县脱贫攻坚誓师大会。会上宣读并下发《关于全力打赢 2017 年脱贫攻坚战的实施方案》，下发军令状，每个帮扶干部一本《莲花县精准扶贫结对帮扶扶贫日志》，号召帮扶干部"撸起袖子加油干！"一定要实现"小康路上一个都不能少，一个都不能掉队"的目标。那天天气晴好，虽说是初春的一个下午，但那人山人海的阵势，会场四周那一幅幅红色的脱贫攻坚的标语，各个单位方阵整齐划一的着装，一进入会场即迅速被感染，仿佛身处热情似火的夏季。我自参加工作以来从未经历过如此盛大的集会！看着县四套班子，四大战区长，一百多个责任单位的负责人身着正装，戴着党员徽章，个个高举着右手，紧握着拳头轮番上主席台宣誓，这阵势犹如大战出征前的宣言一般，所有参与的干部都被此景此氛围所感染了，这或许就是宣传动员的效果吧，也许这样的宣传动员稍显夸张，但也足以证明那时的县委、县政府主要领导脱贫攻坚之决心，落实党中央脱贫攻坚政策之坚决，打赢脱贫攻坚战之信心，提前完成脱贫攻坚之勇气。我们县卫健委作为县政府组成部门，除负责健康扶贫外，还额外承担了六市西坑、良坊清塘两个深度贫困村 106 户贫困户的脱贫攻坚任务。我既是健康扶贫的牵头单位主要负责人，又是西坑村脱贫攻坚的牵头单位负责人，清塘村的"包村干部"，而且还在六市西坑村包了杨桂林、邹用生、杨海泉、曾柱娇等 4 户贫困户。工作之余，两个村来回跑，每户贫困户每周必须上门一次，其辛苦程度可想而知，那些年，我们没有周末，没有节假日，也没有了年假，真正践行着"5加2""白加黑"为民服务的承诺。

几年的辛勤付出，没有白费，清塘与西坑两个村均已脱贫，我结对帮扶的4户贫困户也已于2016年、2017年顺利脱贫。但脱贫不脱政策，不脱帮扶。帮扶干部还得继续跟踪帮扶，包村干部还得继续包村帮扶，每周做完本职工作外不少于3天在村里，周六扶贫日则是雷打不动，进村入户帮扶情况要在帮扶日志上详细填写，要在扶贫工作群汇报扶贫动态，要下载扶贫APP上传，县委派出16人的督查组在13个乡镇144个村巡回检查，中央、省、市巡视巡察不间断抽查、检查。县委副书记每半月组织召开一次脱贫攻坚工作例会。

如此高压的举措、高频率的督查、检查、巡查，高压的追责、问责态势，迫使帮扶单位、帮扶干部无不高度重视，不敢有丝毫懈怠，必须认真对待，担当有为……

为了让党放心，让贫困户满意，帮扶干部千方百计想办法，真心实意做帮扶。县卫计委驻西坑第一书记贺亚辉克服夫妻两地分居的困难，长期坚守在扶贫第一线；帮扶干部朱学平为了让贫困户安全过冬，自掏腰包为贫困户周建林购买烤火炉、烟囱，还帮他申请五保，帮他到医保局、六市乡农医所报销医疗费3万元，帮他联系市县医院做透析；司机王建龙为了让贫困户能看上电视，把自己家的25英寸电视搬到贫困户张瑞芳家，圆了他能在自家看电视之梦，诸如此类的例子举不胜举。

我帮扶的4户贫困户均已脱贫。其中杨桂林是纯女户，两个女儿均已出嫁，杨桂林在坊楼峙垅煤矿开绞车，每月工资4000元以上，他老婆在家里养了两头土猪，每年可净增收4000元，年人均纯收入达20000元；邹用生，一个老实巴交的地地道道的山里农民，老婆和他人私奔，留下他与70多岁的老娘相依为命，种了7.5亩耕地，养了4头牛、一头猪，农闲时打工也有六七千元收入；杨海泉，一个独居的中年人，智力残疾、单身，每月也有打工收入 1600 元，高速公路征地款有 9 万元在其银行存折上；曾柱娇，因其老公生病欠下 20 多万元债撒手人寰，她却自强不息，独自创办养殖场，每月收入达万元。

扶贫工作虽占据了我大部分工作和休息时间，有苦有累，有时甚至也有点儿牢骚和怨言，但每每看到 144 个村级卫生室投入运营，看到农民兄弟在门口可以享受彩超等医疗服务，贫困户脱贫后那开心灿烂的笑容，看着失学的孩子背起书包重返校园，想起自己在扶贫过程中做成的每一件小事，还是蛮有成就感和幸福感的。

（二）

要想了解贫困户的疾苦，必须深入贫困户家中，同贫困户"同吃、同住、同劳动"。我在西坑、清塘包村帮扶时，那时村里未办食堂，干部下村中午吃饭一般在附近的饭店 AA 制自行解决。我积极倡导全系统的帮扶干部进村入户自带伙食，在贫困户家炒菜与贫困户吃在一起，这样零距离与贫困户接触，既可以知民苦、解民忧，又可增进与贫困户之间的感情，获得贫困户对我们工作的认可。

2016 年 12 月 10 日，晴，又是周六扶贫日。上午 9 点赶到贫困户邹用生家，已是"铁将军"把门，邹用生和他老娘可能早早出工做事去

了。临近中午 11 点 30 分，我在六市乡驻西坑村干部李小亮的陪同下，再次上门来到邹用生家。此时邹用生家的侧门已开。

邹用生，男，50 岁上下，其老婆因邹用生患间歇式癫痫病而离家出走，无儿无女，一个地地道道老实巴交的中国式农民和他 74 岁的老母亲陈永敏两个人相依为命。但他却非常朴实勤劳，一个人竟种了 7.5 亩耕地，饲养了 4 头黄牛，养了 15 只土鸡，还饲养了一头土猪，农闲时还出外打工，一年可收入 10000 余元，他家的住房是 20 世纪六七十年代建的田字式，一边 4 间，因邹用生在家排行老大，自然住在房子的左边。按 2016 年农民收入标准，邹用生家已脱贫，小日子过得还很殷实，但脱贫不脱政策，脱贫不脱帮扶，所以扶贫部门要求帮扶干部继续帮扶。

一进邹用生家，他的母亲陈永敏正好在煮饭、炒菜。邹用生也刚从农田干完农活儿进门，只见他穿着一身黄色的旧军装，头发星星点点白了许多，脚上的黑雨鞋还有许多黄泥巴，一副十分憨厚、老实巴交的样子。我们自我介绍以后，他便又端凳子，又倒热茶忙个不停，非常热情。我们核实其家庭 2016 年收入状况后想起身离开，他母子俩硬是双手强拖住我们，要我们留下来吃中午饭。既然人家这么热情，我们只好勉强答应："好！吃就要随便吃点儿，就吃你家菜园里的萝卜、白菜就行！"我在农村工作过 14 年，也入乡随俗挺接地气，就这样，我下厨炒了两碗萝卜、两碗白菜、一碗鸡蛋，在邹用生家同邹用生母子一起吃地道的农家饭。

吃饭时，我抬头望见他家楼顶上树梁和楼板明显被什么压弯了，起了弧形，随时都有被压断的风险。我问邹用生是怎么回事。邹用生说："这楼上堆满了粮食，是我们家三年积余的粮食差不多有一万多斤，刘主任能否帮忙把粮食卖了？"我说："好！这事包在我身上！"吃完饭，我叫邹用生带我上楼看看。

上楼一看，果不其然，楼上 4 间楼板房的地面上堆满了金灿灿的稻谷，散发着满屋的稻香，堆积如山的稻谷压得楼板直往下沉，我们的双脚不敢往上踩，只能蹑手蹑脚，轻轻地下来，生怕因我们几个而增加了木梁和楼板的负荷。

下楼后，我即刻拿起手机拨打江西金泰粮油公司董事长周检平先生的电话，请求他务必帮忙把粮食给销出去。这家企业是 2007 年我在神泉乡任职时引进的一家粮油加工企业。

周检平先生第二天就组织五六个职工带着麻袋、杆秤，开着货车来到西坑，将邹用生家三年的陈化粮 8021 斤以比市面价每百斤高 10 元的价格全部买走，并一次性支付邹用生现金 10266.88 元。

被压弯的楼板恢复如初，邹用生第一次在自家门口卖粮，拿着这么一叠厚厚的现钞，和他 74 岁的老母亲开心地笑了。

（三）

曾柱娇，女，39 岁，初中文化，儿女双全的她本来拥有一个幸福的家庭，不幸的是 4 年前其丈夫患了癌症，辗转各大医院，仍然撒手西去，却留下 20 多万的医疗债务和两个未成年的小孩儿。

20 多万的债务，对于一个并不富裕的农村妇女来说可算上天文数字。当时她丈夫的兄弟姐妹担心年轻的曾柱娇会一走了之，但曾柱娇并没有被眼前的困难所吓倒，更没有选择逃避。天性善良的她知道，眼下只有替丈夫还清债务，把儿女抚养成人，才可以告慰亲人的在天之灵。

短暂的悲痛之后，曾柱娇一遍遍地告诫自己：一定要坚强，要振作起来！必须想办法挣钱偿还丈夫留下的巨额债务，必须为小孩儿创造良好的生活和学习环境。

起初，她是靠丈夫留下的破面包车接送西坑村小孩儿上下学，靠帮助当地老百姓销售木材维生。

曾柱娇就住在邹用生家前面不到 100 米的地方，那天我从邹用生家吃中饭出来，碰巧遇上了她，只见她身穿一身黑色的皮夹克，留着短发，脸蛋黝黑，一双比一般的男人还粗壮有力的手正拿着划杉刀低头刮杉木皮，发出阵阵"刷、刷刷……"的声音，俨然不知我们的到来。我同她打招呼，叫她停下来休息一下，她听见急忙放下手中的活，双手在自己衣服上擦了擦，热情地邀我们进屋坐坐，作为帮扶干部的我对她进行耐心细致的教育。我说："贫困户不能靠偷运木材来脱贫致富，这是违法的，政策也不允许，一旦被林业公安抓到，谁来养活你的两个小孩儿？你年纪轻轻的，能否想想别的办法来创业致富？去外面打工又不切实际。"她说："我也是穷得没有办法，带两个小孩，背一身债，只有靠累力来维持这个家，你不让我销木材，能否利用离家不到 50 米的王家岭荒山来搞养殖和种植业？"

"只要你肯做！我们来想办法！一起帮你走上脱贫致富路！"我见她是个有想法、肯吃苦耐劳之人，便满口答应了她。

经市场调查分析，我觉得种果树的收益周期长，后续资金投入多，而她自己本就缺少资金，种果树计划不得不搁置。建议她发展养鸡产业，因为养鸡相对来说技术含量不高，周期短，见效也快。曾柱娇欣然接受，我帮她联系县就业局就业培训中心，安排她参加养殖产业培训班。

2016 年 6 月，在驻村第一书记贺亚辉和我的帮助下，曾柱娇在市场监管局注册成立了"莲花县信亿生态家庭农场"。问她为什么要取"信亿"这个名字。她说："我要靠诚信来做养殖，目标是创造上亿元的产值，还清丈夫的债务，做个诚实守信之人！"从此以后，她吃住在王家岭上，开荒搭建鸡舍 4 座、水塔 1 座，新建办公用房 90 平方米……每一个设施的完工都倾注了她的汗水和泪水。设施建好后，她分区散养了土鸡、贵妃鸡、母鸡、鹅等品种，并全部用农家的稻谷和玉米喂养，决不用带有激素和添加剂的饲料，饲养周期相对要比一般的长 2 至 3 个月，但经第一书记和我的宣传，她的土鸡销售十分火爆，而且随着六市乡美丽乡村建设，来乡村的游客多了，邻近许多饭店、宾馆都来她的农场订购土鸡，信亿农场一下便出名了。

客户多了，订单也多了，小打小闹满足不了市场的需求。为了扩大生产，2017 年 7 月 8 日，我联系爱心企业家赣西医药老总为曾柱娇捐款 1 万元购买土鸡、山鸡、白鹅苗，1 万元修通王家岭农场的 50 米公路；联系六市信用社为她申请 5 万元扶贫小额贴息贷款，帮助引进土鸡 2000 余只，贵妃鸡 200 余只，母鸡 300 余只，鹅 400 余只，新开挖鱼塘一个，养殖规模进一步扩大了，致富了的曾柱娇不忘乡亲，她聘请了村里 5 名贫困户在她农场做事，每人每月发 1500 元工资……站在占地面积 60 亩的养殖场中央，听着嘹亮的国歌声，曾柱娇感觉幸福满满，前途一片光明。

2017 年底，王家岭上鸡鹅成群，曾柱娇忙得不可开交，因土鸡是在山上散养且没有喂饲料，早已得到了广大客户的认可，即使每斤卖到 40 元的价格，仍有许多游客和饭店的老板上门购买。

在接受萍乡市电视台记者采访时，她自豪地说："我养的鸡都是纯绿色食品，现在都不愁销路，都是别人来订购或就近卖给附近的乡村农家乐，有时一个月卖鸡的收入就有一万多元，我老公以前治病的欠债也基本还清了。"

2018 年，曾柱娇归还了六市农商银行 2017 年贷的 5 万元，又重新贷款 11 万元，考虑饲养土鸡至销售，周期要半年以上，她开始养殖种鸡。刚好，我又在良坊清塘村当包村干部，清塘的贫困户需要购买鸡苗，通过对接，清塘第一书记周裕全（江西科技师范大学驻村第一书记）和村支书金华在信亿养殖场购买鸡苗 2000 只，一次性付款 37500 元。

"一个人、一家人富了不算富，大家一起脱贫致富了才算富。"脱贫致富后曾柱娇是这样说的，也是这样做的。她聘请了村里的贫困户到她的农场做事，还带领本村的贫困户发展养殖业。她把自家的两亩山田转让给村里为贫困户集中安装光伏发电，还加入了莲花阳光志愿者协会，积极参与公益事业，用爱心去温暖他人，回报社会……

正因为曾柱娇那种诚实守信的品质，那种永不服输、敢闯敢拼的韧劲，那种乐于助人、热心公益的爱心，感动着许多人，激励着许多人，影响着许多人，2016 年她被推荐评选为莲花县"莲花君子"身边好人，2017 年荣获"最美萍乡人"，2020 年 5 月被评选为"萍乡市劳动模范"等荣誉称号。

我把她的事迹形成文字材料，以《"女汉子"致富记》为题，在《今日老区》《学习强国》等平台进行了报道。

（四）

2018 年 8 月 9 日，星期四，那天上午天气晴好，我便叫上清塘村第一书记周裕全、村支书金华、扶贫专干胡琼一行 4 人去清塘两个养殖基地实地察看。

在回村的途中经过刘家源村小组时，我问金华："金书记，这个自然村里有没有贫困户？有的话，时间还早，顺便上门了解一下贫困户的基本情况。"金华说："有，刘家源村小组有个叫朱长春的，得了一种奇怪的绝症，双脚发黑，走路不便，长期卧床。"我说："那我们就去看看，看看是否可以救助？"

一到朱长春家，映入眼帘的是一幢漂亮的二层楼房，好大的一个院子，一块很大的菜地，可菜地上长满荒草，看得出已有好几年未种菜啦。一进屋，一位 70 多岁的老妈妈接待了我们。金华介绍说这是朱长春的母亲，患有高血压。朱长春家是因病致贫的，他老婆长期在外打工，两个女儿，一个已出嫁，一个在广州打工，按收入已完全脱贫。我们问朱长春怎么样。他母亲摇摇头，唉声叹气地说："没办法呀！可怜呀！我的儿得了一种奇怪的病！他在二楼，长期卧床休息！"

于是，我们又上楼探个究竟，只见朱长春身穿着一套灰色的家居服，年龄在 50 岁左右，头发凌乱得很，显然是很久未洗，屋内散发着一种难闻刺鼻的风油精味道和其他药味。我天生胃不好，极力想用手捂住鼻子，但为拉近与贫困户朱长春的距离，强忍着呼吸着刺鼻的怪味，走到了朱长春跟前与他握手问好。他有气无力地背靠着床头靠背，双脚伸直平放在床上，双腿发黑发紫。一般人看见的确有点儿害怕，不敢近身。

我站在床沿边问他："朱长春，我是县卫计委主任，清塘村的包村干部，今天我们特意来看看你，你得的到底什么毛病？"

他说："我这病是没得治了，在县医院检查多次，也不知是什么病，反正没得治！脚趾也开始溃烂，站起来都十分吃力。老婆女儿都出去打工了，家里只剩我娘和我两个人，无钱治病，只能在家等死啦……"

我说："长春，你是贫困户，医疗报销比例能达到90%以上，看病，钱已不是问题啦！如果实在困难，叫村里垫付 1 万元让你去检查治疗，回来后再报销。我把你的病情拍下来转交给市人民医院苏院长，看看能不能治。"

当即，我就打电话给苏院长。苏院长立刻就安排了市人民医院医务科杨科长与我对接。杨科长安排好就诊时间。我留下我的联系方式和杨科长的电话，安排周裕全老师和金华书记送朱长春去市医院就诊。

在市医院，杨科长热情地接待了朱长春，经检查确诊为"血栓性脉管炎和糖尿病"，经在市医院半个月的治疗，朱长青康复，自己走出了市医院。

出院后，朱长春第一个打电话给我，说要请我吃饭，要感谢我。是我让他重拾生活信心！让他又站起来了！我说："你要感谢，就感谢平新时代脱贫攻坚好政策！感谢党和政府派了一个书记，好帮扶干部！不要感谢我，我只是履行自己的职责而已，帮助每一个贫困户是我这个包村干部分内的事，是我的职责所在。"

　　不知是谁出的主意，还是朱长青发自内心的感激。10月27日，朱长春竟然拿着一面锦旗送到村委会，上面写："感谢县卫计委主任刘晓林及各位领导，扶贫好干部，帮困暖人心。"落款是"莲花县清塘村贫困村民朱长春"。我们从朱长青手中接过锦旗，一起合影留念。周书记说要挂起来，我说不要，自己珍藏起来就可以。

　　真的是受之有愧，作为包村干部，我只是尽了一个干部应尽的职责，老百姓竟如此感动，感恩。所以，我想，只要我们帮扶干部用真心、真情，真想方设法去帮助贫困老百姓，贫困户一定会满意的，一定会尽快摘掉贫困帽，扶贫关键要扶志，帮助其树立生活的勇气和信心。

（五）

　　2018年9月17日，星期一，晴。那天上午，作为清塘村包村干部的我召集了第一书记周裕全、村支书金华、扶贫干部胡琼和全体驻村工作队员在良坊镇清塘村开会，专题讨论如何落实县扶贫办提出的"七清四严"做到"小孩儿辍学为零，医疗报销低于90%为零"的问题。

　　在会上，村支书金华反映贫困户金秋龙儿子金宁辍学在家的难题。金宁，男，15 岁，初三，在下坊中学李国庆（化名）班主任这个班。李老师在家访时，金宁说，要他读书，他就去死。周裕全说，如果劝金宁读书，他就用刀架在脖子上。胡琼说他厌学，成绩不好，老师挺讨厌他，叫他签字自愿放弃读书。

为了实现贫困户小孩辍学为零的目标，也带着几分好奇，哪有这样的孩子？散会后，我决定冒这个险去试一试，看看能否成功劝金宁重返校园。

上午 10 时多，在周裕全、金华、胡琼三人的陪同下，我来到了金宁家。

金秋龙在家，金宁在客厅里看电视。见我们来了，金华书记一叫，金宁便立即跑上二楼，"咣当"一声将房门关了反锁，任凭怎么叫也不出声，也不开门，好像里头无人一般，跟大人们玩起了躲猫猫的游戏。在他们劝说彻底无望的情况下，我叫他们全部下楼，我一个人来试试。

我鼓足勇气再次轻轻敲门，我说："金宁，请你开一下门，我是县卫计委主任刘晓林，我也当过 8 年的老师。请你开一下门，我们见个面。我是你们村里包村干部，我是和你交朋友，来帮你的，你有什么想法、有什么难处，可以跟我说一下，我一定会竭尽全力帮助你解决！请开一下门……"不一会儿，门锁响了，门开了。

我兴奋极了，一进门，只见金宁耷拉着脑袋，有点儿难为情的样子，他身穿着一件带有品牌标识的黑色的时尚短袖，一条黑色的裤子，脚穿一双黑色的凉鞋，不到一米七的个头，头发来不及整理显得有些凌乱，却是一个眉目清秀，十分清纯的小男孩儿。我用手拍了拍了小金宁的肩膀，一个劲地夸他是一个好小子！好帅的小伙子！一边握着他的手，一边扶着他一起坐在床边。我说："金宁，接受九年义务教育是你的义务和权利！谁也没有资格剥夺你学习的权利！你学完了九年义务教育，不管你成绩是多少，学校会准予你毕业并颁发毕业证。有了毕业证，你就可以外出打工创业，你就可以参军，也可以上职校或职业卫生学校学习，就有选择的权利！如果连初中毕业都没有，打工受歧视，参军、到职业学校学技能就没有资格。如果你认为李国庆（化名）班主任不好，我负责帮你调换班级；如果下坊中学不想去，我可以帮你调换学校。金宁，你看行吗？……"我一边对他说，金宁一边点点头。我问他是否愿意回学校上课，是否需要调换班级。金宁说："刘主任，我下午就去读书！"

听了小金宁的表态，我十分高兴，我把我的手机号码写给他，告诉他有什么困难可以随时联系我。最后，我对金宁说："金宁，我们一起合个影吧，见证一下我俩今天的承诺，我会常来看你的。"

下午 2 时，听金华、胡琼反馈，金宁下午真的去上学了。我悬着的心终于放下了。

学校应该是孩子成长的乐园，学生向往的地方，学生不愿去学校不是家长和孩子的责任，应该是学校和老师的责任。通过与金宁的沟通交流了解到，金宁不去学校的原因其实挺简单，就是学校成绩排名，影响班主任的工资绩效，导致班主任对差生不愿管，更希望差生放弃学业。

下午 3 时，我到县政府向分管教育的副县长童道雄汇报金宁辍学的原因，建议改革农村教学评估机制。农村学校能否实行平行班教学？不要对班级、对学生分"好中差"几个等次。义务教育阶段，关键是培养学生具有健康的身体和心理素质，应该培养如何做人做事、如何遵纪守法，学生掌握一些基本知识和基本技能就行。

后来，据村扶贫专干胡琼反馈：金宁初中毕业后又读了高中。2022年 7 月，考取了江西冶金职业学校（全日制大专班）计算机运用专业。他的姐姐金静在吉安市立讯智造科技股份有限公司上班，月工资 5000元。一个贫困户家庭培养出了一名大学生，金秋龙家算是插上了脱贫致富腾飞的翅膀，一步步向小康生活迈进。

献血记

生命的价值是什么？健康的意义是什么？我觉得应该是付出！是奉献！是成就他人！我没有什么本事，是个碌碌无为、十分平庸之人，但我的身体自以为还行！我应该在年轻和健康的时候，把我的健康的血液无私地奉献给患者，奉献给需要的人。

——题记

（一）

在 20 世纪七八十年代，县人民医院住院部门卫室，常常会看见"五苟魔气"（一个游手好闲，但正义感蛮强的青年）和两个长期卖血的东北汉子，他们身材魁梧，但面庞有些浮肿，略显苍白，走路也是一瘸一拐的，看起来并非是很健康的那种，可他们却是卖血挣钱的人。卖血并非是生活所迫，而是一种挣钱的方式，那时卖血是个挺挣钱的职业，卖一次血比在地里干半年的活儿似乎还要强。为了卖更多的血，挣更多的钱，他们隔三岔五地从菜市场提着土鸡、猪肝，还有莲花的米酒，在食堂做给自己吃以补充营养。正如著名作家余华写的《许三观卖血记》中的主人公许三观那样，许三观卖血 40 年，虽然没能要他的命，但毕竟长期卖血，对身体是不好的。那时卖血是为了娶亲，是为了救治重病的儿子，是为了郑重款待贵客，是为了不被饿死，是为了生存。但是最终，还是为爱和可笑的尊严。

不过，自《中华人民共和国献血法》1998 年 10 月 1 日颁布实施后，国家倡导无偿志愿献血，医院就再也看不到卖血的人了。那种靠卖血而致富的职业人群自然成为历史，成为一种苦涩的记忆。

后来，我被调整到县计委任职，因工作的需要，经常宣传和组织干部职工去献血。有时也为了某个朋友或某个亲戚需要用血而向市血站负责人恳请帮忙供血。经常会有人问我，在卫生健康岗位上工作这么多年，你献过血吗？献血对人的身体有什么妨碍吗？志愿献血的真正意义是什么？我说，献过，而且献过多年！我并不觉得献血对我有什么妨碍，反而促使我不能熬夜，不能喝酒，因为熬夜与喝酒的人，是不适合献血的。人只有在健康时，把健康的血液献给需要的患者才有意义。在自己身患疾病需要输血抢救时，医院也会通过血站把健康的血液免费输送到你的血管里，让你及时恢复健康！献血是一种"我为人人，人人为我"社会互助共济的高尚行为！是社会文明进步的标志！也许，这就是献血的意义。

作为卫健岗位的负责人，每当号召全民志愿无偿献血时，总是自己身先士卒起表率作用。每当我撸起袖子献血时，就感觉有一股暖流涌上我的心头，感觉一身都是滚烫的……也许，这就是爱的力量，奉献的力量！当然，这也是每一位成年公民的一种责任，也是一种义务，更是一种担当！

2007 年 3 月 28 日献 300ml

2010 年 6 月 19 日献 400ml

2011 年 11 月 25 日献 300ml

2015 年 10 月 9 日献 400ml

2016 年 9 月 1 日献 400ml

2017 年 8 月 3 日献 400ml

2018 年 6 月 22 日献 400ml

2019 年 11 月 29 日献 400ml

2020 年 6 月 5 日献 400ml

2021 年 2 月 25 日献 400ml

2021 年 8 月 27 日献 400ml

2022 年 9 月 1 日献 400ml

2023 年 4 月 27 日献 400ml

2023 年 11 月 19 日献 400ml

"穷则独善其身，达则兼济天下"。这是我一个基层普通公职人员，一个曾在卫生健康岗位工作过的人，自 2007 年以来 16 年来的志愿无偿献血的原始真实记录，累计 5400 毫升，全市排名 708 名，超过 98％ 的献血者，至少为 28 人带来了生的希望。献血后我的身体无任何的不适，相反，献血给我带来了满满的幸福与快乐！我想，只要我的身体允许，我将继续坚持走下去！

（二）

其实，我自幼就害怕医生打针。小时候感冒生病了，娘就牵着我去看医生。一看到刘国强医师（庙背的乡村医生，已离世）左手拿着装满药的注射器，右手食指对着针管轻轻一弹一弹的，看着这长长的粗大的针头，我就心惊肉跳，害怕极了。娘双手抓着我，我围着娘哭着、闹着、纠缠着，待娘手一松便抽身扭头就跑……为这，我不知挨了多少次娘的责骂与毒打。后来，我病了，我宁愿吃着极苦难咽的中药，也不肯打针。

2005 年 2 月起，我先后当选萍乡市第十二届、十三届、十四届人大代表。每年的市人大例会都要去市里开 3 至 5 天的会。2007 年 3 月份的市"两会"，市人大代表莲花代表团被安排在市中心的黑天鹅宾馆住宿。3 月 28 日中午午休，因旁边房间有打扑克的吵闹声，我在床上翻来覆去睡不着，宾馆又在市中心，我便穿好衣服出来在街上逛逛，消磨时间。当路过南昌百货门口广场上的"献血屋"时，两、三名护士小姐拿着献血宣传单在屋前不停地宣传："血站 O 型血告急，请爱心人士踊跃献血！""我健康，我献血，献一次血等于挽救一个生命！"等等。我是 O 型血，符合他们的要求，可我害怕打针。我在"献血小屋"前来回徘徊，犹豫了好一阵子。但想到需要救治的病人，想想自己又是市人大代表，理应承担起救死扶伤的责任。于是，我怀着救人的冲动，撸起袖子，勇敢地踏进"献血小屋"。

谁知，要献血可不是那么容易，不是你想献就献得了的。进屋后，首先要经过护士的询问，昨晚是否休息好？是否喝酒？是否有遗传病史？要填写详细的表格；其次要在手背上抽血做血液检测，是否转氨酶超标？是否有梅毒、艾滋等疾病？如果检测不合格，则谢绝献血！抽血后，经过近 5 分钟的器械检测，我的血液合格可以献血！我高兴极了，坐在指定献血的位置，卷起左手的衣袖，右手抓着左臂，看着圆珠笔芯那么粗的针头，嘴里不停地对护士小姐说："同志！请你轻点！轻点！……"其实，针头还未扎进血管，我就紧闭着双眼，一副心惊胆战的样子，任凭护士小姐姐把针头刺进去。护士小姐姐看着我那紧张的模样，拍拍我的左手臂说："不要怕！不会痛的！请放松点！握紧拳头，好啦，松开，慢慢握着小皮球，一下子就完了……"护士小姐姐问我献多少。我说："第一次献血，300 毫升就可以啦！"

输血开始了，我慢慢地睁开双眼，看见鲜红的血液瞬间流满了输血管，流进了那个白色的小血袋。小血袋在托盘上来回摆动，我的右手抓住小皮球一紧一松的，不一会儿的工夫，300 毫升的血袋已装满，第一次献血成功！我那颗悬着的心即刻放松下来。看着盘子里那袋满满的鲜红的血。我想："我也可以通过无偿献血去帮助他人，救助患者。作为一名市人大代表，也算是尽了一个公民应尽的一份义务和责任吧。"

一天后，我右手手背和左手手腕处显出一小块紫色点。我感到十分疑惑，又走到献血小屋向护士小姐咨询。护士小姐说："这是输完血时未按压好才出现的，属正常现象，不要紧，也不必担心！三五天之后即可恢复正常。"

一个星期后，我的手机传来了市血站发来的信息："刘××先生，您的血液经检验合格，已用于临床，感谢您的善举！欢迎您半年后再献爱心，如有不适请致电 6798026 萍乡市中心血站。"看着这温馨的提示，我想：我的血液已在需要帮助的患者身上流淌，那种满满的幸福感、成就感油然而生，有那种"救人一命胜造七级浮屠"之感，可谓是"奉献一片爱心，收获一份惊喜"，更有"落红不是无情物，化作春泥更护花"之境界！想不到一次小小的献血义举竟然有这么好的效果！当然只有亲身经历者才有这种幸福温暖的感觉。献血不仅仅能帮助他人，挽救垂危的生命，也能幸福快乐自己！

2007 年，我在神泉乡任职。为了能让更多的人加入到无偿献血的志愿服务中来。我特意邀请了市血站刘拯站长带着医疗专家来为全乡的干部免费体检、讲座，宣讲献血的意义！全体干部听了之后，纷纷要求体检、献血。那天中午，我特意交代常务副乡长安排食堂为献血的干部每人加一份营养餐——一份排骨汤。通过献血体检，还真的查出了一部分干部身体有问题不适合献血，为日后的健康也敲响了警钟。

据刘拯站长介绍，适量献血对身体有益，人的血容量约为体重的8%，健康成人的血容量在 4000 毫升以上，每次献血 200 至 400 毫升对人体来说是完全可以承受的。人的血液也在不断地进行新陈代谢，即使不献血血细胞也在不断死亡，身体的骨髓也在不断造出新生的血细胞。献血后机体通过一系列的调节，很快血容量就会从组织间液和饮用水中得到补充，而血细胞通过骨髓促进造血，也能在一个月左右恢复到原来的水平，所以献血可以促进新陈代谢；在某种程度上可以预防心脑血管疾病的发生。而且献血是挽救他人生命的行为，献血者会获得心理满足，有利于心理健康；每次献血之后血液黏稠度会明显下降，红细胞携带的氧气向大脑的养料供应会更加流畅，令人神清气爽；在献血之后血容量突然下降，会刺激骨髓造血，生成更多新鲜的红细胞、白细胞和血小板，有效改善人体免疫系统的功能，增强免疫机能，增强身体的抵抗力，让人更有活力。献血之后对人整体的身体机能是一个大的调整，各方面的机能都会得到改善。

他还说："无偿献血者享有优先用血权利。献血量累计1000毫升以上的，终身免费使用所需血量。无偿献血者的配偶、双方的父母、子女临床需要用血的，按献血量等量免费用血。"

听了刘站长热情洋溢的宣讲，我也决心献满1000毫升。为确保血液的质量，我减少不必要应酬，即使确因工作需要也尽量克制自己不喝酒，不熬夜，坚持锻炼，所以在后来的两次献血中，2010年6月19日，我献血400毫升，2011年11月25日，我献血300毫升，三次共累计完成了1000毫升。

我在安监局任职期间，因安全生产工作特点，这两年多时间忙得一塌糊涂，尽管常收到血站发来的献血信息，但最终抽不出时间，还是间隔了两年未参加志愿献血。

（三）

2015年2月份，卫生局和人口计划生育委员会合并为卫计委，我担任首任卫计委主任，也是唯一的卫计委主任（2019年1月23日，机构改革，卫计委改为卫生健康委员会）。任职期间经常接到领导、亲朋好友以及患者家属打来电话求救："莲花县人民医院血库用血紧张，请求市血站紧急供应！"为抢救生命，有时甚至是半夜，我也义不容辞亲自出马向市血站站长刘拯求救！向市卫计委分管血站的袁晓兵副主任求救！刘站长和袁副主任说："莲花无偿献血列全市倒数，如果再不组织发动干部群众无偿献血，血站也是'巧妇难为无米之炊'！"

为改变这一被动局面，我向分管的副县长汇报，争取县政府的支持，最后以县政府办公室的名义向全县各乡镇、县直单位、省市驻县单位发文，分时段安排献血，并将无偿献血工作列入卫计工作年度考核。

"打铁还需自身硬"。2015年10月9日，我们卫计系统带头，组织全系统职工在莲花广场举行献血启动仪式。我第一个接受检测，第一个献血400毫升，结果这一天下来共有200余人接受体检，有98人献血，共献血34000毫升，创全市县区单日次献血纪录。之后，各单位也积极组织集体献血，我老婆、女儿、三弟也加入志愿献血的队伍（三弟每半年献一次，已献血4800毫升），女儿在南昌因文明单位创建也积极组织单位职工志愿献血……

"功夫不负有心人"，莲花献血工作2017年12月被市献血领导小组授予无偿献血先进单位，2018年5月被省卫计委、省红十字会、省军区保障局授予全省无偿献血促进奖特别奖。在卫计委、卫健委任职期间，我连续5年组织献血，一次次用于临床的献血温馨告知，一本本无偿献血证书，让我倍感帮助他人带来的快乐和幸福！

2019年5月份，单位组织体检，发现我的空腹血糖、餐后2小时血糖、糖化蛋白等几项指标已严重超标，初步确诊为2型糖尿病，不能再献血了，医生建议我要吃药治疗，要不然会产生并发症。看到检查的结果，听到医生的叮嘱，我的心都凉了，我好伤心！我很希望能每年都参加无偿献血，健康时，去帮助需要帮助的人！我很努力，每天坚持日行一万步！尽量克制自己减少不必要的饭局，尽量以蔬菜、清淡的饮食为主。但由于女儿结婚，春节期间整天陪着女儿女婿去吃姑爷饭、新娘饭（乡俗），心情好，兴致高，喝醉过多次，使血糖没有控制好。有点儿遗憾，但我还是下决心"管住嘴，迈开腿"，坚持锻炼，配合医生的治疗，争取恢复到健康状态，争取早点回到无偿献血志愿者队伍中来。

（四）

2019年9月，我被调整到县工业和信息化局任职，不再担任卫健委主任一职，但无偿献血已成了我的自觉行动。

11月29日上午，我在工业园陪市中小企业科长徐敏在江西昊泰合金现场检查企业申报小巨人资料审核工作。吃完中饭，我把徐科长送走后，路过莲花一支枪广场时，看见那辆充满爱心、充满正能量的献血车停在那，我又不由自主地萌生了无偿献血的念头。我想，经过近半年的调理，看看自己是否符合献血条件？经现场检测，各项指标符合要求。于是，我又撸起袖子献了400毫升。

2020年6月5日，时隔半年，我又组织县工信局干部职工无偿献血。这一次，我又献了400毫升，已59岁的老党员彭少华也献了400毫升，郭建武400毫升，邓阳英300毫升……连晕血的郭钧也献了100毫升。

2021年2月25日中午，天空下着毛毛细雨，下午2点半开会。利用中午的空当，我又一次来到了莲花一枝枪广场献血点。这半年来，隔三岔五的长跑，身体锻炼得棒棒的，血糖也控制在正常水平，经检测符合献血要求，于是便献了400毫升。为了激励更多的人志愿无偿献血，我把我献血的照片发在单位工作群。果然，到了3月5日"雷锋纪念日"，郭建武、彭少华等一批干部职工都自觉到县一支枪广场志愿献血，这正是"学史力行"主题教育的具体行动。

2022年12月7日，疫情防控全国全面解封，医院患者骤然增多，医疗用血非常紧张。省市红十字会、血站发出"疫情防控，血液很重要！血库紧张，请守望相助！"以及《致全省人民无偿献血倡议书》等献血倡议。作为一名党员领导干部，一名多年的义务献血志愿者，我又一次撸起袖子走进了献血车。可当我填表时，医务人员问及我上次献血时间后，却以我还未到间隔半年时间而拒绝。我说："现在用血紧张，我的身体挺棒！只差两个月应该没关系吧？"负责问询的医生说："每次献血时间需间隔不少于6个月，这是《中华人民共和国献血法》规定的。你身体最好也不行！哪怕是差一天也不行，并不能因为缺血而不对志愿者负责！"唉，我原本以为疫情急需用血，可以提前献血呢。

然而，血站医务人员提示说，并不会因为血库紧张而无条件地允许志愿者献血。虽有点儿小小的遗憾，而我却倍感温暖。

2021 年 6 月，我被省卫健委、省红十字会、省军区保障局授予 2017 —2019 年度"无偿献血铜奖"。2023 年 2 月，我被中华人民共和国国家卫健委、中国红十字会总会、中央军委后勤保障部卫生局授予"2020 —2021 年度全国无偿献血奉献奖铜奖"。我做梦也没有想到，自己做了点微不足道的小事，国家省市卫健委、红十字会、军区保障部门竟然没有忘记，竟然会给予如此高的省级、国家级荣誉。

"志愿献血，为生命续航。"每次献血后收到血站反馈着"你的血已用于临床"的信息，想到有人因我的血而恢复健康，我的血能在他人血管里流淌，心里不禁洋溢着喜悦的小浪花；每次看到书柜放着那一本本的"光荣献血证"，记录的是我的爱心！传递的是我的真情，挽救的是一个个鲜活的生命！实际上帮助他人，不如说也是在帮助自己，一次次献血，也是一次次心灵得到净化的过程！不信！你也来试试！

让我们一起来唱响著名歌唱家韦唯演唱的那首《爱的奉献》吧！"只要人人都献出一点爱，世界将变成美好的人间……"

在每一个城市，每一座献血小屋、每一辆献血车，像一道道亮丽的风景线；每一个无偿献血志愿者，每一个爱心使者，他们撸起袖子，他们的热血在流淌，他们的爱心在传递！他们用行动温暖着这个城市！他们是城市风景线上一个个最亮最美最勇敢"为爱逆行"的战士！

"一个人做一件好事并不难，难的是一辈子的坚持！"倘若身体允许，我会将志愿无偿献血进行下去，尽自己所能去帮助所需的患者，为生命续航……

端午味道

"粽子香，香厨房。艾叶香，香满堂。艾草插在大门上，出门一望麦儿黄。这儿端阳，那儿端阳，处处都端阳。"这是旧时流行甚广的一首描写过端午节的民谣。总体上说，各地过端午节的习俗大同小异。

在赣湘边的中国莲花之乡，民淳俗厚，春节、端午、中秋是一年当中三大最隆重的传统佳节，也是农村女子出嫁后，必须购买代表不同节日的礼物回娘家孝敬爹娘及其他长辈的节日，在农村也叫"岳母节"，有"娘送女一年，女送娘万万年"之传统习俗。当然，不同节日都得送不同的礼物，端午节自然是以送粽子为主，或购买糯米粽叶回娘家自己做也行，也叫"送端阳"。

我对家乡的糯米饭、糯米煎饼、米果等糯米做的系列莲花小吃是情有独钟，一说起家乡的端午粽子更是垂涎欲滴。

小时候，奶奶和娘知道我爱吃，不管是别人家送的，还是自己做的，只要我不在时，总会惦记着为我留些。在莲花中学读书时，奶奶从南门的琴亭桥走很长的路送煎饼和粽子到北门的琴水公社给我吃。

结婚成家后，妻子知道我有好吃米食的嗜好，也悄悄地学会了做各种米食，尤其是在做粽子和豆腐包糯米方面特别用心，做出的粽子更是独具匠心。每当临近端午时节，她便琢磨着到处寻找采摘粽叶，有时散步发现莲江湿地岸边粽叶，宛如哥伦布发现新大陆似的兴奋极了，疾步弯身采摘，一张一张地抹平叠在一起。做粽子，粽叶是关键材料，有了粽叶再到菜市场买上几斤糯米，少许花生、瘦肉，便在厨房摆开阵势，忙个不停……几个小时之后便大功告成，每次得用高压锅煮，我在旁静静守候，粽子的清香缓缓地从锅中飘溢出来，我贪婪地嗅着这一丝丝、一缕缕粽香，口水都要流出来。出锅时更是粽香满屋，我不管其滚烫便摇头晃脑地连吃两三个，吃得可是津津有味，回味无穷……有时弄得消化不良也在所不惜。老伴看到我那贪吃粽子的模样，也忍不住开心地笑了。

"客里不知端午近，卖花担上见菖蒲。"每年的端午，我家都像过年那样隆重热闹。

爹娘总是唠叨我们要按照老传统、老规矩来，一定要有节日的仪式感：全家人非得要聚在一起吃顿团圆饭，餐桌上粽子、包子、蒜子、豆子、鸡子（黄泥盐蛋）俗称"五子登科"，一个不少上齐；把事先买好的一串串艾叶草、菖蒲插在窗户上、大门的两边上头，把配好的雄黄酒涂抹在儿孙的肚脐眼、额头上，洒落在墙角间，还有娘亲手缝制内装有艾叶、雄黄等香料的小香包，为孙儿孙女亲手佩戴，娘说这是驱鬼避邪的锦囊，然后呈上蒸好的土鸡，炒一大碗莲花血鸭，配上各种新鲜的时令蔬菜，放上一挂长长的大红鞭炮，祭拜天地祖先之后，一家人团团圆圆围在一桌，因人多了，仅爹娘、年长的和喝酒的坐着，其余站着，小孩儿围在小桌或凳子上吃，其乐融融……

这就是我家重复多年的"吃端阳"端午味道，也许你家也是这样。

端午节除了"吃端阳"外，"端阳浴"也是一大习俗，一般是午饭过后或傍晚，在事先烧好的热水中放艾叶、菖蒲浸泡数分钟后开洗，说洗了可祛除邪灵，治疗皮肤病，不过这是大人和一些不会游泳的小孩子的事。在过去，会游泳的，到江里、河里或水库里洗澡是节日里必不可少的节目之一。

莲花是禾水的发源地，无大江大河，但小溪小江星罗棋布，小型水库几乎村村都有。端午节划龙舟比赛从未举办过，但每年的端午，按照几千年的传统要在江里、河里、水库里投放包子或粽子，不让屈原的遗体被鱼儿吃了，孩提时的我们还真的这样做了。不过孩提时的我们，端午节那天午饭过后最隆重的节目就是到龙发口水库游泳！全村的爱游泳的男女老少，放下碗筷，准备好换洗的衣服，就往村中央，往山边的朋友呐喊吆喝，邀上一起去游泳。不一会工夫，在水库的大坝上就聚集了两三百个小屁孩。大伙们像泥鳅，像鱼儿一般在水中追逐乱窜、变换着水中玩耍的各种姿势，跳水、划水或仰泳比赛……

在长达 70 多公里"九曲十八弯"的莲江母亲河畔，在筑有水坝的地方，在端午时节，那一群群人跳动的闪烁的热闹的"端阳浴"，宛如一片片欢乐的海洋。

"节分端午自谁言，万古传闻为屈原。"端午不仅仅是个节日，也是一种文化！艾草、粽子、香囊、雄黄酒……不仅仅是端午元素，也是一种传统！更是中华民族自信、文化自信的标志！我也是在每年端午节那天祭拜天地祖先、纪念民族英雄屈原中学会了感恩，学会了游泳，学会了包粽子……

原载于《中国作家网》2022 年 6 月 12 日

我的笔名

  我国文人自古就有使用别号的传统，古代文人的别号在意义上一般与名字没有联系，但现当代作家的笔名，在继承了古代文人取号的传统的基础上，又带有明显的时代烙印。比如冰心（谢婉莹）、茅盾（沈德鸿）、鲁迅（周树人）等老一辈文学界前辈，他们的笔名都有着不同寓意。

  我也是一个刚刚入队不久的文学爱好者。鉴于我供职的单位属国家行政机关，而且我一直以来都是担任单位的主要领导，当地人爱称为"一把手"，平时我没什么爱好，闲暇之时，靠拼凑和涂鸦文字打发时间，偶尔也会在报纸和杂志发表，为了不被人发现是我所为，为了不被人说闲话，说一个单位领导不务正业，所以我也学学文学前辈的做法，取了个笔名叫"田南"，来替代我的名字。

  有人问我："你的笔名怎么叫田南？田南是个人名还是地名？是你的恋人还是梦中情人吗？她在哪？"我说："田南是我的老家庙背的小小的自然村落，在石门山脚下，是生我养我的家乡，我在那度过我天真烂漫的童年时光。少小离家思家念家想家的缘故，便取名为'田南'。"

  其实，我最初的想法是取"石门山"作为我的笔名！因为石门山是莲花的第一高峰，我家就在石门山脚下，儿时抬头便看见石门山云雾缭绕，幻想有一天能像孙悟空那样腾云驾雾上天走走。还因为我的微信号和抖音号都是以"石门山"为名，可远在厦门的弟弟也是文学爱好者，愿以"石门山"作为其笔名，作为兄长的我自然得让着弟弟。

那我到底取什么样的笔名呢？为这，我思来想去琢磨了好一阵子，最终还是考虑取"田南"作为我的文学笔名。因为"田南"是我的路口镇庙背老家，是我念兹在兹的故乡。那里，有我无忧无虑、天真烂漫的童年；那里，有我儿时不离不弃的好伙伴、好朋友、好兄弟；那里，有我儿时许多的梦想；那里，有我和伙伴们一起在黄泥坳用松树叶滑滑梯，在新江里游泳，在小溪中抓泥鳅的欢乐；那里，龙源山、安山有我们儿时的"革命根据地"，红领巾是我们的"红旗"，哨子是我们的军号，茶耳、竹笋、杜鹃花是我们充饥的野菜；在那里，夏夜，我们围着萤火虫玻璃瓶灯，听奶奶讲嫦娥奔月的传说；在那里，我看了《地雷战》《地道战》《铁道游击队》《闪闪的红星》等无数的电影作品；我在那学会了看鹅、看牛，割猪草；我在那学会了扫地、挑水、挖薯；我在那学会了莳田、摘木梓；在那里，有我太多太多的童年美好的记忆。

小学毕业后，我随父亲在莲花中学读书，考取师范，走上工作岗位，加之父母都在县城居住，老家仅有寂静的老宅，而今离开田南老家已 40 年有余，除了清明、春节会回老家一趟外，平时难得回家。想家、念家、思家、恋家便成了我心中不解的乡愁。田南，是我少时离家后魂牵梦萦的地方！正是这样的情结在这，取笔名为"田南"便是我最终的选择！

后来，我写的小文章多了，便会引起好事者的注意，常有读者想探个究竟，"这田南到底是何许人也？"但随着中国书籍出版社和万卷出版社出版发行的我的个人专著《林下晓拾》《新月旧影》在新华书店和京东、当当等各大平台销售，慢慢地"田南"也就不再那么神秘啦。

原载于《中国作家网》2023 年 6 月 9 日

有一种乡愁，叫"吃杀猪饭"

"出门乃古快回家，回家看看你爹妈。家里年猪肥又壮，快快回家把猪杀。腊月要请杀猪饭，已经恰（吃）了七八家。哇起那个杀猪饭，个个身上劲子股炸……"这虽是我们莲花乡下流行的一首"杀猪饭"民谣，却道出了赣西边城莲花农民吃"杀猪饭"这一传统习俗之隆重。

周末，有乡下亲戚打电话来要我们全家回老家吃杀猪饭，说他家在专业合作社留了一头土猪养了一年多，估计有 300 多斤。哟！稀罕之物，难得！不要说"千年等一回"！应该说这十几年难得碰上这样的大土猪。因为平时我们在菜市场买的猪肉，是养猪场仅养三四个月一百二十斤左右的饲料猪，连一点儿猪肉味都没有。我连忙满口答应并请求全家出席，过一过嘴瘾，这可是件十分难得的好事、喜事。

也不知从什么时候起，因为环保等诸多原因，农村家家户户门口的猪栏都被拆除了。从此，吃一顿"杀猪饭"便成了一种奢侈，一种回忆。

过去，在我们罗霄山中段赣湘边城的莲花，农村家家户户都有养牛、养猪、养狗、养鸡鸭鹅的习俗，在山里的农户还有养羊的传统。牛舍、猪舍、鸡舍这三杂屋是农民除正屋之外最主要的、必备的杂屋。养牛是耕地的需要，养狗是看家护院，养猪、养鸡鸭鹅是过年过节招待来客的主打菜，其中养猪、杀年猪、吃杀猪饭则是一年当中最隆重的习俗，其规模一点儿也不亚于过年那样热闹喜庆。

小时候，在老家庙背田南，我娘带着我们兄弟四人，也养了一头黄牛、两头土猪、一条狗、一群鸡和五六只白鹅。那时，我每天放学回家除负责放牛外，还要背着个竹篮去打猪草。黄牛到别人家帮忙，打猪草便是娘吩咐的重要的家务。每天吃完的剩饭剩菜，甚至连洗碗水都不能乱倒，必须统一倒在食铁锅里，让油水给猪吃才长得快。娘常常对我们说："猪养大了，养肥了，腊月杀年猪，可以请人吃杀猪饭，就有猪油炒菜，有腊肉吃，可以卖肉挣钱，可以发压岁钱，可以过个好年！"在那个大集体的年代，养头年猪就仿佛如今银行储蓄的"零存整取"，以种粮为生的农民只能靠养年猪补贴点儿家用；那年头平时很少吃到肉，只有到了冬季，杀年猪啦，才有血旺吃，才有新鲜肉吃，过年后家里来客了或请了师傅做衣服、做泥工、修竹席时才有腊肉吃，但这是孝敬师傅匠人的，一碗腊肉端出端进一般要七天至半个月。看见香喷喷的腊肉，垂涎欲滴，嘴角里自然来了口水，可我们只能看看、闻闻，吃腊肉也只能在梦中，有腊肉油拌饭吃就是娘对我们最大的奖赏，也是我们最大的奢侈。那味道，吃起来感觉特别爽，哪怕是一两匙，我们也可以多吃两碗米饭。一到冬季扯猪草是个大问题，有时也和大伙一起商量着到生产队的稻田地里"偷"点红花，但生怕被生产队负责的"罗师长"发现，真的像做贼一样。

猪养了差不多一年，约莫有200斤，要等到立冬过后的腊月才会杀掉。家里一般请家族中威望较高、身材魁梧、力大无比的典范哥哥来帮忙杀年猪。杀猪前一天，得去塘子岸下挑满一缸水，得有两三把干柴放在柴火坑，天刚蒙蒙亮就要起床烧一大铁锅水，等水烧开了。便打开大门，准备两条高长凳，把放了点儿粗盐的大木盆放在高凳旁，典范哥哥便用"阎王钩"把猪从猪栏里拖出来。此时，猪发出"嗷嗷嗷……"冲天的叫声，一个帮手在猪后面双手提起猪尾巴，其他两个帮手用扁担朝猪腰身一抬就把猪架在两条事先架好的木凳上，典范哥不慌不忙地拿起刀朝猪的喉咙一刀捅去，猪血便哗啦啦……流在了木盆里，随着"噼里啪啦……"鞭炮声响起，"轰"的一声，师徒四人把猪从高凳上掀翻下来，然后，提热水烫洗浸泡，用小刀刮干净，最后用一木棍把猪的两只后脚串起来横挂在梯子与窗户之间，典范哥哥用屠刀如"庖丁解牛"一样切肉、剁肉、分肉，手艺娴熟得很，自家留一半焙腊肉，一半卖掉……

忙了大半天，其实最幸福的时刻莫过于请亲戚朋友左邻右舍一起来吃杀猪饭，一起分享喜获丰收的欢乐。红烧肉、扣肉、喷肉、小炒肉、梅肉、心肺小肠汤、猪血拌猪脑浆……因土猪养的时间长，吃的又是草食、熟食，猪肉质韧而细嫩，吃在口里香中带甜，油而不腻，比现在的饲料猪肉不知要强多少倍！是我们农家地道的绝味佳肴！

成家后，我在城小教书，我老婆在下坊乡政府上班，女儿还比较小。刚组成小家庭的我们也不知哪来的劲头，工作之余，我们俩除在兴莲路把家门口的菜地精耕细作，在城厢小学也开荒挖了两块菜地，种上了不同季节的蔬菜，基本上实现蔬菜自给自足，还保障部分亲朋好友蔬菜供应。为补贴家用，成家立业后应"当门抵户"，懂得人情世故。我们年年吃别人家的"杀猪饭"怪不好意思，也应自己养猪还这个人情。于是，我便和老婆商量着买了一头小猪来饲养，到年底也可以杀年猪，请亲戚朋友吃一场热热闹闹的杀猪饭。

那时，每天下班回家和老婆一道提着竹篮子到四栋屋里的田埂上去扯猪草，回家后把猪草洗干净再剁烂，然后用一大铁锅放在煤球炉上煮猪草。吃了晚饭，就提着个铁桶到妹妹的粮贸大酒店提剩饭剩菜，让猪吃够、吃饱，祈祷着小猪快快长肉。功夫不负有心人，不到半年的时间就把猪养得肥肥胖胖的，可以出栏了，立冬一过，我们便按照父母意见，选择良辰吉日请了邻居李福元做屠夫，把猪给杀了，卖了300多元钱，差不多顶上三个月工资（那时月工资仅112元），晚上把亲戚一一请来一起庆祝一番。到了傍晚5点半，亲朋如约而至，四五十个人站的站，坐的坐，围围堂堂聚了两大桌。开饭啦，爹妈忙着下斋饭敬老祖先们，我把鞭炮在大门口放了一圈点着，"噼里啪啦"在小院里响个不停，像做喜事一样，大家有说有笑地分享着红烧肉、喷肉、梅肉、小肠心肺汤、血旺、小炒肉等各色各样鲜美可口的杀猪饭菜所带来的快乐！家人们、长辈们对我们小两口赞不绝口，尤其是大姐夸我俩工作之余也能养年猪，吃得了苦！说我的老婆真是个好媳妇……

其实，在那个年代，上班的也和农村老百姓一样，有条件的也会养猪，养猪不仅可以把剩饭剩菜收拾干净，更是一年生活的额外补贴。我的前生、后生两位大哥连续养猪十几年呢，大哥大嫂在粮食局车队也养猪多年，老妈更是养了一辈子的猪，虽然烧坏了不知有多少的铁锅，但一想到每年腊月的那一场场香喷喷甜蜜蜜的杀猪饭，嘴里就直流口水，心里就甭提有多期待！多高兴！

而今，没了猪舍的农村，再也听不见有人吟唱"家里年猪肥又壮，快快回家把猪杀。腊月要请杀猪饭，已经恰（吃）了七八家……"那首民谣，也没了邻里之间相互吃请那种充满烟火气息、充满浓浓乡情传统习俗的杀猪饭啦。要想吃上一顿香甜可口的杀猪饭，在我人生记忆的长河里，已成了另一种乡愁。

原载于《中国作家网》2023 年 5 月 20 日

写给 2023 年的自己

田南君：

　　您好！

　　今天是 2022 年 12 月 31 日，壬寅年最后的一天。你凝视着 2022 年最后一张泛黄的日历，感慨着岁月的不居、人生的不易、生命的短暂。按照"青年作家网"汪老师的要求第一次给自己写信——致 2023 年的自己。

　　2022 年再过十几个小时，将一去不返，回顾一年来的点点滴滴，思绪万千，也感慨万千……

　　这一年，结束了你人生上半场 35 年一线工作忘我的状态，转程迈入你人生的下半场生活。

　　这一年，2 月 21 日，是你一生之中最难忘的日子！恭喜你！这一天，你荣幸地被省作家协会正式批复为省作家协会会员，进入了省作家的行列，开始用文字拼凑书写着人世间的美好。

　　这一年，你在全国青年作家文学大赛中荣获散文组二等奖，你的两篇散文入选《莲花文史》,两篇散文入选江西《新时代文学作品选粹》，你的《致教师》一诗入选《每日一诗》2023 年卷，你在《萍乡日报》发表散文 8 篇，在《江西作家网》发表散文 28 篇，在《中国作家网》发表散文 25 篇，在《中国诗歌网》发表诗歌 12 篇，在《廉洁萍乡》发表新诗《致枫杨树》，在《江西卫生健康报》8 月 24 日发表新诗《致医师》，在《湖南散文》2022 年第 2 期发表《故乡往事》，在《散文选刊》2022 年第 6 期发表《我的祖母》。

这一年，你的社科类文集《林下晓拾》自 2021 年 8 月 1 日在京东、天猫、淘宝、当当网、拼多多、淘特网、百度等各大网站上架以来依然在热销之中。这一年，你的第二本个人文集《新月旧影》由北方联合出版传媒（集团）股份有限公司万卷出版有限责任公司正式出版发行。

这一年，你开始练习汉隶与颜体，开始习惯安静，感受寂寞，学会孤独；你坚持"跑一休一"，积极备战马拉松比赛，并且在长沙马拉松、罗城马拉松成功中签。这一年，你志愿献血 400 毫升，累计献血 4600 毫升。

这一年，你积极参加单位组织的"喜迎二十大，颂歌献给党"新老党员深情告白活动；积极参与社区疫情防控，你是 25 片区八网格一位被居民称为优秀的"楼栋长"！合格的社区志愿者！

这一年，你和陈移新老师、邹志萍老师一起高质量地完成了县委组织部交办的《提升农村党组织在乡村振兴中组织力研究》课题的调研报告，完成了县委党校交办的给莲花县 2022 年 2 期科干班、中青班学员授课的任务，完成了 2022 年萍乡市高素质农民培训班交办的《乡村治理与农村经济发展》专题讲座；完成了党的二十大精神宣讲团布置的讲课任务。

田南君，这一年，你虽然退居二线了，但你没有褪色，你依然初心不变，奋斗不止！持之以恒，在人生的下半场，一开启，你就过得充实，你就收获满满！

再见！2022！你好！2023！2023 年是国家迈入后疫情时代的第一年，也是你退居二线的第二年，希望你不忘初心，继续加油！2023 年的你应该活成像诗一样，给自己信心，给家人温暖，给他人力量。

2023 年，你应该像冷漠演唱的《疫情过后》那首歌一样，明年要列一个小小的计划邀上三五个知心朋友四处去走走！用脚步去丈量祖国的山山水水，用文字去记录这一路繁华。力争写 12 篇游记散文，在

《散文选刊》等省级以上报刊发表散文 3 篇以上，在中国作家网、中国诗歌网各发表 5 篇以上，争取有新诗入选《每日一诗》2024 年卷，2023 年。你应该成为中国散文学会会员。

2023 年，你应该继续按照县委宣讲团的布置完成宣讲内容，"讲好莲花故事，传播莲花声音"，按照县委党校的要求上好每一堂课，继续为单位、为社区、为企业志愿做点儿力所能及的工作。

2023 年，你应该继续书法练习，坚持每天写几张颜体字或汉隶，修炼净化自己，提升自己；你应该继续坚持长跑，以良好的身体素质和精神状态去圆一场真正意义上的马拉松之梦。

2023 年，你应该再去志愿献一次血，把健康和快乐传递下去，为生命续航！使你的献血量累计达到 5000 毫升。

2023 年，你应该梳理准备好你的第 3 本个人文集《莲花寂》出版发行。

2022，再见！你好，2023！田南君，加油！

你的挚友：田南

2022 年 12 月 31 日

我的那篇竞选演讲稿

尊敬的各位领导、各位评委：

大家好！我是中共神泉乡党委书记刘晓林，今天，我很荣幸参加琴亭镇党委书记竞选演讲。在此感谢组织给我一个良好的学习交流的机会，同时也真诚地感谢各位领导和同志们对我的信任、支持和鼓励！无论能否当选，这次竞选对我本人都是一次锤炼与提升，对我今后的工作有着很大的帮助和促进。

我1987年8月参加工作，工作的起步站便在人民教师的岗位上工作了8年，良好的开端开启了我实现价值、追求理想的人生道路。1995年7月至1998年11月在招商局、对外经济合作办工作，其间曾派往县驻深圳龙岗办事处工作。1998年12月至2004年12月先后在荷塘乡任组织委员、常务副乡长、政法副书记、党群副书记，其间2004年3月至6月在上海闸北区大宁路街道办挂职锻炼。2005年1月任闪石乡长，2006年2月调任神泉乡长，2007年1月至今一直担任神泉乡党委书记、人大主席。工作以来，无论我在哪个岗位工作，我都能踏踏实实做事，干干净净做人，认真履职尽责，兢兢业业，勤奋工作，改变了一个地方的面貌，创造了出色的工作业绩。我之所以有足够的信心参加琴亭镇党委书记的竞选，本人觉得主要有以下六个方面的优势：

一、本人对琴亭有着特殊的感情

20世纪七八十年代，我的伯父刘念怀、我的父亲刘恩怀先后在琴亭担任过党委书记。而我本人是在莲中念的初中，毕业后在城厢小学教书 6 年，对琴亭这片土地产生了不一样的感情，我也真切地希望沿着父辈们的足迹继续耕耘在这片土地上。

二、本人具有较高的政治素质和理论基础

多年党组织的教育培养，纯正了我的思想，净化了我的心灵，陶冶了我的情操，使我的人生观、世界观、价值观更加端正！更加纯洁！更加坚定！我能始终牢记为人民服务的宗旨！坚定正确的政治方向！同时，通过自身不断学习，掌握了关于"三农"工作路线、方针政策，并在农村实践中得到了应用和巩固。

三、本人有着较为丰富的农村工作经验

本人从基层一步步干起，当过普通教师、一般干部、组织员、常务副乡长、政法副书记、党群副书记、乡镇党政主要领导。在乡镇工作了 13 年，经过不同岗位的锻炼，积累了丰富的基层工作经验，掌握了一定的工作方法和领导艺术。多年的基层工作实践，使我逐步形成了"百姓至上、以人为本、纪律严格、开拓创新、环境良好、注重结果"的工作理念，并摸索出了当前乡镇工作的主要任务是"执行政策、发展经济、服务百姓、维护稳定"，这些确保了我在平时工作中不走调、不偏向。

四、本人具有较强的事业心和敬业精神

在多年的农村工作中，我始终爱岗敬业，坚持深入第一线，身体力行，靠前指挥各项工作，在工作实践中积累知识和经验，并注重自身修养，把工作放在第一位，以维护好、发展好、实现好人民群众的利益为己任，注重谦诚、立德、敬业、奉献。一言一行都能与上级党委保持高度一致，所作所为无不顺应民心民意！

五、本人具有较强的创新和协调能力

我在乡镇工作 13 年并担任乡镇党政正职 7 年，参加省委党校第 24 期乡镇党委书记班学习，和上级领导、部门的接触、交流的机会多，增进了彼此的认识、了解。在他们的帮助下，使我科学决策能力，协调能力、分析解决问题能力及领导艺术有较大的提高，并能把这些能力更好地投身到事业中来。13 年间，我多次有效化解了棘手的群体性事件和突发性事件，有力地确保了一方的稳定，维护了百姓的利益。

六、本人有着管理城市社区的先进经验

琴亭镇作为我县的城关镇，它区别于我县其他乡镇，有着亦城亦村的特点。要想管理和经营好琴亭镇。不能简单地复制管理其他普通乡镇的做法，而我正好在上海闸北区大宁路街道办挂职锻炼过，使我较早地接触并掌握了一些管理城市社区的经验，这些对于建设一个更加美好的琴亭镇来说无疑是一笔宝贵的财富。

各位领导，各位主评委，如果我能当选琴亭镇党委书记，我将立足琴亭实际，从以下三个方面进一步努力。

一、紧扣实际，紧盯目标，谋划全镇工作有新思路

"思路决定出路"！作为一名党委书记，尤其是琴亭镇的党委书记，我将坚持以中国特色社会主义理论体系为指导，按照以人为本和科学发展观的要求，以敢于打破常规的勇气，紧紧围绕县委、县政府提出"坚持五化三统一，实现四大新目标"的工作思路，以"五城同创"为抓手，在坚持"抓工促农、工农互动、抓城带乡、城乡互补"的基础上，结合琴亭实际，创新谋划出一条新的工作思路，着力推进项目建设、商贸建设、城镇建设、新农村建设、生态建设和和谐建设，团结带领全镇人民同心同德，群策群力，努力把琴亭建设成为工业集约化区域发展示范城镇、县域经济发展区域中心城镇和宜居宜高创业新型城镇。

二、精心锤炼、用心管理，锤炼干部队伍有新气象

琴亭镇是我县的第一大镇，干部队伍相对庞大，管理起来相对复杂。而作为党委书记，抓班子、带队伍是我的"第一责任"。对班子成员和镇干部职工的管理，我将从四个方面着手：一是注重学习，着力打造学习型干部、学习型机关，努力提升干部素质；二是注重规范，

着力打造服务型政府。重点对司法所、农医所、民政所、社保所和计生服务所等窗口单位，在工作制度、服务态度、办事程序上给予严格规范、严格要求和严格操作；三是注重"角色"，要求所有干部解放思想，调整心态，摆正位置，做到在其位，谋其政；四是注重结果，以结果论英雄，着力打造争先进、创一流、求实效的好班子、好干部；对村干部的管理，要始终坚持"多换思想少换人"的原则，在政治上给出路，在经济上给保障，在职能上给完善，充分调动乡村干部的积极性、主动性，发挥好"人"在干事创业中的决定性作用。

三、抢抓机遇、做大总量，促进镇域经济有所增长

发展是第一要务。琴亭镇作为我县的第一大镇，发展经济更是打开工作局面、推动工作开展、解决突出问题的动力。作为琴亭镇的党委书记，一定要致力做大全镇的经济总量，提升经济质量，增强经济后劲。一要立足琴亭现有的特种冶金材料、生物制药、建筑材料、电子元件、制衣制鞋和饲料添加剂六大特色产业，全力做好产业招商文章，支持壮大现有企业规模，使之发展成优势产业和支柱产业，提升企业的核心竞争力；二要全力推进农业特色产业。加快莲子、油菜、蔬菜和花卉苗木基地建设。扩大生猪、山羊、兔等养殖规模，重点推进井冈生态园建设，发挥好龙头产业领头鹰作用；三要抓住千载难逢的历史机遇，内引外联，多渠道争取项目，争取资金，增加投入，千方百计确保经济跨越式发展，实现农民和居民稳步增收。

成功伴随艰辛，跨越需要奋斗！各位领导、各位评委！我相信，只要有县委、县政府的坚强领导，有全镇干部的共同努力，有全镇人民群众的鼎力支持，琴亭镇的明天一定会更美好！

报告完毕，不妥之处，敬请批评指正！谢谢大家！

2011 年 3 月 12 日

我在"三湾"学习交流

今天是 6 月 30 日，明天就是"七一"，是中国共产党成立 102 周年，能在这样特殊的日子来"三湾改编"所在地三湾交流学习是我的荣幸！感谢永新县委组织部，感谢永新县委党校为我提供这样的学习交流平台。

96 年前的 1927 年 9 月 9 日，毛泽东领导的湘赣边秋收起义爆发。9 月 19 日，秋收部队撤退至浏阳文家市。20 日开始向南转移。22 日到芦溪。23 日拂晓部队遭遇江西军阀朱德培部，总指挥卢德铭牺牲。9 月 24 日中午，毛泽东领导秋收起义部队从芦溪转高滩，在高滩举行前委会"高滩不散摊"。25 日在坊楼甘家决定攻打莲花县城。26 日攻克莲花县城,在宾兴馆决策引兵井冈,27 日下午 2 时从莲花三板桥桥头离开,下午 4 时至永新高溪九陂休整三天二晚,在那酝酿"三湾改编"事宜,1927 年 9 月 29 日上午在九陂村古樟树坪集合,经婆婆坳、枫木坳两座大山,沿"湘赣古驿道"行军 3 小时,下午 4 时赶到三湾枫树坪,直到 10 月 3 日,毛泽东在这里领导了举世闻名的"三湾改编"。

"三湾",一个富有诗意的名字,一个诗与远方的小山村,一个由禾水、胜益水、高溪水三水沿山而下形成的三道回水湾,如一个罗盘,一个方向。历史就是这样的巧合,"三湾改编"从政治上、组织上保证了党对人民军队的绝对领导,是我党建设新型人民军队最早的一次成功探索和实践,标志着毛泽东建设人民军队的思想开始形成。三湾改编铸军魂,一个扭转中国革命前进方向的地方,从此,中国共产党领导人民军队攻无不克,战无不胜!

"三湾改编"初步解决了如何把以农民及旧军人为主要成分的革命军队建设成为一支无产阶级新型人民军队的问题,保证了党对人民军队的绝对领导,奠定了政治建军的基础。同时,三湾改编的三项重要内容之一——实行"士兵委员会",也对团结广大士兵群众、瓦解敌军起到了巨大作用,从这个意义上说,三湾改编又丰富了我党早期的统一战线思想,从理论和实践上对统一战线工作作出了很大贡献。

"三湾改编",毛泽东创造性地确立了"党指挥枪""支部建在连上""官兵平等"等一整套崭新的治军方略,是中国共产党建设新型人民军队最早的一次成功探索和实践;"三湾改编"铸军魂,人民军队树民主,让"星星之火,可以燎原"!"三湾改编"其实也是毛泽东调查研究的开篇之作。秋收起义部队出发时 5000 多人,到三湾时仅 900余人,特别是 9 月 23 日芦溪受挫后,总指挥卢德铭牺牲,虽然在莲花打了个胜仗,但部队中弥漫着一股消沉的情绪,许多知识分子和旧军官出身的人,看到失败似乎已成定局,纷纷不告而别。有些小资产阶级出身的共产党员，也在这时背弃了革命，走向叛变或者消极的道路。一营一连的一个排，在排长的带领下，利用放哨的机会全部逃跑了，并且带走了所有的武器。那时，逃亡变成了公开的事，投机分子互相询问："你走不走？""你准备到哪儿去？""这真是一次严峻的考验。"中将赖毅回忆。唯独罗荣桓所在特务连没走，而且战斗力极高。毛泽东单独找罗荣桓了解原因，接受罗的建议，在前委会上，毛泽东根据这一路调查的结果提出三大主张：第一，把一个师缩编成一个团；第二，把支部建在连上；第三，连以上设立士兵委员会。这三大主张步步相连，紧扣一个重大的问题，那就是确立党指挥枪的根本原则。这样就彻底从体制上改变了国民党军队那种旧的体制，从而向建立新型人民军队的方向迈进了一大步。

三湾，具有"全国爱国主义教育示范基地""国家国防教育示范基地""全国人文社会科学普及基地"三大国家级荣誉，是国防大学、井冈山干部学院及众多军事和干部院校的现场教学点。永新县委组织部、党校把公务员、科级干部及优秀青年干部培训放在"三湾"，也是一项十分正确的决定，希望"三湾"干部培训学校越办越好，走出江西，服务全国。

永新，我们莲花人称"老大"。自古就是"莲永一家人"，是血浓于水的亲情，连我们各自的特色名菜永新血狗、莲花血鸭、都带有"血"的味道，都是"血"性中人，好客，豪气，讲义气！是我们共同的品质，无论在何时何地遇见永新人，犹如遇见亲人一般。

永新师范，让我与永新更是多了一份不解之缘。在东华岭读书时，我结识了许多可敬可亲的老师、热情友善"钓野鳖"的同学；在神泉任职时，我与永新相邻的文竹镇、台岭乡结为"联防联控联治"友好乡镇，相互间交流学习，来"三湾"参观学习多次。

我本人师范毕业后在"三尺讲台"辛勤耕耘 8 年，辗转荷塘、闪石、神泉等多个乡镇 13 年，2004 年在上海闸北大宁路街道挂职，2009

年在江西省委党校第 24 期乡镇党委书记班学习，在县直机关任职 15
年有余，不论在乡镇还是在机关，我始终坚持学习，擅长于调查研究，
查找基层存在的问题，分析问题原因，找出解决问题的对策，把矛盾
和问题化解在基层，解决在基层，确保一方和谐稳定。我还善于总结
提高，用 25 年的时间写成了一个乡镇党委书记社会治理的实践探索与
理论思考之社科类文集《林下晓拾》一书，该书被中宣部新闻出版研
究院传媒研究所执行所长、研究员刘建华誉为"一种乡村社会治理的
'资治通鉴'，自 2021 年 8 月 1 日出版发行以来，一直是京东、当当
网等平台的热卖书籍之一，并且与陆天明写的《省委书记》、李克军写
的《县委书记》、陈行甲写的《在峡江的转弯处》捆绑在一起在京东等
平台上销售。同时，我也是中国散文学会会员，江西作家协会会员，
我的散文集《新月旧集》也于 2023 年 1 月 1 日上架京东等各大平台，
2023 年 4 月 10 日被"萍乡学习平台"作为荐书被《学习强国》平台
推荐，大家只要在百度上搜索一下"刘晓林（田南）"即可看到拙作。

《林下晓拾》一书收录了我在乡镇基层一线的调研报告近 50 篇，
被"萍乡学习平台""学习之家"栏目作为荐书在《学习强国》推荐，
对基层干部搞好基层调研具有一定的指导作用。恰逢 2023 年 3 月 19
日中办已下发《在全党大兴调查研究的工作方案》，按照莲花县委党校
2023 年青干、科干培训要求，结合我多年基层工作实践，经过一个多
月的打磨，研发了《如何做好基层调研》这一堂课，已在我县青干、
科干班，县委办等单位部门交流学习，也正是这堂课让我再次与永新
相拥抱，走进"三湾"干部培训基地与各位学员一起学习交流，分享
我的关于如何做好基层调研一些实践感悟，仅供参考，如有不妥，敬
请批评指正！

2023 年 6 月 30 日

浅谈我的散文写作感悟

各位老师、各位同仁：

大家好！28 年前，我曾经也是一个从事语文教学的老师，在学校教书 8 年，我的《致那远去的青涩年华》《不能忘却的东方红小学》记录了我在学校 8 年美好的时光。在县政府机关工作 3 年，乡镇 13 年，又回到机关 12 年，不论到哪个岗位任职，我始终没有忘记自己曾经是个老师这一身份。

关于写作，我也是一位刚刚入队伍的新兵，散文写作也是刚刚入门而已，离各位老师尤其是专门从事文字创作的老师还有一定的差距。我是 2020 年 6 月才加入市县作协，2022 年 1 月 21 日经省作协专家组初审，2 月 21 日经省作协第八届四次常务理事会审议通过正式批准为省作协会员，2022 年 6 月注册中国作家网站会员，2022 年 8 月注册中国诗歌网网站成为蓝 V 诗人，2023 年 5 月成为中国散文学会会员。大家在百度、搜狐等平台只要输入"刘晓林（田南）"就可以看看我发表的散文、诗歌、评论等拙作。

最近几年，我也陆续参加过一些全国性散文类征文比赛，也获得过一些奖项，如《东华岭，那珍贵的青春岁月》，2020 年 10 月荣获全国首届中师生征文大奖赛散文类二等奖；《踏上高速回娘家》，2021 年 10 月荣获"臻美天路，速变莲花"文艺作品大奖赛报告文学、散文类一等奖；《我的祖母》在 2022 年度中国散文年会作品评选中荣获二等奖。我的一些散文、诗歌作品散见于《萍乡日报》《江西卫生健康报》《江西日报》《中国人口报》《中国新闻出版广电报》《中国家庭报》《学

习强国》《今日老区》《江西散文网》《健康江西》《老区建设》《湖南散
文》《散文选刊》《海外文摘》、央广网、人民网、中国作家网、中国诗
歌网等报刊及媒体平台。我出版了《林下晓拾》《新月旧影》两本个人
文集，这两本文集自上架京东、当当网等各大平台以来，一直在热卖
之中，《新月旧影》被萍乡学习平台 2023 年 4 月 10 日推荐上《学习强
国》平台，《林下晓拾》和陆天明的《省委书记》、李克军的《县委书
记》、陈行甲的《在峡江的转弯处》一起捆绑销售；第三本散文集《朝
露溢至》文稿已成雏形，即将出炉，敬请期待！

今年 3 月，我在北京参加 2022 年度散文年会，现场零距离地聆听
了梁晓声《散文背后的故事》，刘醒龙《一个小说家对散文的理解》，
王宗仁《如何把生活变成文学》，刘庆邦《小说创作的"实与虚"》，鲍
尔吉·原野《写作的姿态》，冯时《中国文字的诞生与文化传承》等多
位散文名家的精彩讲座，让我加深了对散文写作的理解。下面，结合
名家讲坛和我多年的写作实践，按照《青年作家网》汪老师的要求，
就散文写作谈谈我的一些粗浅模糊的认识，敬请各位老师批评指正！

第一，你为何写？

你为何写作？你写作的动机是什么？你写作的态度是什么？你要写谁？为什么要写他？是不是为了发表而写？这是写作者必须首先要解决的问题。

我当过8年老师，在县委大院工作了4年，在县政府驻深圳龙岗办事处待过，在乡镇工作了13年，在县直多个部门任职12年，有着较为丰富的人生经历，这些都是写作素材主要来源。年轻时，我们这一代"中师生"的问题；当老师时，"臭老九"以及青年教师的婚姻问题；在乡镇时，社会上对乡镇干部诸多不理解；在机关工作遇到的许多问题，都让我有想写作的动机。起初因为工作的原因，我最初写得最多的是一些调研报告和新闻稿，我的第一本个人文集《林下晓拾》就是纯调研报告社科类文集。写散文，我是从2019年冬季的那一场新冠肺炎疫情才开始的。那时，县与县，乡与乡，村与村，组与组都封路了，干部也是居家隔离。上了几十年的班，突然停下来，我思考着该干一点儿什么。于是，我便提笔记录起我一生中最熟悉最感人最难忘的一些事、一些人、一些地方、一些风景来，到了一发不可收拾的地步，一口气写了《童年往事》《祠堂、礼堂、我的学堂》《永远的小碧岭》《东华岭，那段珍贵的青春岁月》《长埠小学，致那远去的青涩年华》《不能忘却的东方红小学》《荷塘往事》《那一年，我在上海挂职》等记事的散文，这些散文带有自传性质，通过本人的人生历程叙写反映那个时代；写了《古村湖塘散记》《石门山》《仰山文塔》《探访古盘庵》《神泉乡里神泉湖》等写地方风景的散文；写了《我的祖母》《武林高手刘清扬的传奇人生》《我的长子老师》《女汉子致富记》《秋仔养牛脱贫记》《"菜"书记的抗疫小故事》等写人的散文。也许，这就是我们常讲的"你为何想写？为何要写？"即写作的动机是什么。

第二，你写什么？

很多作家写的题材、表达的思想，都跟自己的经历有关。大多数作家的写作题材，没有超出过自己的小范围圈子。《红楼梦》算是曹雪芹的半自传体小说，他为什么不写底层百姓的痛苦，而是写贵族生活的奢侈？因为他不是底层百姓。

每个作家能写的，就是对自己触动最大的事情。当然了，对自己触动大的题材，也不一定能写好，但是首先要有对自己触动大的事情吧？你写出来的作品，首先得感动自己，才能去感动别人，连自己都感动不了，干脆别浪费时间和精力。

最打动人心的、最感动你的是什么？精神？品质？或一句话、一个动作？总之，什么事情对自己触动最大，你就写什么，把它们写得明白，讲得清楚，说得有趣就行。

散文写的是你亲身经历过和体验过的人、事、景、物。散文对于作家而言，就是你自己生命的一部分，写完一篇，那体验的一部分就被输出过了，不能再输出了。孙犁有一个观点，他认为散文主要是"一种老年人的文体"。也就是说，当你经历过一些事情，有了一些往事，而这些往事经过时间长河冲刷之后留存到了你的记忆当中，成了你记忆当中最有价值的东西时，你把它写出来可能才更有价值。而刚刚发生过的事情，它没有经过沉淀，你可能还没办法估量它究竟有没有价值。也就是说，往事经过时间长河的冲刷，经过沉淀，经过你反反复复地咀嚼，然后它需要去获得某种意义的时候，就需要你为它赋形，需要你用文字把它固定下来，这个时候可能散文就出现了。

我的散文集《新月旧影》收录的散文都是我亲身经历和体验过的人、事、景、物。

第三，你怎样写？

巴金说："文学的最高境界是无技巧，是文学和人的一致，就是说要言行一致，作家在生活中做的和在作品中写的要一致，要表现自己的人格，不要隐瞒自己的内心。"

1956 年福克纳在纽约接受《巴黎评论》女记者的采访，在问到"写作是否有捷径？"时，福克纳说："写出作品来，没有什么刻板的方法，没有捷径可走。年轻作家要是一句一套理论去搞创作，那他就是傻瓜。应该自己去钻研，从自己的错误中去获得教益。人只有从错误中才能学到东西。"

中国散文学会名誉会长，现年 85 岁的王宗仁在 2022 年中国散文年会上讲《如何把生活变成文学》时讲："我是没有创作理论，也不相信创作理论，我就想把散文写好。我现在出了 56 部书，大概有 90％ 都是写西藏的，写青藏高原生活的、汽车兵生活、边站生活、医院生活、西藏地区的藏族生活，都是这些。"

我的经验不外乎以下几点，仅供参考。

1. 读万卷书。阅读是写作的基础。杜甫说："读书破万卷，下笔如有神。"福克纳说："阅读，阅读，阅读，阅读任何东西——糟粕、经典的、好的和坏的，并琢磨他们是怎么写的。就像一个木匠去当学徒工并向师傅学习。阅读！你会吸收它，然后开始写作。如果写得好，你会发现。如果不好，将它扔出窗外。"

2. 行万里路。董其昌说："读万卷书，行万里路。"写散文要用脚步去丈量，用手去触摸，用心灵去感应，用灵魂去触碰，所以说散文是有温度的，是有感情的，散文是可以配乐朗诵的。切不可坐在家里或办公室里无病呻吟。

福克纳说："做一个好作家的公式是什么？百分之九十九的才能……百分之九十九的刻苦……百分之九十九的工作，对于自己的东西，绝不能有满意的时候，总是有改进的余地。总是要追求自己力所能及更高的目标。不要满足于比你的同辈或前辈好一些。要写得比你自己好一些。

我写《踏上高速回娘家》这篇散文，亲自驾车上高速陪娘回娘家；写《仰山文塔》一文，我就前后三次开车去永新三门前村中村始祖思望翁祠探寻；《湖塘古村散记》一文，到湖塘重游两次，问询了当地村支书兼导游刘江；《荷塘旧事》一文，虽本人在荷塘工作 6 年，但过去了那么多年，我还是到白竺、严塘等地找当时熟人再一次深入了解情况。

3.改百十遍。俗话说得好："酒是陈的香。"往事需要沉淀，散文作品写好之后也需要沉淀，沉淀之后过一段时间再来欣赏，再来修补，去伪存真，不要急着发表或发布，一篇好的文章要经过反复雕琢与思考，推敲与修改，才能日益完善。主要审视文章的标题是否点题、是否新颖、是否吸引人，结构（关于散文的结构，常为人言说的就是形散神不散。即散文材料可以是分散的，但主旨或中心是否很集中。）语言是否唯美，文字是否正确，标点符号是否标对，场景与细节是否详写等，从以上几方面反复地推敲与修改。

海明威说："好的作品需要反复修改，用 6 个月写完作品，却需要 5 个月来修改。"鲁迅先生曾说过："好文章不是写出来的，而是改出来的。"曹雪芹也说过："披阅十载，增删五次。"

我们县作协王丽萍老师写作也是十分严谨之人，每篇作品出炉之前至少得修改 10 遍，值得我们学习。

4.贵在坚持。一个人无论你做什么事，只要你朝着正确的方向持之以恒，就一定会给你带来惊喜。

郑渊洁说："我成功的秘诀就是坚持和积少成多，每天坚持写一点儿，积少成多，等过几年，几十年回头看，那将是了不起的事情。不能一口气吃成胖子，每天写一点点，就不会觉得很累很辛苦。"我的第一本个人文集《林下晓拾》其实是用了 25 年的时间才完成的。当初也没想过要出书，只是把每年写过的，发表过的长年累月地积累起来，整理成册，我们的师范校友中国新闻出版研究院执行所长、研究员刘建华觉得很有价值，并以《一种乡村社会治理的"资治通鉴"》为题为该书作序，于 2021 年 10 月 18 日在《光明日报》及光明网、学术频道同时发表。

5.融入平台。"物以类聚，人以群分"，有时候平台真的很重要，最近网络上流行这样一段话:"你靠近什么样的人,就会走什么样的路。穷人教你节衣缩食,小人教你坑蒙拐骗,自律的人教你如何上进,成功的人教你如何进步。人最大的运气不是捡钱,也不是中奖,而是有人指引你成功的方向。"比如《玉壶山文艺》《莲花》《东南散文》《萍乡日报》《散文选刊》《海外文摘》,江西散文网、中国作家网、中国诗歌网等报刊及媒体平台;比如适当参加一些征文比赛;比如作家协会这个平台等都会培养你写作的兴趣,激发你写作的动力,这些平台是文学爱好者成长的摇篮。

6. 创绝世美篇。好文章是学不来的,也不存在"天才"。

广大育龄妇女是作家杰出的榜样!生孩子咋生?所有产妇都是自己生的,"天生"。自己的才是最出色的!最棒的!

中国散文学会副会长韩小惠说过好散文最重要的是有生命的激情、哲学的光芒、诗意的审美、胸怀、见解、智慧、个性、趣味、幽默、情感等十大元素。上述前三点,对于散文,我认为是不可或缺的元素,其余七点拥有愈多就愈接近好散文,而所有这一切,都还不是最重要的,我认为,排在第一位的,乃是思想。有思想的文章才有力量。如范仲淹的《岳阳楼记》独因'先天下之忧而忧后天下之乐而乐'光辉思想而成为千古绝唱。"

第四,文学会给你生活和工作带来什么收获?

1. 提升了个人的文学素养。写作的过程也是不断学习、完善自我的过程。

2. 拓宽了我的视野,扩大了文学朋友圈,同时也净化了自己的朋友圈,告别了一些不良嗜好,如打牌、喝酒等。多了一些学习和交流的平台与机会。如不是因为喜欢文学,也不会与刘建华、陈维东、黄小名、李晓君、谭五昌、李水兰、李芝桂、黄文忠等老师相识;如不是因为文学,也不会认识青年作家网汪家弘老师,也不会近距离接触到梁晓声、刘庆邦、王宗仁、原野、蒋建伟、黄艳秋等中国著名的作家；如不是因为文学，王丽萍、欧阳准年（湖南湘潭）、陈红军（江苏淮安）、覃晓倩（湖南株洲）等老师也不会为拙作写书评。

3.提高了我的生活和工作的质量，也丰富了我的人生。我从事行政工作这么多年，远比不上我在文学上的影响力。更多的是让人改变了对乡镇、机关干部的一些偏见，他们也还可以，也是有素质的干部。处处留心皆学问，你文学的潜能也会让你的生活和工作变成文字。这就够了，说明你已进入写作状态了。

4.收获的不仅仅是幸福与快乐，也有悲伤与郁闷。写作虽然辛苦，但每每收到作品发表或获奖的信息时，每每看到写的文字变成铅字时，每每看到我的散文被中国作家网编辑老师审核通过时，每每看到我发布在《东南散文》的作品阅读量超万时，心情是非常幸福与快乐的。那种感觉别提有多爽！不过，不是每一篇作品都能如愿以偿，有的也有审核不过关的，比如《踏上高速回娘家》这篇散文，在征文比赛荣获一等奖，可是在向中国作家网投稿时竟然被审核退回，可见中国作家网的编辑老师审稿有多严！后来待我稍作修改后才审核通过。在中国诗歌网上投稿，有时一个多星期都进不去网页，非常担心被封号，所以每一篇作品投稿之前，必须得反复斟酌才行。

最后，我要提醒的是，写作是一门"苦行僧"行业，切不可当饭吃，如果你连"一日三餐"都得不到保证，经济一点儿不自由，最好别干这事。不过，假如你成为作家的条件成熟了，如果你想去写，你就动笔去写吧，没有什么事情可以阻止你成为一名出色的作家！

以上讲的只是我散文写作的一点儿实践感悟，如有不妥，敬请批评指正！

2023年8月6日

第五辑　书海种莲觅知音

那一抹蓝色的记忆

—— 读《东华岭上那些时光》

"枕上诗书闲处好，门前风景雨来佳。"北京师范大学中国当代新诗研究中心主任谭五昌先生主编的《东华岭上那些时光·江西省永新师范学校师生回忆录》历时近一年半，由江西高校出版社公开发行。收到谭师兄寄来的那本回忆录，甚是欣慰，有如获至宝之感，一时间成了我的枕上诗书，一有空闲，我便顺手阅读起那一抹蓝色的记忆。

该书给人的第一印象就是那一抹蓝色的底色以及"东华岭上那些时光"七个字的白色字样，犹如在蓝天下跳动的音符，奔跑的姿态，"永新师范学校"掩映在蓝色的封面设计之中。有感于设计者对我们那个年代十六七岁年龄段中师生的深度理解与把握，有感于设计者对永师办学历史的深度理解与把握，那一抹淡淡的天蓝色，好像天空的清冷，也代表着"初始"的颜色，正是这一代中师生青春年少时的代表(成熟色是绿色)。在心理暗示来说，天蓝和粉红色一样，都是"安抚色"，是令人安静并放松的颜色，也寓意着中师生充满阳光、充满朝气、热情奔放的独有个性。

全书共分杏坛耕耘、桃李芬芳，筚路蓝缕的艰苦岁月，纯真、激情的理想年代，转型时青春年华，在东华岭上迎接新世纪的来临五辑，附录一是永新师范历届教职员工与全体学生名单，附录二为永新师范大事记，彩插有黄小名作词、龙绍征作曲的校歌和历届毕业生照片，工程浩大，跨越近半个世纪，采用编年体模式录入不同时期、不同年代师生作品 200 余篇、95 万字、815 页，70 多幅黑白和彩色照片，图文并茂，用回忆的方式真实还原了永师的发展史、变迁史，呈现一所中国乡村师范学校师生的心灵世界，具有珍贵的史料价值、审美价值、精神价值与收藏价值，在中师教育史上堪称一面旗帜。其中肖灿先（原永师党委书记，我的文选与写作老师）的《永远的东华岭》、龙回仁的《一座校园的颜值》、陈柳香的《东华岭的浪漫》、贺小林的《东岭月色》、彭涛霞的《再见，东华岭》展现不同历史时期几代中师人的生活场景与情怀。我的恩师肖灿先先生在他的《一本书的重量与价值》书评中写道："该书是永新师范的《史记》，只是司马迁不止谭五昌一个，是几百个，谭五昌是为首的司马迁。《史记》是纪传体，我们这是回忆录体。"该书也被评为 2021 年全国中师纪念十件大事之一，被井冈山干部学院、中等师范教育历史陈列馆收藏。原国家教委副主任、国家总督学柳斌为该书题字："育人真善美，办学爱慧诚"。江西省教育厅师范处原处长贾献文点赞永新师范："绿树环抱一校园，弦歌嘹亮百花艳，德高为师身为范，红色基因代代传。"肖灿先、肖章洪、肖武、吴光琛、汤金明、吴朝云、周迪吉、罗书华、吴桂芳等 9 位老师为该书顾问，谢胜瑜、刘建华、李水兰等 66 位老师组成的强大编委团队为该书的出版作出了不可磨灭的贡献。

谭五昌先生撰写的《一所乡村师范学校的辉煌与传奇》序言，高度总结概括了永师的辉煌与传奇。其意义正如谭先生在其序言中所述："对于全体永师人而言，有了这本回忆录，我们的母校永新师范将永远存在，我们各具精彩的美好青春记忆与生命故事也将永远定格下来，它们以文字的方式永久地存活着，带给我们自己（作为当事人）以亲切的怀念，带给当今与未来的读者（作为局外人）以发现一所学校隐秘历史的好奇以及从中获得意味深长的人生启示。"

"星光不问赶路人，岁月不负有心人。"我有幸成为该书编委之一，拙作《东华岭，那珍贵的青春岁月》也录入在书中第三辑：纯真、激情的理想年代。啰里啰唆一万多字，真实记录我们八七届（6）班在东华岭的点滴片段、喜怒哀乐，此文在首届中等师范教育主题征文大赛中荣获散文类二等奖，我的人生最美好的芳华将连同我的那篇小文一同永远定格于此，永远定格在那一抹蓝色的记忆之中。

当回首往事时，我们可以自豪地捧着那本《东华岭上那些时光》，满怀激情地诉说我们那一代中师生的辉煌与传奇，我们没有辜负祖国！没有辜负我们那个年代！没有辜负我们的青春岁月！

"三十八年过去，弹指一挥间。"《东华岭上那些时光》记录着永师人最美的青春，那一抹蓝色的记忆永远躺在永师人心灵深处……

2022 年 7 月 17 日

这是一本关于爱与成长的书

—— 读《在峡江的转弯处：陈行甲人生笔记》有感

打开京东、淘宝、当当、天猫等各大平台，发现拙作《林下晓拾》竟然与陆天明的《省委书记》、李克军的《县委书记们的主政谋略》以及《在峡江的转弯处：陈行甲人生笔记》捆绑在一起销售，成为网上热卖书籍之一。于是，便在拼多多网购买了一套来学习、鉴赏。

因为我与陈行甲一样，有过下煤矿检查的诚惶诚恐，有过在县对外经济协作办和乡镇工作的经历，那种特殊的情怀自然吸引着我以先睹《在峡江的转弯处：陈行甲人生笔记》为快。该书按时间顺序一共七记，52 个小节，18.3 万字。第一记《我和我的母亲》，从童年岁月写起；第二记《关于我们的事，他们统统猜错》，主角是他的爱人，从大学生写起；第三记《如果有光，我就能看到你的眼睛》，主要讲的是从大学毕业由县燃化局下面的矿山公司做安全员、统计员开始，到县对外经济协作办公室、外贸局副局长、县团委书记、水月寺镇长基层工作 9 年多的生活经历；第四记《人生的巴额喀拉山》，讲述的是作者在清华的学习生活；第五记《密歇根湖上有一千种飞鸟》，记录他在美国学习生活的点点滴滴；第六记《在峡江的转弯处》，记录了他在巴东县任县委书记期间的工作和生活；第七记《你好，我的下半场》，讲述了他转场公益几年来的经历和感受。

这本书，放在我的枕边，带在我的车里，我已反复阅读数遍，尤其是在读到第一记《我和我的母亲》第 6 节"甲儿，带妈回家"，和第六记《在峡江的转弯处》第 10 节"我最终的选择是在任期届满后辞去公职，然后以一个普通共产党员的身份上书中央，反映基层的一些行政文化的弊端，而且写出我的思考和建议。这项工作必须是纯粹的、无所顾忌的……"时，我禁不住泪流满面，心情久久难以平静，甚至在床上辗转反侧难以入眠，有久思不得其解之感，有想跑到深圳对其采访之冲动。激动之余，便把自己的感受写下来与大家一起分享。

首先，来说说陈行甲这个人。

陈行甲是全国优秀县委书记，他本科毕业于湖北大学，硕士毕业于清华大学，中共党员，历任镇长、（县级市）市长、县委书记等职。2015 年被评为全国优秀县委书记。2016 年任期届满拟被提拔时辞去公职，创立深圳市恒晖公益基金会，致力于开展公益创新、大病救助、青少年心理健康和教育关怀，防灾减灾等方面公益项目。现为深圳市基金会发展促进会执行会长，深圳市恒晖公益基金会理事长。获得 2017 年度中国十大社会推动者，2018 年度中国公益人物，2019 年《我是演说家》全国总冠军等荣誉。他的《在峡江的转弯处：陈行甲人生笔记》一书 2021 年 1 月第 1 版，到 2021 年 12 月已是第 8 次印刷，销量突破 50 万册，这在个人图书出版史上简直是个奇迹。

陈行甲是"网红书记"。他在县纪委全会上的讲话被南方记者褚朝新在他的公众号转发后，《人民日报》官微也全文转发，后来热播剧《人民的名义》第 29 集里好官易学习整段引用了他的讲话中的一段，他的"网红官员"生涯就是从这篇讲话开始；他为了节约宣传成本，自己出镜录音乐短片演唱用于巴东旅游推广的县歌《美丽的神龙溪》，一个晚上点击量达到 15.5 万次，这是一个一般二线歌手都难达到的点击量；他和清华校友策划翼装飞行世界杯巴东分站赛，自己上阵持"秘境巴东"的旗子直播从 3000 米高空跳伞，宣传巴东的奇山异水，让老百姓得实惠，巴东形象再提升，也激发并带动了全国许多市县乡的领导为家乡的产品代言，在《乡村振兴加油"赣"》栏目中，莲花县委书记易刚为"莲花血鸭"代言，就是我们身边最好最成功的案例。

陈行甲是"反腐书记"。他敢于打破官场"潜规则"，敢于揭露官场"潜规则"，做许多人想说却不敢说，想做却不敢做的事，他做到了。他把县级层面官场"潜规则"暴露无遗，被称为"天真""精神病"。他在巴东县这场反腐战斗中，战胜了来自方方面面的电话、短信以及传话，甚至是恐吓、威胁，敢于斗争！敢于亮剑！陈行甲亲自签字双规或抓捕的官员和不法分子多达 87 人，直接牵连出 5 名县领导，还牵出两名州领导，打造了一个"干净、自强"的新巴东。

陈行甲也是"奇葩书记"。正如他的同学肖立所说："那时他刚刚从清华大学硕士毕业，匪夷所思地放弃进央企的机会，选择回到他的家乡，位于长江三峡边的湖北省兴山县。"成为"全国优秀县委书记"无疑是行甲从政生涯的一个里程碑。在这之后应该会是一个合情合理的高开高走，仕途前景光明的局面。但这个猜测一年多后就被他以奇葩的辞官从善的选择终结，让无数人赞之忧之惑之。他的故事也成为一个时代的现象，引发了无数的疑问和思考。笔者为陈行甲辞职从善的选择深感惋惜！要解决贫困户的问题，根本途径最终还是靠国家体制机制的创新，实现全民免费教育和医疗，靠慈善基金会的模式只能是当前的应急，而且在他的第七记《你好！我的人生下半场》的经历和感受来看也是走得比较艰难。我更觉得陈行甲应该重返体制内接受组织的提拔重用，到更高更大的平台为人民服务！到更高更大的平台为党和国家服务！

其次，说说他的写作。

真实是散文的生命，感情是散文的灵魂。陈行甲的这本人生笔记《在峡江的转弯处：陈行甲人生笔记》自传体散文，可以说做到了极致。陈行甲借鉴沈复《浮生六记》的写作风格，从小处，从细处，从自己身边的真人、真事、真言、真情着手写，是记录而不是总结，是真情流露、表白而不是矫揉造作、故弄玄虚、无病呻吟。不需要迎合，就是坦诚地记录，写出了真实的自己。他的语言清新自然，文字朴实无华，文笔细腻，感情真挚，宛如行云流水，娓娓道来，看得令人心碎，令人感动，禁不住泪流满面。

阿鱼在《跋》中所言："读父亲笔下的文字，就好像有一个人在耳边平静地讲述。"

2019年初，陈行甲参加《我是演说家》节目夺冠，施祖麟老师在决赛播出的当晚给他发了一条带着一连串感叹号的信息："行甲你好！看了你的演讲，十分激动，也真正理解了你的一切举动！一个字，真！两个字，纯真！三个字，真善美！"其实，他的人生笔记无处不体现着真善美！

陈行甲所讲述的七记故事，这些文字素材的再现，是缘于陈行甲扎实的文字功底、深厚的文学素养，多年养成的写日记的习惯，和定期梳理自己的收获和思考的习惯。他说："我多年都有写日记的习惯，巴东5年我写了20万字的日记，对遇到的这些挑战和我的应对都有详细记录。"当然也是受清华大学公共管理学院薛澜老师为人为学的影响。正如华中科技大学外语系许主任在送陈行甲出国留学时对他所说："行甲，从你身上我还是能看出清华并非浪得虚名的。"

陈行甲说："我比较感性，对细节的感受相对比较细腻。"他的部下曾冰在《我所了解的陈行甲》一文中这样评价陈行甲："他有'文青'的根底，文风朴素感性，对文字的拿捏准确精微。他的文字，专家、教授不会觉得浅薄无味，普通百姓不会觉得晦涩难懂；如果他想一心一意当个作家，并为之努力，不需要刻意去体验生活，就会是一个不错的作家。"

再次，说说他的书。

这是一本关于爱与成长的书。

关于爱。

本书以爱为主线，记录着陈行甲人生的点点滴滴，讲述了他爱他的母亲，爱他的妻子霞，爱他的煤矿工人，爱他的老师，他爱他的贫困户，爱他巴东的 50 万父老乡亲，爱他的大自然，爱他的中国共产党……

他爱他的母亲，是他母亲教会了他对"苦"的理解，是他母亲"爱干净穷不久"以及在日常生活中的仪式感，深深地影响着他；是他的母亲教会了他始终怀着和母亲一样的悲悯态度来对待弱者；是他母亲引领他无论是做人，还是做事，始终要坚守干净从政的底线，如在陈行甲大学毕业分配到县燃化局下属矿山公司上班时对陈行甲说："甲儿，你从今天起就算工作同志了，以后走到哪里一定要记着一个要勤快，二个要干净。"他爱他的母亲，在他母亲离开前一周时间里，他一直陪在母亲床前，他给母亲洗头；母亲离世后，他把母亲的遗像始终带在身旁，他在母亲的目光中工作和生活！你能做到吗？作者在第一记用了 8 个小节，25 页的篇幅来写他的伟大而善良的母亲。他写道："感谢我善良的母亲，因为您对我的爱，让我学会了爱别人。我明白每个人都是母亲的孩子，每个人都值得这样被爱。所以，我愿意带着母亲赋予我的这份初心，在公益路上走到人生的最后，带着付出了全部爱之后的满足感去天堂拥抱我的母亲。"在第七节里，他母亲离世后，"去巴东跨地区调动，离家数百公里，我去上任时行李不多，但是带着母亲的遗像。我用这种方式兑现当时对母亲的承诺，'走到哪里把妈带着'。任县委书记期间，母亲的遗像一直摆在我的办公室……"在第六记第 10 节，在离开巴东前的最后一天，"是时候再把母亲抱走了。回宿舍的途中我反抱着遗像，让母亲的面容紧紧地贴着我的胸口……"

他爱他的霞，在全书用 11 个小节，应是最重的分量，他把他们从相识、相知到相爱，浪漫而又曲折的爱情故事描写得淋漓尽致，激情飞扬，他们是纯粹的爱，没有因为金钱，没有因为工作环境的优劣，没有因为距离的远近，让人羡慕不已，这是现实版真实版的罗曼蒂克。他爱他的霞。霞为了爱，放弃广东优越的工作，在陈行甲患病住院期间，霞一直陪伴。行甲毅然辞职选择公益，她也依然支持。他爱他的霞，他在第二记第 9 节写道："我和霞在 20 多年的婚姻生活里，有太多温暖的记忆。几十年里我们别说动手，吵嘴的次数都是屈指可数。一般的模式是，当霞有点着急上火抢白我的时候，我就知趣地退缩，由她抱怨发泄算了，哪怕她偶尔有那么一丁点儿不讲道理时，我也会在她气头上让着她……"

他爱他矿上的工人，在第三记，他写道："在矿山公司的近两年时间里，我走熟了几个矿山的每一个巷道，每一次在暗黑的巷道里看到那些若有若无的光点，我就知道那是一个或几个兄弟的眼睛在回照我头顶矿灯的光。大学时一直放在床头的《平凡的世界》，此时真实地走进了我的平凡的世界。"

他爱他的老师，体现在第四记，他在清华公共管理学院胡鞍钢、薛澜、王名、王有强等老师的课上，他不敢有一丝一毫的怠惰。毕业多年还一直保持联系。

他爱他的贫困户，体现在第三记，在水月寺有晒谷埠村的向琼和雷溪口村的高圣知两家；体现在第六记，在巴东县开展干部结穷亲，为全县十几万穷亲戚做了一些事情，帮这些最弱的人找回了活着的尊严。他带头接艾滋病患儿小航，帮助他上学，帮助他治病。除夕之夜，到小航家吃团年饭。大年三十，带儿子到向琼家送年货，拜年……

他爱他的 50 万巴东父老乡亲。他在巴东举行了 17 次不同偏远乡村的信息赶集，他每次一定到现场，每次都有上千名村民参加，最多的一次现场达 5000 人。百姓都叫他"甲哥"。几乎每一次都会有好多老百姓把孩子塞到他怀中，让他抱着他们的孩子照一张相，说是好鼓励孩子将来好好念书。他的爱不是作秀，他的秘书曾冰偷偷地做过调查，证明他的爱是发自内心，来自于骨子里。

他爱中国共产党。他任期届满辞去公职，却依然以一个普通共产党员的身份上书中央，反映基层一些行政文化的弊端，而且写出他的思考与建议。这是多么伟大而又高尚的品质！

关于成长。

陈行甲"读书时是学霸，工作时是工作狂"的成长故事证明了那句"是金子，在哪里都可以发光"！陈行甲在前言写道："时代给我们那一代人最大的馈赠，就是我们那一代人都是草根。"他成长的故事，将激励更多人成长！

陈行甲 1992 年 7 月大学毕业，从县燃化局下面的矿山公司做安全员和统计员开始，到县对外经济协作办普通职员，后提拔到县外贸局任副局长兼任外贸公司总经理，到县团委书记、水月寺镇长。1994年上半年，因为县领导要跟随省里到沿海招商，因为一份 30 多页的项目材料要翻译成英文，陈行甲两天就完成，从此他的人生慢慢由灰姑娘变成了白天鹅，一路展翅高飞。

在水月寺任镇长期间，他仍不忘学习，把五年前考研的书全部带到镇里，白天工作，晚上在宿舍复习，结果以四门功课 281 的分数和小组面试第一被清华录取读研……

最后，我以《北京卫视》主持人樾月在网络平台上的话来结束陈行甲人生笔记的点评，其实我深有同感，也许你也一样："无论你是20 岁，30 岁，还是四五十岁，你一定要读一读陈行甲的人生笔记《在峡江的转弯处》。当我们人生走到中年，是否能如陈行甲一样，依然心怀热诚，天真如故呢？或许，我们每个人不能活成另一个陈行甲，但依然希望这个世界多一些陈行甲，愿你心里有纯真，身上有力量，眼中有光芒，愿你历尽千帆，归来乃是少年。"

原载于《中国作家网》2023 年 10 月 27 日

一个男知青的情感故事

—— 读欧阳准年《三月里的江南雨》

2023 年 1 月 3 日，收到湖南作家欧阳准年寄来的由青年作家网出版策划、线装书局出版发行的长篇小说《三月里的江南雨》，精美的包装内附带光盘可在电脑上阅读，也可下载打印，这是我 2023 年新年收到的第一份新年贺礼，这是首届"中国知青作家杯"一等奖作品。

《三月里的江南雨》是一部带有自传色彩的长篇小说。全书以主人公陈山南的生活为主线，分上下两集。上集，主要记录、剪辑了 1968 年冬从城市移民到湘赣边区的青年们劳动、青春、爱情的足迹。下集，主人公陈山南招生回城以后，因为受上辈传宗接代的封建思想影响，半醉半醒的他经历了婚姻、家庭、爱情、工作的变故；经历了中国改革开放大潮。折腾的生活丰富了他的人生。

感谢欧阳准年老师为我们讲述 1968 冬至 1975 年在湖南省插队落户的知青生活。关于知青，我是第一次通过其小说才略知一二，欧阳准年老师虽未加入省市作家协会，但他具有作家扎实娴熟的文字功底和文学素养，为读者展现了那个年代真实的知青生活。正如封底四川中学特级教师卢宗善所点评的那样："此文细读下来，觉得情节安排有独到之处，开头不凡又起伏跌宕，将人性中最有价值的东西（爱情）撕给人看，颇能吸引读者；通篇细节散见各处，使人物形象气血流注，生动而丰满，人物塑造、情节展开和心理描写的过程，大量用直接对话和心理描述、书信交流，使人身临其境，与人物同呼吸共命运，感同身受，手法高明而老道；语言大多言之有物，方言入里也恰到好处，且笔尖带着感情，与人物的塑造和情节的展开契合度很高，看来作者是下了一番狠功夫的。在个别用语的准确上虽还可推敲，但综合看，确乎是一部难得的描写知青命运的好小说。"这是一本以爱情为主题的文学作品，作者在小说中热情地颂扬了女性，他将家庭生活里最普通的事物写进作品，读来亲切。书中有大量的心理描写，譬如书信、物件、肢体语言，通过这些间接的对话，揭示了从计划经济时代走向改革开放年代生活在城市里男女青年的情感内心变化。全书没有曲折惊人的情节，作者用朴实自然的笔触，艺术再现了一个中国"50后"的情感世界和事业追求。

欧阳准年老师真不愧为写作高手，阅读着其朴实细腻而有温度有真情的讲述，我也似乎被带入了知青那个年代，令人心潮起伏，令人震撼不已，被书中所叙述的一个个天真烂漫而富有情调且感动天地的爱情故事所吸引。因为要陪伴小孙女的缘故，我几乎是挤时间熬夜含着眼泪把它读完，第一次感受着知青艰难的岁月，第一次聆听着知青爱情的故事，为书中"洪大鼻子"洪斯科与白阳春、达弟与殷红、"四脚花"方秋野和贺晓泉、谭特夫与周善英的爱情故事而感动、而流泪，为知青白阳春、方秋野的相继死去而心痛，而伤心；为白阳春、陈山南和魏中一招工落选、杜夛夛的遭遇而惋惜；被主人公陈山南与杜夛夛、卿红专、安木兰、温歌华、宁新波、杨鸿雁六个女人的感情纠葛所吸引，所不解，所不惑，所不齿！鄙视主人公陈山南没有道德底线，犹如一只任意放纵滥情的馋猫，看见美女就动情，就想入非非、垂涎欲滴，就忍不住要占有，连他家的15岁的小保姆宁新波都不放过，制造一个个女人的痛苦！我把书评的题目写成《一个男知青与六个女人的故事》，我觉得这是该书的主线，也是该书最精彩的部分。书中还描述了陈山南妻子温歌华因为与陈山南婚姻矛盾被迫与周行长、田策、武大熊 3 个男人的感情纠葛，把周行长、湘东第一村党支部书记曹乐高、"骚鸡公"郴景文秘书、"十二点过五分"邓山等小人物刻画得淋漓尽致、栩栩如生、惟妙惟肖，也真实地反映了当时丑陋的社会现状，人性的弱点与虚伪。

不仅如此，欧阳准年老师采用古代章回体小说叙述方式共写了三十三章，每个章节就是一个小故事，每一个故事是独立的又是关联的，犹如一桌大餐。并且对每一个小故事的标题都做了反复细致的推敲，大多来自古代著名诗词或名著，可见作者博学多才，文字驾驭能力超强。譬如第一章《三月里的江南雨》出自宋代李石《长相思·暮春》"花飞飞，絮飞飞，三月江南烟雨时，楼台春树迷"；第六章《浑沌翻怜谁凿破》出自宋代诗人李曾伯《减字木兰花·再和》"短仁观过，浑沌翻怜谁凿破。寄傲南窗，堪羡渊明滋味长"；第九章《大限来时各自飞》出自《增文贤文》"人生似鸟同林宿，大限来时各自飞"；第十八章《眉头眼底本无心》出自宋代朱淑真的《伤春》"眉头眼底无他事，须信离情一味严"；第十九章《窗内孤影夏夜长》出自宋代陆游《夏夜》"清灯北窗下，突兀写孤影，进学无新功，赋诗聊自警"，等等。

欧阳准年老师所著《三月里的江南雨》是一部真实反映中国上山下乡的知识青年生活的文学巨著，真诚希望瑞典 Paul 老师把它翻译成瑞典文，得到诺贝尔文学奖评审委员会的认可，愿它走进新时代寻常百姓家，让更多的人阅读了解上山下乡的知青生活，了解过去那个激情燃烧的知青岁月且苦难深重的年代，珍惜当下美好幸福的生活，不忘初心，砥砺前行；让更多的人反思，不论岁月如何变迁，工作环境多么艰苦，人都应坚守道德与法律底线，树立正确的世界观、人生观、价值观，让人世间的爱情悲剧不再重演。

原载于《青年作家网》2023 年 1 月 20 日

《搜狐网》2023 年 1 月 20 日

一位平凡而伟大的中国母亲

—— 读彭小玲的生活随笔《生活在英国》

这几天，我一直在忙着阅读彭小玲老师写的生活随笔《生活在英国》，该书共分为《懒妈与儿子》《写给老公》《血浓于水》《英国生活》《生活随感》五大章，115篇，共计28.5万字。这是一本由青年作家网策划，民主与建设出版社有限责任公司出版发行的好书。

在《懒妈与儿子》这一章，共32篇，作者从儿子初到英国，不肯上学，愿意上学了，儿子的进步，儿子的作业，儿子收到情书，到教儿子读中文，儿子的毕业舞会，好吃好住也留不住儿子，儿子拒绝我们资助的原因，用了大量的篇幅叙述着自己陪伴儿子成长的全过程。作为曾是教师的彭小玲，对孩子的成长教育有独特的方法，她自诩为"懒妈"，其实她一点儿也不懒，正如她在书中前言所说的那样，"因为我坚信，妈妈越有进取心，孩子越勤奋；妈妈越坚持做自己，孩子越独立。你现在能独立自主不正是懒妈的功劳吗？"这一切证明她不仅是一位优秀的教师，也是一位十分睿智的母亲。在对待儿子的作业方面，"我对儿子没有过高的要求，只希望他快乐，懂事，讲理，至于他能学到多少知识、本领，那是他自己的造化，当然我会适时地引导他。"在儿子犯了大错误时，彭小玲和儿子一起学习学校发的"学生行为规则"，让儿子自己在规则中认识到错误，从而改正错误。在教育儿子方面，彭小玲老师还有许多金句："孩子的问题得从父母身上找原因。""我有空陪孩子打乒乓球。玩到高兴时，我还趁机教育孩子，一个人的生活应该是玩的时候要快乐，学习的时候要用功，一个人只想着玩而不学习、工作，也是不会快乐的。""吃点苦受点委屈对一个人的成长是有好处的。"……整章看下来感觉这是一个母亲与儿子的对话、交流，这是一本一个母亲记录一个孩子成长的好书。

在《写给老公》和《血浓于水》两章的 19 篇随笔中，可以看出彭小玲老师不仅是一位非常贤惠的妻子，也是一位孝顺的儿媳妇。

在《英国生活》和《生活随感》两章，共 60 篇，是本书的重点，写的是彭小玲在英国生活的点滴和随感，彭小玲为了照顾儿子，为了改善生活，开起了中餐外卖店。她秉承"诚信无敌，日久见人心""不管做什么，舍得真诚地付出总会有所收获""你的所有诚意都融入了食物里，客人是能感知到的""让人舒服，是一种顶级的魅力""干净是我们最基本的底线：诚信，不贪不占，也留住了很多熟客"等理念，展示一位中国女人在英国创业的艰辛，当然也在传播着中国文化，比如关于教育、家庭、婚姻等问题，她说："父母是孩子的第一任老师，父母的行为会影响孩子的一生""一个婚姻幸福的女人，自然是容光焕发，笑意常挂在脸上""家庭不幸福，中年得重病"等；也向读者介绍了"一根筋"的英国人，英国人的旅行和英国式的管理……

读彭小玲老师的《生活在英国》一书，给我总体上有这么三点感受：

第一，彭小玲老师的确是一位了不起的母亲！是一位非常有心、用心的好母亲！是一位平凡而伟大的中国母亲，令人敬佩！值得学习！她教育儿子、对待老公、孝顺父母以及对生活的态度值得学习。

第二，她写的这本生活随笔文字朴实，自然清新，言语真诚，仿佛是作者与读者面对面交流，没有过多华丽的辞藻，没有过多的铺垫，没有过多的修饰，娓娓道来向读者叙述着她的儿子、老公、父亲、伯父、祖母、母亲等亲人的一件件日常生活小事，叙述着她在英国开中餐外卖店遇到的一个个形形色色英国人生活的小故事以及作者本人的生活随记、随想、随感，涉及教育、创业、婚姻、家庭、社会、退休等生活的方方面面，正如作者封面所述的那样，这本书将带你走进英国的家庭生活、亲子教育、社会风貌、人文环境、情感世界，内容极其丰富多彩。

第三，彭小玲老师的每一篇随笔均列有小标题，虽然没有标明年月日、天气情况，但仿佛是一篇篇的日记，真实地记录了她在英国生活的点点滴滴，叙事的过程掺杂着作者对某人某事的独特的个人富有人生哲理的小见解、小观点、小评论，是一本不可多得的生活随笔，又是一本不可多得的婚姻家庭社会的伦理道德书籍，对每一个父母、每一个家庭、每一个小孩儿无不具有一定的影响和启示。

总之，笔者认为，彭小玲老师的《生活在英国》一书应该成为所有年轻妈妈们陪伴孩子成长的首选书籍之一。

原载于《中国作家网》2023年10月27日

父母是一本永远读不完的书

—— 读两木金散文集《遥望故乡月》有感

　　进入三伏以来，酷暑炎炎，气温发疯似的猛升至 37℃至 39℃，有好几个朋友都相约去附近的寒山、井冈山避暑，我却沉浸在青年作家网签约作家两木金老师的散文集《遥望故乡月》一书中不能自拔，为两木金老师讲述其地地道道农民父母亲的感人故事所吸引，所感动。

　　父母是一本永远读不完的书，在两木金老师的《遥望故乡月》又一次被证实了。在该书中作者用近乎一半的篇幅写其父母。父母给了我们生命，给了我们智慧！父母之爱，父母之恩，父母之情，比海还深，比山还高！正如在其自序《父母是书》所言："我所写的散文大多与怀念父母有关，已达数十篇之多，但每当念及父母恩情，仍觉得有诸多令我感动的情景值得用文字记录下来，纵使下笔千言万语，每每皆觉意犹未尽。父母是一本书，打开篇篇皆文章，读不尽人生酸甜苦辣；父母是一支笔，挥毫泼墨即生花，写不尽满纸的春华秋实。"两木金老师在《遥望故乡月》中的 27 篇散文无不与父母有关，作者以朴实无华的语言、细腻真挚的情感，为读者叙述着其父母亲一个个平凡而又感人的故事，为读者展现了一个勤劳、善良、淳朴而有点儿守旧的传统农村父母形象。《怀念父亲》一文写了父亲是一个文盲，除了自己的名字，可以说是目不识丁，就是上厕所也分不清楚"男女"两个字，可算起账来分毫不差。父亲是一个勤劳的农民，一生都在勤勤恳恳地耕地种田，努力地过好日子。写父亲生活简朴，爱抽浓浓的旱烟叶子，爱抽便宜烟；《算命》一文写其母亲三次为儿算命，三次都不准，说"算命的净胡说，我再不信了"；《哐面》一文写母亲会做各种各样的面条，连吃两三个月，都不带重样的；《养鸡》一文写父母养鸡卖鸡蛋供我上学；《十里蒜香》一文写父亲种蒜；《能吃是福》一文写其父亲胃口好，饭量大，有一身好力气，人又勤快，像老黄牛一样，是干庄稼活的好手；《织布机》写母亲是一个织布的巧匠，自己却没穿过一件像样的棉衣；《酿醋》一文写母亲为了生存自己学酿醋；《槌布石》一文写母亲为了儿女们的生活，高高抡起棒槌，千万次地捶打浆洗好的布料；《电话》一文写父母为街坊四邻跑腿传递着来自远方的问候；《相亲》一文写母亲为儿的婚姻大事三次请媒人说亲，可"我"竟让她三次失落，真是"可怜天下父母心"；《盖房子》写出父亲一生最大的愿望是盖一栋二层楼房，但始终未能如愿；在《槐花飘香》一文中写母亲沿屋墙种洋槐树，用洋槐花做各种美食，一家人吃不完便给街坊四邻送去新鲜的洋槐花，我参加工作了，母亲总会托人给我捎几袋子，让我品尝家乡的味道等等。从两木金老师数十篇怀念父母的文章足见其父母对他一生的影响，两木金老师也是一位孝子，他为其父母脸上增添光彩，活成了父母的骄傲，也活出了其人生的意义！

两木金老师真不愧为西北大学新闻系的高才生，陕西电视台资深编辑、记者、采编，对其散文集的书名以及散文集中三辑内容的归纳也是点睛之笔，是作者学识渊博、深思熟虑的结果，如不细细品读琢磨推敲，还真有的不知所云。第一辑《遥望故乡月》是取自唐杜甫《月夜忆舍弟》中"露从今夜白，月是故乡明"；第二辑《能饮一杯无》是取自唐白居易《问刘十九》中"绿蚁新醅酒，红泥小火炉。晚来天欲雪，能饮一杯无"；第三辑《红樱桃绿芭蕉》是取自南宋著名诗人蒋捷的《一剪梅·舟过吴江》中"何日归家洗客袍，银字调，心字香烧。

流光容易把人抛，红了樱桃，绿了芭蕉"。

　　两木金老师文字功底深厚，语言朴实无华，通俗易懂，文学素养丰厚，引经据典，恰如其分，恰到好处，让人在欣赏其唯美的散文作品的同时，又能重温唯美的古典诗词以及近现代名家散文。在《心安何处》一文中引用唐朝杜甫的诗句"露从今夜白，月是故乡明"；在《生命中的那道彩虹》一文中引用《诗经·蓼莪》中诗句"哀哀父母，生我劬劳……哀哀父母，生我劳瘁"；在他的《情书》一文中引用宋代诗人李清照《一剪梅·红藕香残玉簟秋》中诗句"此情无计可消除，才下眉头，却上心头"；引用孔子《论语》"逝者如斯夫，不舍昼夜"；在《骑单车的少年》一文中引用了梁启超《少年中国说》名句"少年智则国智，少年富则国富，少年强则国强，少年进步则国进步"。作者对那个骑单车少年的蛮横无理，不禁生出些许哀愁！在他的《书房》一文中引用宋真宗赵恒《劝学诗》："书中自有千钟粟，书中自有黄金屋，书中自有颜如玉"；在他写的文章女儿《瑞儿》中引用了《笑林广记》中的一则故事以及朱自清散文《绿》中，将梅雨潭水称作"女儿绿"，由此可见，作者对女儿的爱有多深。

　　如果说"真实"是散文的生命，"善良"是写作者的品质，那么两木金老师的散文集《遥望故乡月》就具有这样的属性。谁不说俺故乡好？可是两木金老师却敢于说："故乡并不美丽，甚至颇有一些丑陋，四季都没有如画的风景，单调的土黄色是小村庄常年的主色调。因为农活儿又脏又累，一年忙到头儿，还揭不下那身穷皮，所以我在青年时代对故乡没有一丁点儿好感，一心只想永远逃离这个穷乡僻壤。"在《少年如我》一文中把自己的青春萌动源于学校小商店的老板娘，把自己同桌张秋惠的照片偷来放进自己书包、自己相册，都真实地描述出来，一览无余地展示真实的"我"；《情书》《同桌》《秀芬》这几篇散文，作者敢于把自己对女性的爱慕之情真实地描写出来，的确难能可贵；《多余丢了》一文揭露了农村重男轻女现象之严重，穷人为了生活，亲爹竟然把自己亲生女儿弄丢，读后令读者泪眼婆娑；《美莲》一文讲述了一个拒绝减刑的服刑人员的悲惨遭遇，同时反映了监狱条件的改善，狱警对服刑人员改造和教育的成功。

在表现手法上，两木金老师利用"互文"的形式巧妙地对人物形象进行描述、刻画，加深了阅读者的印象。如对王林的叙述在《情书》一文写了，在《同桌》一文又重点详细地加以描述；比如写父亲的生活节俭，在《怀念父亲》中"父亲就是喜欢抽烟味浓的旱烟叶子，简直是烟不离口"，在《旱烟锅》一文中详写父亲爱抽旱烟这一嗜好，说抽香烟没劲儿，在《心安何处》中又写"母亲在一旁说，你爹可舍不得抽你的好烟，他拿去村子里的小商店，用一条好烟换了五条便宜的香烟"等。

我不是一个出色的评论家，也不是一个阅读比较细致的读书人，但《遥望故乡月》这本散文集，我是边看边用笔标注，边看边写出自己的点滴体会，我虽不能妄言该书是当代散文的精品之作，但两木金老师以"我"的视角通过唯美朴实的语言文字和细腻的文笔以及对作者的一些心理活动的描写，对某事物的一些辨识，把一些人物、场景、画面刻画得栩栩如生，令人读来如身临其境，客观真实地反映了作者所处的那个年代，那个农村，那个家庭，那个"我"的真实现状、真实感受，真实情感！值得文学爱好者学习与借鉴，值得我们阅读与欣赏，值得拥有与分享。

原载于《中国作家网》2023 年 7 月 12 日

在辨识中前行

—— 读刘建华散文集《生命的辨识度》有感

我与刘建华先生认识，是源自 2020 年 2 月 5 日在"东南散文"公众号推送的那篇《神泉棋盘山有一家国营"712"印钞厂》由南京工业大学陈红喜先生转发分享，我们相互间留了电话，加了微信。他在北京，我在莲花，虽相隔千里，但因为是永新师范校友，因为对东华岭有着共同的记忆，他写了《永新师范四章》（此文收录在第一辑：辨识自我），我写了《东华岭，那珍贵的青春岁月》，我们俩撰写的关于东华岭的美好记忆均收录在永新师范师生回忆录《东华岭上那些时光》里，让我们加深了彼此间的印象，增进了彼此间的感情。因为有了这一份不解之缘，共同的文学情结，当我把我在基层一线工作 25 年的实践探索与理论思考《林下晓拾》样稿推荐给他时，刘建华先生竟非常爽快地答应并以《一种乡村社会治理的"资治通鉴"》为题为我的第一本个人文集作序（此文已收入《生命的辨识度》第三辑：辨识义理。

正因为如此，刘建华先生的散文集《生命的辨识度》一上架公开发行，我便第一时间在京东网购买，谁知端午节后谭、颜两位朋友来访，被茶几上《生命的辨识度》所吸引，尤其是对书名感兴趣，颜老师说："这本散文集书名取得很有水平！有质感！新颖！充满着哲理！"他们抢着要先睹为快。好东西自然得分享，我只好忍痛割爱，把未来得及看完的新书送给他们。于是又在京东重新下单，7 月 3 日，书一至，便如饥似渴地阅读了好几遍，为不再被他人夺爱，我把它放在床头，成为我的枕边书，每晚临睡前必打卡阅读次。

刘建华先生的《生命的辨识度》是一部充满人生哲理的散文集。全书共分《辨识自我》《辨识他者》《辨识义理三辑》42 篇散文，另加其近期新古体诗、现代诗 61 首，共 488 页，该书既有厚度，又有深度，更有温度，在封面、内页设计方面独具匠心，别具一格，均以刘建华先生毛笔书法为依托，让该书的内涵更显深刻，让读者在欣赏唯美语言文字的同时，又欣赏先生唯美的书法。全书以人的社会化为创作基点，立体描绘了作者辨识自我、辨识他者、辨识义理的阶段性时空画卷，在辨别认识人与事物的同时辨别认识自己的生命本质、生活目标与生存价值，个体的喜悲、爱恨、进退折射出整个社会的喜悲、爱恨、进退，全书展示了辨识能力和被辨识能力形成的生动实践，彰显了美的辨识度之于生命的终极价值，在辨识好恶美丑、真假智愚、公平偏私、正义邪恶的岁月中，不断锤炼生命的辨识度，不断锤炼对国家对社会对人民的生命意义。

同为中师生的我们，对刘建华先生所取得的成就无不赞叹不已。刘建华先生 1994 年 7 月永新师范毕业后，分配在赣西贫困山区神泉希望小学教书，因其教学成绩"五连冠"被选入初中教书，在江西教育学院读大专、读本科，在云南大学读研、读博士，一路风尘，一路求索，一路奋斗！现为中国新闻传媒研究所执行所长，研究员，全国县级融媒体中心能力建设年会负责人，中国社科院哲学所文化研究博士后，中国人民大学新闻学院传媒经济学博士，出版《几回回梦里稻花香》《节点与变局》《对外文化贸易研究》等书近 40 部，多篇论文被《新华文摘》、人大复印报刊资料《新闻与传播》等全文转载。《生命的辨识度》是刘建华先生的自传体诗史，他在辨识中成长，在辨识中前行，在辨识中获得成功。全书仿佛向读者真实地讲述着"一只丑小鸭变成天鹅"成长的传奇史，又是刘建华先生的一部人生励志奋斗史，一部人生哲理的辨识史。正如作者在自序中所言："在母亲的护佑下，我茁壮成长，从一个婴幼儿变成少年、青年，如今已是当门顶户的中年父亲。在这四十多年的成长中，我不断地辨别认识他者，不断地辨别认识自我，不断地辨别认识义理，使自己成为一个有辨识能力和被辨识能力的人……未来岁月，我将依然在这些辨识中奋力前行"。

该书所收录的 42 篇散文，大多原载于《光明日报》等各种报纸杂志、国家级媒体平台，文章结构紧凑，语言朴素无华，叙述娓娓道来，栩栩如生，具有很强音乐感、带入感。在阅读中不知不觉把读者带入美丽的赣西边城莲花的《走进瑶溪大湾村》《大湾纪行》《大湾刘氏五修族谱》《往事如风的碎片》；让读者欣赏家乡雪景的《瑶溪的雪》，品尝家乡美食的《莲花血鸭》；把你带入异域风土人情的《那一片凤羽》《边城满洲里》《鼓浪屿的人》；让你感悟人生哲理的《底线是一种社会力》《以正向亚文化引导负向亚文化》等。总之，刘建华先生以文学家诚实与善良的优秀品质，以自己独特的视角、细腻的文笔、唯美的语言给读者一种全新的阅读美感；以新闻媒体人客观与真实的社会责任，告诉读者如何辨别真善美，丑与恶。书中《那一片凤羽》《边城满洲里》《瑶溪的雪》等美文美篇，堪称当代散文的精品杰作。尤其是《那一片凤羽》一文 2022 年 4 月 22 日在《光明日报》发表，入选组卷网中学生阅读理解训练题库，《新华文摘》《青年文摘》《作家文摘》全文转载。中国作家网、中国文艺网、学习强国等近 100 家主流媒体全文转载。

让我们一起来阅读和欣赏刘建华先生的《生命的辨识度》吧，像刘建华先生那样在辨识中成长，在辨识中前行……

原载于《中国作家网》2023 年 7 月 8 日

《中国新闻出版广电报》2023 年 7 月 14 日

一部反映底层社会"小人物"的小说集

—— 读魏昌盛老师短篇小说集《风景这边独好》

　　我是一位散文写作爱好者，对小说这个体裁几乎很少涉及，但是最近这一周，我几乎沉浸在由青年作家网策划、天津人民出版社出版发行的魏昌盛短篇小说集《风景这边独好》一书中不能自拔。当然，主要是为了完成汪老师布置的书评任务。不过，在阅读的过程中更多的是被作者的小小说中所反映的底层社会一个个小人物的小故事所吸引，所感动。

　　魏昌盛老师是安徽省网络作家协会会员，四川省小小说学会会员，青年作家网签约作家。他的小说在多项文学赛事中获奖，可见其小说创作之成就。他的《风景这边独好》这部短篇小说集分乡村篇、城市篇、情感篇、励志篇四大篇章，共 54 篇小小说，内容丰富，故事生动，人物鲜活，可读性极强。其封面以合肥包公园实景为底色，设计风格独特新颖，彰显作家之品格。其书名以作者励志篇中《风景这边独好》一文而冠名，也沿袭大多作者之风格，倘若不细看，我还以为是一部散文作品集。

　　翻开书，便如饥似渴地阅读起来，顷刻间被书中的一篇篇小小说所感染。《风景这边独好》一文，讲的是林珊和江山儿时因共同的爱好参加国标舞、拉丁舞比赛，两人配合得天衣无缝，无可挑剔，并夺得冠军。就在林珊舞蹈生涯如日中天之时，却得了骨髓炎而截肢，后来退学，离开了江山，离开了热爱的舞蹈。若干年后，林珊自强不息成了轮椅上的全省知名的画家，也许是缘？是巧合？谁也说不清，反正这对孩提时的舞伴又见面了……这篇小说篇幅短小，却意蕴丰富，情节单一，却构思精美，人物刻画细致，结尾出奇制胜，产生诸多悬念令读者欲罢不能。这篇小说截取林珊与江山这对儿时舞伴在公园偶遇的生活片段，反映社会生活中的某一侧面，以小见大，微言大义，激励着年轻人在生活中遇到挫折、遇到坎坷时不气馁，不放弃，像林珊那样自强不息，成为生活的强者！《幸福密码》一文，讲述了村支书老牛把贫困户李大爷家的宝贝"瓷器"卖了换成"渣土车"，李大爷的儿子李括从此戒了赌博，开始跑运输，奔向致富路。反映农村脱贫致富的真实故事。《理发师》一文，讲"狗子"从卖冰棒到倒卖钢材，结果亏得血本无归！最后跟父亲老卫学手艺，成为当地有名的理发师。教育年轻人创业必须脚踏实地才行。《乡村保卫战》一文，讲述了李大爷为保护环境对自己的侄儿铁柱乱扔垃圾也罚款 3 元，对搞好乡村环境卫生提出了自己的建议，教育人们保护乡村环境得从自己身边人做起。《三月，我在江南等你》一文，写大家去太平湖游玩，救助一只受伤白鹭的故事，写了太平湖的美景，也写了大家午餐之后抢着打扫垃圾，每个人都提着一袋瓜果皮核，有的朋友转了一圈也没找着垃圾桶，最后只好把所有垃圾放在了车的后备厢里。这些细节的描写，看似都是些平凡的小事，却反映了年轻人保护动物、保护环境的高度自觉性；《幸福来得太突然》一文，讲述了退伍的武警小战士二伢子为李大妈解难，为隔壁胖子、瘦子排忧，把好位置让给他人，避免了一场血案。后来，李大妈为二伢子做媒的故事，诠释了好人有好报的朴实道理。《胳膊上的蝴蝶》一文，讲述了小美喜欢上踏实勤奋的快递小哥，讨厌虚伪轻浮的模特帅帅的故事，折射出新时代年轻人的婚姻观。《路边的小屋》一文，讲述了深圳银湖小区外一间铁皮屋里的一位老大妈，靠一台手摇缝纫机做点儿力所能及的事情。女儿开了一家玩具厂。大妈却说："我还能动，自己挣钱自己花，不等不靠。"体现老大妈善良、勤俭、乐观的生活态度。小说集中每一篇都是一个经典的人生小故事，不再一一解读。

这部小说集收录的 54 篇小说，主要讲述了不同类型、不同时代的人在人生奋斗路上的小故事，有坎坷，有艰辛，有幸福，有快乐！每一篇都有独特的人物和故事，主人公各有各的性格，各有各的经历。这些故事能激励正在彷徨的年轻人，鼓励年轻人遇到坎坷而自强不息。当容颜易老，回首往事，不会为虚度光阴而后悔。年轻人要不负韶华，立志奋发，做一个健康向上、无私奉献、有抱负、有理想的人。

小说的评论，我觉得除了具备小说的基本特征外，应该和散文一样，必须以真实的现实生活为基础，通过虚构，通过人物语言、心理活动等细节描写来反映生活，反映这个时代。曹丕说："文以气为主，气之清浊有体，不可力强而致。"明代李卓吾提出"童心说"："天下之至文，未有不出于童心焉者也。"所谓"童心"，就是真心、真诚。从这个角度讲，应该对那些表现真情实感的作品予以很高的评价。魏昌盛老师的小小说就具备这样的特征，正如魏老师在其自序《耕耘》中所言："生活是创作的源泉。在进入公司上班的第一年，我陆续在报纸上发表小小说，讲的都是公司的故事。"

总之，魏老师写的 54 篇小说都是身边熟悉的人、熟悉的事，或是自己所闻的小故事、小人物，通过作者对其虚构、提炼、精选、加工而成，兼具鲜明的时代特征，每篇小说弘扬的都是主旋律，都是正能量，健康向上、向善、向美！催人奋进！通读这部小说集，也充分彰显了魏昌盛老师是一位心地善良、正直无私之人，更是一名出色的好作家。一个作家的社会责任感、正义感，通过其作品表现得淋漓尽致。

原载于《文艺先锋》2023 年 9 月 6 日

永远的丰碑

—— 读甘海先生的社科类文集《甘祖昌精神及其时代价值》有感

在江西省莲花县有一位传奇人物，他是一位战功赫赫的开国少将。他早年投身于革命洪流中，参加过二万五千里长征、经历过抗日战争、解放战争。新中国成立后，却坚持回乡务农，他就是有"将军农民"之称的甘祖昌。甘祖昌在回乡的 29 年时间里，与群众同甘共苦，一直以带病坚持参加劳动，在他的带领下，修建了 3 座水库、25 公里长的渠道、4 座水电站、3 条公路、12 座桥梁。甘祖昌回到家乡后，组织上依旧给他发放薪金，他在自己共计 102452 元存款中，拿出 79032 元用于支付国家建设，为促进家乡的经济发展作出了很大的贡献。甘祖昌一生"淡泊名利、艰苦奋斗、一生为党、一心为民、严于律己、永葆本色"的精神像一座永远的丰碑照耀着一代代共产党人听党话，感党恩，跟党走！

在江西甘祖昌干部学院，在莲花县委党校有这样一位老师，他经常给学员、党员干部讲甘祖昌将军故事，这位老师就是甘海。认识甘海老师的人，多数知道他曾在坊楼中学教过书，在县委、县政府办当过秘书，在多个乡镇担任过乡长书记，在县委办任主任，在县教育（体育）局任局长，任第十二届、十三届莲花县政协副主席等职。我与甘海先生也是很有缘分。我们曾先后当过老师，在县招商局工作过，在荷塘乡一度同事几年，那时他担任乡长，我是分管党群、政法的副书记。2004 年我在上海大宁街道挂职，他还抽空来看望过我。却不承想到的是，甘海老师退休后不到两年工夫竟成了中共北京市大兴区委党校、中共北京市经济技术开发区工委党校、北京市非公经济组织党校的特聘教授，江西甘祖昌干部学院的特聘教师。更令人称奇的是，甘海老师在为学员上党课之余竟然撰写出第一部反映甘祖昌精神的社科类文集《甘祖昌精神及其时代价值》。这的确令人赞叹不已！

在 20 世纪六七十年代，中学课本上的《将军农民甘祖昌》一文，让将军农民甘祖昌的故事家喻户晓；进入新世纪新时代，4 集电视纪录片《红土情》、电影《老阿姨》、电视连续剧《初心》等讲述他的故事。党百年大型情景史诗《伟大征程》晚会现场公布了建党一百年以来 100 位重要英雄模范名单，甘祖昌、龚全珍夫妇双双被列入社会主义革命和建设时期重要模范名单之中，一对夫妇双双上榜，在全国独一无二，仅此一例。汤非演唱的一首《老阿姨》唱响大江南北，让甘祖昌、龚全珍的故事走进了老百姓的心田。然而，撰写专门研究诠释甘祖昌精神及其时代价值的社科类文集，甘海先生是第一人！正如吴浩部长在序言中所述："《甘祖昌精神及其时代价值》的编著者甘海同志首创以甘祖昌的传奇人生及其主要事迹，甘祖昌解甲归田原因及其初心探析、甘祖昌精神的主要内涵、历史地位和时代价值、甘祖昌精神的现实启示等方面，对甘祖昌精神进行了深入阐释，有助于广大党员和领导干部理解、弘扬和传承甘祖昌精神，自觉做中国精神的忠实的继承者和坚定的弘扬者。"这是对甘海先生的高度认可与评价，也是本书的价值所在。

该书由新华出版社 2023 年 6 月公开出版发行，中共江西省委常委、省委组织部部长、省委党校校长吴浩以《把甘祖昌精神代代传承下去——论中国共产党人的精神谱系》为题作序。全书共 16 万字，分甘祖昌的传奇人生及其主要事迹、甘祖昌解甲归田及其初心探析、甘祖昌精神的主要内涵、甘祖昌精神的历史地位和时代价值、甘祖昌精神的现实启示等五大章节；附录部分我所认识的将军爷爷和龚奶奶、改造冬水田粮食夺高产、在祖昌叔父身边的日子里、甘祖昌大事记及参考文献五大部分。该书论述的观点明确、思路清晰、条理清楚、结构严谨、分析透彻、逻辑性较强，且图文并茂、叙述翔实，真实再现了将军农民的传奇人生，是新时代对党员领导干部进行党性教育的一本难得的好教材。

该书"以身边人讲身边的故事的形式"，甘海老师与甘祖昌将军的特殊关系，正如老师在《后记》中所言："我同甘祖昌将军是同村同族的邻居，按辈分我要管他叫爷爷。我们两家，从祖上开始一直就走得比较近。加上20世纪六七十年代，我父亲曾经先后担任沿背大队党支部副书记、大队长、党支部书记，经常会去将军家汇报工作，将军也会来到我家同父亲商量事情，所以我从小就同将军熟识，还有幸同将军合过影，听过将军讲革命传统故事。可以说，我是自小听着甘祖昌将军的故事长大的，自小就见证了甘将军的人格魅力，感受到了甘将军的精神风范。"在本书附录部分，甘海老师以第一人称向读者讲述了他所认识的将军爷爷和龚奶奶的故事，娓娓道来，情真意切，语言朴素，真实感人，再现将军农民的真实普通的形象，向读者全面诠释了甘祖昌的传奇人生，为什么不当将军要自愿回乡当农民？他已经辞世30多年了，为什么他的形象能够立久，一直成为后世之楷模？进入新时代，为什么还要创办江西甘祖昌干部学院，继续弘扬甘祖昌精神？

甘祖昌精神，以甘祖昌的名字命名，以"淡泊名利，艰苦奋斗，一生为党，一心为民，严于律己，永葆本色"24个字为其主要内涵，它是在特定的历史时期和特殊的历史环境中形成的精神宝藏，诠释了以人为本的理念，树立了务实为民的典范，标定了守纪律己的红线，集中体现了中国共产党人的政治品格、思想道德、价值追求和工作作风，是中国共产党优秀作风的实践升华，是社会主义核心价值观的量化体现，是中国共产党人精神的实证表象。

甘祖昌精神，是中国共产党带领人民进行伟大社会革命的进程中形成的中国共产党精神谱系中的重要精神形态和宝贵精神财富，具有永不褪色、跨越时空的价值！是永远的精神丰碑！

"伟大时代呼唤伟大精神，崇高事业需要榜样引领。"最后，衷心地祝愿甘海老师撰写的《甘祖昌精神及其时代价值》一书能走进全国各级各类行政学院、党校，作为党员领导干部和公职人员的培训教材，让甘祖昌精神代代传承下去！

2023 年 11 月 25 日

后记

2021 年 8 月 1 日，我的第一本个人文集《林下晓拾》由中国书籍出版社出版发行之后，想不到该书在京东、当当网等各大平台一直处于热卖之中。2023 年 9 月 18 日又被萍乡市学习平台在"学习强国"推荐。

2022 年 2 月，"无官一身轻"的我真的感觉到了，瞬间忙碌的电话没了，没完没了的会议也没了，没完没了的检查、接待也没了，感觉轻松多了，惬意极了！忙碌了一辈子，终于可以休息了，终于有机会做点儿工作之外自己喜欢的事情。于是，我静下心来把这些年来利用周末或假期写的随笔、散文整理成我的第二本个人文集《新月旧影》，该散文集由万卷出版有限公司于 2023 年 1 月 1 日正式出版发行。2023 年 4 月 10 日，该书被萍乡学习平台在"学习强国"推送，4 月 11 日在江西作家网推送。尤其是湖南作家欧阳准年、江西作家王丽萍和江苏作家陈红军、福建作家黄瑶、河北作家张凤玲、陕西作家蒲斌杰、河南作家刘华金等多位作家为我的拙作写了书评，并在《萍乡日报》和"青年作家网、人民网、搜狐网、网易等各大平台推送，该书一度成为全网热卖书籍之一，更加激发了我写作的兴趣与激情，更加坚定我的写作自信。

有时候也真是说不清，一个人一旦兴致来了，就像着了魔似的一发不可收拾。2023 年，这一年，退休后的我似乎比在岗的同志更忙了，觉得有看不完的好书，写不完的故事，走不完的地方。我又马不停蹄的奔波，现场采风，有时为了去探寻、去发现、去触摸、去感受，甚至为了某一篇拙作要接连来回几趟，可以说我的作品几乎都是用脚步丈量出来的；无数个寂寞的白天与夜晚，不停地写作，有时因为一个灵感，一段唯美的语句，又索性半夜起来挑灯提笔，一坐就是几个小时；有时为了某一段话，某一个词语反复推敲，反复修改，反复折腾一阵子……也许这就是写作人的乐趣所在。为了写作，有时可以一两天不下楼，结果奇迹又出现了，竟不到一年的工夫，我的第三本个人散文集《莲花寂》又新鲜出炉，即将出版发行。

散文集《莲花寂》收录了我退休后一年多时间内撰写的散文、随笔杂谈、文学评论、读书笔记共53篇，这些作品大多被报纸、杂志、"中国作家网"发表过。全书共分五大部分：第一部分为"映日莲花别样红"，一共13篇，主要记录了我县的玉壶山、黄旸山、花塘官厅、贞孝坊祠、惜字塔、复礼书院等一些重要景观以及江西莲花的特色名菜"莲花血鸭"等；第二部分为"行行摄摄走天涯"，一共10篇，主要记录了我的旅行日记，以及走过的值得留恋的一些特色小镇；第三部分为"落日余晖映晚霞"一共11篇，主要记录我退休后对往事的一些回忆及感受；第四部分为"一片冰心在玉壶"一共11篇，主要记录我的志愿献血，扶贫的一些纪实，还有些乡愁记忆如"杀猪饭"、端午味道、旧时春运等；第五部分为"书海种莲觅知音"一共8篇。主要记录退休后，阅读"青年作家网"赠阅的5本新人新作，刘建华先生的散文集《生命的辨识度》，《在峡江的转弯处》以及甘海先生《甘祖昌精神及其时代价值》的一些读后感。

书名是一本书的灵魂。为此，我也为这曾琢磨过好长一段时间，这好比写某一篇文章时取题一样重要。我的第三本散文集为什么取名为《莲花寂》，这个我不说出其中之理由，还是让读者自己在阅读中去领悟吧，有些事说出来味道就没了，正如大家在欣赏和阅读英国剧作家莎士比亚的《哈姆雷特》，一千人阅读就有一千个哈姆雷特一样，每个人的视角不一样，理解程度也自然就不同。我曾想过取《往后余生》，我的一位文友说，这个有点儿不太吉利，现在取这个书名有点儿为时过早，如果人生百年，中年才刚刚开启，以后的日子还长着呢。本人天生愚钝，性格孤傲，常以周敦颐写的《爱莲说》之莲花而自居"予独爱莲之出淤泥而不染，濯清涟而不妖，中通外直，不蔓不枝，香远益清，亭亭净植，可远观而不可亵玩焉"，不会变通，又爱着生我养我的这个赣湘边界的袖珍小城，这斗大的家园。于是在《莲花寄》与《莲花寂》中取了《莲花寂》作为我的第三本散文集的书名。愿这本散文集能让读者喜欢，哪怕只有一点点，我就心满意足啦！

俗话说得好"一个篱笆三个桩，一个好汉三个帮"。《莲花寂》能够顺利出版发行，首先得感谢我那朝夕相处、相濡以沫的好老伴，是她一如既往的支持我！鼓励我！陪伴我！让我有足够的时间和精力去"玩弄"文字；感谢福建师大文学院硕士生导师、博士杨玲先生在文学道路上一路的引导；感谢北京人天书店施春生先生一直以来的大力支持；感谢中国著名青年词作家陈维东先生、著名作家、《散文选刊》原创版、《海外文摘》执行主编蒋健伟先生、在百忙之中为拙作写序；其次要感谢江西省作协主席李晓君为书名题字；当代青年书画家陈铜强为书设计封面；中国作家协会会员、中国新闻出版研究院执行所长刘建华、研究员、博士后刘建华，北京师范大学文学院教授、博士生导师、著名文艺评论家谭五昌为该书作精彩点评；感谢时代文艺出版社编辑杜佳钰老师的辛勤付出！

文学滋养心灵，美文随心而动，虽不是盛世之佳作，但绝对是情真意切，有感而发之作。愿我的第三本个人文集《莲花寂》能带给你不一样的心灵感受。

作于莲江寓所

2024 年 2 月 26 日